目录

呼伦贝尔记忆

○李存葆

一

人类的记忆常是文化的记忆，人类的历史也靠文化的链环得以衔接和赓续。

由拓跋鲜卑氏开创的北魏王朝，离我们已十分遥远了，整个鲜卑族在我们这个多民族的国度里，也早已失却了席位。然而，这个隐遁于历史深处的民族，似乎又距我们很近很近。今天，当人们在淮水以北的大半个中国旅行，徜徉于锦山秀水间的时候，会常常与北魏王朝不期而遇。它那斑斓多彩的历史衣袂，常常会飘忽在人们的眼前。

北魏时在其辽阔的疆域内，曾有着三万余处梵宫佛寺；石窟、石刻、碑铭，更是不可数计。历经战乱、兵燹和风剥雨蚀，而侥幸逃脱岁月磨难的北朝古迹虽多有损毁，但今人仍可藉这些文化遗存，“究天人之际，通古今之变。”

拓跋鲜卑入主中原后，胡风汉制，崇佛尚道尊孔。信仰是精神的劳动，信仰是人类认识自己智慧的结晶。当这智慧的劳动转化为有形有色有彩有声的辉煌艺术品时，便成了一个民族心灵之树上结出的文化圣果。

在生我养我的齐鲁，于南北朝时，曾是拓跋王朝的辖域。北朝文化的流风遗韵，越一千五百余载，代代相延，迄今仍在山东大地上袅袅不绝。

文化名城青州市驼山下的龙兴寺，因规模宏大，气势非凡而向有“九州佛国”之誉。1996年，在驼山开掘出的四百八十余尊北魏佛教造像，被列为中国该年度十大考古发现之首。傍依云门山的玲珑山，因有了北魏书法宗师郑道昭的摩崖石刻，而益发玲珑剔透。我每到青州访古，总感到鲜卑人播种斯文、耕耘风雅遗留下的文化浓香，仍弥散于林泉之下，缭绕于白云之巅。

位于胶东半岛的莱州市和平度市，山河雕丽，阡陌如绣。莱州的文峰山、大基山，平度的天柱山，也因有了郑道昭的碑刻及多处摩崖石刻，而名重域内海外。郑公之书法，被奉为“隶楷之极”，在中国书法史上，向有南王(羲之)北郑之誉。上世纪八十年代，国家文物部门饬令对文峰山下的郑碑严加保护。此碑早已被玻璃密封罩盖，上系铜锁数把，钥匙由数个部门分掌。即使当今国内顶尖级的书画大家，欲以自己的巨幅精品换此碑拓片一张，也已万万不能了。国内外游客欲一睹此碑芳容，只能凭栏凝睇。

在南北朝时，中国的五岳，除南岳衡山外，均为北朝领地。西岳华山始建于北魏的崔嵬宏伟、飞檐点金的西岳庙，至今仍是华山第一大佛寺。腾誉世界的中岳嵩山少林寺，也是拓跋鲜卑的原创。悬于刀削般悬崖上的北岳恒山悬空寺，以建筑的“奇、险、巧”著称于世，北魏人将力学、美学、宗教，精妙地融为一体；在其“三教殿”中，鲜卑人让释迦牟尼、老子、孔子并排端坐，让儒释道三教的祖师同居一室。面对此寺，今人不得不惊叹北魏人天才的构想，超拔的设计。

五岳之尊的泰山，是一座中国传统文化的“博物院”。鲜卑族统治时的北朝，在这架文化之山上，也留下了极为厚重的一笔。北魏法师僧意，在此创建的玉泉寺，至今仍晨钟暮鼓，香火氤氲。泰山的道家圣地岱岳观，也为北魏所建，道家音乐也是北魏所创。至今仍有众多游客来岱岳观求签问卜，圆梦起课，禳灾驱魔。

郭沫若曾说，泰山是中国历代书法的展览馆。泰山上的碑铭、石刻，多达六千余处，其中以仅存九个半字的《李斯碑》和经石峪的《金刚般若波罗蜜经》之石刻，最为著名。经石峪石刻，镌于斗母宫东北一公里处的花岗岩溪床上。现存一〇六七字，南北长五十六米，东北宽三十六米，每字之大，在半米上下，蔚为壮观。凡书画当观韵。抑或是为让石刻起到"溪中生花"之妙，原创人将经文刻于清澈可鉴、悠悠流淌的溪床之上，让山色与石色共丽，书韵与水韵齐流。这肇自然之性，成造化之功的奇思妙构，竟出自北朝无名氏之手。汉语有"榜书"一词，原指写在宫阙门额上的大字，后泛指招牌一类的大型字。千百年来，作为书法大字的鼻祖，经石峪的石刻被代代文人骚客心慕手追，赞誉之词，不绝如缕。近代国学大师康有为初识经石峪时，惊叹不已，称其为"榜书第一，书法津梁"……

近些年来，我几乎遍览了北中国的名胜古迹。细检北魏的文化遗存，应该说，那遍布北中国的佛教造像，才是鲜卑族献给中华民族和整个人类的最具代表性的文化符号。大同云冈石窟、洛阳龙门石窟、敦煌千佛洞、天水积米崖、巩县石窟寺、响堂山石窟、永靖炳灵寺石窟等等，均为鲜卑族石窟造像的经典之作，而大同云冈石窟，则是北魏佛像艺术皇冠上的璀璨宝石。

今年盛夏，呼伦贝尔市文联的友人，约我去领略大草原、大森林的旖旎风光。期间，我和十余位文友一道，探访了一个神秘的山洞——嘎仙洞。一步入这古老的山洞，我茅塞顿开，豁然贯通：一个创造了那么多美的文化符号的鲜卑族的生命之源，竟从这里流出。

今日，我要记述的一切，不仅与兴安岭大森林有关，更与呼伦贝尔大草原有关……

二

从走进呼伦贝尔这片令人心驰神往的土地的那一刻起，我仿佛是在大自然赋予的幻与真、梦与醒的感觉中度过的。它闪现在我眼前和萦绕在我脑际的,首先是一个“大”字。

静卧神州北陲的呼伦贝尔,是个地级市,面积为二十六万三千平方公里,幅员之大,是鲁、苏两省的总和,人口却仅有二百七十余万。境内有八万平方公里的天然牧场,十二万平方公里的天然森林,三千多条河流,五百多个湖泊。那世界三大草原之一、被誉为“北国碧玉”的呼伦贝尔大草原,给予我们的是大辽阔,大安闲;那被称为“中国历史幽静后院”的兴安岭大森林,给予我们的是大神秘,大幽深;那斗折蛇行的条条河流,给予我们的是大蜿蜒,大滋润;那浸润着马背民族精神的呼伦湖,给予我们的是大澄澈,大宁静;而那晖河及根河湿地,给予万千生灵的则又是大接纳,大包容……

这天一大早,我和文友们从呼伦贝尔市驱车东行,去鄂伦春自治旗访古。车刚离开市区,顷刻间便驶进了碧草连天的大草原。隔窗眺望,但见草色浓浓淡淡,起起伏伏,宛如偌大的绿色绒毯,无休止地向天边伸展。时有羊群似团团白云飘落在绿毯之上,偶见马群在葱绿的草地上踱着绅士般悠闲的步子。这脱掉尘埃之气、清逸灵透的意境,已超出了画图的色彩,而化生出人间天堂的意味。途中,我们数度恳请司机停车,以爽耳目。每每见到的是,红、白、黄、蓝、紫的各种野花,在草丛里掩映着,在阳光里闪亮着,在微风里绽放着,在蜂蝶轻轻地亲吻下羞晕着。香草在我们的膝边,熏风在我们的脸上,微笑在我们的周围。没有拘束,没有猜忌,没有讥刻,没有督饬,这里留给我们的是放松心灵中的永难抹去的绿的记忆。

经过五个多小时的行程,大兴安岭的万顷苍翠,涌入了我们的眼帘。大兴安岭北起黑龙江漠河县,南至内蒙古赤峰市,南北长一千四百公里,东西宽三百公里,其百分之八十多的林区面积在呼伦贝尔境内。大兴安岭与亚马逊雨林,并称为地球上的两大肺叶。一扑进大兴安岭那阔茫茫,气滔滔的怀抱,我顿生千岭结一绿,世外疑无天的喟叹。大兴安岭林区里,有大小河流七千一百余条,山中有水,水中有山,山缠水绕,水山相亲。

“天地之大德,曰生。”正是地母以她的宽厚和仁慈托起了高高的兴安岭,并以她乳汁饱满的胸脯,孕育着这里的“生”,滋哺着这里的“长”,展示着这里的“茂”,高擎着这里的“美”!

车子在林区的土路上跳荡着。我们在澹澹河溪叠叠岭,蓝蓝湖色青青山的林海里穿行着……日暮时分,我们才住进了大兴安岭东麓的一家林区宾馆。

呼伦贝尔的大草原和大森林,共同谱写了一卷卷游牧民族的充满激情和戏剧性的叙事诗。开国后尤其是近几十年来的考古发现,进一步证明了大兴安岭森林,是人类早期的栖息地之一,是东胡、鲜卑、室韦、契丹、女真、蒙古等众多马背民族的生命源头。

“鲜卑”作为一个民族称谓,意为生活在森林里的百姓。在蒙语中,“鲜卑”和“室韦”也为森林之意。“鲜卑”一名,最早见于周初。《国语·晋语八》中,有周成王在今宝鸡市的岐山会盟天下诸侯时,不屑和南面之荆蛮、北方之鲜卑为盟的只言片语的记载。成稿于公元554年的《魏书》,是二十四史中第一部记述游牧民族创建的封建王朝的正史。《魏书·序记》载:“国有大鲜卑山,因以为号,其后,世为君长,统幽都之北,广漠大野,畜牧迁徙,射猎为业,淳朴为俗,简易为化,不为文字,刻木纪契而已……”北魏第三代皇帝拓跋焘掌国时的真君四年(公元443年),拓跋鲜卑祖先的老邻居——乌洛侯国,遣使朝贡时禀奏:乌洛侯国西北,拓跋先祖的旧墟石室,保存完好,“室有神灵,民多祈请”……拓跋焘闻奏,即派中书侍郎李敞,率队从代京平城(今大同市)出发,北行四千里,来到乌洛侯国使者所言之“石室”,以马、牛、羊为牺牲,告祭天地,并将“祝文”刻于石室之壁。此举在《魏书》的纪、传、志中均有记载。《魏书》不仅誊录了石刻“祝文”的全文,且将石室“南北九十步,东西四十步,高七十尺”的空间大小,也笔录得颇为翔实。然而,大鲜卑山位于北疆何域,石室又藏在哪座山岭?千百年来,却一直是史学界的“哥德巴赫”猜想。

历史的经经纬纬里，总是沉潜着若干神秘；有时候，历史最精彩的笺页，往往匿藏得很深很深。自北宋以降，修史者对《魏书》中的“旧墟石室（亦称石庙）”的记载，凭主观臆断，多有修改。司马光编著《资治通鉴》时，避开“石室”之谓，屡称“旧墟”为“石庙”。宋人王钦若等辈所编的《册府元龟》一书中，数黑论黄，竟将《魏书》中“石室南距代京可四千余里”，改为“石室南距岱宗可四千余里”。这将“大同”变为“泰山”的篡改，虽两字之易，却谬以千里。后来，有人把大鲜卑山推定为燕山；有人则认为大鲜卑山不过是神话传说之山，难定其真实位置，可谓以讹传讹，三纸无驴……

唯坚忍者方能遂其志。上世纪七十年代以来，考古学家米文平，便痴迷于对拓跋鲜卑的“石室”及“祝文”石刻的寻找。他曾费时年余，查访了呼伦贝尔域内的诸多山洞，均因与《魏书》记载之“石室”不符而告返。1979年盛夏，米文平偶闻鄂伦春自治旗境内有一嘎仙洞，便抱一线希望，前来探究。见洞之规模，与《魏书》记述凿枘相应，遂喜出望外。然而，考古毕竟是将结论建立在实据上的学问。米文平三探嘎仙洞，仍未觅见“祝文”之踪影。有“石室”而不见“祝文”，无疑是劳而无功，苗而不秀。1980年7月29日，他率同行四进嘎仙洞，终在石壁的苔垢下发现一凹痕，经洗苔除垢后，北魏“祝文”惊现于世。如同虎符的一半与另一半得到了对接，一个千古历史谜题，终于破解！

继而，米文平又带人对洞内的泥土进行挖掘，先是见到了一千五百余年前，北魏人刻石时所遗下的花岗岩碎片；再行开掘，除发现了獐、狍、狉、鹿、野猪、黑熊的众多兽骨外，还发现了大批旧、新石器时代的文化遗存，又印证了《魏书》所记的拓跋氏在大鲜卑山积“六十七世”之言，绝非无妄之说。

嘎仙洞石刻祝文的“显身”，石破天惊，它向世人宣示，嘎仙洞就是鲜卑人先祖的“旧墟石室”，大鲜卑山就是大兴安岭！

我这次来大兴安岭的首要目的，就是去探访嘎仙洞。我和文友们从鄂伦春自治旗政府所在地阿里镇出发，乘车沿嘎仙河边狭窄的柏油路，

童年没有迪斯尼

散文海外版编辑部/编

·2011-2012·

《散文海外版》精选集

天津出版传媒集团
百花文艺出版社

图书在版编目（CIP）数据

童年没有迪斯尼 / 汪文勤等著. --天津：百花文艺出版社，2013. 1
（《散文海外版》2011～2012年精品集）
ISBN 978-7-5306-6208-3

Ⅰ.①童… Ⅱ.①汪… Ⅲ.①散文集—中国—当代
Ⅳ.①I267

中国版本图书馆CIP数据核字（2012）第276192号

天津出版传媒集团
百花文艺出版社出版发行
地址：天津市和平区西康路35号
邮编：300051
e-mail: bhpubl@public.tpt.tj.cn
http://www.bhpubl.com.cn
发行部电话：(022) 23332651　邮购部电话：(022) 23332478
全国新华书店经销
永清县金鑫印刷有限公司印刷
*
开本787×1092毫米 1/16　印张18　插页2　字数233千字
2013年1月第1版　2013年1月第1次印刷
印数：1-5000册　定价：32.00元

向西北方向而行,只见河两岸高林巨树,遮天蔽日,悬葛垂藤,绕岩挂石。不到半个小时,车子便在浓密的树荫下停了下来。举目仰望,但见一巍然高耸、陡似斧削的悬崖,矗立于浩茫的原始森林之中。悬崖的石壁上,赫赫然有一宛若三角形的巨大洞口,这便是我心仪已久的嘎仙洞了。沿人工铺凿的石阶登攀而上,进得洞中,我神情为之一振。这天然山洞,深达一百余米,宽近三十米,高有二十余米;穹顶高旷,浑然天成,石壁平直,细滑如切。看上去,古意苍苍,威严肃穆。

北魏石刻镌于洞内西侧的石壁上,刻辞十九行,全文二〇一字。这颂扬拓跋先祖功德,祈祷皇天之神护佑鲜卑子孙福禄永延的祝文,字大如拳,古朴刚劲。字里行间,折射出一种玄奥、雍容的宫廷气象。

我紧靠着护栏,久久凝视着栏内石壁上的祝文。嘎仙洞祝文的"惊艳"于世,除印证史实外,最关键的是,大鲜卑山地理方位的确定,不仅校正了北国历史地理上的几处谬误,厘清了历史地理上的一些疑团;而且还为后人研究游牧民族的地缘、天缘、人缘和风神脉息,提供了一个向四周辐射的基准点。从这多重意义上讲,嘎仙洞的祝文,作为游牧民族的第一份石刻原始档案,和璧隋珠不足方其珍,凤毛麟角无以喻其贵!

嘎仙洞是鲜卑民族最古老、最真实的历史证人。它曾见证过一个坚忍的民族,是怎样面对凶兽的觊觎,蛇虫的叮咬,不畏雷霆的炸响,不惧雪暴的肆虐,一代又一代顽强生存的。它也见证了一个无畏的民族,是怎样以强烈的求生存意识,在部落首领推寅的率领下,让那似马非马、似牛非牛的森林"神兽"——驯鹿,驮着兽皮,驮着桦皮制作的生活器皿,驮着老人,驮着稚童,驮着渡河用的桦木舟,西迁,西迁,南行,南行,奔向呼伦湖畔,奔向大草原……

三

人是自然的产物。一个民族的文化,也常是地理与环境的文化。这正如宽广时可响遏行云，绵长时如旋雪回风，婉转时可余音不绝的蒙古民歌长调一样，它只能生发于呼伦贝尔这样的大草原上。

近二十余年来，我曾四次走进大兴安岭；在造访我中蒙、中俄边防部队时，也曾三度穿越呼伦贝尔草原。我没有浪漫诗人的灵感，也不具备菩萨的慧眼，但在领略了呼伦贝尔四季之美景后，也不由一次次感叹上苍造物之诡谲万象。

没有百鸟之鸣唱，珍禽之争翔，就不是呼伦贝尔。

呼伦贝尔那星罗棋布的湖泊与湿地，是天鹅、灰鹤、银鸥、鸿雁、丹顶鹤、蓑羽鹤、白琵鹭等诸多候鸟，北徙南迁的重要驿站。仲春时节，我曾在晖河湿地和乌兰诺尔湖，观赏过万鸟云集的盛景。那一群群周身洁白的天鹅，舒展着翅羽，在幽蓝的湖上，时而高翔，时而低回，时而在碧波中一起一伏，像一艘艘游弋的小白船；那头顶着丹霞般耀眼红球的丹顶鹤们，则收敛起雪白的蓑毛，举着赤色的长喙，像饱学之士一样，在湖边踱着优雅的步子，而靛蓝的湖泊，仿佛是上苍为它们精心设计的镜匣；那颈项或白或黑，脑后翘着小辫样羽翎的蓑羽鹤，站立时只觉得它那流线型的身躯黑白分明，飞翔时却能望见它的躯体竟是红、黄、蓝、白、黑五彩纷呈……这些天地间美的精灵，它们的每一根骨骼，每一节肢体，每一条筋脉，每一片羽毛，无一不贯穿着宇宙间的丰沛活力，是呼伦贝尔肥美的水草与邈远的天空，给它们提供了自由生存的机会，也赋予了它们远行万里的定力、耐力及明察天候的神异。

没有繁花似锦，也不是呼伦贝尔。

北国杜鹃是呼伦贝尔的市花。暮春时节，在大兴安岭最长最深的神指峡里，那胭红、金红、橘红、猩红、绯红的杜鹃花，于这峡谷两岸的河边岩旁，壁缝石隙，林中树下，一齐绽蕾怒放。微风徐来，像陈酿一样馥郁的香味，飘洒在空气中，曾令我深深陶醉。这样的场景，在呼伦贝尔的每座山岭的苍松白桦间，会随处可见。北国杜鹃，擎出的是一则则古老而馨香的故事。呼伦贝尔从春到秋，花事不断。翠雀、瞿麦、柳兰、紫菀、毛菊、芍药、山丹、刺玫、苞鸢尾、山丁子、金芙蓉、梅花草、野罂粟、天蓝苜蓿……争芳竞艳，应时开放。这些身着各款“时装”、千娇百媚的“小娘子”们，受了碧水清溪的润泽，受了晶亮甘露的涵濡，受了明丽阳光的温慰，她们即使不能放声曼歌，也要在轻柔的风中欣欣摇舞，也要把襟底怀中的清香，尽情吐泄。她们仿佛要把游牧民族那几百阕的情词哀曲，融汇于胸中。

没有百草之吐翡铺翠，还不是呼伦贝尔。

“海拉尔”在蒙语中意为“野韭菜”。海拉尔现为呼伦贝尔市府所在地。它辖区内的草原，凡最翠绿之地，必然生有茎肥叶厚的野韭菜。它们比肩争头，攒攒挤挤，密密连连。我对羊肉并无偏爱，但每次来北国草原，总感到这里的羊肉，吃来不膻不腻，其香郁郁，其味馥馥，一羊上桌百味淡，我常是尽情饕餮，大快朵颐。当地文友告诉我，这是因羊常食野韭所致。在这草原上，野韭虽为寻常之草，但它们却以爱美、爱色、爱香的群体烈情，成为百草中的主宰。每届盛夏，那雪白、月白、露白的野韭花结成的花海，成喷涌之势，铺展到无涯的天边。进得野韭丛中，你便会觉得，野韭以黛绿作为永远一致的符号，以银白作为永远统一的头饰，去集体展示生命原力的内动，以实现群体生命的彻底痛快。

没有冰雕玉砌的大洁白，仍不是呼伦贝尔。

严冬时节，那一场场大雪，是呼伦贝尔向世界发出的圣洁的敦请和邀约。我曾在大雪过后，目睹过这里森林与草原的雪景。但见山若玉雕，石似晶铸，粉塑千桦，银裹万松；它们与大草原一望无垠的雪野连在一起，共同构成了童话般的银色大天堂。雪的母性般的宁静与端庄，柔软与纯净，磊落与厚重，使我领悟到“精神澡雪”的意蕴。雪国的大洁白，以诗意般的沉默，赐予人们诗意般的思索。希冀、渴望、追恋、向往，是一切生命的本质。奇寒酷冷，并没有降落万物生命的帆篷，而是更加强劲了它们的筋骨。在我眼里，那舞雪举翠的獐子树，那挂银盔、披银甲的兴安松，则像蓄势待发的士兵，在静静等待生命冲锋的号示……

我从介绍呼伦贝尔的有关资料上得知，在距今二至三万年前，呼伦湖畔即有古人类活动。呼伦贝尔的草原与森林里,至今仍有三千多种野生植物和四百多种野生动物。我们完全可以说,呼伦贝尔几乎包容了大自然的所有色彩,也收藏了人类历史与生命进程的所有符号。

今天,走进呼伦贝尔的人们,多以审美的目光,来观赏这里的山川风物与民族风情。而两千多年前,拓跋鲜卑从密林深处的嘎仙洞迁徙到这大草原,则完全是为了求得民族的生存与壮大。

人类的先祖,在一个地方留下的物体或痕迹,常会成为今人解读这一方民族文化品格和精神气质的向导。从呼伦贝尔草原上发掘出的大批的墓葬和文物可以印证,拓跋鲜卑大约是在公元前五十年至五年,迁来这大草原的。他们大约在这里生活了七代。在那近二百年的时光里,拓跋鲜卑渐次完成了从狩猎民族到游牧民族的转换。

因鲜卑没有本民族的文字,在入主中原前,拓跋氏历史上所发生的重要事件,全靠代代严谨的口传心授。他们当时在呼伦贝尔草原上的生活境况,史少记载。但我们仍可调动丰富的想象力,去再现他们的部分生存场景。

逐水草而牧,大量繁殖的马、牛、羊,其肉其皮其毛其乳,可使鲜卑氏衣食有着。那饱食百草的壮牛和常啃野韭的肥羊,被宰杀、炙烤后,会让鲜卑人吃得两腮鼓鼓,口角生香;那鲜美的牛乳、羊奶和浓稠的奶酪,能让拓跋孩童胖嘟嘟的脸庞吹弹可破,也能使鲜卑汉子脸泛红光;那湖泊河流中捕捉不尽的活鱼跳虾,强化着一个民族的体魄与智慧;那与中原通商换得的美酒及自酿的马奶酒和野果酒,勃发着一个民族的剽悍与豪气;那大泽中天鹅与丹顶鹤的仙子般的倩影,岁岁会给他们带来美的惊喜;白云下百鸟的合鸣,是上苍送给他们的天外音响;草原上的百花,可让拓跋少女任意编织戴在头上的花环;大雪后的大原野,则又是鲜卑少年强身习武的大教场……

从有“森林之舟”美誉的驯鹿的脊背,骗上蒙古马的雕花马鞍,是拓跋鲜卑走向历史大舞台的最关键的跨越。

在世界文明史上，人类对马的征服，是一次最高贵的征服。历史跨上马背，是人类文明的第一次大跨越，马也成了冷兵器时代速度的象征。

蒙古马是大自然的杰作。英雄史诗《江格尔》中曾这样深情地赞美它："如同离弦的箭一样快，像火花似的闪耀，气势磅礴……把那公牛和大象吓得心惊胆战。人们一看那漫天的红尘，就知道是阿兰扎尔神驹来临。"蒙古马体格虽小，但头大颈短，体魄强健，胸宽鬃长，皮厚毛粗，耐寒，耐劳，耐热，站着便能入睡。它虽有着扬蹄能击碎狐狼脑壳的凶悍，但对主人却俯首帖耳，忠心耿耿。成吉思汗曾把战马训练得"千马为群，寂无嘶鸣，下马不用系控，亦不走逸。"呼伦贝尔经过改良的蒙古马——三河马，至今仍是中国唯一可与欧美马争雄的国产马。上世纪三十年代，三河马曾在上海国际赛马大会上，以最快的速度，力挫群雄，拔得头筹。

历史上，中原汉民族与周边民族的争战，基本是荷锄民族与游牧民族的战争。在秦汉时，将北方各大游牧部落统一了的匈奴，一直是荷锄民族心中最大的痛。西汉初年，在著名的"白登山之战"中，汉高祖刘邦曾被匈奴冒顿单于率领的四十万骑兵，围困于今山西大同市的来掠山，达七天之久。汉军以重金向冒顿单于的阏氏(即王后)行贿，方得以救驾。当时匈奴的四十万骑兵，竟能以马的颜色分类编队：南面全为红马，北面皆为黑骏，西面均为白驹，东面悉为青骥。那其势汹汹，其马济济的浩大场面，诠释着当时匈奴畜牧业的高度发达和驭马本领的炉火纯青。匈奴就是凭着"所向无所阔，万里可横行"，"怒行追疾风，忽忽跨九州"的蒙古马，不断对荷锄民族进行着不图占领，只为掠掳之战争的。匈奴人竟有这样的奖掖"条例"："凡斩得首虏者赐一卮酒，所抢掠财物归抢者所有，掠得的人口作为其奴婢。"秦嬴政修筑的万里长城，关锁不住蒙古马那奔星般飞扬的马蹄；汉军戍边将士的短刃长戈，也抵挡不了匈奴人那呼啸飞卷的狼旗马鞭。中原被大劫后的集镇茅舍，常是一片狼烟野火；塞外的王廷牙帐里，则是征服者的狂饮与狞笑……

面对匈奴铁骑恣行无忌的烧杀抢掠，刘汉王朝靠宫中的美姝丽媛与匈奴的和亲之策，只能求得短暂的绥靖；汉武帝举全国之力数度重创匈奴，也只能换取几十载的和平。

汉宣帝神爵四年(公元前58年)，匈奴内部发生“五单于争位”，匈奴的势力才大为削弱。后虽有王昭君的夫君呼韩邪单于率部臣汉，而漠北之匈奴却仍像草原野韭一样，割了此茬，又生彼茬。直到东汉和帝时，又几番重挫匈奴，方使得部分匈奴西去欧洲，部分匈奴南归中原……

在人性色彩的板块上，永不满足的欲望是重要的色块。它既能支配生命的动机和力量，也是幻想未来的刺激素。华夏民族同匈奴掠夺与反掠夺的号角乍歇，北方另一游牧民族——鲜卑，驰驱中原的金鼓又鸣。由拓跋、慕容、宇文等诸多部落组成的鲜卑民族，随着匈奴的桑落瓦解，便乘虚而入，尽占匈奴故地。

拓跋鲜卑自嘎仙洞一带迁居呼伦贝尔大草原后，经过七代人的养精蓄锐，势力已空前壮大。这期间，他们早就以草原雄鹰一样高远而犀利的目光，瞄向了中原那较之游牧经济，高着一个等级的农耕文明。追求新颖、渴望舒适、期盼富有，是人类通有的情愫。当鲜卑的首领们，觉察到自己那夏闷冬寒的流动毡房，怎么也比不上中原雕梁画栋的殿堂和向阳敞亮的茅舍时；当他们看到自己那用灰褐色粗糙的兽皮制成的衣物，怎么也比不上中原绸缎的光鲜亮丽时；当他们觉得自己那用桦皮制作和泥土烧制的器皿，怎么也比不上汉人的金杯银盏和木制漆器精美讲究时；当他们感到毡房外夜间的狐鸣狼嗥，更不能与中原之华堂里、戏台上的丝竹笙歌同日而语时……焉能不怦然心动，见异思迁，图谋中原！

于是，鲜卑人一路西迁南下，历经九难八阻，历时一百余载，先吉林，而赤峰，而乌兰察布，而包头……当拓跋首领子微定都盛乐(今呼和浩特市和林格尔县)时，其所部已“控弦骑士达二十余万”，初步具备了与北方其他游牧部落争雄的能力。

于是，拓跋鲜卑人以呼伦贝尔大草原赋予的大视野，带着大兴安岭森林的充沛元气，带着呼伦湖候鸟迁徙时的颖异，带着碧草百花一样的灵性，也带着草原狐的狡黠、大漠狼的凶狠，跨上纵鬃扬尾的蒙古马，去不断进行力的征服，美的创造！

四

杰出的英雄人物，常是改写历史的一个符号，一个指数。北魏王朝所以能结束"五胡十六国"长达一百三十多年昏天黑地的大割据，是因为出了开国皇帝拓跋珪和第三代皇帝拓跋焘，这两位上马会打仗、下马可安邦的豪杰。

拓跋珪的祖父什翼犍在盛乐建立代国不久，即被氐族创建的前秦所灭。幼年丧国丧父的拓跋珪，其童年是在匈奴贺兰部的舅舅家度过的。其时的北中国，攻伐与战乱是上演不尽的剧目；颠沛与苦难是百姓吞食不尽的涩果。公元386年暮冬，失散的拓跋各部落头领会聚牛川(今内蒙古锡拉木河)，一致拥戴年方十五岁的拓跋珪赓继代王之位。同年，他率部族从牛川重迁故都盛乐，并改国号为北魏。

其时的北魏，南有独狐部，北有贺兰部，东有库莫奚部，西有铁弗部，阴山以北还有高车部及柔然部，可谓四面多垒，虎视狼窥。聪颖异常、心雄万夫的拓跋珪，在拓跋族面临生死存亡的关键时刻，发出了铿锵有力、铮铮有声的决定性呼唤。公元387年仲秋，他联合鲜卑慕容氏的后燕，击溃了占据山西北部的匈奴刘显部，将河套以东的大草原尽归拓跋；公元388年盛夏，他亲率士饱马腾的队伍，东征库莫奚部于落水（今赤峰一带)，使大片土地为北魏所统。公元389至390年，拓跋珪率军先破高车部，又平吐突粼部,再伐贺兰部，并将塞北的纥突、纥奚等多个游牧部落，尽属北魏。

"若建非常之功，需待非常之人。"在"五胡十六国"时，仍以狼为楷模、仿效狼的群体攻击、贪欲永不餍足的匈奴后裔所建的几个政权，一直是拓跋珪的心腹大患。为御虎狼之师于国门之外，公元391年初冬，拓跋珪主动向漠北的匈奴别种柔然出击。面对屡战屡胜的北魏骑兵,柔然从游牧地狼山西逃,拓跋珪西奔六百里,进行大追击。此时,部将以粮草难继为由,建议暂且偃旗息鼓。拓跋珪率骑兵征战,每人至少配正、副两匹战马,轮番换乘,马歇人不歇。拓跋珪果断决定,杀副马为食,又打马追风,率部狂奔三日,终在大戈壁的南床山下追上柔然部众,将其分割包围,杀得柔然一败如水,鱼溃鸟散。此大捷,使柔然大部将士或倒戈卸甲,或俯首就擒,魏军获牛羊、军资无数。

拓跋珪在击败柔然南返途中,匈奴铁弗部刘卫宸遣其长子直力鞮,率九万兵马进犯魏国南部。拓跋珪闻警,仅率五千精骑及部分辎重车辆,星夜赶到后,即被直力鞮的九万大军围得水泄不通。久经战阵的拓跋珪了无惧色,急令部下以车身为屏,结成方阵,从缝隙中射杀匈奴骑兵。经几番箭矢如雨的拼杀,直力鞮的九万兵马溃不成军。拓跋珪兵不歇刃,马不离鞍,以破竹之势,直捣铁弗部的大本营悦跋城(今内蒙古伊金霍旗西北一带)。魏军后续部队火速赶来后,刘卫宸父子闻讯仓皇弃城而逃,拓跋珪分遣轻骑紧追不舍,生擒直力鞮,刘卫宸也为部下所杀。刘氏父子的余党五千余人逃至盐池 (今属宁夏),亦被紧紧追赶的魏军全部投尸黄河。此役,北魏获战马三十余万匹,牛羊四百余万头,成为以“驯鹿”为图腾的鲜卑民族,敢于以少胜多,全歼以“狼”为旗帜的匈奴强敌的典型战例。

统帅有狮子般的雄心,士卒就有咆哮的勇气;统帅胸有良谋、腹藏吞吐天地之气,士卒就会迸发出所向披靡的力量。时光跨入公元 395 年,能与拓跋鲜卑在北中国争雄者,只有慕容鲜卑建立的后燕王国。同年五月,后燕的开国皇帝慕容垂,派太子慕容宝率兵八万出中山(今河北定县)北进,抵近五原(今包头)时,大造船只,欲渡黄河与魏军决战。慕容宝所领部队虽少,但均为人马披甲的重装骑兵与步兵,且极富作战经验。北魏军队虽多,但大都为轻装骑兵,与后燕铁军正面对抗,胜算无多。拓跋珪以逸待劳,避实就虚,暗将精锐部队匿藏于河套一带,使慕容宝百余天都觅不到魏军主力的踪影。期间，拓跋珪屡派斥侯(侦察兵)擒获燕主信使，切断慕容宝与燕都的一切联络，并广散年逾七十的燕主已病亡的假讯，动摇燕军军心。急于继位的慕容宝难辨消息真假，便焚烧渡船，率燕军且防且退。是年十一月初三，风雪骤降，黄河冰封。藏器待时的拓跋珪，亲率两万精骑，连夜踏冰过河，在参合坡(今内蒙凉城一带)将睡梦中的燕军包围。慕容宝在部属护围下逃走，五万燕军束手被俘……

翌年深秋，拓跋珪趁慕容垂新死、后燕内乱之机，以“司马九伐”之威，率四十万大军伐燕。魏军多路出击，马啸旌飘，绵延两千余里。在这长达一年的战役中，魏军分兵攻城略地，将后燕领土悉数占领，把晋、冀、鲁、豫的大部分土地，划入北魏版图。

十年征战，拓跋珪将呼伦贝尔大森林、大草原赋予鲜卑民族的刚毅、奔放、神勇、机警与豪烈的性格，展现得淋漓尽致。但作为第一个入主中原的游牧民族，如何得到荷锄民族的认可，进而得到拥护，这是比打天下还难上百倍的历史大课题。所幸的是，拓跋珪以草原一样的大胸襟、大包容，向历史交上了一份颇为合格的答卷。

与秦汉时以掳掠为业的匈奴不同，跻身农耕文明，是鲜卑族多少代人的梦寐以求。拓跋氏对夺得的中华半壁江山，自会分外珍惜。

拓跋珪自幼就攻读汉家兵书与历史。戎马倥偬中，对汉人的典章、制度、语言、文化及风俗也多有涉猎。为更好地掌控中原，他做的第一件事就是，将北魏的国都由盛乐迁至战略要地平城(今山西大同市)。他让跟随多年的朝中汉臣，将长安、洛阳、邺城等历代皇都的设计蓝图，一一寻来，萃新奇，融精华，建起了像中原王朝一样的宫殿楼阁、园林亭台；并立下新皇登基必祭黄陵，拜孔子的规矩。马背民族“兄终弟及”的传位制度，所频发的豆萁相煎、弑父杀兄的史实，让拓跋珪想来不寒而栗。与汉廷的传位规则两相考量，拓跋珪决计实行汉人“立太子”之制。汉武帝暮年确立宠妃钩弋所生的年幼的刘弗陵为太子时，怕钩弋成为吕后第二，便赐死了钩弋。拓跋珪邯郸学步，竟将汉武帝这非常时期的一时之举，定为北魏王朝代代必遵的金科玉律。

为富民强国，也为了加速鲜卑人的汉化，拓跋珪强势推行屯田制。他将战争中所掳的游牧部落的牧人改为农民，让他们到大片荒芜的土地上从事农耕。这等于国家办了无数个小农场。由于分配时注意向农人倾斜，大大消弭了归顺者的国灭之恨。他还把京郊附近的地片，划为“畿田”，由皇室直接管理，并亲自到“畿田”参与劳作与督导。他多次下诏，强制解散靠血缘关系建立起来的鲜卑部落组织，分地分土让他们定居，或从事农耕，或在分得的地片里放牧。此重大变革，加速了鲜卑人由半奴隶社会向封建社会的过渡……

这一切举措的实施，不仅使众多平民衣食有着，也强化了国力，为北魏王朝在政治、经济、军事和文化上的不断壮大，夯下了坚实的台基。

公元424年，拓跋珪的孙子拓跋焘继位，成为北魏第三代皇帝。他初登龙墩，柔然首领大檀，便趁北魏第二代国君拓跋嗣新丧，统骑兵六万，入侵云中(今内蒙托克托县)。年仅十六岁的拓跋焘御驾亲征，率骑兵日驰夜奔，三天两夜即赶至交战地。魏军未及休整，就被柔然的兵马，里里外外围了五十多重。拓跋焘挥军布阵，镇定自若，首先射杀了前敌先锋将帅，柔然兵马大乱。拓跋焘一马当先，冲向敌群，柔然大败亏输……首战奏凯，尽显少年天子卓越的军事才能。匈奴铁弗部，曾被拓跋珪几近斩草除根。当时，仅有首领刘卫宸的小儿子刘勃勃只身独骑逃走。勃勃投奔了后秦高平公没于奕，并成了没于奕的乘龙快婿。勃勃兵权在握后，凶残地杀死其岳父，借后秦之尸还刘氏之魂，在统万城(今陕北靖边)建立夏国。统万城在拓跋焘时，早已大名鼎鼎。其城墙既高且宽，用石灰、白黏土、糯米汁搅拌夯筑，有崤函之固。欲破此城，戛戛其难。公元427年，拓跋焘率轻骑三万，长途奔袭，突现统万城下。他采用声东击西、引蛇出洞的战术，终使城中夏军出城，落于魏军布下的口袋阵。夏兵大溃，夏主赫连昌(刘勃勃次子)率残部弃城而逃……

拓跋焘即位后，匈奴后裔柔然，又成为东起外兴安岭，西逾阿尔泰山，南到外蒙大漠，北至贝加尔湖的强大游牧国家，对北魏王朝构成了严重威胁。公元429年春，拓跋焘发动了他称帝后最大一次对柔然的主动出击。其时，柔然无备，民畜遍野。魏军云盔雾甲，如天兵飞降，柔然措手不及，仓促烧毁帐舍，慌不择路，狼奔豕突。拓跋焘兵分数路，飞马急追，在东西五千里，南北三千里的大漠和草原上，展开了地毯式的大搜捕。使得柔然三十万户牧民归降北魏，敕勒部(即高车部)亦有三十万人投降拓跋。拓跋焘将这些降顺的部落，迁至漠南几千里的北魏边境，在魏军监督之下，从事农耕和畜牧，岁岁向拓跋皇廷交贡纳税。继而，拓跋焘又东征辽海，平定北燕；西出秦陇，翦灭西凉……在这一连串的征战中，拓跋焘与其祖父拓跋珪一样，将奔袭战、运动战、游击战、阵地战、攻坚战、歼灭战，演绎得出神入化，使北魏成为中国历史上第一个由游牧民族创建的饮马长江的王朝。

拓跋焘一统北中国后，偃兵息武，大倡文治。比其祖辈、父辈，益发求贤若渴，礼贤下士。在选贤任能时，他对有大略者不问种族，有大才者不分贵贱。他多次下诏，征选遗落稗野民间的逸士。当他得知一些州郡官员，在延揽人才时，有胁迫行为，又再下敕令，告诫群臣，对征召士子，要高看一眼，厚爱一层。受拓跋焘惜才、爱才诚意之感召，通晓经义的学者，文章冠世的名儒，纷纷来到平城。拓跋焘对北魏所灭诸国中的汉族官吏，不计前嫌，量才录用；他对从南朝归顺而来的廊庙之才，更是青眼有加，委以重任。斯时，南朝刘宋皇室，见北魏良将如雨，谋士如云，常使反间计，图谋造成北魏君臣失和。拓跋焘以过人的明察和任人不疑的胆识，数次戳穿了南朝谋士的鬼蜮伎俩。这就使得在南朝有志难伸的高人介士，骥子龙文，纷纷越江而来，汇聚北魏。对此，北魏高允曾写下《高士颂》，以志其盛。

拓跋焘早就意识到，只有提升鲜卑官员的汉化水准，才是巩固政权的有效手段。为拓展汉语的表达功能和书写领域，他令朝中汉臣新造汉字千余，经他一一审定后，诏布天下。他在北讨南征时，即在京都城郊办起太学,让鲜卑子弟,研读汉族经史,学习儒家文化。

拓跋焘在生活上远避奢靡浮华,衣不多备,食不多味,行不多车马,要求后宫也要节衣食,俭财用,禁侈靡。他赏罚严明,对为国尽力尽忠者,不论是士卒还是官员,多有赏赐;而对外戚内亲,从不多赐额外财物。朝中权臣,曾多次上谏拓跋焘修缮扩建皇宫,以彰天子威仪。拓跋焘以夏都统万城虽皇宫豪华、城墙坚固却被本朝所陷为例,严辞驳回权臣奏章。他即位不久,便按农户贫富程度,诏令富裕户照常纳赋,中等户免赋两年,贫困户免赋三年。在审定朝臣制定的法律时,凡不利百姓之处,他下令一一删改……

凡此种种,使马背民族与荷锄民族的融合,很快闪出了一抹亮眼的曙色。

乱世造就了拓跋珪,历史选择了拓跋焘。这祖孙二人在北中国山川大地上留下的刻痕,早被岁月久久地尘封,鲜为今人所知。但这些一千五百多年前的旧事轶闻,却仍能与时间抗衡,成为当今的鉴诫,后世的教训。

五

皇后作为封建帝王的嫡妻,凭借着香宫贵位,隔一帘纱幕,在中国历史上编织出了多少或悱恻或缠绵或凄美或残忍的故事。由于封建史家的大汉族情结及大男权主义,对北魏参政一朝、摄政两代的冯太后,鲜有提及,甚至连她的雅名芳字也给隐去。然而,论及冯太后其德其才其智其绩,都远远高过在历史上大出风头的汉吕后、唐武后、清慈禧者流。这位不被史家看重的冯太后,却是北魏中兴的真正的"总设计师"。正是她,在北魏江山社稷的画稿上,硬黄匀碧,尽情挥洒,写下了标新立异,恢弘隽妙的画卷。

冯氏祖籍河北,生于长安。祖父曾是"十六国"时的北燕国君,父亲曾为北燕广平公。拓跋焘平燕时,冯氏的祖父为停战言和,屈将冯氏的仪态绝丽的姑母献给北魏后宫,成为拓跋焘的昭仪。幼年的冯氏,失母丧父,便被姑母带进宫中。冯昭仪对侄女呵护备至,五经四书,天文地理,文学历史,宫廷礼仪,无不悉数传授。冯氏冰雪聪明,口不绝吟,很快便以容貌靓丽,顾影合度,温文尔雅,成为宫中的“小明星”。公元452年,十三岁的拓跋濬即位,成为北魏第五代皇帝。冯氏十一岁便被封为贵妃,十四岁时,她艳压群芳,“美”挫另外三位竞选对手,成为拓跋濬的皇后。

拓跋濬登基前,宫中宦官宗爱,在八个月内连弑拓跋焘、拓跋余两帝,弄得朝野上下,人心惶惶。幸有忠于魏室的几位大臣,诛杀了宗爱,方稳定了朝局。冯氏立为正宫后,便同十六岁的拓跋濬鸾凤和鸣,共克时艰,采取宽刑简政、与民生息等安国之策,渐次使北魏物阜民康。正当这对琴瑟和谐的帝、后欲大展强国富民的抱负之时,天不假年,年仅二十六岁的拓跋濬,竟驾崩于平城。

按拓跋葬仪风俗,国丧三日那天,皇帝生前所御用器物,要在陵前全部焚烧。失君之痛,令冯皇后肝肠寸断,不能自持。她挣脱搀扶的宫女,纵身一跃,投进熊熊烈焰之中。太监们手疾眼快,速把皇后救起,才使得昏迷的冯氏安然脱险。

这纵火一跳,使一身素缟的冯氏,在鲜卑人的心目中,俨然成了一浴火重生、圣洁无比的天鹅。

这纵火一跳,不仅使冯氏这位汉家女,在满朝文武心目中的形象愈发高大;她以死殉夫的忠贞,也在民间传为美谈。

拓跋濬称帝后第四年,立两岁的拓跋弘为太子。根据开国皇帝拓跋珪立下的“子贵母死”的规矩,太子的生母李夫人即被赐死。拓跋濬便让他极为信赖的皇后冯氏,抚养太子弘。母亲是伞,是豆荚儿;稚童是伞下的宝贝,是荚里的金豆儿。冯氏对拓跋弘精心鞠育,恩同再造。从另一个角度说,冯氏取得了对太子的抚养权,也就等于为她竖起一架攀上北魏权力峰巅的天梯。拓跋弘继位时,仅有十二岁。前朝权可倾国的大将军乙浑,觉皇上年幼可欺,便盗用皇帝诏令,呼朋引类,肆无忌惮地诛杀异己,不臣之心,昭然若揭。弄得京都平城,一片腥风血雨。幼帝拓跋弘,只知在母后冯氏面前啼哭。是冯氏只手擎起了北魏皇权之安。为保全母子生命,冯氏先是以屈求伸,封乙浑为丞相,总揽朝政;继而又暗中笼络朝中几位耿介之臣,派兵一举将乙浑诛杀,灭其三族……

在这场捍卫皇权的角逐中,年轻的冯太后显示出过人的政治智慧,由一代佳丽变为铁腕人物。她断然从幕后走向前台,临朝听政。她重用一批治国能臣,使朝局趋向稳定。一年后,拓跋弘的长子拓跋宏出生,冯氏还政于拓跋弘,悉心鞠养皇太孙。

拓跋弘掌国初始,凡朝中疑难大事,还请母后定夺。随着羽毛渐丰,生性优柔寡断的拓跋弘,却变得自以为是。对母后的治国方略,他畏首畏尾,不予实施。冯氏对拓跋弘多次规劝、敦促乃至训斥,使他抵触情绪愈来愈大。见国事日非,头绪难理,十七岁的拓跋弘便将帝位禅让给五岁的拓跋宏,当起了太上皇。他躲进崇光宫,日夜礼佛。当冯氏以太皇太后的身份,辅佐孝文帝拓跋宏处理朝政时,太上皇拓跋弘竟指指戳戳,时常插一杠子。朝中前尚书李欣,调相州任刺史两年间,横征暴敛,强取豪夺,当他把十大车金银珠宝及细软之物运回京都平城时,激起了民变。冯氏当即将李欣打入死牢。李欣唆使其女婿向拓跋弘告密,言太皇太后冯氏,与中领军李奕有苟且之事。太上皇闻知,当即将李奕诛杀,赦免李欣。弘、欣二人密谋,要用糕点毒死冯氏。东窗事发,冯氏气得娥眉倒竖,凤眼圆睁,她果决出手,派人鸩杀了拓跋弘,再度临朝柄国。

痛苦的报酬是经验。养子反目、面首被诛的事实,告诉冯氏,不采取霹雳手段,其命运注定会重蹈覆辙。她先是将拓跋弘的左辅右弼、心腹大臣,清除殆尽;又将幼主孝文帝拓跋宏生母一族,在朝中的势力也一一肃清。与此同时,她将胞兄冯熙及两个情人王叡、李冲委以重任;将德高望重与前朝皇帝若即若离的大臣,收买拉拢过来。另外,冯氏还擢升了一批对她忠心耿耿的宦官,让他们死心塌地充当自己的鹰犬耳目……

皇冠虽仅是一顶镶金缀珠的帽子，但争夺起来，从来都是刀飞血溅。胜者必须既是猛虎又是狡狐，冯氏概莫能外。值得庆幸的是，冯氏翦异排他，绝非仅为一己之私，而是为了大展她积蕴已久的政治抱负。

汉人史家在著录这段历史时，处于男权心态，对冯氏养面首一事，多有指责。历史上，秦始皇后掖中有万名丽人的香阵，唐玄宗宫廷里有四万美媛的艳景，可史家在记述时，不过是理重事复，甚至津津乐道。其实，性爱是人类心理感受中最为敏感的神经元，是人生享受中最大的享受，人在这种感受中获得的快乐也是最大的快乐。二十四岁守寡、雪肤玉貌的冯氏，仅与二三情人宠臣，在宫闱里两情缱绻，效鱼水之欢，当在情理之中。

思危则安，思亡则存，思乱则治。太皇太后冯氏在掌控了朝局后，便展开了多层面、系统性的政治和经济体制的大变革。

公元484年，她首先推行了“班禄制”。在这之前，北魏的大官小僚，仅靠战争掠掳，来满足或豪华或小康的生活。拓跋焘统一北方后，战争益少，单靠掠夺，已是短绠汲深。于是，贪污之风盛行，官员中出现了贫富悬殊的巨大反差。曾在拓跋焘朝写下《高士颂》的高允，此时已身居中书令高位，但他仍清廉自守、不饮盗泉，竟全家栖身破草房，仅靠咸盐煮青菜度日。然而，像高允这样的清官，毕竟寥若晨星，而大贪小贪却如过江之鲫。冯氏对各级官吏及皇室成员，一律按官阶定禄，统由国家发给米、帛、田户、力役等。同时，她还主持制定了极为严苛的惩贪刑法，凡贪污、勒索之财务达一匹绸绢之价值者，即判死刑……

民不富足而政权稳固的王朝，亘古未有。志存高远的冯氏，于公元485年，又在北魏紧锣密鼓地推行了“三长制”和“均田制”。

此前，北魏各地实行“宗主督护制”，宗主以“督护”地方的身份，代朝廷征收租税。这些宗主们，名义上虽自称一户，实则为三五十家，甚至多达百余家。他们瞒报户口、把应交赋税据为己有的劣行，使得国库空虚，佃民一贫如洗。加之显宦豪强广吞田产，强占山林牧场，使国家可控土地，益见稀少；无田可耕、啼饥号寒的百姓走投无路，以武力抗争的事件，时有发生。为解黎庶于倒悬,冯氏派出大批官员,在夏收秋种时节,出人不意地于田间清查户口。在彻查人丁之后,她排除一切阻挠,雷厉风行地推行起了“三长制”:五家为一邻,五邻为一里,五里为一党;邻有邻长,里有里长,党有党长。三长制之实行,赋役由此前所谓一户,变为真实的一家,朝廷可直接掌控,这就大大加强了北魏王朝的中央集权统治。

“三长制”初成,冯氏又以孝文帝的名义下达了“均田令”。均田制规定:凡十五岁以上的男子,每人授露田四十亩,女子减半;奴婢授田数与平民相同;一头耕牛授田三十亩,以四头为限;官员也按职位高低,授予数目不等的公田。露田、公田为粮田,所有权归国家,且根据人口、耕牛的变换情况,随时调整。另外,每个男子授桑田二十亩,女子五亩,用以种植桑、枣、榆、麻等经济作物。桑田为“世业田”,可代代相承。冯氏还采取特别优惠的政策,鼓励百姓由地少人多的“狭乡”,迁至地广人稀的“宽乡”……均田制所含纳的内容,环环相扣,细针密缕。在甘露普洒人间的同时,还尤为眷顾鳏寡孤独等弱势群体。

均田制的推行,使北魏的生产力像井喷一样尽情迸发。广袤的山川大地上,每一片,每一垄,都成了天下黎庶忘情恋栈的“伊甸园”。拓跋鲜卑由开国之初,学习荷锄民族田园生活的“仿本”,一下变成具有原创色彩的农业文明的“正版”。这具有全新意义的封建均田制,成为北齐、北周、隋唐的“沿用本”,历三百余载而不衰。且为以后各朝各代的统治者,在如何对待“农田”这个事关国运的大课题上,提供了不可或缺的“蓝本”与“参照本”。由是观之,冯氏的均田制,无疑是中国农业文明史上的一块永闪光华的里程碑!

一代国色安天下,锦绣心机“史”中藏。自幼饱读史书的冯氏,深谙封建王朝的覆亡,多由腐败引起,而腐败又往往从皇室内部发端,尔后上行下效,蔓延全国,最终导致政权彻底崩溃。冯氏二度柄国后,面对北魏王室及各级官员的腐败日甚一日,在推行班禄制前夕,就大造“反腐倡廉”的舆论。她以华夏历史为殷鉴,亲自为北魏王室成员,撰写了珠圆玉润,文采斐然，朗朗上口，多达三百余章的《劝戒歌》。《劝戒歌》告谕王室成员要自珍、自重、自廉、自律，守节不移，公忠体国，并将之定为皇室学馆的必读本。

冯氏儿孙辈的王室成员，在反复诵读《劝戒歌》后，尚能遵章守规；而与冯氏同辈的诸王，却对冯氏的良苦告诫，视为耳边轻风。怀朔镇将、汝阴王拓跋天赐，雍州刺史、南安王拓跋桢，均是冯氏之夫君拓跋濬皇帝的弟兄，这“二王”贪赃枉法，纸醉金迷，为北魏王朝的两大巨贪。冯氏派两个“专案组”，分头去彻查二王之后，将二王押回京城，欲施以极刑。朝中几位老臣再三跪请，冯氏迫不得已，才免二王一死。但在以孝文帝名义颁布的诏令中，仍列举二王十恶不赦的罪行，以儆效尤，并将二王打入囚牢，终身禁锢。时隔不久，冯氏得悉，她派出的“专案组组长”、朝中大臣闾文祖，在赴长安侦破南安王犯罪事实时，有受贿行为，便当即革去闾文祖的官职……

冯氏在这场“反腐风暴”中，对皇族中的二王尚且如此严惩，对其他贪官污吏更不手软。当她接到知情者举报秦州刺史尉洛侯、雍州刺史目辰、长安镇将陈提等人贪污不法时，气得周身颤抖，便即刻派人去查清了他们的罪行，旋即下令处死洛侯、目辰，发配陈提。这之后，冯氏又以孝文帝的名义，下诏罢免了从中央到地方的一千余名只反小贪，不反大贪，只捉“苍蝇”，不打“老虎”的办案官员……

这一系列厉法禁、令必行、罪则治的反腐举措，使得侥幸落网的贪官，捻神捻鬼，睡不安枕，黑手不敢再伸；而那些本来清正的官员，益发勤政廉政，脂膏不润。

人类社会进程犹如浩浩东去的长河，它既是历史的，又是现实的。一千五百余年前，太皇太后冯氏在北魏的反腐刺贪的史实，已超越时空；她所擒拿的那一批批赃官墨吏，仍如同从当今河池里捕捉的鱼鳖虾蟹一样，在我们面前活蹦乱跳。

班禄制、三长制、均田制和整饬吏治等全方位的大变革，使北魏很快走向鼎盛与辉煌。据《魏书》记载，太皇太后冯氏辅佐孝文帝掌国期间，“百国千城，莫不欢附”，“九州致贡，殊域来宾”，“商胡贩客，日奔塞下”……当时北魏辖户五百万，人口两千五百万，是当时世界上人口最多的国家之一。

司马迁有云：“恃德者昌，恃力者亡。”太皇太后冯氏，深明“俭为德之共，奢为恶之大”的奥义。她清茶淡饭，衣不完采。她经常带着皇孙孝文帝深入民间，访贫问苦。在均田制实施的第二年，北魏大旱，百姓望云霓而断颈，禾苗盼甘霖而折腰。冯氏在开仓赈灾的同时，下令停建朝廷的楼堂馆所，并把宫中与纺织无关的宫女，发送出宫。不久，又在宫中停止制作皇室所用的绫罗，还把宫中十分之八的衣物珍宝、太官杂器、太仆乘具、内库弓箭刀钤，以及外府的大半衣物、缯布、丝纺一一分发给六镇戍兵、贫民和残疾人。

冯氏见皇孙孝文帝已能不折不扣地贯彻她的治国大计，便淡出了政治舞台。这时，冯氏愈发显得宅心仁厚。她的心境像秋日的呼伦湖一样淡定、澄明；她的心态像大雪后的呼伦贝尔草原一样宁静、轻软。一天，冯氏身体欠安，需服庵闾子。御厨因夜间失眠，误把稀粥当汤药端给了太皇太后，而且稀粥里还有一只死蜻蜓。孝文帝见状，勃然大怒，下令处死御厨。冯氏摆手制止，用筷子挑出蜻蜓，边喝粥边笑吟吟道：御厨做的这粥太香了，连小蜻蜓也飞来凑热闹……

公元490年深秋，冯氏魂归普陀，享年四十九岁。纵观冯氏刚柔并济，王霸张弛，屈辱过，哭泣过，仇恨过，挚爱过，欢笑过，开明过，光辉过的一生，会令多少男性君王自愧弗如！

孝文帝嘉给皇祖母的谥号为“文明太后”，可谓实至名归。

六

文化是个复合体。它包括信仰、宗教、道德、法律、知识、艺术、风俗及人作为社会一员所形成的习惯等等。文化是一个国家与民族的生存之根,是生生不息的灵魂与血脉。最终印证一个国家和民族伟大的,是她的文化。北魏王朝在文明太后冯氏主政时期,在中国历史上第一次形成了游牧文化与农耕文化、华夏文化与外域文化兼容并蓄的显著特质。

这特质集中体现在大同云冈石窟佛教造像上。

云冈石窟位于今大同市西郊武周山南麓,石窟依山而凿,东西绵延一公里,现存石窟五十三座,造像五万一千余尊,佛像最高者达十七点八米;动植物花纹浮雕图案,更是不可胜数。其工程之大部分,告竣于文明太后柄国期间。

公元446年,太武帝拓跋焘西征长安镇压“盖吴起义”时,发现一寺庙内,暗藏兵器,群聚淫乱,遂发生了历史上有名的“太武灭佛”事件。这之后,北魏朝中,内侍宗爱“连弑二帝”;引得朝野上下,说佛谈禅,甚嚣尘上。即位不久的文成帝拓跋濬,在皇后冯氏及大臣们的极力撺掇下,再度复法兴佛。

公元452年,拓跋濬颁诏:凿石造佛,如我帝身。僧师与工匠于兴安初年,凿出一尊魁梧的“兴安佛像”。这尊释迦像的脸上、足上,竟各有黑石,冥同拓跋濬面上、脚上的黑痣。这将梵宫之“梁”,换作帝王之“柱”的手段,显示出拓跋王朝过人的精神统治智慧。这种艺术上的胆略和气魄,也只有游牧民族才能做得出来!

翌年,西域高僧昙曜,应诏来到平城。不久,他即被拓跋濬与皇后冯氏尊为帝师。在冯皇后的董理下,由昙曜主持,皇家又相继开凿出“昙曜五窟”(现第16至20窟)。五窟从开国皇帝拓跋珪到时任皇帝拓跋濬,一帝一窟,依次而建。每窟一石门,一石窗,外壁雕满千佛,主佛释迦均高达十三米以上。它们或坐或立,无不假释迦之躯,雕皇帝之态,藉释迦之仪,传皇帝之神。使云冈石窟,成为神圣不可侵犯的拓跋皇室祖庙。

这借佛之望,增帝之威的“僭越”,挣脱了中外造佛艺术的绳墨,恰恰成为鲜卑人在佛文化上的独创。那一尊尊圆髻方额、高鼻深目、眉眼细长、嘴角上翘、巨耳垂肩、身躯健硕的释迦,神情既威严又可亲,气度既恢弘又睿智。在这里,释迦俨然成为从呼伦贝尔大草原上走来的"顶天立地奇男子,炤古腾今大丈夫!"

一切能够永存的艺术作品,是用它时代的本质雕刻的。昙曜五窟中的释迦,是西域造像艺术东传后的顶级作品。从五尊释迦眉梢、嘴角上流溢出的微笑里,每个人都会有着不同的解读。我们读到的可以是,佛家那普度众生的慈悲、亲和、怜悯与宽容;也可以是,一个从刀林剑丛中杀出的游牧民族,在文化上的自信、自觉、独尊与高贵。这佛爱无涯和权力至上、佛光普照和皇恩浩荡的巧妙契合,所形成的独特风格,使昙曜五窟产生了永恒的艺术魅力!

我曾两次拜谒过云冈石窟。鲜卑族对游牧文化的守望与眷恋,令我感慨良多。各民族的文化差异,是每个民族的特征和标识。舍弃这种差异,其文化就成了不伦不类的摹本。云冈早期开凿的石窟,形状与穹顶,均如同放大了的巨型草原毡包,大佛释迦身着的袈裟,或披或袒,那厚重的衣纹,酷肖草原的毛纺织品。云冈之中晚期开凿的佛窟,呼伦贝尔大森林、大草原的美的元素,仍随处可见。拓跋氏将有着"森林神兽"之称的驯鹿,镌于石窟门楣,让鲜卑族的图腾,在佛堂里占有一席之地;拓跋氏将挺拔修直的白桦,刻于石窟立柱,使庄严的佛殿,平添了隽永秀逸的诗意。梵宫本是莲界,而云冈的一些石窟里,却将大草原上的花草,点缀其间,使莲花的梵宫,益发气韵生动。鲜卑人还将佛教中"白马吻足"的故事,刻于佛堂明窗两壁,让他们刻骨铭心的爱马情怀,得以细腻感人地展示。石窟里护法神鸟那折扇般的翅羽,飞天那翩然而翔的衣袂,很容易让人们联想到呼伦湖畔白天鹅、丹顶鹤们的典雅、婀娜、舒展的舞姿……

风格是思想的衣裳。鲜卑族毫不掩饰地对游牧文化的守望与眷恋,足以引导人们走进他们灵魂的秘境。

守望与包容,是民族文化发展的两个密友。鲜卑族在建筑云冈石窟时,一刻也没有忘记艺术上的兼收并蓄。文明太后冯氏主政时,云冈石窟汉化倾向日见明显。在洞窟形制上,不仅有毡包形,更多地出现了具有荷锄民族风格的前后殿堂式和方形中心塔柱式。随着石窟面积的大幅增加,雕刻的形式及内容,也异彩纷呈。这些佛窟里,虽仍以释迦、菩萨为主雕,但释迦的十大弟子,及飞天、比丘、力士、金刚、伎乐天等,皆一一雕在殿内两侧、四壁、窟顶及由雄狮、大象驮起的廊柱上。佛经的故事,也多被雕在石窟各处,使中国传统建筑的云冈石窟,充满了佛国仙境的浪漫。云冈六窟之中心塔柱下的佛龛里,有一“九龙灌顶”的石雕。原佛经中,有二龙为释迦吐净水沐浴的情节,而在这里却变为九龙。“九”在中国为最高之数,“一言九鼎”,“九五之尊”,是皇帝常用和专用的术语。英国历史学家汤因比的“佛教一进入中国即被中国化了”的说辞,在这里得到了确切的佐证。

最能代表云冈艺术之兼收并蓄的,当属第十二窟。此窟亦称音乐窟。其前室北壁上,伎乐天们,手持中原、草原、西域、中亚的各种古代乐器,或拨或弹或吹或奏或击或打或敲,组成了一支庞大的“交响乐团”。这场面,这情景,仿佛是在看不见的皇室巨手的幕后指挥下,共同吹奏着北魏的经济强盛曲,文化繁荣歌。

智慧的人类,为使各民族及个人的历史,能彪炳千秋,常以文字的形式,或铸于铜鼎,或写于竹帛,或载于纸页,有的帝王甚至将自己的形象塑成金身。而从嘎仙洞石室走出来的拓跋氏,最钟情、最信赖的却是石头。拓跋濬在复法兴佛的诏令中曾云:纸帛易破,泥塑易碎,金像易烁,唯石雕可与天地共长。云冈石窟,实则是一部拓跋王朝的石刻之历史,“无韵之离骚”。

历史常是胜利者的自我宣传。作为胜利者和为北魏谱写出壮美华章的文明太后冯氏,有资格被雕于这石刻历史上。

文明太后掌国后的云冈佛像, 一改此前清一色男性佛像的单调,在一些雕像中,出现了女性化特征。女人,常被誉为上帝微笑的化身;没有一种力量,能比一个自信而美丽的女子的微笑,更能征服人心。这将佛像女性化的艺术变革,使云冈佛像的佛光,更能照彻人的心胸中的蕴蓄,夺人魂魄。第七窟之“六美人”之佛雕，“宝相庄严，拈花带笑”，是变革后的代表作。云冈石窟，雕有多幅有关太子的佛经故事。那“姨母养育太子”的情景，仿佛不是来自佛经，而是冯氏抚养两代太子的移花接木。云冈有近四百处释迦与多宝二佛并坐的雕像，此乃暗喻文成帝拓跋濬与皇后冯氏，“二圣”共理朝政。孝文帝拓跋宏对祖母冯氏，至孝至顺，在祖母过世后，特颁诏将最豪华的第六窟命名为“佛母洞”，旨在称颂创造出“正版”农业文明的太皇太后的大功大德……

建筑与雕塑常是考量一个国家文明的尺度。云冈石窟，是以皇权的意志，集北魏的高僧逸士、画师国手、能工良匠，建造的国家级工程。

云冈，是今人解读北魏政治、经济、军事及文化艺术的石刻的“四库全书”。

云冈的全石化建筑，富丽堂皇，雍容华贵，闳阔深沉，巧夺天工，既具自然美，又富规则美；云冈的石像、石雕惊世骇俗，别树一帜，豪宕奇峭，流丽精工，是形诸于石的诗，也是形诸于佛的画。

云冈石窟，是荷锄民族与游牧民族联袂创造的文化宝石，也是中华民族献给全人类的艺术明珠！

“城中好高髻，四方高一尺，城中好大袖，四方全匹帛。”云冈石窟的修建，引得北魏疆域内的礼佛造像，蔚成风气。各地官员及百姓，仿效皇家之举动，纷纷推陈出新，佛为我用。妻子为亡夫造佛者有之，儿子为先父造佛者有之，子孙为先祖造佛者亦有之。一时间，竟出现了梵宫遍立，万佛争竖的景象。达官贵妇及富豪，也学着皇廷的样儿，将家族历史、个人生平，刻在石头上，一股“墓志铭”之热，也兴起于北魏……

文化的力量在于对人的心智、美学、道德的培养。倘若说文明太后冯氏董建的云冈石窟，足可以在世界美术史上永灼其华；那么在她精心启蒙、训迪、教化乃至激励、鼓舞下成长起来的一代英主拓跋宏，该是她的最得意“作品”。

文明太后谢世后，独掌朝纲的拓跋宏，承袭了祖母的衣钵，以文治为中心,加速汉化,完全实现了鲜卑族与汉族的大融合。

孝文帝拓跋宏在位期间,最大的举动,是于公元495年秋,将帝都从平城迁至洛阳,使这个荒废了一百七十余年的汉、晋古都,又以万象更新的姿态,矗立于中原大地。街道的宽阔,宫殿的巍峨,佛寺的华美,自不待言。那为富商大贾专划的居住区,那为雅士、艺人专辟的街道,那为酒家、茶客规置的酒肆茶楼,无不绿树掩映、错落有致。那为江南来客专建的"金陵馆",那为东方来宾专造的"扶桑馆",那为塞外友朋专设的"燕然馆",那为西域睦邻专修的"崦嵫馆",也是人到熙熙,马到攘攘。龙门石窟,也应运而生。当时的洛阳,成了亚洲文化的中心。

迁都洛阳前后,孝文帝对鲜卑族全盘汉化。他先是修订刑律,将此前斩刑犯人时"除衣裸体"、一人犯罪"株连全族"等酷恶之法废除;接着又改官制,中央及地方一律按汉制设立文武官吏,同时取消王公贵族世袭爵位的制度。他下令废陋婚,厉禁鲜卑同姓人通婚,并亲做月下老,促成皇室子弟与汉族官员的儿女,结为姻亲;他敕令改制鲜卑服饰,无论男女,一律着汉服。他颁诏讲汉话,朝中凡三十岁以下的鲜卑官员,"不得以北俗之语,言于朝廷,若有违者,免所居官。"为把汉化进行到底,他将鲜卑族的一百一十八个复音姓,全部改为汉姓;并率先垂范,将"拓跋"改为"元",自尊元宏。于是,"丘穆陵"易为"穆","步六孤"易为"陆","独孤"易为"刘","贺赖"易为"贺","纥嵇"易为"嵇","尉迟"易为"尉","拔拔"易为"长孙"……并定魏、陆、奚、贺、桓、刘、于、长孙等八大姓为国姓,与朝中汉族崔、卢、郑、王四大姓,享受同等政治待遇。孝文帝将朝中鲜卑人的籍贯,通通改为洛阳县;同时还命令死于洛阳的鲜卑贵族,不得还葬平城……

服饰、语言乃至姓氏,是每个民族的特征和标志,是血肉关系中最亲密、最不应该泯灭的部分。孝文帝的激进改革,后人褒贬不一。鲜卑这个民族经过无以复加的汉化,最终消失,无疑是一个民族的悲哀。但换一个角度看,荷锄民族与游牧民族第一次真正的大融合,对推动中华文化大发展的意义,也不应低估。

一个民族的文化越是悠久，文明越是彬彬有礼，它风尚的诗意则会愈来愈少。要使一个民族的文化经久不衰，就必须不断给其注入新的刺激与活力。

书法，是中华民族精神家园里独有的一方仙苑；书法，是中国传统文化的核心。书法在篆、隶、楷、行、草五体之外，还有一体曰“魏碑”。魏碑正是野性飞扬，悟性灵动的游牧民族鲜卑人，在对汉文化的冲击与融合中诞生的。它上承汉隶，下启唐楷，隶楷兼备。康有为言魏碑有“十美”：一曰魄力雄强，二曰气象浑穆，三曰笔法跳跃，四曰点画俊厚，五曰意态奇异，六曰精神飞动，七曰兴趣酣畅，八曰骨法洞达，九曰结构天成，十曰血肉丰美。与康齐名的梁启超，对魏碑也情有独钟，说“书法以北魏为主系，唐为润系。”在我国现存的诸多魏碑中，以莱州的《郑道昭碑》、西安碑林中的《晖福寺碑》和孔庙的《张猛龙碑》，最享盛名。自北魏以降，历代书法大家，大都视魏碑为圭臬，经反复研摹，方自成一格。清代的书法大家赵谦之，近代的书法巨匠弘一法师、于右任，都曾师从魏碑……

胡风汉制的北魏，对中华文化的巨大贡献不独石雕、石刻及魏碑。那“天苍苍，野茫茫，风吹草低见牛羊”的《敕勒歌》，至今仍是受众面最广的古民歌之一；那《木兰辞》中之“朔气传金柝，寒光照铁衣”的警句，至今仍勃发着中华儿女的豪气。大受毛泽东激赏的郦道元的《水经注》，至今仍是研究中国古代江河及历史地理的经典教本；贾思勰的《齐民要术》，至今仍是探究古代黄河流域农业技术的必读书。北魏还大量翻译了佛经，使儒释道三教，在中国初成鼎足之势……

从呼伦贝尔大草原走出的鲜卑族建立的北魏王朝，在中国历史上存在了一百四十九年。这在封建王朝的“周期律”里，寿命不算长也不算短。鲜卑族虽然消失了，但这个在中原大地上，曾留下过嘹亮歌声和矫健身影的杰出民族，是永远不会在中华史册上消失的。它的历史活着，它的文化活着。鲜卑族与汉民族，早已你中有我，我中有你。隋文帝的独孤皇后是鲜卑人，唐高祖李渊的母亲是鲜卑人，李世民的长孙皇后是鲜卑人，唐代诗人元稹是鲜卑人,辽金诗人元好问也是鲜卑人……隋唐五代,有大批鲜卑人南迁成为客家人,客家人代有英杰辈出,更是不争的史实。

文化的强大影响力,是人类不断前进的助推器。北魏王朝在文化上的开放、开明与开通,为李唐王朝提供了借镜,为托起一个盛唐搭起了平台。李唐政权持汉制,取胡风,一改秦始皇的“非秦纪皆焚”,汉武帝的“独尊儒术”,将少数民族视为中华民族大家庭的兄弟,以更广阔的襟怀,更大的包容,更全面的融合,将中华文化推向了风光无限的峰巅。

七

拜别嘎仙洞,沿着鲜卑族西迁、南下的路线,我们在呼伦贝尔的额尔古纳市的根河岸边驻足。它的北面、东面是大兴安岭,西南面是呼伦湖,南面是千里一碧的大草原。

呼伦贝尔,是一片何等神奇、神秘而神圣的土地啊!它既是游牧民族的主要诞生地,也是游牧文化的重要输出地。

这里曾走出契丹族。契丹建立的大辽国,其疆域面积是北宋的一倍。它与北魏王朝一样,胡风汉制,在中国的经济史、文化史上,也留下了一道道瑰丽的风景。

这里曾走出女真族。女真人曾龙腾虎踔,掌控过大半个中国。大金国面对以奢靡拥抱着皇权、怯懦猥亵着果敢、阴谋扼杀着忠勇、淫乱侮弄着情爱的南宋,抵瑕蹈隙,发起过翻江倒海的进击。游牧民族带给荷锄民族的是一声声惊雷,一个个震撼。女真人在无情冲击腐朽南宋王朝的同时,也十分注重用汉文化的儒雅,去填补本民族剽悍心灵的露缝。当时的金朝,上至帝妃,下至百官,以赋诗填词为尚。海陵王曾吟出“大柄若在手,清风满天下”,“提兵百万西湖侧,立马吴山第一峰”的豪迈诗句。金章宗和李妃于琼华岛并坐赏月时,竟也玩起汉人联对、组字的游戏,章宗口占“二人土上坐”,李妃即刻对以“孤月日边明”。章宗用两个“人”于“土”上组成“坐”字；李妃以“月”比己，以“日”喻帝，用日、月结成“明”字……

这里诞生了有着谜一样色彩的英雄的蒙古族。呼伦湖周边的敖包山、马蹄坑、脚印湖、拴马柱、石马群、苍狼白鹿岛之自然景观，无不与一个如雷贯耳的名字——成吉思汗，联结在一起。成吉思汗的母亲诃额仑，生于呼伦贝尔，长于呼伦贝尔。成吉思汗九岁时与他日后的皇后孛儿帖，也在呼伦贝尔赤绳系定。一代天骄成吉思汗，正是以呼伦贝尔为大后方，率领着他的蒙古大军，挥动着“上帝之鞭”，像一道道闪电，似一阵阵狂飙，掠过贝加尔湖，掠过叶尼塞河，直达里海；他的马队，长啸于天山脚下，帕米尔高原；他的马队，丈量过外兴安岭的山山水水，也丈量过云南边陲的岭岭峰峰，并与南海一起高歌……当时的元朝，是世界上疆域最大的国家。这梦幻般的谜题，曾令整个世界骇异、费解和太息。蒙古族在打开亚欧文化通道的同时，也创造了本民族的灿烂文化。长达十万行的蒙古英雄史诗《江格尔》、卷帙浩繁的《蒙古秘史》，早已被世界众多国家翻译出版。研讨这两部巨制，已成为当今世界的国际性学科……

蒙古族为中华民族定都北京，举行了奠基礼。今北京北海的团城内，有一元初用整块大玉石雕成的“渎山大玉海”，至今它仍睁着巨大的玉一样眼睛，用公正、诚实的目光，见证着一座伟大城市，是怎样在荒野里诞生，于泥淖里分娩……

满族的前身是从这里走出的女真人。满族创建的大清国也曾创造出和盛唐“贞观之治”一样民富国强的“康乾盛世”。清朝鼎盛时的国土面积为一千三百八十余万平方公里，是当时世界上国土面积最大的国家……

上世纪三十年代至八十年代，在内蒙赤峰、辽河流域，不断发现的“红山文化”，震惊了中外。蛇形原龙、鹿形原龙、马形原龙、猪形玉龙的出土，宗教礼仪性的大规模的建筑群“积石冢、神女庙、石祭坛”的显现，一再确证，北国的游牧民族和中原的华夏民族，同出一脉，同为炎黄子孙，同是龙的传人。

天地浮浮沉沉，春秋来来往往，朝代更更替替。以唯物史观去观照历史,自北魏以来,荷锄民族与游牧民族的战争,是兄弟阋墙、争坐江山的争斗。在这部长长的历史连续剧里,荷锄民族与游牧民族,都曾当过权力的主角与配角。在南北朝、宋辽金时,也曾同为A角。纵观中国历史,中华民族总是在割据、对立、抗衡中,最终走向统一的。统一,是中华民族的主题词;统一,是中华民族大发展的最牢固的基石。历史上的每次大统一,各少数民族都以一股股新鲜的血液,激活了汉民族的肌体和机能,优化了汉民族的基因和品质。今日之大同市,曾是北魏京都,辽金陪都,元朝西京,当属历史上民族融合的"金三角"地带。大同自古出美人。从北魏至明朝,大同曾出过二十五位皇后,九名嫔妃……

文化同世间的万物万有一样,也会有着诞生、发展、衰退乃至消逝的过程。古埃及、古希腊、古巴比伦、古印度等原生态的"母文化",同中华传统文化一样古老,一样著名,后均因外族的占领和外族文化的侵蚀,渐次消亡了。中华文明何以历五千年而不衰,在呼伦贝尔这片古老的游牧文化的输出地,在当今这片仍有着四十三个民族居住的圣土上,我们似乎能找到某些答案。

崇尚天人合一,讲究和平仁爱,追求综合包容,是中国传统文化的精髓;但也打有安土重居、封闭自守的农耕文明的烙印。正是因为汉文化有着巨大的向心力和凝聚力,才使得历史上的游牧民族和其他少数民族心向往之。然而,正如近亲婚姻,"其生不蕃"一样,单一的文化是不会有强大发展动力的。一种文化必须有多种异质文化的不断刺激、掺和与交糅,才能在互补中,焕发出勃勃生机。历史上,游牧民族对汉民族的一次次冲击,只会像磨剑石一样,磨去的仅是中华传统文化的惰性,而其剑体愈发显得光华四射。

正是五十六个民族文化差异的相互砥砺,才共同书写了中华民族精神的图谱!

呼伦贝尔的记忆,很多很多。它既是中国的记忆,也是世界的记忆。

呼伦贝尔是"中国历史的幽静后院",也是当今我国硕果仅存的环境后院。

徜徉于根河岸畔,流连于大草原的碧草清流之间,鲁迅在《中国地质略论》中名言,倏地闪现在我的脑际:“中国者,中国人之中国。可容外族之研究,不容外族之探捡;可容外族之赞叹,不容外族之觊觎者也。”

物质丰富世界,文化设计未来。我们正处在经济迅猛发展,传统文化失忆的年代,也处在物欲横流,真善美最容易被击碎的年代。为振兴强大中华民族的国力,我们汲取西方文化的先进部分,是完全必要的。但对某些国家的侵略文化、霸权文化、损他利己文化,我们应像大草原的雄鹰一样,时刻保持高度的警惕……

要守住中华文化之根!

难忘的清流绝响

○黄永玉

苗子兄死了。

我听见噩耗之后很从容镇定，凝重了几秒钟，想了想他温暖微笑的样子……

意大利、西班牙那方面的人死了，送葬行列肃立鼓掌欢送，赞美他一辈子活得有声有色，甚至辉煌灿烂。听说往时河北省一些地方，老人家死了，也是像闹新房一样热闹一场，讲些滑稽的话，真正做到“红白喜事”那个“喜”的意思。

地区有别，时代也不同了，换个时空，使用不当很可能酿成天大祸事。

苗子兄死了，成为一道清流绝响。上世纪三十年代漫画界最后一个人谢幕隐退了。

苗子兄第一幅漫画作品发表在一九二九年——十六岁；我一九二四年生，五岁；没眼福看他那第一幅画。一直到抗战胜利后的一九四七年，我在上海刻木刻懵懂过日子，接到苗子郁风兄嫂他们两位从南京来信要求收购我的木刻的毛笔信之后，才认真地交往起来。那时我二十三岁，他们也才三十二三岁，六十五六年前的事了。

十六岁孩子可以哄抱五岁孩子；三十二三的青年跟二十二三的青年却成为终身知己。

跟他们两位几十年交往，南京、上海、香港，最后几十年扎根北京，四个大字概括——

“悲、欢、离、合。”

他自小书读得好、字写得好，因为跟的老师邓尔雅先生、叶恭绰先生……了得。我哪谈得上学问？我只是耳朵勤快，尊敬有学问的人。

我觉得自己可能有一点天生的“可爱性”；向人请教，向人借书，人家都不拒绝。据说藏书丰富而爱书如命因之“特别小气”的唐弢先生，叶灵凤先生，阿英先生，常任侠先生，黄裳老兄，苗子老兄，王世襄老兄，对我从来都是门户开放，大方慷慨，甚至主动地推荐奇书给我，送书给我（黄裳兄送过明刻家黄子立陈老莲《水浒》叶子和《宝纶堂集》……）。

苗子兄的书库等于我自己的书库，要什么借什么，速读书卡片一借就是三月半年，任抄任用。包括拓片画卷（王世襄兄多次亲自送明清竹根、竹雕名作到大雅宝胡同甲二号来，让我“玩三天”、“玩一礼拜”……）。

这种“信任”，真是珍贵难忘。

零六年中秋，苗子、郁风兄嫂到凤凰玉氏山房来。郁风老姐告诉我，这两年重病期间，“肚子里凡是女人的东西都取走了”。其实她脖子上的创口还没有拆线。随行的客人中有两位医生夫妇。

在玉氏山房，郁风老姐说什么我们都听她的。

“给我画张丈二……”

好，丈二就丈二，纸横在画墙上，上半部画满了飞鹤。她说：“留了空好，回北京我补画下半张……我们全家还要来凤凰过春节！”

中秋，几十个凑热闹的本地朋友一起欣赏瓢泼大雨，还填了词，我一阕，苗子兄和了一阕。

天气转好的日子，还到我的母校岩脑坡文昌阁小学参观，请了几顶“滑竿”抬他们，回来，她居然把“滑竿”辞了。

她说：“这学校风景世界少有！”

当然！那还用她说？我想。

回北京不久又进医院，死了。

郁风大姐跟苗子老兄不一样。爱抬杠！而且大多是傻杠。有时弄得人哭笑不得，有时把人气死。怪不得有次苗子兄说：“哪位要？我把她嫁了算了！”

郁风大姐自从变成老太婆以来，是个非常让人无可奈何的“神人”。有一年在我家的几十人的聚会上，交谈空气十分和谐融洽，临散席时，一位好心朋友对郁风大姐说：“以后有什么事需要帮忙，可以打电话给我。”猜猜这位老大姐如何回答？“唉，算了！你都下台了，还帮什么忙？”（老天爷在上，这是原话。）

好心朋友是诚恳的，郁风大姐也不伪善。

全场鸦雀无声。

谁想得到，翻回几十页历史去看我们这位大姐，做过多少严密审慎大事，经历多少需要坚毅冷静头脑去对付的磨难，她还是一九三六年长征干部待遇，天晓得她干过什么事，说的话却像刚从子宫里出道。

苗子兄东北劳改四年半，秦城监狱七年半，共十二年。一生重要的十二年就这么打发了。

去年八月间，毛弟把他从医院送到万荷堂来吃了一顿饭，不单吃相可人，我还认为他不久就能从医院回家。

饭后我们还大谈了一番人生。又提到画画的老头剩下不多了，他还说：“你算不得老！”我连忙接着说：“当然！当然！你十六岁发表作品时，我才五岁。你肯定是前辈。”

又提到眼前剩下许麟庐、他、我三个人了。（恐怕还有几个，只是说不清楚……）

吃过饭，坐毛弟的车走了。第四天，许麟庐兄去世。我还打电话：“喂，许麟庐没了，剩下咱们俩了！”

他：“哈！哈！哈！”

苗子兄对学问，对过日子，对人都是那么从容温润，所以他能活到一百岁。

对世界，他不计较。

从秦城监狱放出来第二天我去看他，见面第一句话是笑着说的：“你看，你看！搞了我七年半。”

记得抓走他两口子的那天上午，我从牛棚扯谎“上医院”，在东单菜市场买了条尺多长的鲜草鱼到芳嘉园去。一进门，光宇的夫人张妈妈看见是我：“哎呀！你还来？两个刚抓走——你快走，你快走！”

我问孩子冬冬呢？

“我管看！我管看！你快走！快走！”

“四人帮”覆灭之后，被烟熏火燎所剩无几的蚁群又重新聚成残余队伍。这零落的队伍中，有的没过上几天好日子、没笑上几声就凋谢了。浅予没有了，丁聪、郁风和苗子赶上了好时候，算是多活了几年。

苗子脾气和顺，闲适，宠辱不惊，自得其乐，连害病都害得那么从容。躺在医院几年，居然还搞书法送人，做诗与朋友唱和。

一个人怎么可以弄成这种境界呢？可能是从小得到有道德、有学问的长辈熏陶，加上青年时代的运气和敏慧，吴铁城、俞鸿钧诸人的提携；本身优良的素质，做了大官没有冲昏头脑，没有腐化堕落，常年与书为伴，懂得上下浮沉的因果关系的缘故。新中国成立后面对没因由的坎坷那种从容态度，不是普通人做得到的。所以“仁者寿”。

苗子兄也有很多很多好笑的地方。他的出生、学识、经历，自小都浮在文化和政治的上层（东北劳改四年半除外），说来说去可算是一种特殊的“纯洁”。我和他不一样，自小就没有受过严格端正的教育，靠自己哺育自己，体会另外半个世界的机会比他丰富。他清楚这一点，正如孔夫子说过的：“吾生也贱，故多能鄙事。”

手工艺方面不用说。我帮他用葡萄藤做过一把大紫砂壶的高提梁；帮他在铜镇尺上腐蚀凸出的长联书法，他都惊叹我为“神人也”；就拿一般的生理常识,他也是一窍不通,幼稚得无以复加。

有个下午忽然接到他的电话:

“永玉,我问你一个问题,什么叫‘乳沟’?”

我说:“你干吗不问郁风?”

又有一年冬天,忘了是晚上还是白天,他来电话:

“永玉,怎么我的睾丸不见了?”

我了解这个问题,我在农村劳动有过这种经历:

“天气冷,躲到肚子里头去了。”

“哦!哦!”

六十年代我住在北京站罐儿胡同的时候,某一个月的月底,他笑眯眯地走进屋来:“月底,没有钱了吧?哪,这里五块钱。哈、哈、哈……”

见鬼!哪个叫他来的?

一切都过去了,我们这帮老家伙剩下不多了。

对于苗子兄的一生,觉得他有一件大事没有做。他“王顾左右而言他”,他来得及的时候没有做(比如从秦城监狱出来的时候,他跟人常做诗唱和,认为十分有趣开怀,其实浪费了情感和光阴),甚至根本没有意识到应该做;或早已意识到该做而为某种戒律制约没有做;那就是写一本厚厚的、细细的“回忆录”。

不写“回忆录”而东拉西扯一些不太精通的“茶”、“烟”、“酒”的东西干吗?这类材料电脑一按,三岁小孩都查得到,何必要你费神?你一不抽烟,二不喝酒,三不善茶。可惜了……

你想,当年儿时广东的文化盛景,其尊人跟叶恭绰、邓尔雅诸文士们的交往活动,有多少写多少,会是多么有益于后代的文献!

后来在上海,文化界的活动,漫画界诸人,黄文农,张光宇、曹涵美、张正宇三兄弟,叶浅予,陆志庠,高龙生,汪子美,黄尧,蔡若虹,华君武,张英超，以及后来的张文元，特伟，廖冰兄……诸人的活动，还有文化界重要的"孟尝君"——邵洵美……还有电影界的那一帮老熟人，王人美，赵丹，金山，顾而已，陈凝秋，金焰，白杨，陈燕燕，唐纳，高占非，魏鹤龄，阮玲玉……在你，都是熟到家的朋友。接下来写你的官运旅程，吴铁城，张学良，俞鸿钧，蒋介石，戴笠，王新衡，宋美龄……以后的重庆生活，毛泽东，周恩来，叶剑英，董必武……还有一些特殊的朋友，潘汉年，夏衍，唐瑜……包括杨度，杜月笙，黄金荣，蒋经国……

串在一起的大事，零零碎碎的小事，没有人有你的条件，有你的身份，有你的头脑，有你的记忆力和才情。这会是一部多么有用的书，多么惹人喜欢的书！多么厚厚的一部重要的历史文献……

你看你看！你不抱西瓜抓芝麻。你看你居然就这样死了……

断裂的爱

○余秋雨

一

自从那场大火之后，我不知道你还活着。

燃烧是一种让人睁不开眼睛的吞噬。火焰以一种灼热而飘忽的狞笑，快速地推进着毁灭。那一刻，我这一边已经准备霎时化为灰烬，哪知有一双手伸了进来，把伤残的我救出。我正觉得万般侥幸，却怎么也没有想到，同时被救出的，还有自己的另一半。

我们已经失去弥合的接缝，因此也就失去了对于对方的奢望。有时只在收藏者密不透风的樟木箱里，记忆着那一半曾经相连的河山。

整整五百年，都是这样。

这是一个生离死别的悲剧，而悲剧的起因，却是过度的爱。

那位老人对我们的爱，已经与他的生命等量齐观。因此，在他生命结束时，也要我们陪伴。那盆越燃越旺的火，映照着他越来越冷的身体。他想用烈火，把我们与他熔成一体。结果，与历史上无数次证明的那样，因爱而毁灭，而断裂。

——以上这些话，是烧成两半的《富春山居图》的默语，却被我听到了。我先在浙江省博物馆的库房里悄悄地听，后在台北故宫博物院库房里悄悄地听。一样的语调，却已经染了不同的口音。

我既然分头听到了，那就产生一种冲动，要在有生之年通过百般努力，让分的两半，找一个什么地方聚一聚。彼此看上一眼也好，然后再各自过安静的日子。

二

那次焚画救画的事件，发生在江苏宜兴的一所吴姓大宅里，时间是1650年。那地方与画有特殊缘分，现代大画家徐悲鸿、吴冠中都是从那里走出来的。

《富春山居图》在遭遇这场大难和大幸之前，已经很有经历。

明代成化年间，画家沈周曾经收藏，后遗失，流入市场，被一位樊姓收藏家购得。1570年到了无锡谈恩重手里，1596年被书画家董其昌收藏。转来转去二三百年间，大体集中在江苏南部地区，离这幅画作者的出生地和创作地不远。但是，在被焚被救之后，流转空间猛然扩大，两半幅画就开始绕大圈子了。两半幅画，一长一短，后长前短。长的后半段，在清代康熙年间曾被尚书王鸿绪收藏，到了乾隆年间一度曾落入朝鲜人安仪周之手，后来在乾隆十一年，也就是1746年，被一位姓傅的先生送入清宫。但是在这之前，已经有一幅同名的画作进宫了，乾隆皇帝还在上面题过词，因此就认定后来的这幅是赝品。

这又是一场由爱而起的断裂。因爱而模仿，因爱而搜求，因爱而误判，因爱而误题，结果，断裂于真伪之间。直到嘉庆年间，鉴定家胡敬等人才核定真伪。因此，乾隆皇帝至死都不明白自己上当了，让赝品堂而皇之地被悉心供奉着，让真迹在另一个拥挤的库房里暗自冷笑。幸好，他那天没有像现在有些文物鉴定节目一样干脆利落：“去伪存真，把后面送进来的那件赝品灭了！”

从此，这幅重重断裂的画又进入了历史的断裂处。清王朝灭亡后随末代皇帝流出宫外，又在第二次世界大战的炮火中随着携带者的怪异生涯而怪异漂泊。最后,又在一场内战中落脚于台湾。

至于那前面小半段的经历,也很凄楚。一度曾被埋没在一堆老画的册页中,后被慧眼识别,却又被移藏得不见天日,有幸终于落到了画家吴湖帆手中。浙江省博物馆得以收藏,是时任馆长的书法家沙孟海在二十世纪五十年代诚意请吴湖帆转让的。

我认识吴湖帆晚年的弟子李先生,他在生前曾向我讲述了一段往事。那天,吴湖帆正在上海南京路的南京理发店理发,有一位古董商人寻迹而来,神秘兮兮地向他展示一件东西。才展开几寸,吴湖帆立即从理发椅上跳起身来,拉着古董商赶往他在嵩山路的家取钱。这位画家没见过《富春山居图》,但一眼扫及片断笔墨,就知道这就是那另一半。尽管,这个拉着古董商人急匆匆奔走的男人,理发也只理了一半。但他,哪里等得及理完?

看到了没有,从明清两代直到现代,凡是与《富春山居图》有关的人,都有点疯疯癫癫。

正是这种疯疯癫癫,使作品濒临毁灭,又使作品得以延续。中国文化的最精致部分,就是这样延续的。那是几处命悬一线的暗道,那是一些人迹罕至的险路,那是一番不计输赢的押注,那是一副不可理喻的热肠,那是一派心在天国的醉态,那是一种嗜美如命的痴狂。

三

并不是一切优秀作品都能引发数百年的痴狂。《富春山居图》为什么有这般魔力?

这件事说来话长,牵涉到顶级艺术作品中所包含的神秘力量。

大家似乎有一种共识,认为艺术杰作的出现必须有一些良好的客观条件,例如,经济的保障、官方的支持、社团的组建、典仪的热闹、社会的重视、民众的关注。正是这些条件,组成了“文化盛世”的自诩。根据这样的自诩，宋代设立了宫廷画院，称为“翰林图画院”，由宋徽宗赵佶亲自建制并不断完善。不少民间画家被遴选为御用画师，从社会地位到创作生态，都受到充分宠信和照料。宫廷画院里也出现过一些不错的作品，但是很奇怪，没有一件能够像《富春山居图》那样引起人们的痴狂。

当宋朝灭亡之后，宫廷画院当然也不复存在。南方的汉族画家被贬斥到了社会最底层，比之于前朝的御用画师，简直一个在天上，一个在地下。但是，正是在远离官方、远离财富、远离地位、远离人群、远离关注的困境下，《富春山居图》出现了。

当它一出现，人们就立即明白，宋朝宫廷画院所提供的一切优渥条件，大半是艺术创作的障碍。

其实，这个教训岂止于宋代。上上下下在呼唤的，包括艺术家们自己在呼唤的，往往是创作的反面力量。

诚然，宫廷画院的作品是典雅的，富贵的，严整的，豪华的，细腻的，什么都是了，只缺少“一点点”别的什么。别的什么呢？那就是，缺少独立的自我，因此也就缺少了生命的私语，生态的纯净，精神的舒展，笔墨的洒脱。《富春山居图》正是有了这“一点点”，便产生了魔力。

说到这里，我们终于可以引出这幅画的作者黄公望了。由于他是彻底个人化的艺术家，因此他的生存特征，就比任何一个宫廷画家重要。他无帮无派，难于归类，因此也比他身后的“吴门画派”“扬州八怪”们重要。

四

说得难听一点，他是一个籍贯不清，姓氏不明，职场平庸，又入狱多年的人。出狱之后，也没有找到像样的职业，卖卜为生，过着草野平民的日子。那时他的年纪已经很大，据说还没有正式开始以画家的身份画画。中国传统文化界对于一个艺术家的习惯描述，例如“家学渊源”、“少年得志”、“风华惊世”、“仕途受嫉”、“时来运转”之类，与他基本无关。因此，他让大家深感陌生。

然而，在这个“陌生人”身上，从小就开始积贮一种貌似“脱轨”的“另轨”履历。例如，他不是传说中的富阳人或松江人，而是江苏常熟人。也不姓黄，而姓陆。年幼失去父母，被族人过继给浙江温州一位黄姓老人做养子。老人自叹一句“黄公望子久矣”，于是孩子也就有了“黄公望”之名，又有了“子久”之字。这么一个错乱而又随意的开头，似乎是在提醒人们，不能用寻常眼光来看这个人。

他什么时候开始学画的？一般的说法是“晚年学画”，又把“晚年”定在五十岁左右。其实，从零星的资料看，他童年时看到过赵孟頫挥笔，自称是“雪松斋中小学生”。可见他把高层级的耳目启蒙，哪怕只是趴在几案边的稚嫩好奇，都当作自己艺术学历的第一课。他在青年、中年时有没有画过？回答是肯定的，而且画得不错。按照画家恽南田的说法，他的笔下“法兼众美”，也就是涉猎了画坛上各种不同的风格。可惜，他的这些画稿我们没能看到。

那时，他一直担任着官衙里的笔墨助理，称作“书吏”“掾吏”，或别的什么“吏”。那是一种无聊而又黯淡的谋生职业，即使有业余爱好也引不起太大注意。入狱，是受到他顶头上司张闾的案件牵连，那就在无聊、黯淡中增添了凶险。

在漫长的牢狱生活中他曾写诗给外面的朋友，那些诗没有留下来，但我们却发现了其中一个朋友回赠他的一首诗，其中两句是：“世故无涯方扰扰，人生如梦竟昏昏”（杨载：《次韵黄子久狱中见赠》）。从中可以推测他的原诗，他的心情。

但是，他没有在“扰扰”“昏昏”中沉没，出狱后他皈依了道教中的全真教，信奉的教义是“忍耻含垢，苦己利人”。

到这个时候，他的谋生空间已经很小，而精神空间却反而很大。这就具备了成就一个大艺术家的可能。相反，一个人如果谋生空间很大，而精神空间很小，那就与大艺术远离了。

五

有人曾经这样描述黄公望：

> 身有百世之忧，家无儋石之储。盖其侠似燕赵剑客，其达似晋宋酒徒。至于风雨寒门，呻吟槃礴，欲援笔而著书，又将为齐鲁之学士，此岂寻常画史也哉。（戴表元：黄公望像赞）

忧思、侠气、博学、贫困、好酒。在当时能看到他的人们眼中，这个贫困的酒徒似乎还有点精神病。

在一些片段记载中，我们能够约略知道黄公望当时在乡人口中的形象。例如，有人说他喜欢整天坐在荒山乱石的树竹丛中，那意态，像是刚来或即走，但他明明安坐着，真不知道他要干什么。有时，他又会到海边看狂浪，即使风雨大作、浑身湿透，也毫不在乎。

我想，只有真正懂艺术的人才知道他要什么。很可惜，他身边缺少这样的人。即使与他走得比较近的那几个，回忆起来也大多说酒，而且酒、酒、酒，说个没完。

晚年他回到老家常熟住，被乡亲们记住了他奇怪的生活方式。例如，他每天要打一瓦瓶酒，仰卧在湖边石梁上，看着对面的青山一口口喝。喝完，就把瓦瓶丢在一边。时间一长，日积月累，堆起高高一坨。

更有趣的情景是，每当月夜，他会乘一只小船从西城门出发，顺着山麓到湖边。他的小船后面，系着一根绳子，绳子上挂着一个酒瓶，拖在水里跟着船走。走了一大圈，到了“齐女墓”附近，他想喝酒了，便牵绳取瓶。没想到绳子已断，酒瓶已失，他就拍手大笑。周围的乡亲不知这月夜山麓何来这么响亮的笑声，都以为是神仙的降临。

为什么要把酒瓶拖在船后面的水里？是为了冷却，还是为了在运动状态中提升酒的口味，就像西方调酒师甩弄酒瓶那样？这似乎是他私属的秘方：把酒喝到口里之前，先在水里转悠一下，亲近一下。没想到那天晚上，水收纳了酒，因此他就大笑了。

夜，月，船，水，酒，笑，一切都发生在“齐女墓”附近。这又是一宗什么样的坟茔？齐女是谁？现在还有遗迹吗？

黄公望就这样在酒中、笑中、画中、山水中，活了很久。他是八十五岁去世的，据记述，在去世前他看上去还很年轻。对于他的死，有一种很神奇的传说。李日华《紫桃轩杂缀》有记：

> 一日于武林虎跑，方同数客立石上，忽四山云雾，拥溢郁勃，片时竟不见子久，以为仙去。

难道他就是这样结束生命的？但我想也有可能，老人想与客人开一个玩笑，借着浓雾离开了。或者，刚刚与他一起立在石上的几个客人中，有一个人的言行让他厌烦了，他趁人不注意转身而去。他到底是怎么离世的，大家其实并不知道。他故意躲闪到了人们的注意之外，直到最后从人生彻底躲闪开的那一刻。

六

黄公望不必让大家知道他是怎么离世的，因为他已经把自己转换成了一种强大的生命形式——《富春山居图》。

其实，当我们了解了他的大致生平，也就更能读懂那幅画。

人间的一切都洗净了，只剩下了自然山水。对于自然山水的险峻、奇峭、繁叠也都洗净了，只剩下平顺、寻常、简洁。但是，对于这么干净的自然山水，他也不尚写实，而是开掘笔墨本身的独立功能，也就是收纳和消解了各种模拟物象的具体手法如皴、擦、点、染，然后让笔墨自足自为，无所不能。

这是一个沉浸于自然山水间的画家，在自然山水中求得的精神解放。这种被解放的自然山水，就是当时文人遗世而立的精神痕迹。因此，正是在黄公望手上，山水画成了文人画的代表，并引领了文人画。结果，又引领了整个画坛。

没有任何要成为里程碑的企图和架势，却真正地成了里程碑。

不是出现在自诩或公认的“文化盛世”，而是元代。短暂的元代，铁蹄声声的元代，脱离了中国主流文化规范的元代。这正像中国传统戏剧的最高峰元杂剧，也出现在那个时代；被视为古代工艺文物珍宝而到今天还在被周杰伦他们咏唱的青花瓷，还是出现在那个时代。

相比之下，“文化盛世”往往反倒缺少文化里程碑，这是“文化盛世”的悲哀。

里程碑自己也有悲哀。那就是在它之后的“里程”，很可能是一种倒退。例如，以黄公望为代表的“元人意气”，延续最好的莫过于明代的“吴门画派”，但仔细一看，虽然都回荡着书卷气，书卷气背后的气质却变了。简单说来，元人重“骨气”，而吴门重“才气”，毕竟低了好几个等级。

又如，清代“四僧”画家对于黄公望和吴门画派的传统也有很好的熔铸，在绘画史上达到了很高的水准。他们很懂得黄公望，为什么以荒寒代替富贵，以天真替代严密，以水墨替代金碧，但在精神的独立、人格的自由上，他们离黄公望还有一段距离。例如“四僧”的杰出代表者八大山人朱耷，就多多少少误读了黄公望。他把黄公望看作了自己，以为在山水画中也寄托着遗世之怨、亡国之恨，因此他说《富春山居图》中的山水全是“宋朝山水”。显然，黄公望并没有这种政治意识。政治意识对艺术来说，是一种似高实低的东西。朱耷看低了黄公望，强加给了他一个“伪主题”。由此可知，即便在后代仰望自己的杰出画家中，黄公望也是孤立的。孤立地标志在历史上，那就是里程碑。

里程碑连接历史，但对前前后后又都是一种断裂。任何深刻的连接都隐藏着断裂，而且大多是爱的断裂，而不是恨的断裂。

七

黄公望被断裂，因此，《富春山居图》的断裂成了一个象征。想到他似灵似仙的行迹，免不了怀疑：那天被焚被救，是不是他自己在九天之上的幽默安排？

艺术世界的至高部位总是充满神秘。企图显释者，必得曲解。只有放弃刻板的世俗思维和学术思维，才能踏进艺术之门。

感谢黄公望，以他奇特的生平和作品，为我表述艺术和艺术史的一系列重大原理，提供了最佳例证。

由于我和一些朋友的多年推动，三天后，《富春山居图》的两半就要在台北合展了。这是那场大火后数百年来的首次重逢，稍稍一想就有一种悲喜交集的鼻酸。明天我会就此事向台湾的朋友作半天演讲，据说报名的听众已经爆满。现在夜深人静，闭眼都是那幅画的悠悠笔触。于是，起身扭亮旅舍的台灯，写下以上文字。

孩子和哲人
——怀念铁生

○周国平

一

2010年12月31日凌晨，何东发来短信:“史铁生于12月31日3时46分离开我们去往天国。”

我正在洗漱,郭红看到了短信,在门外惊喊:铁生走了！我把自己关在卫生间里,失声恸哭。

铁生走了？这个最坚强、最善良的人,这个永远笑对苦难的人,这个轮椅上的哲人,就这样突然走了？不可能,绝不可能!

一直相信,虽然铁生身患残疾,双肾衰竭,但是,以他强健的禀赋和达观的心性,一定能够度过一个又一个难关,活很长的时间。一直相信,只要我活着,我总能在水碓子那套住宅里看见他,一次又一次听他的爽朗的笑声和智慧的谈话。

我祈祷,我拒绝。可是,在这一瞬间,我已清楚地知道,我的世界荒凉了,我失去了人世间最好的兄弟。

二

婴儿的笑容　智者的目光

周而复始的鸽群在你的天空盘翔
人生没有忌日　只有节日
众神在你的生日歌唱

四天后,2011 年 1 月 4 日,铁生的六十岁生日,朋友们在 798 时态空间为他举行了一个特别的生日聚会。空旷的大厅里站满了人,有人在演讲,我站在人群的外围。铁生透过墙上的大幅照片望着人们,望着我,那笑容和目光都是我熟悉的,我在心中对他说了上面的话。

三

孩子和哲人——这是我心目中的铁生。

铁生是孩子。凡是认识他的人都一定有同感,他的笑是那么天真而纯净,只有一个孩子才会那样笑,而且必须是年龄很小的孩子,比如婴儿。他不谙世故,对人毫无戒心,像孩子一样单纯。不管你是谁,只要来到他面前,他就不由自主地对你露出了这孩子似的笑。

铁生是孩子。和他聊过天的人都知道,他对世界怀着孩子般的好奇心,总是兴致勃勃地和你谈论各种话题,包括哲学和戏剧,物理学和心灵学,足球和围棋。他感兴趣的东西可真多,不过,像孩子一样,他的兴趣是纯粹的,你不要想从他口中听到东家长西家短的议论。

铁生是哲人,这好像是谁都承认的。然而人们困惑地推测道:他残疾了,除了思考做不了别的,所以成了哲人。我当然知道,他的哲学慧根深植在他的天性之中, 和残疾无关。一个保持了孩子的纯真和好奇的人,因为纯真而有极好的直觉,因为好奇而要探究世界和人生的谜底,这二者正构成了哲人的智慧。

那天生日聚会上,一位朋友悄悄对我说:最应该得诺贝尔和平奖的是铁生。我一愣,诧异他说的是和平奖,不是文学奖,但随即会心地点头。世界之所以充满争斗和堕落，是因为人的心灵缺了纯真和智慧，变得污浊而愚昧了。孩子的纯真，哲人的智慧，正是使世界净化的伟大力量，因而是世界和平的最可靠保障。当然，斯德哥尔摩可能根本不知道有史铁生这个人，这一点儿也不重要，铁生的价值是超越于诺贝尔奖和一切奖的。

四

铁生是一个爱朋友的人，他念旧、随和，有许多几十年的老友，常来常往。我只能算他不老不新的朋友，关系似乎也不近不远，结识十六年，见面并不多，平均下来也就一年一次吧。我自己是个怯于交往的人，他又身体不好，在我结识他的第三年，他就因双肾衰竭开始做透析，每次去访他，在我都是一个隆重的决定。铁生喜欢有朋友来，每次谈兴颇健，可是我知道，我能享受与他谈话的快乐，却无法和他分担兴奋之后必然会到来的疲惫。

刚认识他时，我和郭红正恋爱，我还记得我俩第一次一起去访他的情景。郭红那天买了一本《收获》，刊有《务虚笔记》后半部分，看过几页，向铁生谈印象："真好，一个东西，你变换着角度去说它。"他说："就这两句，我听了就很高兴。话不在多，对心思就行。"他表示，书出之后，不但送我，也要送她。他的三卷本作品集，当即送了我们一人一套。我心中惭愧，如果是我，就会合送一套。我感觉到的不只是他的慷慨，更是他对个体的尊重。

和铁生结识时，我还没有孩子，后来，有了啾啾，再后来，有了叩叩。我相信，孩子对身处的气场之好坏有最灵敏的直觉。面对坐在轮椅上的铁生，孩子不但不畏怯，反而非常放松，玩得自由自在。当时三岁的啾啾，守在铁生叔叔身边，以推他的轮椅为乐。当时两岁的叩叩，合影时用小手摸铁生叔叔的头顶，告别时把额头贴在希米阿姨的额头上。他们当然不知道，这个坐在轮椅上的叔叔是当代中国最伟大的作家，但以后会知道的。

我珍惜见面的机会，要省着用，最好是和合适的人分享，因此偶尔会带我的好友去看他，但一共就两回。我带去的人，必须是我有把握和他彼此能谈得来的。第一回，是铸久和乃伟夫妇。气氛果然非常好，铁生对围棋界的情形相当熟悉，饶有兴趣地谈着这个话题，而可以看出来，他只是借着这个话题在传达他的愉快心情。第二回，是雯娟。她因为喜欢，自己配乐朗诵了铁生和我的作品，那天把刻录的《合欢树》给铁生，他听了录音很高兴，说挺受感动的。此后某一天，雯娟接铁生夫妇到我家，然后我们一同到雯丽家晚餐。在雯丽家，他心情很好，谈正在写的一个长篇，后来我知道是《我的丁一之旅》。他说，他在思考灵魂的问题，不给灵魂一个交代，意义就中断了。他的结论是，灵魂是一种牵系，肉体作为工具会损毁，但牵系永远存在。又说，上帝给你的就是一个死局，就看你能不能做活。我觉得都很精辟。

五

两年前，武汉有一家杂志同一期刊登两篇长文，分别是对铁生和我的“访谈”，而所谓的“访谈”根本没有进行过，完全是胡编滥造。我在博客上发表了澄清事实的声明，铁生没有开博客，他的声明也发表在我的博客上。

在此之前，铁生那篇“访谈”的编造者一再向他求情，他毫不动摇。但是，声明发表后，要不要起诉和索赔？他的态度异常明确，对我说：我们的声明搁在那里了，已经备案，到此为止，以免被媒体炒作。我同意。其实我本来是有些犹豫的，觉得不起诉便宜了侵权者。另一位也是被这家杂志侵权的作家，通过起诉获赔十万元。铁生的家境不宽裕，医疗开支又大，如果能获赔，是不小的补贴，可是他压根儿没有这方面的考虑。

我并非反对用法律手段追究侵权者的责任，只是想通过这个事例说明，铁生是一个多么正直又憨厚的人。

铁生待人平和宽容，然而，在这个喧嚣的传媒时代，他也有诸多的不喜欢和不适应。他未必拍案而起，但一定好恶分明。记得有一次，他送我书，对着腰封直摇头，而希米干脆生气地把腰封扯了。这夫妇俩的朴实真是骨子里的。

六

人与人之间一定是有精神上的亲缘关系的。读铁生的作品，和铁生聊天，我的感觉永远是天然默契。

去年春天，郭红想为一家杂志做铁生的访谈，打去电话，他和希米立即同意了。希米说，必须支持“下岗女工”。郭红因故辞去了原来的工作，所以希米如此说。我陪郭红前往，先后谈了两回。

这次见面，距上一次已九个月，我们看到的铁生，脸色发黑，脸容消瘦，健康大不如以前。希米告诉我们，他因为真菌性肺炎住院一个月，出院才几天，受了许多罪，签了病危通知书，曾觉得这回真扛不住了。我心中既感动又内疚，夫妇俩对媒体的采访从来是基本拒绝的，却痛快地接受了这个时机非常不对的造访。

虽然病后虚弱，铁生谈兴仍很浓，谈文学，谈写作，谈人生，谈信仰，话语质朴而直入本质。采访过程中，我也常加入谈话。郭红已把访谈整理发在杂志上，我在这里仅摘取若干片断，连缀起来，以观大概。

> 铁生：文学是写印象，不是写记忆。记忆太清晰了，能清晰到数字上去，不好玩，印象有一种气氛。记忆是一个牢笼，印象是牢笼外无限的天空。
>
> 我：这与你说的活着和生活的区别是一回事。记忆和印象

就是过去时的活着和生活。

铁生：深入生活这个理论应该彻底推翻。好多人问我同一个问题：你的生活从哪儿来？我说：你看我死了吗？这个理论特别深入人心，而且是包含在中国文化里面的，认为内心的东西不重要。

我：我们在文学上也是唯物主义者，只相信自己看得见摸得着的东西，看不见摸不着的就不是生活。其实，没有内在的生活，外在的生活就没有意义，更不是生活。

铁生：写作是要解决自己的问题。开始写作时往往带有模仿的意思，等你写到一定程度了，你就是在解决自己的问题。

我：这时候一个真正的作家才诞生了，在那以前他还是一个习作者。大多数作家是没有问题的，一辈子是一个习作者。

铁生：有个很有名的人说，一天要写一篇散文。我觉得这是每日大便一次的感觉。每日大便一次还是正常的，这简直就是跑肚。

我：关键是有没有灵魂，没有灵魂就没有问题。

铁生：那就只剩下有没有房子和车子的问题了，实在太无趣了。糟心就糟心在这里，灵魂太拘泥于社会、现实、肉体，很丰富的东西只能在这些面上游走，甚至不能跳出来看看。

我：灵魂强大的人受不了这个束缚，就会跳出来。

铁生：灵魂可能是互相联着网的，人，只是一个小小的终端。现在我们的这个网是在作乱，它都是终端在各显其能，造成一个分裂状态。

我：谁也不信上帝，都自以为是服务器。

铁生：因为不关心灵魂，中国人感受出来的全是惨剧，不叫悲剧。包括现在咱们的文学，写的也都是社会矛盾，生命本身的悲哀他感受不到。要我推荐，我就推荐中国人民得诺贝尔民族主义奖。

七

谈话自然会涉及我们两人都关注的那个问题——死亡。

他告诉我们，他正在写一个比较长点的东西，第一部分叫《死，或死的不可能性》。他说："我想证明死是不可能的。"我注意倾听他的论证，很欣赏其中的一个思路。

尼采说，我们虚设了一个永恒，拿它当意义，结果落空了。铁生说，正相反，恰恰是意义使一个东西可以成为永恒。甚至瞬间也是用意义来界定的，它是一个意义所形成的最短过程。因为意义，所以你能记住，如果没有，千年也是空无。

说得非常好。那么，意义的载体应该是灵魂了。他说：对，如果是一个独特的灵魂，你能认出来，如果是一个平庸的灵魂，你可能就认不出来。于是我们讨论灵魂的转世。他说：你转世的时候，灵魂带的能量应该是你此生思考的最有意思、最有悬念的事情，那样你被下一世认出的可能性就最大。他还说：我写的那个东西可能叫《备忘来生》，我希望到死的时候我能镇静，使灵魂能够尽量扼要地带上此生的信息。我提出异议：如果记忆——或者准确地说，自我意识——不能延续，转世有意义吗？他回答：我说死是不可能的，但我没有说转世以后的我一定是上一世的我。我说：这里你已经退一步了。他承认：对，退一步了，这一步必须退。我也退了一步，说：有一点在今世就得到了证明，就是灵魂和灵魂之间的差别太大了，而要解释其原因，轮回好像最说得通。

这次谈话半年后，铁生溘然长逝。不是久患的肾病，而是突发的脑溢血，把他带走了。和死不期而遇，他会不会惊诧，会不会委屈？一定不会的。他早已无数次地与死洽谈，对死质疑，我相信，在不期而遇的那个瞬间，他的灵魂一定是镇静的，能够带着此生的主要财宝上路。当然，死是不可能的，他的高贵的灵魂就是证明。灵魂一定有去处，有传承，我们尚不知其方式，而他已经知道了。

八

那次谈话，铁生和我都感到意犹未尽，相约以后要多谈。相识这么久，这是我们第一次认真地展开讨论，我自己大有收获，铁生也很高兴。我觉得我发现了一个好的方式，以后可以经常用。我和郭红拟订了计划，想待他身体状况较好时，做一个他和我的系列对话。因为血液的污染和频繁的透析，他有精力写作的时间极其有限，但他的头脑从未停止思考，如果能用一本对话录的形式留住他头脑中的珍宝，也推进我的思考，岂不两全其美？

然而，再也不可能了。我恨自己，没有任何理由可以原谅自己。上天给了我机会，我本来可以做一件也许是我此生最有价值的文字工作，可是，我竟忙于俗务，辜负了这个机会。

史家胡同51号

○洪　晃

我的关于过年的所有记忆，都在史家胡同51号。

小的时候，过年真是非常快乐的事情，那时候物资缺乏，我们都拿着每年有配额的小本本，跟着大人的屁股后面去买几斤花生、几斤瓜子。因为每家都有限量，所以我们都很小心，那时候买东西都自己带网兜，里面衬一个塑料口袋，我们回家的时候，都把装满花生瓜子的网兜抱在怀里，哪怕一粒都不能掉。

我外公在的时候，过年最有意思的事情是躲在他的太师椅后面看所有来拜年的人。我记得很清楚，有各式各样的人，有个老头，像电影里面的地主，穿着大马褂，外面还有个棉背心，头上顶着瓜皮帽，不知道为什么我对这个老爷子印象特别深，后来才知道他是个学者，“文革”的时候被斗死了。

我记得更清楚的是我的干妈，小时候我的衣服都是她做的。干妈姓周，她每次来拜年都要带好多好多衣服，每件都是她亲手给我做的。她就是个上海太太，嫁了一个很有钱的人家，那时候就她的花样多，烫了个蜜蜂窝的高高的头发，穿着很紧身的花棉袄，一扭一扭地走到外公面前说：“章老爷子，晚辈给你拜年了。”每次我干妈这身打扮都能把外公逗笑了。大概解放后这种女人实在太少见了。

“文革”的时候，史家胡同51号是最热闹的，这里成了很多人的避风港，大部分是我爸爸家的人。有我小叔叔，北大一个数学系的高才生，学校武斗了，他就躲在51号陪我外公聊天，给我讲小人国的故事。我六岁那年，大人允许我和他们一起熬夜，我就逼着小叔叔给我讲了一晚上的故事，一直到他讲着讲着自己睡着了。后来，小叔叔被分配到贵州去了，他是"老三届"，我们想了各种办法不让他去，好像都不行，因为他大学毕业了，要服从分配。小叔叔从史家胡同走的那天是阴天，我跟在他屁股后面哭哭啼啼的，拉着他的衣服边儿。他昂首挺胸，背着一个军用书包，我爸爸走在他旁边，帮他拎着一个旅行袋，不时地拍拍他肩膀，安慰他两句。我们就这样从史家胡同51号走到北京火车站。

慢慢地，人都走光了，新年也越来越冷清、凄凉了。我外婆是在1970年新年后过世的，所以那年的春节，可怜的外公一个人躺在床上，只有阿姨给他端点年夜饭，其他人都到医院里去陪外婆了。年三十那天，外婆精神非常好，年夜饭的年糕还吃了不少，大家都觉得她也许马上就能回家了，结果没几天，人就没了。大夫说，年三十晚上是回光返照，说老人走之前经常会有一天特别好，为了和亲人最后聚一下。那天晚上，医院破例让我们在外婆的病房里支了一个她最喜欢吃的菊花锅。

外婆走了之后我也被送进了寄宿学校，平常就我外公一个人在家，一定非常寂寞。之后，外公身体不好，记得那时候基本上是在北京的医院过年，我们做好了饭菜，拿棉被包好，带到医院病房和外公一起吃年夜饭。我那时候很胖，还巨能吃，家里人都不许我吃，只有外公，躺在病床上说："让妞妞吃嘛！"

1973年，外公去世了，我九月份去了美国，史家胡同51号院就成了乔部长的家。据说那些年间的春节，51号又热闹起来，回到我小时候那种气象，来拜年的能踩破门槛。那年头没有大款和老板，所以部长是非常值钱的，不像现在，说什么北京的部长能拿箩筐装。但是那几年我不在，我1977年夏天曾经回来休假，可以体会当时史家胡同51号的盛况。我家旁边的55号是外交部宿舍，一天回家，突然从那院儿里出来一个阿姨，手里拎着一筐苹果，冲到我的面前，死活要把苹果给我，嘴里说着：

“问你妈妈好，问乔部长好！”

但是不到一年，我就在51号过了我这辈子最惨的一个春节。1977年“四人帮”倒台后，乔冠华的部长被撤了，他和我妈妈都被隔离审查。我妈妈被关在老外交部楼里一个储藏室里面，乔冠华被一个十二人的学习班关在史家胡同后院，我从半个高干子弟一下子变成了整个“四人帮”爪牙的后代。春节前，驻联合国的使馆把我们从美国人家招回来，告诉我们一周内回国，我知道是因为我家里出事情了，其他四个孩子其实是陪我回去的，因为我们在美国的学习还没有结束。我们春节前回到北京，外交部没有让我去找我父亲，而是在史家胡同的前院把司机的房间腾出来让我住，让我也好好交代问题。回来以后他们轮流找我谈话，问我知道不知道他们犯了什么错误，我说不知道，这绝对不是我犟嘴，或者有斗争意识，只是我那时候是个十六岁的“美国孩子”，除了觉得这些大人完全像美国电影里欺负人的恶霸，对其他事情都毫无概念。后来，这些问话就越来越不友好，再后来，干脆把我外公的图章、烟枪、部分书画，我妈妈的照相机、录音机都摆在我面前，以命令的口气说：这些东西我们没收了。至今这些东西没有还给我们。这天是1978年农历的腊月二十九。

第二天，大年三十我跟学习班的人要求去见我父亲，他们笑嘻嘻地说：去吧，去吧，随便去。你又没被隔离。我问他们能不能帮我打听一下我父亲在什么地方，他们都哈哈大笑，说：你还以为你是高干子弟，我们得替你找你爸！之后，乔冠华带来的保姆梅阿姨就差我出去买点虾，她说不管怎么样，是过年，她想给乔部长做点好吃的。再说，作为黑帮子弟，我也应该学会干点活儿。

我拿着供应本跑到东单菜市场，已经快关门了。但是还是买到了点虾。走到家，大红门关着，我使劲按铃，就是没人开门，我开始喊，还是没人。我突然意识到，也许黑帮子女在大年三十就是卖火柴的女孩，冻死在门洞里。我开始真的害怕了，坐在门墩上开始号啕大哭。最后是邻居杜大妈救了我，看见我哭，把我拽到他们家去过的年。

也就是那天晚上，杜大妈和她一家给我讲了乔冠华是部长的时候，51号有多少人来拜年，“多得吓人，比你外公在的时候多！”杜大妈说，“那好日子你可没赶上。”春节过了以后，我决定自己去找我父亲，或者干脆搬到杜大妈家去住，要不就去朋友家。我打好了包裹，从51号出来，真的没感觉我还会回来。胡同里，我又碰到那位苹果阿姨，她瞪了我一眼，吐了我一口唾沫，恶狠狠地说：“四人帮爪牙！”我的吃惊和半年前她塞我苹果的时候没什么不同。我开始长大了，开始懂得什么是中国的政治。

1979年春节前，我已经在国际广播电台工作了。那天是周六，我上中班，办公室来了一个女的，说是外交部的，找我。我两年没有回51号，更不想跟任何外交部的人有来往，所以对这个阿姨我态度很坏。她却很耐心地把我拉到一边，说：你妈妈回家了，乔伯伯也在家，快过年了，你回去吧。

“你是谁？”我问她。“我是你妈妈学习班的，看她的。但是现在我们俩是好朋友了。”

听到这个消息我没有马上回去，缓了两天，心情很复杂。后来那个阿姨又来了，说：你怎么还不回去？你妈难受死了，以为你不认她了，要和她划清界限。听到这个我马上回家了。

1979年的春节我们又是在史家胡同51号过的，那年特别热闹，因为我妈妈刚被放出来，所以大家都决定要好好过。我舅舅一家过来了，带着我的表哥和表妹，我们买了很多鞭炮，说要把外交部学习班的晦气用鞭炮赶走。几个小孩对东西的贵重毫无概念，拿了一个巨大的玻璃盘子放鞭炮，结果一个火花进了盘子，里面所有的鞭炮和盘子一起炸得粉碎。那年大人都心情好，没有骂我们。后来才知道那是基辛格送给乔冠华的礼物，是水晶的。

妈妈放出来之后，我只在51号住了两年，就又自费出国上大学了。

当时去的是纽约州立大学，我妈妈还挺不高兴，一是我爸爸联系的，二是她觉得我应该上个好学校。可是我当时男朋友在美国，所以怎么可能听妈妈的劝再等等出国，火急火燎地走了。

这一走就是五年，就在我大学毕业的前一年乔冠华去世了，我妈妈没有告诉我，我是在《纽约时报》上看见的。我往51号打电话，没人接，怕妈妈想不开，出事。后来才知道妈妈去南方在黄宗英阿姨家住了一阵子，51号对她来说也是很伤心的地方。

1985年，我读完大学，回来替外国公司做事情，又搬回51号陪妈妈住。那时候过年没有什么特殊的，只是亲戚朋友一起吃年夜饭，我家的菊花锅是每年都点的。大概最热闹的一年是2003年，那年我们答应了宁瀛导演，利用过年放假在我家拍了电影《无穷动》，这个年可以说是彻底没过，工作来着。但是也是我们为51号做的最有意义的事情，留下了大量的影像素材。

两年前，我妈妈也在春节前过世了，我的朋友把我拉到海南过的春节，我当时非要抱着骨灰一起去，被朋友劝下。那年的春节，51号院里只有妈妈了。

我妈妈一直说，51号院也就到她这一代，我从小就走出去了，不属于这个院子了。这个说法是对的，我不属于史家胡同51号，它也不属于我。

我这几天总是在想，搬出来完了，这个院子对我最重要的东西我都有了，就是我的记忆，这个谁也拿不走，而我不想让我自己变成那个送我苹果的阿姨，我不想得到一个四合院，或者一个大一点的公寓，但是却让我的灵魂变成一个废墟。

过小日子的上海

○于　坚

1979年我第一次离开故乡昆明，受李白的影响，自觉书已经读得差不多了，要顺江东下，云游名山大川。最后去到哪里呢？李白去了长安。那时候中国没有长安，北京是政治中心，中国已经没有什么地方像古代长安那样，诗人云集。或者三十年代的上海，一块砖头砸过去，必然砸到文人骚客的脑袋。那时代最匮乏的东西不是精神生活，精神生活太强大了，就是在工厂里的工人，马克思的《资本论》选段也是要学习得刷刷纸响。工厂每年都要搞多次政治学习考试，那论述题是什么“经济基础和上层建筑的关系”，还要结合实际，不是死记硬背就完事的。工人在一起开口闭口都是“唯心”“唯物”这些抽象概念，不一定像哲学专家那样明白究竟，但是哲学名词已经成为口语的一部分。最匮乏的东西是物质。当时我还没有考进大学，还在一家工厂工作，以现在的时装标准衡量，我们那时候的形象就是一群破衣烂衫的流浪汉。上海是一个物质中心，上海产，那就是最好的，昆明人以家里拥有的上海货多为荣。长江的终点在上海，我于是来到了上海，那一年我二十五岁。

夏天，我站在南京路上望着那些摩天大厦，心中荡漾着的是青年人的野心和征服欲。我刚刚读完了司汤达的《红与黑》，于连是我的偶像，我想象中的于连就是生活在上海这样的地方。我们在人民公园附近的一家冷饮店里喝了咖啡，很难喝，但在上海喝咖啡，这是我从三十年代小说里得到的印象。后来我们决定去一家饭店里豪华地吃一顿，像那些十里洋场的中产阶级。我们走进摩天大楼中的一座，平生第一次穿过旋转门，餐厅里坐着全是穿中山装的人，像是正在开会。我跟着服务员走到其中一张餐桌坐下，菜单就压在玻璃板下面。我瞟了一眼，站起来就跑。那菜单上，最便宜的菜是十三元人民币。吃不起也不至于跑吧？那时候我老害怕着被逮捕，你进入任何一个地方人们都很警惕，戴红袖章的人到处都是，要盘问，要检查工作证。在上海的胡同里，人们已经不习惯陌生人出现，我们偶尔穿过，正在闲聊的老太太就一齐停下，盯着，看你要干什么，然后窃窃私语半天。你走进了一家大饭店——一百万人中只有那么几百个人敢于走进去的大饭店，你坐了下来，却什么也吃不起，这不是很可疑吗？所以我们拔腿就跑，在饭店里的服务员警觉起来之前。幸好没有人出来追我们。一直跑到南京路上，我们才哈哈大笑。

我们每个人身上只带着一百多元人民币，晚上住在火车站，白天旅游。实在不行要住旅馆，也是去住大众浴室，晚上浴室不营业，供浴客休息的床就出租，五毛钱一个床位，还可以洗一澡。只是床是坡形的，躺一下很舒服，长睡就太难受了，但我们总是睡得很香。

南京路上人群密密麻麻，都是来买上海货的，但商品并没有堆积如山，商店并不多，少数的几家店里，挤得水泄不通，也就为了称几斤大白兔奶糖带回去。我们中的一位，第一次出远门，怀里揣着一百多元巨款，缝在内裤上，感觉到处都是小偷。他自告奋勇，总是跟在大家后面，提醒我们这个人很可疑，那个人眼神不对，小心啊，丢了就回不去了。我在一家较小的铺子里买了一双黄皮鞋，二十二元，这种皮鞋我在“红卫兵”抄家的时候看到过一双，但昆明的皮鞋店里的皮鞋都是黑色或棕色的。除了这双皮鞋，我还买了两本书，就是我此行的收获。

晚上，我们去外滩看，外滩在中国相当有名，就像一个传说中的诺亚方舟，名声暧昧，与男女之事有关。去过的人神秘地说，你去了就知道了。而且告诉我们要在八点到十点之间，去早了，人还没有来，去晚了，人就走了，戴红色袖章的人不准大家待到十点以后。我们到了外滩，看呆了，一对对男女面贴面，搂着、抱着、挨着，一对接一对，沿着黄浦江边的栏杆排下去，一眼望不到尽头，就像解放前夕，钞票贬值，南京路上排队换金圆券的人，只是排队的目的不同。大家耳鬓厮磨，喁喁私语，嗡嗡之声像是天空里飞翔着无数的蜜蜂。那个时代这个国家到处是高音喇叭，你在公共场所听见大声的喧哗，那必定是在喊口号、念社论、开庆功会、批判会。公众，居然发出这种声音，我从来没听过，将来恐怕也不会听到第二次。有些人居然抱成一团！没有路灯，黄浦江上有些微弱的光，只看见黑影幢幢，也够令人热血沸腾的啦。在外省，这可能就要被当作流氓抓起来。新来的恋爱者，只有在一旁等着，等先来的恋人谈完走了，才能插进去。我们走了一阵，看别人谈恋爱，很是孤独。

上海我太熟悉了。我当时工作的工厂，就是从上海搬过去的，厂里的师傅大部分是上海人。我初中没有毕业，就被国家分到工厂去做工，我的师傅就是上海人，外号“排骨”，因为他相当瘦。说是师傅，其实他只上过小学，家住在闸北区。国家号召“支边”，“支边”就可以有个铁饭碗，他十八岁就跟着工厂来到云南。我们的工厂，就是这些上海人在一片坟地上盖起来的，然后运来机器，生产产品。我来到这个工厂的时候，它已经是一个上千人的大工厂了。我师傅看不来图纸，交给我们干的活计，还得我看图纸，开始他偶尔支使我去给他买烟，后来知道我比他有知识，很尊重我，我们相处得很好。他经常给我说上海，说十里洋场，说百乐门，说城隍庙，说“小 K”，上海给我的印象，是个很好玩的地方。我看过王重义的连环画《十里洋场斗敌记》，怎么斗的我忘记了，只想着将来要去上海玩玩。工人们也说北京，但我从来没想到北京去玩，我想的是去北京瞻仰瞻仰天安门故宫什么的。

我们生产的产品是矿山运矿石的翻斗车，每到月底，就把刚刚漆了黑油漆的矿斗，一台台垒到大卡车上运走。那是一个欢乐的时刻，全厂一起出动来干这个活，男女工人一边推矿车，一边彼此打闹，就像在秋天乡村的打谷场上。

上海人不喜欢空谈，空谈是那个时代的普遍风气，就是一个普通工人，也是心怀全球，想着怎么解放全世界受苦受难的人。说起来一套一套的，像是游击队的政委。上海人大部分不喜欢高谈阔论，技术很好，工作一丝不苟，勤俭，干净，“钻头觅缝”地过小日子。我记得有个车工，白天上班，晚上回家给邻居缝补衣服，他裁剪，老婆缝，缝纫机整晚哗啦响。那老婆，长得白，很美，每天要拿个箩筐，到大路上去捡煤渣。她知道那些运煤炭的大卡车几点会从工厂门口经过，工厂门口有些大坑，卡车一过就要颠下些煤炭来。车一走过，工厂里的女人就上去抢。有一天，这个女子被卡车撞死了，尸体抬到大路边，脸和手很白。他正在车间里车轮子，听到噩耗，戴着手套就跑，哭得个呼天抢地，风云变色。他们夫妻，感情很深。我 1980 年考上大学，就离开了工厂。二十年后我偶然回去，这个工厂已经倒闭，荒草丛生，厂门口挂着条大标语，要求解决职工的养老待遇，几个白发苍苍的老工人在标语下面坐着发呆，我没有看见我师傅在里面，他已经老得不能出门了。

热衷于过小日子，在那个时代，是要被鄙视的。我经常听到人们揶揄某人，就说他只会过小日子。过小日子，那就是小市民。谁不是小市民呢？大市民又是谁？好像 19 世纪以前的中国文学没有鄙夷小市民的传统，市民就是市民，无所谓大小，没有贬义，张择端的《清明上河图》就是市民社会的颂歌。西方的看法不同，恩格斯揶揄他们民族最伟大的诗人歌德是法兰克福的小市民，“谨小慎微的、事事知足的、胸襟狭隘的”，主张歌颂叱咤风云的无产者，反对歌颂小市民的鄙俗风气。这种思想影响了 19 世纪以降的世界激进文学，成为时髦。写日常生活的上海作家张爱玲，被许多大文豪视为庸俗。她居然写这些：“苋菜上市的季节，我总是捧着一碗乌油油紫红夹墨绿丝的苋菜，里面一颗颗肥白的蒜瓣染成浅粉红。在天光下过街。”“烧鸭煨汤，汤清而鲜美。烧鸭很小，也不知道是乳鸭还是烧烤过程中缩小的，赭黄的皱皮上毛孔放大了，一粒粒鸡皮疙瘩凸出，成为小方块画案。这皮尤其好吃，整个是个洗尽油脂，消瘦净化的烤鸭。”鲁迅当年也住在上海，他住在四川北路。读鲁迅的文章，看不出这是一条怎样的四川北路。今年我又去了上海，到了四川北路，发现那就是过日子的好地方。在一里弄里，我吃到了上好的老鸭粉丝汤，真是美味之至。鲁迅大约对老鸭粉丝汤之类的视而不见，他的文章里从来没有提到，他吃不吃呢？不知道。我想起甘地，奈保尔说，尽管甘地在英国待了三年，他的自传里却丝毫未提及气候或季节，除了到达当天正值九月末，甘地穿着白色法兰绒登岸，因为不适宜而感到尴尬，下一次明确提到的时间，是他离开那天。“没有关于伦敦建筑的描述，没有街道，没有房屋，没有人群，没有公共交通。1890年的伦敦是世界之都，对一个来自印度小镇的年轻人来说，伦敦一定叹为观止。”奈保尔认为甘地“精神内聚是强烈的，自我专注很完整”。“他的体验，发现和誓言，只满足着他自己作为印度教徒的需要，满足在置身敌意中界定并强化自我的需要，它们并不是普遍适用的。”奈保尔肯定是这个世界普遍的小市民中的一个，他关心的是生活世界的在场，是日子如何过。他大约会同意张爱玲女士的名言“凡人比英雄更能代表这时代的总量”。20世纪，文豪关心的是“中国向何处去”，宏大叙事成为时代写作的主潮。到“文革”时代，过小日子都已经成为罪行，“谨小慎微的、事事知足的、胸襟狭隘的”成为革命的对象，革命不是绘画绣花、请客吃饭。革命是暴力，暴力成了生活的常态。都热衷于过大日子，大日子怎么过？在广场上，服装一致、万众一心、旗帜招展、高音喇叭。恩格斯的观点只是他的观点而已，并没有使德国成为鄙夷小市民的社会，托马斯·曼、卡夫卡、伯尔……这样的小市民作家继续出现并伟大。而在中国，鄙夷小市民却成了人们普遍的价值观，真是可叹！20世纪，人们为主义、观念而活，不为过日子而活。但日子总得过，过日子事关吃喝拉撒，文化上不给这些事情正名，于是小日子总是过得偷偷摸摸、猥琐狼狈。如果不是美国的一位文学批评权威夏志清出来赞美张爱玲，我很怀疑中国读书界是否会认识到张爱玲的不同凡响，在中国20世纪这种文化环境中，张爱玲真的是太另类了！“可以不顾左派理论的影响，安心培养自己的‘风格’。张爱玲一方面有乔叟式享受人生乐趣的襟怀，可是在观察人生处境这方面，她的态度又是老练的、带有悲剧感的——这两种性质的混合，使得这位写《传奇》的年轻作家，成为中国当年文坛上独一无二的人物”（夏志清《中国现代小说史》）。张爱玲式的写作，在20世纪的中国确实是独一无二。“文革”之后，继续革命使人厌倦，人们想停下来过过日子，绘画绣花，请客吃饭了，生活的力量卷土重来，西方写小日子的大师，像乔伊斯、普鲁斯特都翻译过来了。但鄙视日常生活已经成为中国当代文化的一个小传统，积习难返，“过小日子”，一时半载是难以名正言顺的。蔑视倒没有了，但无视依然继续，而且麻木不仁，变本加厉。

现代化不幸正是建立在这种普遍地鄙视日常生活世界的意识形态上。所以我国轰轰烈烈的城市改造，很少从居民如何在其中过小日子、如何颐养天年考虑。只考虑宏伟、高大、宽阔、欣欣向荣、金光大道之类的形象，等而次之的则考虑政绩、轰轰烈烈搞一把，高升。考虑经济利益，考虑如何卖掉，房子按照商品房设计。别小看这一点，从家的角度和从商品的角度设计房子是有天渊之别的。古代中国的房子是家，现代则设计成商品房了。政绩也是以高大全的形象是否确立为标准。因此，新世界的建设以摧毁日常生活的小世界为代价，毫不可惜。建立在传统和经验世界上的中国日常生活世界被视为落后、丑陋、丢脸、脏乱差。昆明城市改造，几个月就消灭了七十多个菜市场。新世界建立了，意识形态的象征在现实中得到表现，日常生活世界也消失了。无数故乡消失了，同质化的新世界席卷中国。根据图纸设计出来的形象，面子、观念、商品经济倒是确立了，但不利于过日子。过日子很难看，很庸俗，很丑陋，很脏乱差。张爱玲说：“生命是袭华美的袍，长满了虱子，不要因为虱子忽略了袍子本身的华美”，现在，连袍子都无影无踪了。

20世纪后半期，上海有点声名狼藉，说起上海人，大家理直气壮，那些小市民！上海人在这方面也有点自卑，似乎会过日子是一个难以启齿的缺点。但是，生活的力量是最伟大的，任何力量也阻挡不了人们过日子。在这方面,阳奉阴违是个策略,面子上、宣传上、文化上、市政建设上高大宏伟,意思是“生活在别处”,人们无可奈何,但你总不能不让我低了头喝老鸭粉丝汤吧。只可惜的是,像张爱玲这样理直气壮信奉“上有天堂、下有苏杭”这种老生常谈,将小日子通过文章升华到不朽的文人实在不多。古代文人经常这么做,曹雪芹就是写过小日子的大师。“凤姐吩咐:‘螃蟹不可多拿来,仍旧放在蒸笼里,拿十个来,吃了再拿。’一面又要水洗了手,站在贾母跟前剥蟹肉。头次让薛姨妈,薛姨妈道:‘我自己掰着吃香甜,不用人让。’凤姐便奉与贾母。二次的便与宝玉。又说:‘把酒烫得滚热的拿来。’又命小丫头们去取菊花叶儿桂花蕊熏的绿豆面子,预备着洗手。”庸俗不堪的蟹肉,经曹大师这么妙笔生花地一写,就成了风雅韵事。现在不同,上海人一面过着小日子,就是吃了大闸蟹,也觉得脸上无光,不好逢人就讲的。文人说起上海,言语间还要解释遮掩,总是迅速站到谴责小市民的立场。在上海一个文人要获得优越感太容易了,骂骂小市民即刻“政治正确”。其实上海只是20世纪中国迷信“生活在别处”、反生活的新文化潮流的一个典型,一头生活的替罪羊。20世纪以降,中国世界对中国经验、中国生活、中国式的过日子的自卑是与日俱增,无所不在的。这方面,中国20世纪的写作与生活世界之间,真的是有点名不副实。日子过的是小日子,宣传说的是丰功伟绩,我们一直是那样英勇地生活着吗?普鲁斯特何时在上海出现?或者像乔伊斯写都柏林那样写写上海,为它立一座日常生活的语言丰碑。这家伙写煎羊腰子和出恭的那一段,真是写得好。

今年春天,我再去上海,出租车从街上经过,我立即感觉到上海出现了某种过去我没感觉到的气氛,过日子的浪潮已经在这个城市理直气壮地卷土重来。中国许多大城市,固然现代、时髦、高大、宏伟、宽阔了,汽车在奔驰,但生活世界的荒凉也是显而易见的。我记得有一回我在北京那些世界最宽阔的大街上奔走了一早上,想找一家卖豆汁油饼的小店,硬是找不到,这种大街不会为小店留下一条缝的。上海自然也免不了为大形象而自我改造，外滩焕然一新、耸入云霄、雄伟洋气，但只要从南京路两侧的任何一条小街走进去，过小日子的浪潮就汹涌而来。弄堂里甚至大街上，各式各样的洗干净的衣服、被褥、乳罩、裤衩从一家家的窗子里穿在竹竿上伸进天空，朝着太阳迎风招展，洁癖者认为这种上海风景很不雅观，我却以为这才是上海的诗意，哈哈，生活的旗帜！有的电车上，售票员还在使用那种老式的售票本，没有一票通用。看着售票大姐挎着那个塞着各种价格小票的皮包在人群里穿过来，真像是置身在费里尼的一部电影中。营业了上百年的裁缝店依然在量体裁衣，与时代流行的一刀切完全不同。上海博物馆是免费的！老牌餐馆要预约定座，里面依然有上了年纪的服务生在接待客人，这种服务生在中国已经不多了，他们把伺候顾客这一行玩到了大师水平，使得许多财大气粗的小人物感到压力。我发现上海又可以无所事事地闲逛了，无数一个式样只有一件的小服装店、咖啡馆、私人菜馆刚刚开业。那把患着洁癖的热衷于凡事一刀切的现代化手术刀，在小市民顽强的生活力量面前被磨得卷起刃来，对生活世界日复一日生产着的各种“乱麻”睁一只眼闭一只眼了。开始用加法，而不是非此即彼。我听说上海对别的城市依然在围剿的小商贩也开始容忍了，真是伟大的进步！张爱玲的上海正在魂兮归来。二十年前我去上海，住在一家大众浴室。这次是住在浦江饭店（原名礼查饭店），始建于1846年，是一栋英国维多利亚时期巴洛克式的建筑。饭店介绍说，爱因斯坦、卓别林、罗素、美国前总统格兰特等名人当年都在这里住过，它曾经是远东最著名的酒店。可笑的是，这只是一家三星级酒店，因为旧了所以便宜。旧就是没有档次，低档——这个时代的真理，就是“维多利亚时代”“巴洛克风格”也不能幸免。我捡了一个大漏，享用了落地窗帘、有着路易·波拿巴时代沿袭下来的风格的高背椅、宽阔无比光线充足的卫生间、铜质的浴缸龙头以及一百五十年前用小木块拼成的原装木地板，踩上去很有弹性，发出普鲁斯特小说里描写的那种响声。后来我到一楼去喝咖啡，味道相当好。那是我五十五岁中的一日，坐在礼查饭店的咖啡厅里，窗外是外白渡桥。想起 1979 年第一次来到这个城市的第二日,我们做了一件事,去找一家咖啡馆,一定要像巴尔扎克小说里的人物那样喝上一杯。我们终于在人民公园附近找到了一家,那其实是个大众冷饮店。我们坐在蓝色的塑料椅子上,咖啡上来了,那是一杯兑了些咖啡色粉末和奶粉的浓汤,这是我平生第一次喝咖啡,味道差极了。

铁箫声幽

○宗　璞

常觉得我们这一代人很幸运。旧书虽念得不多，还知道些；西书了解不深，总也接触过。没有赶上裹小脚、穿耳朵；长达半尺的高跷似的高跟鞋还未兴起。精神尚不贫乏，肉体未受虐待，经历更是非凡。抗战那一段体会了人的高贵的品质、信念与坚忍；“文革”那一段阅尽了人性的狠毒与可悲。我们的生活很丰富，其中有一项看来普通、现在却让人羡慕的，值得大书特书的，那就是，我们有兄弟姊妹。

传统文化讲五伦，其中之一是兄弟。常听见现在的中年人说：他们最羡慕别人有兄弟姊妹。想想我的童年，如果没有我的哥哥和弟弟，我将不会长成现在的我。

我们兄弟姊妹四人，大姐钟琏长我九岁，所以接触较少，哥哥钟辽长我四岁，弟弟钟越小我三岁。整个的童年是和哥哥、弟弟一起度过的。抗战胜利，我们回到北平，回到白米斜街旧宅中，这座房屋是父母的唯一房产。有一间屋子堆满了东西，和走的时候完全一样。那时冬日取暖用很高的铁炉，称为洋炉子。烧硬煤，热力很大，便有炉挡，是洋铁皮做成的，从前常在上面烤衣服。我们看到那铁炉依旧，炉挡依旧。最有趣的是炉挡上面写了两行字，也赫然依旧。这两行字是：“立约人：冯钟辽、冯钟璞。只许她打他，不许他打她。”当时在场的人无不失笑。父亲说：“这是什么不平等条约！”那时哥哥已经去美国求学，那条约也因炉挡的启用擦去了，他没有再见到我们的不平等条约。

我已不记得怎么会立下了不平等条约，好像全无必要，因为我们从来没有打过架。不过，这也是一种姿态。另有些事倒是历历如在目前。清华园乙所的住宅中有一间储藏室，靠东墙冬天常摆着几盆米酒，夏天常摆着两排西瓜。中间有一个小桌，孩子们有时在那里做些父母不鼓励的事。记得一天中午，趁父母午睡，哥哥在那里做“试验”，我在旁边看。他的试验是点一支蜡烛烧什么东西，试验目的我不明白。不久听见母亲说话，他急忙一口气噗地吹灭了蜡烛，烛泪溅在我身上。我还没有叫出来，他就捂住我的嘴，小声说：“带你去骑车。”于是我们从后门溜出。哥哥的自行车很小，前后轮都光秃秃没有挡泥板，但却是一辆正式的车，我总是坐在大梁上左顾右盼游览校园。哥哥知道我喜欢坐大梁，便用这“游览”换得我不揭发。那天的“试验”也就混过去了。

后来我要自己骑车了。我想那时的年纪不会超过九岁，大概是八岁。因为九岁那年夏天开始抗战，我们离开了清华园。我学会骑自行车完全是哥哥的力量。那时在清华园内甲乙丙三所之间有一个网球场，我们好像从来没有打过网球，只在地上弹玻璃球。我在这场地上学骑自行车，用的是哥哥的那辆小车，我骑车，他在后面扶着座位跟着跑。头一天跑了几圈，第二天又跑了几圈。我忽然看见他不跟着车了，而是站在场地旁边笑。我本来骑得很平稳了，一见他没有扶，立刻觉得要摔倒，便大叫起来。哥哥跑过来扶住车，我跳下来，便捏紧拳头照他身上乱捶。他只是笑，说：“你不是会骑了吗？”我想想也是。可是，下一次还是要他扶，他也就虚应故事地跟着跑。这样我就学会了骑自行车。我可以骑姐姐的成人的女车，在清华园里兜风。常从工字厅东边沿着小河过小桥，绕过大礼堂，经过图书馆前面，再经过当时的校医院——这几间平房还在吗？最后从工字厅西面回家。有时一直骑到西院，去看看那一片荒野。当时清华园内人很少，骑车很自由。后来，20世纪60年代，我常骑车从灯市口穿过闹市到建国门去上班。我从学车起到停止骑车从未摔过跤。

到昆明以后，哥哥上中学，我和小弟上小学。我们所上的南箐学校因为躲避日机的空袭，迁到昆明郊外岗头村，我们都住校。家还在城里，后来家迁到东郊龙泉镇，我们又在城里住校。不记得是怎么回事了，总之有很长一段时间我们常在周末从乡下走进城，或从城里走到乡下，一次的距离大约是二十里左右。我们三个人一路走一路说话，讲故事，猜谜语，对小说的回目，对的主要是《红楼梦》和《水浒》的回目，《三国演义》我不熟。还有一项重要内容是讲自己创作的故事，轮流主讲。大概也是编故事的需要，三个人每人有一个国家，哥哥的国家叫"晨光国"，在北极；弟弟的国家叫"英武国"，在海底；我的国家叫"逸坚国"，在火星上。不知为什么，我从小便对火星有兴趣，到现在也觉得火星很亲切。我的兄、弟后来都是工程师，但他们具有的艺术细胞绝不比我少，故事编得很热闹，可惜都不记得了。

家里孩子多，吃饭就成为一个有趣的场面。我小时有一个习惯，就是喜欢脱鞋。尤其是在吃饭的时候，觉得脱了鞋最舒服。这时，哥哥就会把鞋拿走藏起来，我便闹着要鞋，弟弟便会找鞋，常常是笑作一团。到后来还是哥哥把鞋拿出来，我又赖着不肯穿。直到母亲发话："不要闹了，快穿上。"才算安静下来。

我上联大附中时，一度在城里住校。那时联大附中没有宿舍，甚至没有校舍，都是趁别人不用教室时上课，有时就在室外树下上课。有一段时间，不知是借的哪里的一个大房间，大家打地铺。一次我生病了，别人都去上课，我昏昏沉沉地躺在空荡荡的大房间里。"妹，"是哥哥的声音，睁眼只见他蹲在我的"床"边。他送来一碗米线，碗里还有一个鸡蛋。

哥哥于 1942 年考入西南联大机械系，他不用功，却热心演话剧。参加演出过曹禺的《家》，饰演觉新。我和小弟随父母去看演出那一晚，在高老太爷去世那一场，哥哥把觉新头上的孝布去掉了，为的是怕母亲看了不高兴。他还写小说，我还记得他有一篇小说的第一句是"不疾不徐的雨"。他的文字是很好的，字也写得好，还会刻图章。那时的男孩似乎都会刻图章。他大学二年级时志愿参加远征军，直接在反法西斯战争中作出贡献。有一次他从滇西回昆明度假,看见我的头发长了,要给我剪一剪。他说:“头发为什么要剪成那样齐?剪成波浪式的不好吗?”当时大家都认为他很荒谬,没想到几十年后头发真的不以“齐”为美了。

抗战胜利后,哥哥获得美国总统自由勋章,获得此项勋章的翻译官共二十二人。我曾想就此写一篇文章,介绍这些好男儿,因为要用一些英文材料,我的眼睛已坏不能阅读,只能放弃了。哥哥的朋友也曾寄材料来,没有用上,心里很觉歉然。文章虽然没有写,对那些投笔从戎的大哥哥们,无论得没得勋章,我都永远怀有敬意。

以后,哥哥到美国就读于宾夕法尼亚大学,继续读机械系,也继续开展他多方面的兴趣。他喜欢击剑,入选了校队,代表学校出去比赛;还学过几个月芭蕾舞。工作以后学会开飞机,曾开着飞机从费城到华盛顿去看望王菲曼、慈炳如夫妇,王菲曼是王浩的姐姐。乘客是我的嫂嫂李文佩姊妹。20世纪70年代哥哥一家回来探亲,说到此事,父亲说:“敢开飞机倒不稀奇,难得的是有人敢坐。”大学毕业以后,他根据兴趣又读了数学、物理两个专业,以后又获得二十几项专利。因为用专利律师申请专利费时费钱,索性自己考了一个美国专利代表人的执照,可以坐在家里申请专利。对于那些烦琐的法律条文,他了如指掌,说起来从不卡壳。退休后,他有了更多时间,至今还在研究有关电的问题,前两年曾回国参加静电学会的活动,但是他的理论很少有人支持。

前些时,哥哥来电话,告诉我一个不幸的事件,他的钱包丢了。别的倒没有关系,只是其中的飞机驾驶执照也丢了,他觉得是一大损失。我安慰道:“你反正也不开飞机了。”他沉默了片刻,说:“用不着了——也不用再补发了。”

20世纪90年代初,我出版了一本散文集,书名为《铁箫人语》。取这个名字是因为家里有一支铁箫。书出版后不久,南京的“洞箫博物馆”也许是“乐器博物馆”来人要求看一看铁箫。他们说他们藏有铜箫,还没有见过铁箫。我把箫拿给他们看,他们观看良久,又试吹过,承认它是一支

箫。但我想大概不是很上乘,然而它毕竟是一支箫,而且是铁箫。我还为这支铁箫写了一小段文字,作为《铁箫人语》的序:

> 我家有一支铁箫。
>
> 那是真正的铁箫。一段顽铁,凿有七孔,拿着十分沉重,吹着却易发声。声音较竹箫厚实,悠远,如同哀怨的呜咽,又如同低沉的歌唱。听的人大概很难想象这声音发自一段顽铁。
>
> 铁质硬于石,箫声柔如水;铁不能弯,箫声曲折。顽铁自有了比干七窍之心,便将美好的声音送往晴空和月下,在松荫与竹影中飘荡,透入人的躯壳,然后把躯壳抛开了。
>
> 哦,还有个吹箫人呢,那吹箫人,在哪里?

吹箫人可以吹出不同的曲调,而铁箫只有一个。

是谁制作了这支铁箫?制作了这支可以从箫声和箫的本身引出许多联想的铁箫?那就是我的哥哥——冯钟辽。

箫属于中国文化,可以引起许多中国式的联想。都是陈货,也就不必说了。制箫的材料是多种多样的,也许也曾有过铁箫,但是我不知道,只能说哥哥的这一支。铁箫既是乐器又可以做武器,我常想最好能有一位女侠,用的兵器是铁箫;抡圆了可以自卫救人,扫尽人间不平事;吹响了可以自娱娱人,此曲只应天上来。也许哪天真写出一篇没有武功的冒牌的武侠小说来。

在昆明时生活很艰难,最常用的乐器只是口琴。箫、笛虽也方便,却少人吹。母亲在乙所时便吹箫,到昆明后得了两支玉屏箫,声音很好。母亲时常吹奏的乐曲是"苏武牧羊"。哥哥制作铁箫便是受竹箫的启发,用一根现成的废铁管,根据一点点中学物理知识,钻几个洞,居然可以吹出曲调,大家都很高兴。我们就是这样因陋就简,在清苦的日子里,使得生活充实而丰富。

哥哥制作铁箫,只不过是他众多兴趣中的一项。他现在最主要的兴趣还是在电学。八十八岁了,仍不断做实验。我说:“可别像苏东坡一样,为制墨,把房子烧了。”哥哥的科学知识当然比东坡强多了,房子是不会烧的。但是试验做起来也颇麻烦,哥哥却乐此不疲。在他各种兴趣活动的实践中,便闪耀着创造的光亮。

十年琐记

○张 炜

油印刊物

我的初中是在胶东半岛上的一处联合中学度过的。今天来看，她的自然环境非常之好：地处海滨，在一片果园的包围之中，校舍是一排排红砖瓦房，被大片绿树掩映，连阔大的操场也罩在了林子里。这里的春夏秋冬四个季节都给人留下难忘的印象：春天是密密的苹果花和李子花，是一群群的蜂蝶和小鸟；夏天有流经园里的河渠、不远处的大海，让我们在水里玩得尽兴；秋天果实累累，园径上花丛盛开，花果把人簇拥起来；冬天有遗落枝头的冻果，有高高的雪岭……总之这是一座再好也没有的校园了，它真该与美好的少年时代连接一起，成为一生难得的回忆。

可实际情形却有些复杂：关于她的一切，有时让我深深地沉迷，有时又不忍回眸。那时候我们并没有多少时间来享受大自然的慷慨赐予，因为当时已经找不到一个安静的角落了，就连这个绿荫匝地的校园也不能幸免：到处都是造反的呼声，是涌来荡去的各种群众组织。我的同学全都来自附近的几个村庄、国营园艺场和矿区，大家操着不同的口音，这会儿却在呼喊着同一些话语。老师和同学们除了要写大字报、参加没完没了的游行和批斗会，还要不断地接待从外地赶来串联的一队队红卫兵。后来形势发展得更加严重：我们校园内部也要找出一两个反动的老师和学生,并且也要开他们的批斗会。于是,校园里到处都是大字报,是一双双紧张兴奋的眼睛。

校外的批斗大会常常要到我们学校来举行,这既是为了让我们接受难得的教育机会,同时也因为这里有个大操场,地方宽敞。在最紧张的日子里,我们根本不能上课,因为除了批斗会,还有老贫农的忆苦会、老红军的报告会,以及"活学活用"积极分子的"讲用会"等等。剩下的一点时间就是自己折腾:写大字报、相互揭发。那是一个热火朝天意气风发的时代,一个少数人特别痛苦、大多数人十分兴奋的时代。可惜我就是这少数人中的一员,这是我最大的不幸与哀伤。

父亲当年正蒙受冤案,所以我似乎从一开始就成为难得的另类角色。校园内一度贴满了关于我、我们一家的大字报。我不敢迎视老师和同学的目光,因为这些目光里有说不尽的内容。校长是一个热爱文学的人,他对词汇特别敏感,即便是从一张张严厉的大字报中,也仍然能寻到一些好句子。我至今记得他盯着墙壁的模样:一手端着一个红色墨水瓶,一手捏着一支毛笔,头颅前倾,不停地戳戳眼镜,然后往墙上那些大字报上画一道道红线……同学们聚在一处欣赏美妙句子的时候,也正是我心碎的一刻。

学校师生已经不止一次参加过我父亲的批斗会。当时我要和大家一起排着队,在红旗的指引下赶往会场,一起呼着口号。如林的手臂令人心颤。但最可怕的还不是会场上的情形,而是这之后大家的谈论,是漫长的会后效应:各种目光各种议论、突如其来的侮辱。我记得那时常常独自走开,待在树下,想得最多的一个问题就是:怎样快些死去,不那么痛苦地离开这个人世?

我恨校长也爱校长——最后竟长久地感激起这个人。他酷爱文学,最终在校内办起了一份油印文学刊物,取名《山花》。它装订得极为齐整考究。全校只有校长的蜡版字最好,所以每个字都要由他亲手刻下,它们工整得简直就像铅字一样。校长是一个完美主义者,他绝不容许自己的制作有一丝瑕疵，以至于题图、插图全要自己动手，直弄得无一不精，整本刊物美轮美奂。校长号召全体师生都为刊物写稿，并且没有忘记鼓励我。这使我受宠若惊。

我写下的东西刊在了显要的位置上，校长当众赞扬了我。

这对我来说可是了不起的经历。许久许久以后，它又将和那些可怕的屈辱掺在一起，让我既难以掰开又难以忘怀。

我们家孤单单地住在一片林子中，只要没有外人打扰，就会有自己稍稍不同的生活：每日忙过一天，夜晚享受安谧。如果是漫长的冬夜，家里人就会找出一本书来读。听书，成为我当时最大的乐趣。所以很长时间以来，我每天最盼望的就是夜晚快快降临。如果是大雪封地不能出门时，外祖母就点起火盆，再把一张小桌搬到炕上，和母亲一起描花，画些什么。她们做得最好看的就是一种梅花，那是用高粱秸秆的内瓤做成的一朵朵梅花，插满了一株酸枣棵或荆棘——这就成了一树刚刚绽开的腊梅。

除了在家听书，就是想方设法从一切地方找书来看。那时有些书是藏起来的，很不容易找到；有些书是竖排繁体字，拿到手里也读不懂。但强烈的好奇心还是吸引着我，让我磕磕绊绊地一路读下去。记得那些翻译作品和古典文学，就是在这样的情形之下吞食的。这也是我能出人意料地写出一些与大多数同学不同的句子、博得校长赞誉的重要原因。

我们的油印刊物出了好几期。这个事情极大地吸引了校长和部分同学老师，让他们欲罢不能。而在我看来，她就像空气和水一样不可或缺。我会在一个没人的地方长时间与这本油印刊物待在一起，嗅着她的香气，不止一次把她贴到了脸上。

校长热爱他的刊物，于是就一块儿喜欢起那些能够襄助这个事业的人。我开始受到他的袒护和帮助。文学可以让人在一定程度上免遭苦难，这是我在那个年代里稍稍惊讶的一个发现。

杀 狗

由于我们一家独居丛林的缘故，我的童年比较起来是极其孤单的——或者也可以说是最不寂寞的。因为我可以有更多的时间接触一些动物,在无边的林子里玩耍。而那时的人群在我眼里常常是可怕的,他们当中的一部分有多么不善甚至恶毒,我是充分领教过的。

除了在野外看到一些动物,比如各种鸟雀和四蹄小兽之类,再就是养一只狗和猫了。林野中的动物虽然种类繁多,却不能够随意亲近。它们无论如何还是不能相信有人会对其友善,总是充满了警醒和提防。这在动物来说当然是完全没有错的,只是让我感受了极大的委屈。因为我知道自己是多么需要它们的友谊,并且永远不会背弃和伤害它们。可惜这种想法无法表达,我们之间没有通用的语言。但好在我的这种遗憾在很大程度上由猫和狗给弥补了。它们可以与我依偎,相互之间久久注视。它们甚至能够确凿无疑地听懂我的一些话。

我们那时对于猫和狗是家庭成员这种认识,绝没有一点点怀疑和难为情。因为我们一家人与之朝夕相处,我们从它们身上感受到的忠诚和热情、那种难以言喻的热烈而纯洁的情感,是从人群当中很少获得的。就我自己来说,当我从学校的批斗会上无声地溜回林子里时,当我除了想到死亡不再去想其他的时候,给我安慰最大的就是猫和狗了。它们看着我,会一动不动地怔上一会儿,然后紧紧地挨住我的身体。

猫和狗的眼睛在我看来有无尽的内容。这是神灵从陌生的世界里开向我的两扇窗子。它们没有对我发声,可是我真的听到了也看到了。于是我常常就对它们诉说起来,说个不停。它们倾听的样子是我一生都不能忘记的。我认定了它们的纯良,世上的任何人伤害它们,在我看来都是最为残忍的行为。

也就是在那样的时期,巨大的灾难突然降临了:上边传来了打狗令。

一开始是附近村子里的孩子在说，几天后竟然得到了证实。母亲和外祖母的脸色变了。她们都不敢看我，就像我不敢看她们一样。

显然，这是我和我们全家无论如何都过不去的一道坎。以这样的方式失去一位情同手足的伙伴，对我来说等于临近了世界末日。它看着我，又看看全家人，泪水盈眶。它的聪慧使其预先感知了一个残酷的结局。

打狗令规定：养狗的人家必须在接到命令的第二天自行解决，如果超过期限，就由民兵来办这件事。

母亲和外祖母躲到一边去商量什么。我知道她们什么办法也不会有。我在她们走开的一会儿却打定了一个主意：领上我们的狗远远离去。去哪里？不知道。去一个能够让狗活下去的世界。天底下一定会有这样的地方吧，那儿不论多么遥远，我都要找到它。这个决心比铁还硬，竟使我一时忘了其他，丝毫也不去想家里人会怎样发疯地找我。我只想和我的狗在一起，只想让它活下来。

我领上狗走开，进了林子。似乎只彼此交换了一个眼神，我们就溜开了。我在前边跑，它就紧紧相跟。这是一条逃命之路，它当然完全知道。我跑得很快，只偶尔回头看它一眼。它不像往常那样时不时地跑到前头，而是一直跟在后边。它越来越不愿跟上来，这种情况以前是从未有过的。我发现已经接近了一条河流，这条河离我们的住处仅有三公里，可感觉上河的对岸就是外乡了。

一丛丛绿色掩着它的身影。我再次回头时竟没有找到它。我呼唤了一声，没有回应。我慌了。它会迷路吗？它又为什么不再跟从？答案只有一个，即它留恋着丛林中的茅屋，认定那儿才是它的家。它终于察觉了我们这次走得太远了，尽管这是一次逃命之旅。

我紧咬嘴唇。回返的路上，我在心里一直呼唤着它。可我并没有喊出声音来。因为我明白，它从很远的地方听到我的脚步声，就足可以辨别了。它不愿转来，那是因为它已经打定了回到茅屋的主意。

可是家里仍然没有它的身影。母亲和外祖母定定地望向我。后来是外祖母先开了口,问我们刚才去了哪里?我没有回答,只在屋里屋外大声呼喊起来。没有任何回应。

天黑下来,离我们茅屋不太远的那个小村里传来了一阵阵狗叫声。那是让我心惊胆战的声音。

母亲说:民兵等不及了,他们提前去了那个村子。

果然,从天黑到黎明,林子外面的狗吠声再也没有停止。一夜之间,不知有几拨民兵拥到林子里来,他们背着枪,厉声追问我们的狗哪里去了?当然不知道。我只希望它长上了翅膀。

一连多少天,我都能闻到空气中的血腥气。我所遇到的每一个人,他们不论是到林子里干什么的,脸上都有一股杀气。他们不问自答地叙说着耳闻目睹:不远的那个小村里,不知谁家动手杀死了自家的一条狗,接着全村的狗就乱起来。它们只要是没有拴起的,就蹿到了村头,然后汇合一起向林子深处跑去。也就在这时候,得到消息的民兵就扛着枪棍包抄过去,最后将一群狗围在了林子边上的一个小沙岗上……

我突然想到它就在它们之间。

事实果真如此。不久小村里的人证实:当各家去寻领自己被打死的狗时,唯有一条狗是没有主人的。民兵收走了它。他们描述了它的皮毛花纹。是的,确凿无疑。

它在逃离中汇入了同类。它在最需要我的时候离开了,是出于一种毅然自决的勇气,还是对我们全家的怜悯?这个问题让我一直费解。

记忆中,每隔三两年就要传下一次打狗令。它总是让人毫无准备,突然而至。每一次骇人的消息都不必怀疑,因为谁都能嗅到空气中的血腥味,同时感到空气在打颤。

民　兵

当年有一个最吓人的字眼,就是“民兵”。这两个字意味着颤抖和眼泪、大气不出的死寂。与它连在一起的,还有这样的意象:呵气成冰的严冬,绳子和枪,生锈的刀。一些掮枪扛棍的人在村头巷尾、在村路上走动,个别人还穿了一件黄色上衣。这就是民兵。谁家孩子哭了,家里大人会吓唬他说:民兵来了!

其实不仅是孩子,大多数村民也害怕民兵。这些人被赋予了特别的权力,是当地管理者的武装。他们分为一般的民兵和常驻民兵,所谓"常驻"就是一天到晚宿在民兵连部的一伙,轮流值夜,每人都有武器。能担当这样角色的,都是村里最野蛮最悍勇的青年男女,也是村子中的特殊阶层。他们虽然是农家子弟,但地位较高,令一般农村青年羡慕不已。他们不仅可以脱离田间劳动,而且可以有较好的食物:夜间巡逻时总会弄来各种吃物,一只鸡或一条鱼,再不就是一头小猪或一条狗。民兵连部里总是飘出一阵阵酒肉香味。最让人畏惧的还是他们的声势:大声呵斥村里人;见了"地富反坏右"及其他,可以随意踢打辱骂。

民兵喜欢穿白球鞋,旧军衣,背一杆刺刀生锈的三八大盖。

凭这三件,就是横行乡间的不败法宝。他们走路趾高气扬,说话粗声辣气,不带脏字不说话。村里的头儿走到哪里,身后常常就跟了一群民兵。夜间村头最爱去的地方就是民兵连部,最喜欢的就是这里的一溜儿地铺,铺上有一排叠得有角有棱的被子。墙上则挂了一支支早就退役的老式步枪。偶尔会有一挺转盘机关枪,当然也是退役的废品,要在几个村子里轮换使用。这种枪在村里人看来简直就是神秘的物件,威力无限,其震慑力完全比得上一艘航空母舰。它有两只腿、一个圆圆的锅饼似的转盘,长相怪异。在巡逻时,民兵一定要把这挺机关枪带出来。它的出现,即代表了无可比拟的权威和力量。

那个年代里没有任何人奢望过违犯和抵抗。

"枪杆子里面出政权"的道理妇孺皆知。虽然从来没有见过转盘机枪打响过,但都能想象出它愤怒的模样:子弹横扫密集如雨,人群像秋风下的落叶一样刷刷扑地。如果谁还想好好活着,那就得老老实实低头干活。

最为胆战心惊的当然就是“地富反坏”一伙了。这些人心里总有一个大惧,就是说不定哪一天会把他们连根除了。因为这有真实的例子,远一点的是二十世纪四十年代末,近一点的就在几年前,有的地方做得非常彻底:把他们从老到少一并除掉。他们明白,上边的人之所以到现在还在犹豫,那不过是在考虑这部分人的特别用途——如果他们不在了,那么村子里就没法进行一些大事,要开斗争大会连个捆绑的坏人都找不到。所以他们知道自己还会留下来,至于留多久,那就说不准了。

常驻民兵的待遇优厚,是大有原因的。这些人除了根红苗正,最要紧的还要格外忠诚,忠诚于村头。更要勇敢,要一不怕苦二不怕死。在执行打狗令的时候,他们为了逮住一条逃逸的狗,能够在一条又湿又脏的泥沟里潜伏通宵,只紧紧搂住一杆步枪,一动不动直到天亮。有的民兵为了表示大义灭亲的勇气,在自己父亲与村头发生哪怕最轻微的冲突时,也要冲上前去打老人的耳光。还有一个小伙子与邻村斗殴,为了镇住对方,竟然抄起刀子砍去了自己的小拇指,而且面不改色。

我真的看到有一个缺少半截小拇指的民兵,所以我从来不曾怀疑这批人是特殊材料制成的。

他们有一段时间对我们的小茅屋特别留意,时常背枪光顾。深夜时分,我仍然可以听到他们在屋后溜达的脚步声。他们咳嗽,抽烟,压低嗓门儿说话。外祖母和我睡在一起,她要时不时地把坐起来倾听的我按回被窝里。

当时父亲正从南山的苦役地回来,这使民兵们格外忙碌起来。他们除了要没白没黑地监视他之外,还要隔三差五地进门审讯一番,展示一下自己的口才。他们进门后就让父亲立正站好,然后开始高一声低一声地审问。他们问的所有问题都没有什么实际内容,因为问来问去就是那么几句:是否有生人来过,近来有什么不法行为,等等。这些问题其实由他们自己回答更为合适,因为再也没有比他们更熟悉茅屋里一举一动的人了。这样问了一会儿,连他们自己也觉得无聊,于是就放松下来,说一些俏皮话，相互编出一些古怪的谜语让对方猜。有一次其中的一个说："'八条腿,两个头……'什么动物？"对方大为迷惘,那人就哈哈大笑:"连这个都不懂！配猪呢！"

这些民兵更多的时候不是幽默,而是凶相毕露。他们喜怒无常,有时不知为什么就满脸紧张地从外面跑过来,大呼小叫。妈妈和外祖母说:又要开批斗会了。

远远近近的村子,只要开稍大一些的批斗会,就要来押上父亲参加。所不同的是:有时要捆上父亲,有时则不需要。

民兵捆人很在行,他们会想出许多花样。有一个年纪十七八岁的民兵把父亲捆上了,另一个年纪大一点的民兵看了看,摇摇头说:"不行。"他叼着烟,一边解着父亲身上的绳索一边咕哝,向旁边的人示范。他用膝盖抵住父亲的腿弯,然后将手里的绳子做成一个活扣,只用三根手指轻轻一抽,绳子就给拉得绷紧。

拉网号子

当年最难忘的娱乐,要算是学校宣传队的表演了,这在我们当时看来艺术性极高,甚至是精美绝伦。这一切都是因为一个新来的女教师,是她参加进来的缘故。过去的学校演出队总是匆匆成立,为应付上边的汇演急急应付,完全不成样子。校长擅长文字并爱好文学,可唯独对表演心有余而力不足。好在他会拉胡琴,会化妆。他亲手给一个个学生描出粉红的脸蛋后,然后再退到一旁端量,十分满意。可惜他不会导演,勉强指导出的几个动作十分僵硬。好在这时候女教师来了,这等于是及时雨。

女教师不仅会跳会唱,还会自创节目。她先是从海边渔民生活中取材作歌,然后又从全校挑选出最有潜质的少男少女,细细排练起来。我一开始也在宣传队员的备选名单中,后来因为家庭原因搁浅了。不仅是文艺,即便是加入学校篮球队,也因同样原因遭到了淘汰。

我们学校宣传队在女教师的带领下，简直是无所不能。他们独创的“鱼鼓歌”和“拉网号子”，在汇演中不断拿到奖牌，名声远播。有时他们还可以凭这样的招牌节目，代表整个园艺场、乡镇和矿区，到附近的部队去做拥军表演。

我们最大的享受不是在舞台上听“鱼鼓”和“拉网号子”，而是到大海边上去看真实的“拉大网”，听震天的拉网号子。

除非是海边的人，不然就很难知道什么才是“拉大网”。那时还没有什么机帆船队，也没有其他先进的捕鱼设备，沿海村庄最有威力的捕鱼工具就是一面大网、两只舢板。那大网是用细棉绳织成的，而后又经过猪血浸透，这样不再腐烂，可以下海网鱼了。具体捕鱼过程是：先由舢板载上大网驶进海中，在水中撒成一个大大的弧形，然后就在网的两端拴上粗绠——许多人在沙岸上排成两溜儿，在巨大的号子声中拉起来。

一个盛大的节日就这样开始了。只要是拉大网的日子，周围村子里的闲人就全围上来了。我们这些初中男生只要一有时间就往海边上跑，去这个最吸引人的地方。那时我们恨不得停课，恨不得一天到晚盯住海上发生的各种奇迹。可偏偏是我们不在的时候，奇迹才会发生。惊人的传说源源不断，一件还未得到证实，另一件又传开了，弄到最后谁也不知道哪一件是真的、哪一件是假的。比如都在盛传这样一件事：有一天半夜里大网靠岸了，结果拉上来一个“人鱼”——她有人一样的脸庞，大眼睛，细细的胳膊，长长的手指——不同的是这手有蹼，身上也像鱼一样，有一层黏液。这个“人鱼”一离水就不停地哭，用带蹼的手搓揉眼睛。他（她）的哭声尖利极了，哭得人心里难受，于是海上老大发个命令，就把他（她）放了。

还有一次，大约是黎明时分，大网靠岸了：网里有一条特大的鱼精。这鱼精浑身黢黑，抵得上四匹马那么大，一离水就散发出逼人的酒气和腥气。它被拉上来的时候，还在呼呼大睡呢。当时所有人既惊吓又庆幸，说这一下等于逮住了多少鱼啊！有人主张趁它还没有苏醒赶紧动刀杀了,可以将肉一块块卖掉。可这事最终也还是被海上老大给阻止了。他认为海里精灵绝对不可招惹,任何不慎都会招来灭顶之灾。不仅要放它回海,还要口中不停地念叨,求它原谅拉鱼人的莽撞,不小心打搅了老人家睡眠,等等。

据海边人说,拉大网的最好时间不是整个白天,而是两个特别难得的时段:夜网和黎明网。他们说海里的鱼也像人一样,有个晚上打瞌睡、早上起不来的毛病——正在它们迷糊时,大网将其一下套住,再想逃也就来不及了。

夜晚是海边最热闹的时候。这里火把映得到处一片通明,人潮汹涌,真不知是从哪儿来了这么多的人。海上老大阴沉的面孔十分吓人,他看哪里一眼,哪里的人就不敢大声喊叫了。可是他的目光只要一挪开,呼叫声立刻又震天响了。因为这场面实在太惊人了,不由得人们不喊。

时至午夜,从沿海村庄甚至是南部山区来的买鱼人越聚越多。这些人携了篮子,背了口袋,一直站在海边,直眼盯着灯火辉煌处。号子声越来越响,这声音的强弱显然表明了用力的大小。拉网的人在大网就要接近岸边时,简直是没命地喊叫。他们为了起劲,有时故意将一个熟人的名字套进号子里一起呼喊,羞辱他。被骂的人火起,开始对骂,可惜他一个人的声音显得微不足道。

大网靠岸时所有人都往前凑,探头看这一次神秘的收获。随着大网收拢,水族们密挤得像稠稠的米饭一样,惹得人群高声大叫。鱼虾跳跃,甚至也像人那样尖叫。有一种身上带荧光的鱼,常常在灯火照不到的地方刷地一闪,引起一阵惊呼。

拉鱼的火把是特别制作的:一个小米斗大的洋铁壶盛满了煤油,上面插了胳膊粗的棉芯,点上后用一柄长杆铁叉高挑起来。这样的火把排成一长溜儿,使整个海岸亮如白昼。大网上岸后,有人立刻抄起柳木斗,将挣挤蹿跳的鱼虾一斗斗装了,提到一领领炕席子上。这时候,戴了眼镜、手拿一把算盘的老会计就出现了,他的身后跟着抬桌子和大杆秤的人——大杆秤足有半丈长，配有一只生铁大砣，由两个强壮的小伙子才抬得起。所有的鱼需经统一过秤，然后再开始零卖。

几乎与此同时，另一边的鱼铺那儿也在忙碌：鱼锅烧开了，大鱼似乎没怎么剖洗就被扔进了锅里。看鱼铺的老人在为拉网人准备一顿丰盛的夜餐。

橡 胶 厂

初中毕业就该着上高中了，但这在我来说是没有指望的。校长极为惋惜。他喜欢我刊发在《山花》上的文章，真心希望我能继续上学。可是上边管教育的领导放话了：这样人家的孩子能上初中就算不错了，上高中？门儿都没有。

校长抚摸着那份油印刊物，连连叹气。这成为我最煎熬的日子。我突然觉得学校生活是这么珍贵，连同我在这里所受的各种折磨，似乎都不算什么了。眼看我那个鼓鼓囊囊的大书包就要废掉了，还有我珍爱的书籍、我们的油印刊物，它们也将一并告别了。

也就在这时候，传下来一个对我十分安慰的消息：我将留在校办工厂——一个小橡胶厂里做工。这个小工厂是当时响应“勤工俭学”的号召建起来的，其实只能算是一个作坊。作坊师傅来自遥远的一个东北城市，一切都是由他操持起来的。此人原来是一位小企业主，在几年前由那座城市遣返原籍。按说他这样的人该归到“坏人”堆里接受管制劳动才是，但因为他能够为当地办起这座小工厂，也就糊糊涂涂地做了上宾。

我曾见过这个师傅在校园里走过，有些好奇。他的举止和衣着与当地人完全不同，一看就知道是城里客：稍胖，中等个子，穿了黑色中山装，而且衣扣一个都没有脱落。特别是他的背头发型，我以前只在书的插图上见过：稀稀落落不多几绺向后梳去，油亮齐整，真的像一个资本家。他说话的声音很低，小心翼翼的样子。他极力模仿当地人的说话腔调，但还是流露出浓浓的城里口音。他吸烟,烟卷在嘴里吸一下,马上拿开。

我真的被应允去校办工厂里做工了。这样我就开始近距离地接近那位神秘的城里人了。校长亲自把我送到那儿。那天因为慎重或其他原因,说话一向流利的校长变得有些口吃。他对那个师傅点头,用力地笑,说:“这样,啊啊,他啊,啊啊……”师傅好像在小声叹气,说:“好好改造。以阶级斗争为纲。改造世界观……”我连连点头。校长在一边应道:“这真是说、说到了点子上!”后来我才知道,校长为了能够让我留在校办工厂,真是费了九牛二虎之力。主要的阻力就来自那个师傅。他曾一再地拒绝,说那样家庭的孩子,怎么可以到这么重要的岗位上来呢? 玩笑啊,玩笑开大了! 校长差不多要绝望时,突然想到了一位“老贫管”——当时实行贫下中农管理学校,每个学校都有这样的驻校老贫农——就请他出面说情。老贫管找到那个师傅说:“这孩子,我看不孬!”就这样,老人家一锤定音,事情解决了。

这是我极为重要的一个人生转折。因为工厂里实行“三八”工作制,分为早中晚三个班次,我在八小时之外可以有大量时间看书。我不断写出新的文章送给校长看,获取他的赞许。这段时间里我和他几乎成了一对文章密友,相互切磋,甚至是鼓励。我们彼此交换作品,快乐不与他人分享。我们写出的文辞并不一定符合当年的风尚和要求。这全是私下阅读的结果:我们只要找到有趣的书就快速交换,这当中有翻译小说,有中国古典文学。这些书中有五花八门的造句方式,它们与当时的教科书完全不同。

校办工厂里只有我一个刚毕业的初中学生,其余全是“大人”,是大龄男女青年。他们在一起说笑,讲故事,做一些令人费解的事情。上夜班是最苦的,人瞌睡得睁不开眼,还要瞪大眼睛看住锅炉——我们被叮嘱说,弄不好锅炉就会发生爆炸,硫化机也会发生爆炸。我们要及时根据压力表调节炉火。所以人困得实在受不了,就轮流偷睡,只留一个人看住锅炉。

与我同班的是一男一女,他们关系紧张,平时不太说话,要说话也大半是顶顶撞撞。他们工作时,就让我躺到一个临时搭起的小床上睡觉。有一次我醒来,一睁眼发现男的坐在女的身旁,低着头,一下下捏着她的大脚趾玩。女的不吭一声,眼睛望向一旁。

他们的动作令我一直不解。

当他们其中的一个单独与我在一起时,就发狠地说着另一个的坏话。

一年后,他们结婚了。

这使我在很长的一段时间里,认为所谓恋爱就是相互顶撞、捏大脚趾、背后里诽谤对方。

车间里有一位年纪最大的人,这人以前在东北的兵工厂工作过,因为工伤回乡了。他经多见广,奇闻怪见多得吓人。他特别愿意对我讲一些故事,也被我认真听取的样子所激励。事实上我从来都没有听到如此有趣的故事:深山老林、兵匪、私通、贩毒、酿酒、打劫、抢寡妇等等,不一而足。

他有一段时间主要是讲给我一个人听。当他尝试着讲给大家听的时候,结果是严重的挫败:大家一齐指责他。于是他要求和我做一个班,这样就可以随意讲那些故事了。奇怪的是他的故事总也讲不完,越讲越离奇。后来我就怀疑这其中起码有一部分是他编造出来的。

我得承认,最有趣的还是那些稍稍泛黄的故事。对方越讲越大胆,到后来主要就是这类故事了。

我这一生所受到的主要的精神毒害,就来自校办工厂的老工人那儿。他毒害了我,反而让我感激和怀念。我再也没有遇到像他一样广闻博记、多趣和生动的人了。

我在校办工厂里工作了两年零一个月,然后就离开了,去了远方。

后来我了解到:我离开不久这座工厂就发生了大爆炸。起因是锅炉的气压表损坏了,硫化机怒吼一声挣出了厂房。结果是一死两伤。这座工厂从此停掉。

下 雪

我对下雪有一种极为复杂的情感。洁白的雪地多么美啊,谁不喜欢下雪?可是,我却深深地恐惧,惧怕飘飘下落的雪花。

无论是在学校,还是在校办工厂,如果下雪了,说不定一抬头,就会看到父亲在外边躬腰扫雪。这时我的心就会猛地一坠,然后是沉沉的痛。这是当时的一条规定:只要下雪了,父亲必须出门,为矿区和村路扫雪。哪怕大雪还在下着,他这个永远的扫雪人也要赶紧携帚出门。大雪下啊下啊,好像成吨的雪粉都是为父亲准备的。我怎么能喜欢下雪呢?我诅咒下雪。

那时的雪是不祥的白色。这颜色需要几十年之后,才能让我看出一点点美丽和纯洁。但几十年之后父亲早就不在人间了。

父亲是外地人,可怕的岁月把他打发到这个陌生之地,来这里扫雪。他的噩运带来了全家的不幸,让全家在没有尽头的苦难中一起煎熬。

冬天,母亲和外祖母点起火盆,为我们做出了最好看最逼真的腊梅。可是下雪时,再好的腊梅也没人看了。只要父亲在扫雪,我就不会有一丝的快乐,也没有一丝的前途。继续上学是不可能的,这里等待我的,只有难测的厄运。

又是一年之后,记得那天刚刚下了一场大雪—— 一个清晨,我赶在父亲出门扫雪之前,告别了全家。我身上揹了一个大大的背囊。从今以后我要一个人到南部山区去谋生了。这一天就是我离家的开始,我将一个人不停地走下去,走下去。

我记得一口气翻过了两座大山,它们都被大雪裹住了。我的脸上糊满了雪粉。当我登上一座山顶,回头再看时,只有一个白白的混沌世界,连一点海边林莽的影子都没有。

我知道自己站在了一个分界线上,这会儿,我已经是身在外乡了。

敲响城门的远方乡党

○陈忠实

和这个人握住手的一瞬，我的胸膛里发生了非同寻常的响动，同时就有终于有此机缘的默然慨叹。

这个人叫安胡塞，哈萨克斯坦陕西村的村长，一个远方归来的乡党。他原本姓安，取了个异族色彩很明显的名字胡塞，想来是入异乡而随其俗的一个标志。他一开口说话，却是满口最地道的关中东府腔调，地道得比当今西安及其周边人的口语腔还要纯正与古朴。也许是受普通话的持久性影响，许多太过费解的方言土语和太过艰涩的发音，西安城里乃至郊区的本地人都不说不用了，但安胡塞一如既往满口满腔地说着。在我的听觉感受里，却不单是品咂家乡原生态口语的韵味，更在他这原生态口语里所隐伏着的悲惨不堪的历史。那是一八七七年的清朝同治年间，左宗棠镇压为生存抗争的陕西和甘肃的回民，从陕西关中一直把他们打杀驱赶到天山脚下时，仅剩下一万多人；翻越天山时又遇到暴风雪，有幸翻过天山逃脱劫难者只有三千多人……这不堪的一页已经翻过一百三十多年了。

现在和我挨肩坐着的安胡塞，就是那侥幸逃过劫难的三千多人中的一位安姓回族人的第四代传人。他的祖宗和那些逃亡者进入中亚地区，在楚河岸边停下了长途跋涉的脚步，落脚定居。楚河的那边属今天的哈萨克斯坦辖治，楚河的这一岸是吉尔吉斯斯坦的领土，那时候都统属于沙俄，他们却浑然不知。他们看到的是一眼望不到边的水草茂密的草原，当地人竟然不种庄稼只放牧牛羊，真可惜了这一方好水沃土。他们停下脚便开荒种地，把从渭河平原上带过去的粮食和蔬菜种子，撒播到中亚楚河两岸向来没有垦殖过的土地里……直到有一天，一位或者几位沙俄官员来到他们的驻地，瞅了又瞅这一伙穿着长袍、拖着长辫子的“怪人”，便开口盘问，第一个问题就是，你们是从哪里来的？他们谁也不敢说明真实的来路，只含糊地说出一个大的方位，是从东岸子来的。这样，在沙俄帝国的众多民族里，又添加了一个东干族。这个“东干”族名，显然是“东岸”的音译。关中人说到四个方位时很少说东边西边南边北边，多是说东岸西岸南岸北岸，而且习惯在末尾顺带一个子字。我从小听惯了也说惯了这样的方位指向词，现在和乡党说起来也还会顺口说东岸子西岸子这样的话。本属中国回族的一伙移民，却成了沙俄和后来的苏联以及今天的哈萨克斯坦、吉尔吉斯斯坦和乌兹别克斯坦的东干族。

我第一眼看到东干族乡党似曾相识的面孔时，竟然下意识地从坐着的沙发上站了起来。那是一九九三年陕西电视台播放的春节晚会，一位来自中亚的东干族演员出现在荧屏上。这位被称也自称黑老五的人，头戴一顶草原牧民习惯戴的高顶皮帽，开口便叫了一声：“乡党！黑老五回来咧！”我就是在那一声地道而动情的乡音里站起身来的。这是太过久远却又令我闻之耳热心跳的一声乡音，是逃亡到中亚的三千多乡党在近一百三十年后第一个返回故乡的后人发自肺腑的声音。黑老五的脸色不仅不黑，而且泛着俊气和喜色，他演唱着一首古老的民歌，歌曲的音调只有关中平原才会产生，我听来再贴切不过。而那首民族的歌词在我却颇为陌生，也就甚感新鲜，如果不完全是我孤陋寡闻，在我生活的这个时段和空间大约已经失传了，却在中亚地区的东干族乡党中完整地传承下来。接着在一九九四年的陕西电视台的春节晚会上，一位名为侯赛因的乡党跃上荧屏，比之英俊的中年汉子黑老五，他的如雪一般银白闪亮的头发，成为舞台上的一个亮点。他同样表演的是关中民谣

《一对牛》，内容是说一个已经贫困至极的农民，却连续遭遇一个又一个倒霉事，诸如借牛耕地打破犁铧，收获的麦子不及种子多，天上下冰雹穿过房顶的窟窿打破了孩子的头，等等。他的绘声绘色又极尽诙谐幽默的表演，惹起一阵又一阵笑声，谁都很难看出这是一位七十二岁高龄的老人。这首民谣我似曾相识，大约是少不更事的幼童时期听婆说给我的，自然比不得曾荣获苏联人民演员称号（苏联七十年命名人民演员不足十人）的侯赛因声情并茂且惟妙惟肖的表演了。这“一黑一白”——黑老五和银白头发的侯赛因——两位远方归来的乡党美好而亲切的形象，至今依旧清晰地呈现在我的眼前。尽管侯赛因现已谢世，但他当时模仿的那个乡村倒霉蛋逼真而又滑稽的动作和生动诙谐的音调仍留在我的记忆之中。

无论是“一黑一白”舞台表演的语言声调，抑或是坐在我右首的安胡塞，都是百余年前的原生形态的关中语言。这倒不难理解，他们生活在楚河两岸，无论是那边的哈萨克人，还是这边的吉尔吉斯斯坦和乌兹别克斯坦的各族人，没有能听懂或会说汉语的人，更谈不上关中话了。这样，他们便形成一个完全封闭的语言环境，任何影响他们关中语言和语言发生变化的因素都不存在。他们学会了俄语和所在地的民族语言，那是走出家门作为社会交流的工具，一旦走进家门或面对同族乡党，便是更为顺口也更为自如的关中话了。因着环境的封闭，对许多社会事象以及生活世相的称谓，竟然原封不动地保留着清朝的词汇，至今把政府机构称“衙门”，把警察称“衙役”，把政府官员笼统称作“大人”，把总统或首相仍然称为“皇上”或“皇帝”，把无论小学或大学一律称为“学堂”。有意思的是，他们把从事写作的作家称为“写家”，我斟酌起来，似乎“写家”比“作家”更切合从事写作这种职业的特点。最具直观的服装，依旧保持着清代关中民间的样式，男人的礼帽和长袍，女人的偏襟上衣、裤子和裙子都有绣花彩饰。出门上班，尤其是到乡级衙门（政府）或学堂（学校），都是西装革履或校服；回到自己村子里，却更习惯自家的裤褂和手纳的布鞋；尤其是结婚喜事，绝对要穿长袍马褂和彩裙……二〇〇九年，时任陕西省省长的袁纯清到中亚几国访问时走进了陕西村，听着那些久远而纯正的原生态关中话的热烈问候，又看了东干族孩子用关中话表演的文艺节目，竟然激情难抑，跟着孩子们唱起来。孩子们表演的是民间儿童歌谣：娃娃勤，爱死人；娃娃懒，拿个棍棍儿往出撵……尤其是这些孩子唱起至今不仅在关中而且在全国也唱红了的秦腔歌谣：他大舅他二舅都是他舅，高桌子低板凳都是木头，走一步退一步全当没走，哭了笑笑了哭糊里糊涂……在陕西工作多年的袁纯清省长，向来是满口湘音普通话而不说一句陕西话的，此时竟忍不住和这些东干族人用关中话对话了——这次破例被传为佳话。

听到这些传闻，我便自然想到，我如若有幸在那种场合里，不仅关中话会派上用场，可能忍不住会和孩子们唱起来。前一曲教孩子学勤勿学懒的歌谣，婆和母亲不知给我念过多少回，多是在她们让我干活而我贪玩不做的时候；后一曲歌谣全是逗人一乐的大实话，话剧《白鹿原》的编剧孟冰要编主题歌曲，让我为他提供关中地域色彩浓厚的民间歌谣，我不假思索便说出了这一首，他当即选中。这首主题歌曲由华阴老腔艺人演出，成为话剧《白鹿原》的一个热点，由此被邀请到许多地方去演唱。设想我若有机缘到哈萨克斯坦或吉尔吉斯斯坦的陕西村，能看到听到这些东干族孩子唱我唱过的童谣和民歌，当会是一种无可比拟的享受，把隔绝一百三十年的关中与中亚的时空，在这幼童演唱的歌谣里消弭了。

还有一种太过沉重的声音。

每有从中亚楚河两岸陕西村回来的东干人，都要到西安城的西门前，用拳拍击那古老而宽大的明代修建的城门，然后高呼三遍："我回来了！"安胡塞告诉我，多年前他第一次回到西安，出九东站便直奔西门，拍打着西门门板的时候，热泪涌流，含泪高呼着"我回来了"。三声呼喊过程中，曾祖父、祖父和父亲都映现在眼前，他们的夙愿由他实现。

这是一个太过久远的东干人的共同夙愿。被左宗棠驱赶打杀的关中回民,是从西安城的西门逃亡而去的,西门便成为他们背离家园的一个情结。逃亡的回民领袖叫白彦虎,一个既有较高文化修养又兼过人武功的青年汉子,率领着回族父老兄妹翻过天山到达楚河两岸定居之后,他仍然成为异国他乡里乡党的核心。他为这一伙逃过劫难的幸存者的生存费尽心力,不幸染病不起,正当中年而早逝。在他告别人世的一刻,他对他的乡亲说了一句话:回到陕西,要拍打西安的西门,要连说三遍“我回来了”。白彦虎的遗愿在东干人里一辈一辈传递着,这一令人震撼的敲门的声音,却是一百多年后才敲响的。上世纪九十年代初,前述的“一黑一白”两位东干族表演艺术家,当属第一拨实现白彦虎遗愿的东干人;安胡塞多次回到西安,每一次回来都要去拍敲西门门板,为着白彦虎,为着自己,也为着现在生活在中亚的十余万东干人。

东干人保存着原生态的关中语言和生活习惯,却丢失了汉语文字。逃亡到中亚的三千多回族男女,多为不识字的文盲,迫于新的生存环境的适应和必需,他们和他们的孩子,都接受了俄语和所在地的民族语言,几乎没有人会读会写汉字了。作为十余万人的陕西村的大村长,安胡塞向哈萨克斯坦有关部门打了报告,申请在东干族人聚居区的学校开设汉语课程,却因为师资和经费等多重困难而一时难以实施。安胡塞又多方奔走另辟途径,于十年前把五名东干族孩子送到西安上学,由陕西方面予以资助,他们已经在西北大学读到三年级了,汉语水平得以提升。现在,经安胡塞多年持续不懈的努力运作,已有十六名东干族学生在西安和兰州学习过,汉语语言的空白被填上了开创意义的一笔。

作为村长的安胡塞,为陕西村十余万村民的公益事业热心奔走于陕西和中亚之间,也有自己一个沉积太久的心事,便是想找到祖宗曾经生活过的村子,用中国流行的话说是寻根。从他逃亡到哈萨克斯坦的曾祖父传留下来的甚为模糊的关于村庄的方位是四句话:出门是稻田,抬头见南山,门前有条河,河上有座桥。当他回到西安向人打听这种地理特征的地方时,谁都难以说出具体答案。因为秦岭在陕西段的被称作终南山的北麓,多有从山谷里流出的小河盘绕,河两岸都是稻麦两熟的肥沃良田,小河上多有木桥。这种景象自东而西铺开好几百里,安胡塞却搞不清祖居村庄的名字,说大地寻针也不为过。他便先到离西安最近的长安县走访打问,竟然在一个小铺店和一位女性的闲聊中发现了线索。无须赘述那个太过曲折的问祖寻根过程,他终于找到了本族且为本家的同辈弟弟安和平,其中一个至为关键的因素,是安姓同族每一辈人姓名之中相同的那个字。安和平保存的族谱上,最近的四辈是兴——长——吉——庆。安和平即属庆字辈,遗憾的是他没有遂庆字取名,按祖制规矩应为安庆平;安胡塞尽管没有族谱,却记着祖传的上几辈人的名字,正合着安和平族谱上的辈分,逃亡到哈萨克斯坦的曾祖父就是兴字辈人。叫安兴皇,曾祖父的弟弟叫安兴虎,口头惯称太爷和二太爷。

我这回能和安胡塞握手,就是安和平牵线搭桥。现在,安胡塞坐在我右首的贵宾位上,安和平坐在我左首位上。圆桌上还坐着几位西安的回族朋友,说当年的往事,叙今天的生活,在我是一种少有的别一番感受。安胡塞送我一顶哈萨克人习惯戴的高而且尖的皮帽(就是黑老五戴的那种)。我戴上和他合影留念,似乎我就此成为了他这个村长领导的陕西村的村民。

水顶寺的水

○丹　增

七月本来是雨季,可当我来到曲靖市的城郊,眼前却是旱魃为虐,赤地千里。湖水干涸了,干瘪的死鱼上爬满苍蝇;水库蒸发了,干裂的泥土像龟背,裂痕纵横交错。来到一个村子,一位七十多岁的老人告诉我,原来有两条河穿村而过,现在断流了,八口井干得不用说水,简直要冒烟了。人畜饮水不是靠政府派消防车定量供应,就是到二十多公里外的一条小溪边排队取水。六十多岁的刘大妈深夜四点起床,背着水桶去取水,八点多背了水往回走了一半路,不小心摔了一跤,水打翻了。她只好边抹眼泪,边把洒剩的一碗水喝完,然后枕着水桶躺在地上休息,准备等会儿再去。又到一所中学,在宿舍区的草地边,学生们正提着水桶排起长龙,水龙头里流出的水细得几乎是一条线。一位老师焦急地说,这段时间一碗水都要多次利用,脚洗不成了,洗脸都快成了奢侈行为。看到眼前的一幕幕,我想起了儿时住过的西藏水顶寺,想起了那些脍炙人口的关于水的传说。

我五岁那年住进了寺院,这寺院据说有六百多年的历史,那时有三百多名僧侣。藏传佛教的寺庙,无论历史长短,规模大小,僧侣多少,建筑风格千篇一律,佛事活动大同小异,管理方式基本相同,与雪域高原千百座寺院不同的是,我们这座寺庙与水有着千丝万缕的关联。

护法殿是寺庙最神圣最威严的神宫,供奉着脚踩波涛、手托云雾、身背蛇弓的护法神像。从寺院落成起,这里的香火没有断过,这里的鼓声没有停过。在这三十平方米的殿堂里,有一汪泉水,面积只有火塘大小,深不见底,水是从岩石底下冒出来的。奇怪的是无论雨季旱季,取多取少,既不满溢,也不枯竭,始终满满登登,不时冒着串串细泡。传说,从前有个部落头人住在这泉水边,他相貌丑陋,性格残暴,经常坐在泉水边上喝酒吃肉,听歌看舞,寻欢作乐。他有十几个儿子,却只有一个女儿,所以十分溺爱,娇生惯养。有一天,天上下着细雨,雨点落在泉池里,溅起许多水泡。天空出现彩虹,映照水泡,七彩夺目,十分美丽。小姐看着跳动的水泡,硬要父亲把水泡串成花环戴在头上装扮自己。父亲说:"傻孩子,水泡不可能用手抓起来,更不可能串成花环。"女儿撒起娇来,说道:"我戴过格桑花的花环,五彩丝的花环,金银编的花环,现在就是要戴水泡做的花环,否则我就跳进泉中自杀。"头人知道女儿的脾气,听到要自杀,心里惶恐起来,就把全部落的能工巧匠叫到泉水边说:"你们有聪明的脑袋、精湛的手艺,赶快把水泡取出来做成花环,还要带着五彩,如果做不成,我就要一个个处死你们。"工匠们听了目瞪口呆,面面相觑,深感大难临头。这时人群中突然走出个穿着破旧袈裟的老和尚,来到头人面前,双手合十说道:"老爷,慈悲为怀,放了他们吧,老僧有点绝技,愿意献出。"头人心想,只要能满足女儿的心愿,谁做都一样,于是就把那些工匠放了,叫女儿亲自监视老和尚做水泡花环。老和尚盘腿坐在泉眼边,从怀里掏出佛珠挂在脖颈上告诉头人女儿:"我的特长是串水泡,但我的手又笨又脏,不会取水泡,希望小姐亲自捡起那些美丽的水泡,好让我把它们串成华丽的花环。"小姐便俯身去取水泡。可是,手一碰水泡就破灭了,根本无法取出,而且身子挡住彩虹,色彩也不见了。忙来忙去,一无所获,最后,心烦意乱地跑回父亲面前说:"和尚会串有什么用,我取不出水泡来,我也不要水泡花环了,你给我做一个配玉的紫金花环,我要常年戴在头上。"老和尚救了众工匠的命,又羞辱了残暴的头人和不讲理的女儿,农奴和奴隶们暗自高兴。为了纪念这位既善良又智慧的和尚,人们在泉水上建起一座寺院,取名为水顶寺。

寺庙后边那座头顶白雪、身披绿荫的高山上，流下一股透明清澈的小溪，发出清脆悦耳的声音，流到寺院后边一个宽阔的洼地成了一个小湖，面积不大，千把亩，但有许多美丽的故事传颂着。这座山是百鸟藏身、百兽栖息、万物生长的神山，满山遍野的松树、桃树、柏树、柳树、杨树遮天蔽日，有风吹过，繁茂的枝叶像大海的波涛起伏汹涌。密林丛中无数蜿蜒曲折的小溪不舍昼夜地流淌着，潺潺的流水声打破了森林的沉静与阴暗。漫步在灌木丛中的虎仔昂首远望，几根笔直而稀疏的胡子像一根根银针似的在阳光下闪闪发亮；满身斑纹的豹子，躺卧在草丛中，泰然自若地打着呼噜；长着树枝般犄角的公鹿步履轻盈，温柔典雅，领着活泼可爱的小鹿在小溪边饮水；还有一双尖长的耳朵倒贴在头上的野兔，悠闲自在的野猫，聪明狡猾的狐狸，笨拙稳健的黑熊都把这山林当作家，无忧无虑地觅食、嬉戏、繁衍后代。在这树林中谁也说不清有多少种禽兽，百鸟歌唱着不同的天然妙曲，鸣蝉放开喉咙，蝴蝶飞着，甲虫爬着，一切像时间一样古老，像春天一般年轻，像天宫一般神秘。传说有一天，森林上空乌云密布，不时传来让人胆战心惊的炸雷声，锯齿形的电光不时割裂长天，击打着山峰，一阵阵狂风吹得尘土漫天，枝叶乱飞。只见一个带着火球的霹雳打在一棵参天古树上，刹那间，四处燃起熊熊烈火，火顺风势，愈刮愈大，整个森林成了火海，森林中的鸟兽惊恐万状，东躲西藏。生活在山下的人们，眼睁睁看着神树、神鸟、神兽被大火吞灭，急得呼天喊地。这时，在山顶参天古树枝头筑巢而居的乌鸦们喧噪起来。一只羽毛光滑的老鸦急骤地聒噪着，环绕着烟火弥漫的山头翱翔，叫声越来越大，不一会儿成群结队的乌鸦从树丛中钻出，从山坳中飞起，嘶哑的声音喧嚣一时。只见，天空中乌黑的翅膀像滚滚乌云，一个个乌鸦翻着筋斗，呼啸着像披着黑袍的天兵神军，从高空滚落到寺院后边的小湖里，用湖水浸透浑身的羽毛，然后飞回火场上空，让水分洒在熊熊燃烧的大火上。人们在想，连绵十里的大火，岂是几滴水能熄灭？可是满天的乌鸦，不知辛劳，坚韧不拔，毫不气馁，一次次，一批批，一个个往返于小湖与火场之间取水灭火。它们像是有一个共同的誓言，只要能把火扑灭，即使累死也心甘情愿。也许乌鸦的行为感动了苍天，又一团团浓密的乌云纷纷从四方涌向山头，越集越密，最后沉重得仿佛就要跌落下来，一阵狂风吹过，稀疏的雨点和冰雹便开始洒落下来，又一个霹雳滚过，大雨倾盆而至，转眼大火被扑灭了。待雨过天晴，所有生命又活泼灵动起来。

从寺院大门出来，沿着鹅卵石砌成的崎岖小路，顺着一条山沟左拐右转地往上爬，沟深林密太阳都照不进来，山石林立，间有瀑布溪流，山路窄得像一条羊肠，盘盘曲曲，铺满了落叶，不时遇到漫流的山泉，湿漉漉的，连动物走过脚底下都打滑。走出沟口是一个平坝，就像出屋门进庭院的感觉。这里无论石山、树林都被淡淡的雾气轻抹漫掩，好像全都披上一层薄薄的轻纱，显得分外妖娆。地面上，一股股泉水从岩缝中挤出，从灌木丛里涌出，碎玉般晶莹碧透，山歌般铿锵作响。乱石丛中，腾出冒着热气的一个个水柱，发出的声音就像轻巧的鼓点。这些山泉水、温泉水汇集起来，形成三四亩宽阔的一个大池，池底的黏黄土和莹润的白石子像筛出来的金屑和珍珠，四周是白色的大理石和黑色的花岗岩精工细筑而成。这是能治百病的寺院温泉。相传，寺院落成不久的一天，一群仙女来到这里沐浴。那天高空日色朗朗，四周白云弥漫，远近山岭、壑谷、林木、山路全都淹没在无边浩瀚的云海里。云的颜色逐渐浓深，云气氤氲，飞升上空，水汽不断地膨大，灰黑的阴影渐渐布满天空。转眼间，雨点从灰蒙蒙的天上，从飘动的云层里，像千万条银丝洒落下来，雨点落在温泉池里，像滴进晶莹的玉盘，溅起粒粒珍珠般的水泡，卷起了一阵轻烟似的热气。一阵轻风吹来，周围树林枝条东摇西摆，翩翩起舞。风过处，天空便由灰而白，由浊而清，渐次明亮，阳光又从薄云后面透射出来，太阳已经爬到了天顶。这时一道彩虹挂在蔚蓝的天空，像一座长桥，款款地从寺院金顶后面升起，越过温泉池跨到北面山坡上的万佛白塔。仙女们走到寺院，踏着彩虹，拾级而上，临虹款步，俯览江山。这时，高空有一只苍鹰展开长长的翅膀打着转儿飞翔，一会儿均匀地扇动翅膀往高空腾飞，一会儿展开翅膀纹丝不动地向地面滑翔，一会儿急促地抖动翅膀翻着筋斗。突然间,那只苍鹰收紧翅膀,细长的脚爪紧贴腹部俯冲下来,像只滚落的大黑球,落进了温泉池。细腿被折断了,胸口流淌着鲜红的血,片片羽毛散落水面。它带着无可奈何的忧伤,聚起全身的力量,悲哀地痛苦地尖叫着、扑腾着。温泉池里的泉泡像串珠似的升起在鹰的周围,最后,精疲力竭的老鹰无奈地像一条大鱼在水中漂动。任凭温暖润滑的水浸泡着蓬松的翅膀,身子逐渐发热,腿翅疏松,筋骨舒展,血脉流通,神清气爽。老鹰在想:无论高空翱翔也好,躺在水中等死也罢,生命总有离开地球的那一天。没想到,暖暖的水洗去了它身上的血迹,浓烟似的气浪缝合了伤口,金液般的硫磺黏接了折断的骨头。没过三天,老鹰觉得身轻如云,飘飘欲飞,于是用它那弯钩似的嘴,清理那扇子一样展开的黑色的羽翼,昂起头,用琥珀色的眼睛凝望着深邃无垠、碧如大海的苍穹,望着又红又大、光芒四射的太阳,屏声静气,积蓄力量,"哗"的一声展开油光闪亮的翅膀,飞向空中,沉重的翅膀剧烈地划破长空,高高地飞过峡谷,天空中充满着悠扬的展翅声,鹰越飞越远,最后消失在自由宁静的晴空。

目睹这一情景的仙女们,身着五彩缤纷的盛装,手捧金光闪闪的钵盂,又一次来到泉池旁,围着神水翩翩起舞,不时从钵盂中取出五颜六色的花瓣,撒向池塘,那花瓣如飞雪一般,漫空乱舞,然后漂浮在水花飞溅的水面。身着绛色袈裟的喇嘛们人头攒动地站在寺院屋顶,吹起银号角,沉洪有力的音响,沿着峡谷往上传播,与飘动的柏树浓烟一起冉冉升起,弥漫于天宇。他们仰望天空,祈愿苍鹰重返蓝天。从此,他们把这温泉池取名神水缸,很快名扬四方。东面一群群手握黑色拐杖的人,高一脚低一脚,一步一瘸,目不转睛地朝着神水缸走来;西边走来了一群群弯腰驼背、四肢关节肿胀、伤口包裹着血淋淋纱布的人,看见神水缸,泪水挡住了视线;从南面,从北面,人们三五成群地走来,有的从山上滚下头被撞破,满头凝结着血痕,有的被恶狗咬破大腿伤口长着蛆,有的周身青一块紫一块或是全身溃烂没有几块好皮肤,这里是他们希望的灵地,救命的圣主,欢乐的源泉。

水顶寺的一山一石,一草一木都在讲述着许许多多水的故事。半绕着寺院坐落山弯的曲松江,好像一条狂怒的巨龙,在深山峡谷里咆哮奔腾,等挣脱群山的封锁与约束,流到这里又显得那样宁静、妩媚、柔和。从象鼻似的山尾站台俯瞰江水,像微微拂动的丝绸,不管水多深,都可以清澈见底,河底卵石上的花纹,沙土上小虫爬过的痕迹,全看得清清楚楚。那江边的水草时时闪着碧绿的光,顺着水的流向自在地轻轻漂动。水神说,曲松江啊,你在这里要虔诚一点,水顶寺供奉佛祖的水要干净,两岸百姓饮用的水要清洁。寺院背后的那座山,海拔五千多米,终年积雪不化,山顶有一个平静的湖泊,四周还有五个插入云端的山峰,人们称五冠佛。无论晴天阴天,湖中总会映出五峰的倒影,活像五尊白仙盘踞水晶宫。这湖的颜色随时在变化,太阳刚升起的时候,辐射出万道明亮的光柱,这湖就像一只硕大的银盘;当太阳落下去的时候,天空像一片燃烧的火海,这湖就像一只晶莹剔透的大红宝石。方圆百里,这湖是万水之源,快要满溢的时候,水就由不同的暗道明道冲破障碍,穿过荆棘,转过大树,绕过石林,扑过岩层激冲下来,奔向平原,一路万物生长靠着它,五谷丰登靠着它,人畜生存靠着它。据说,这湖是自然之神,献给水顶寺慈悲之爱的一滴喜泪。

这座山的前半腰有一个远近闻名的大瀑布, 站在寺院屋顶远望山腰,在那苍松翠柏、绿叶茂密的丛林中,瀑布好像是悬挂的一幅整齐而平滑的白色巨型天幕。那里有块平整而宽阔的悬崖,从山顶雪线融化流下的千万条溪流聚集到崖顶平坝上,聚合着集体的力量,顺着岩面滑泻,岩壁上有许多棱角,水流经过,急剧撞击,水花便飞花碎玉般地乱溅。每当夏末秋初,蔚蓝明洁的天空,挂着安详雅致的白云,温暖的太阳,带着喷薄四射的光芒,注满金色阳光的瀑布,在色彩斑斓的林木枝叶间流淌。那瀑布从百米巨岩跌下,飞悬倒洒,翻滚着白色的浪花,飞溅着似玉如银的水珠,在阳光的照射下闪烁着五彩缤纷的霞光,像一幅彩绘制作的巨幅唐卡。是站立着的佛祖释迦牟尼，还是莲花座上的无量寿佛，在如絮如绵的雾气浓烟中若隐若现。传说，这个瀑布是天竺佛国的神工鬼斧、天魔帝力创造出来的大自然的展佛。在这个季节，数以万计的信徒香客，云集在瀑布下面，焚香诵经，磕头顶礼。这既是信仰的驱动，更是对大自然的敬畏，对人类生命之本——水的敬仰。

水，是地球的血液，万物的起源，人类的命脉。当今天看到长江变成黄河，黄河变成黑河，黑河变成泥河，看到雪线在上升，湖泊在干涸，江河在断流，看到人类污染使美丽的湖泊变成臭泥潭，奔腾的银河变成臭水沟，我想起了水顶寺，想起了水顶寺的水和这些关于水的故事以及壮丽景观。

仙履

○周晓枫

灰姑娘的12点

浪漫的情节,使我们倾向于把《灰姑娘》理解为一个爱情故事,而不是更靠近它本质的复仇故事。被埋没的落难者,如何抓住机遇自救,并彰显后来的荣耀。对继母和两个姐姐来说,这种荣耀等同心理摧残,伴随着她们流血的脚跟、被啄瞎的眼睛等显见的肉体摧残……灰姑娘终于释放了积聚已久的仇恨,体尝到获胜者甜蜜的平衡。

灰姑娘本是富人家的孩子,因为丧母突然沦入孤儿命运。担水、生火、烧饭、洗衣,她本应如雄雄火焰燃烧的未来,熄灭在炉灰里。尘垢是她的磨难,也象征对她高贵出身的遮蔽。从蒙灰到洗尘,从仆妇到公主,是被剥夺的身份重获归还的过程。因为不公正的受难,灰姑娘索要的补偿大于失去的。她要求由贵而显,进入王室绝对的权力。这则童话展现了低贱者的篡夺能力和智慧。不言而喻,水晶鞋一定是双高跟鞋,适合足底的优雅弓形并不是它最显著的特征。高跟鞋意味着基座上的抬升,穿着者必须挺胸抬头、刻意向后才能维持平衡,如同灰姑娘装扮公主时貌似高傲里所掩藏的心机——必须伪装姿态,否则,踩在高跟鞋上自然状态的身体前倾,就会流露内心深处的渴慕——靠近更高等级和权势时的渴慕。

南瓜变为金光闪闪的马车，老鼠成了神气活现的车夫，陪衬物都得到身份提升，烘托翩跹而来的伪造公主。灰姑娘衣着明艳，还有一双极尽奢华的水晶鞋——这些本不属于自己的贵族象征物，使灰姑娘如同一个印玺的窃取者，她将凭此与王权相认。她的自拯、野心和复仇，必须依靠巅峰上的权力。舞会上灰姑娘隐瞒自己，一开口就会破坏华服带来的自信；她要让所有人都认不出自己，就像密谋行进中的不露声色。

从不堪现实到华丽梦境，灰姑娘连续性的厄运被打破了，身边的一切瞬间成宝藏。现实是詈骂，梦境是舞曲；现实是炉灰，梦境是美酒；现实是继母凶蛮的脸，梦境是王子深情的眼神。这是童话的特性，善恶、美丑、真假之间，总是呈现清晰的对折关系。没有比咒语更快的给予，也没有比咒语更快的剥夺。12 点，点石成金的魔杖有时限，它会重新把灰姑娘推回深渊。这个埋伏下来的危险时刻，预示某种失控的政治——灰姑娘灵活闪跳，防止自己被困顿的真相揭露。她是现实与梦境的双重逃亡者。

魔法的钟即将敲响，导致灰姑娘匆匆逃离时不慎遗落了水晶鞋。掉了一只鞋，一定是跑不快的，即使 12 点就要到来，即使王子紧紧追逐。一只穿了高跟鞋的脚和一只光脚配合起来奔跑，一定是速度最慢的。再怎样情急，灰姑娘也应该体会出一扭一拐的笨拙和艰难。有两个办法可以解决问题：捡起这只鞋穿上，或者把另一只鞋也脱下来，如此行动才更快捷。仔细比较就会明白，捡起水晶鞋一定不会比瘸脚奔跑所需时间更多。那么灰姑娘为什么不呢？除非，这只水晶鞋是她预谋留下的。

是的，在此之前，灰姑娘和王子跳了一曲又一曲，而一双跳了整个晚上的鞋必定是合脚的，那些复杂的快步、跟从、旋转、踢踏，鞋的尺寸不合适根本不可能完成。灰姑娘与王子舞步曼妙，众人艳羡的一对璧人……她必有一双如影随形的鞋！舞鞋尺寸的精确，天然地要求大于走路的鞋，但跳舞的水晶鞋为什么会在走路时掉下来呢？再次证实，灰姑娘蓄意留下独特徽记。没有比鞋子更能鲜明地隐喻了，它召唤着出发和寻找。

如同小说中必须要为善者的杀戮找到确凿的、合理得趋于正义的解释,童话中的公主也一定被塑造成无辜无瑕。为了掩盖灰姑娘的心机,情节被设计成:王子在台阶上铺了沥青,所以灰姑娘掉了水晶鞋。与水晶鞋互为烘托的,是珠宝、绸缎、枝形吊灯和支撑在背后的阶层优越感,它是被灰姑娘穿来跳舞的——舞步说白了,就是赋予行走以格外的技巧。12点,12点,她是延续起舞的灿烂,还是灶台边的肮脏?灰姑娘要抓住闪跳的机会,她遗落水晶鞋的目的,恰恰是再也不遗落它,将它永远地牢牢地套在脚上。

阅读童话多年以后,我才醒悟灰姑娘的伎俩。获得的手段有许多,其中比较玄妙的一种,是靠遗失,靠给予,靠提供,而成为更大财富的主人。她遗失了一只鞋,通过遗失一只鞋得到一个豪华世界。当我看到沿街分发小广告的人,匿名信的写手、耳语着的告密者、教父,还有美人——那一笑千金的最后赢家,就看到这种"给"之后的"得"。

一无所有的灰姑娘,除了一只借来的昂贵的鞋,还有什么是她本身能够给予的呢?她有,那是埋藏在身体里的秘密财富。

再看焦点道具:水晶鞋。如果没有这只改变命运的鞋,王子和公主也许就不会幸福快乐地生活在一起,可能在怨恨中彼此想念一生。最早的灰姑娘故事,包括《格林童话》初版里所记录的,舞会第一天,从树上掉下来的是银色洋装和银制舞鞋,第二天晚上落下来的是金色洋装和金色舞鞋……但后来广泛流传的却是水晶鞋,除了形式上的美感,是否还蕴涵其他深意?

作为魔法之物的水晶鞋,创造一条穿着脚上的捷径。灰姑娘之所以穿的不再是金鞋、银鞋,一是出于审美需要,不引起笨拙的重量猜测,与世俗的物质衡量划开界线;另一方面,出于隐喻的需要。是它,使灰姑娘的脚得以合理地裸露:性——这几乎是低微者唯一可以提供的财富。一双漂亮裸足所引发的性欲,不输于饱满乳房。12点之后,仙女一样飞离……如同蝉留下金黄的衣蜕,灰姑娘脱掉的水晶鞋,是贵族化了的蝉蜕,王子只能用幻想来填充那消失了的肉体。

那个赐她华服的女人,种种版本说法不统一,有说是教母;有说是仙女;还有说是灰姑娘的母亲,因成为亡灵而获得了神秘力量。无论什么身份,她都要强调一件事,要求灰姑娘必须12点之前归来,并以魔力失效相威胁。因为她真正的目的是:约束灰姑娘不在王子那里过夜。

性的给予，意味着女人身体和身份双重神秘感的消失——这种贬值,近于从公主变仆妇,如同灰姑娘12点之后的命运。男人都是比目鱼,一旦跑到他身体下面,他的眼睛就看不到你了。灰姑娘的妈妈不仅曾经垫到男人的身体底下,现在,她的位置陷落得更深,跑到了地下。所以那个曾经肌肤相亲的男人娶了新妇,岂止看不到她,连女儿灰姑娘的悲惨身影都看不见了。

对生殖秘密的了解,是每个人成长的重要时刻。从初潮到初夜,灰姑娘拨动体内秘密的钟。这个富有心机的姑娘,比告诫中的母亲更聪明,她仅仅遗落一只鞋以后消失,象征的是有限的给予。她绽放了,像一朵散出甜味的花,然后让蜜蜂在风中仔细嗅别那暗香浮动的气息,千里百里地追随,带着它兴奋的刺针前来赴约。

在德国维斯特法伦地区的节庆中，有一个让女孩跳过火堆的仪式;如果跳的时候鞋子脱落,就证明她已经不是处女了。法国南部和西班牙的教堂里,有些中世纪保留下来的浮雕,其中女性光着一只脚,是表示在性方面堕落、违反了教规的意思。就是《格林童话》的其他篇章中,也有类似的情节,比如《跳破了的鞋》。夜间入睡的十二个公主,总是第二天早晨被发现破洞的鞋。国王派了盯梢的士兵,才得知,她们夜间与王子们幽会,通宵跳舞。如此不经磨损,仅仅一夜之间就会破掉,如此不结实的鞋实在不符合王室身份——那么薄,为故事所描述的鞋底不像皮子,更像一层膜。

如同复仇故事被转折成爱情故事,灰姑娘被描述得无知。其实水晶鞋的纯净、紧致和缺乏延展性,象征着不容侵犯的女性私处。我们知道,子夜时分,它被王子的沥青弄脏了。

哑言之爱

一个著名谚语说:“当真理穿鞋的时候,谎言已跑出很远。”依我看,真理输就输在太需要形式感,不够赤裸。不穿鞋的真理是不是拥有更快的速度,更锋利的杀伤力,更无往不至的胜利呢?

海的女儿不需要穿鞋。当她全身赤裸着醒来,只能用乌黑的长发裹住自己……她始终是光脚的,正像鱼尾不能够塞进任何一双鞋里,裸足是对她身世的纪念——任何习惯,都是往日往事的残留物。她一定是光脚的,卖火柴的小女孩也是赤足,唯此,冰雪和刀尖才能使她们的疼更加显著,更加尖锐化。

鱼尾和人腿的一个区别,就是不用穿鞋。当小人鱼步履曼妙地进入王子宫殿,她有一双处女的脚,从未穿过一双哪怕是更能烘托它们洁净无辜的鞋子。她裸足,意味着对宫廷规则的拒绝,也暗藏着返回人鱼状态的可能伏笔。所以我们在后面的情节中读到,浮升海面的众姐姐,把美丽的头发送给巫女,以赢得挽救的机会,让她变回人鱼。可是,小人鱼最终没有这么做——退潮后,海,这只巨兽低哮着走远,驮走她伤心的姐妹们。

我认为,海的世界太非凡,几乎有着想象也难以企及的完美。仅仅是水族馆里的缩影已经让我迷惑了:乌贼拖着教皇的尾裾;海马石质的身体,仿若简约的罗马柱样式;热带鱼非洲族裔般撅起的外唇……水下摄影,使人类得以目睹不可比喻的斑斓,生物的形式华丽到了非理智的程度,并且,它们的移动如游如飞,仪态异常优美。是海底世界让我确认,朴素并非自然的唯一形式,华丽也是,并且是自然更具诱惑的一种。更多时候,我认为大海具有非人间的魔法。

小人鱼为什么会放弃一个艳异天堂,来到矛盾重重的人间?月亮……如同深蓝的海面有鲸浮升它的脊背。整个世界,被埋在海底般的秘密黑暗之中，让人难以猜测。

成年以后重读，发现童话不仅是孩子的阅读专利。故事中有那么多的爱、恨、愤怒、撕裂感，有那么多的死和阴谋，有那么多的复杂暗示。童话中理所当然要避除儿童不宜的内容，性就是以隐喻手法表现的。睡美人的原版故事，并非讲述一个女孩做了植物人以后呈现的医学奇迹——她被强奸了，然后以沉睡来躲避内心的羞耻。

那么，小人鱼呢？她从十五岁开始，向往人的双腿，即使鱼尾更具形式主义美感，她依然愿意迎接分开双腿的剧痛。她的目的，不是一双镶嵌珠宝的水晶鞋或冶艳夺目的红舞鞋。最重要的原因是：鱼尾封闭，是拒绝侵入的，就像鱼的繁衍几乎不借助肉体交汇，只有分岔的双腿使真正而深入的交融成为可能。安徒生以隐喻方式来表现：人鱼的十五岁，那是她们的成年礼。只有到了成年礼这天，她们才有权利浮出水面，从沉睡的、蒙昧的、对肉体不自知的深处中，睁开观察变化的眼睛，结实的陆地一样不晃动的真相正在呈现。在此之前，她们仅仅做儿童被宠爱。

是的，由于失去语言表达能力，人鱼与王子复杂的灵魂交流变得不可企及，通往爱情的方式只剩下肉体一途。小人鱼曾被烈药烧灼的肢体，将被婚礼上教堂响起的钟声彻底击碎——她死于王子对恩情的背叛。王子只有爱她，才不负恩情，才不在道德上获罪，而他报恩的办法很简单，就是像享受新娘一样享受人鱼柔软的身体。为了投向王子的怀抱，人鱼曾饱受割舌裂尾之痛，以受虐般的狂热对待爱情。但她失败了，王子选择了另一个灵巧的可以言说的肉体——她最终不过是一个失宠的舞姬。

是的，失去动人歌喉之后，除了静默中的美貌，小人鱼还剩下唯一的技能：舞蹈。舞蹈者所付出的日常性肉体折磨远远超过其他艺术门类。观看舞蹈训练，就是观看一种放缓节奏的刑罚。舞者在疼痛之上追求更深重一层的疼痛，他们每天为自己制造一个新的疼痛峰值，然后持续停留在极限的刀尖上，艰难适应。这种日复一日的必要的残酷训练，使舞者在表演时，优雅，自如……仿佛有万能而无痛的腰肢和手臂，看起来，似乎能把舞者折叠，折叠，直到灵魂似的薄软、轻盈，让它自在飞升。失去言述能力的人鱼，只剩下肢体语言：她起舞。舞蹈本身，是一门哑语的艺术。

我喜欢小人鱼，是因为和她一致地习惯于哑巴爱情。我愿意原谅自己静态之中的微量残疾。设想表白爱情，会让我觉得是在说着蹩脚外语，我从来结巴、羞耻，永远没有在行动中逐渐树立起来的自信。渐渐，我把自己放逐到不可触及的边缘，因为我预感，爱意味着惩罚，关系的不平衡，以及动荡中的幻灭感。我甚至没有小人鱼的勇气，她在被忽视和歧视中无言坚持，默认这是爱情古典优雅的方式。作为一个爱的天才，她隐秘绽放……那寂静中难以消化的激情。

记得那个阅读人鱼童话的暴雨之夜，我从泪水中看到闪电，天堂的玻璃树枝都被震碎了——我猜不出，哪个天使会出现在明晚的星空，在那些刀刃上行走。我知道古老的大海汹涌着，明天早晨锥镙密布的海滩，也会像一条铺满钉子的路。

无论面对脚底的刀刃，还是王子的离弃，疼痛中的小人鱼永不开口。只有人才会抱怨和呻吟，他们祈祷，他们哀告，以求神能解除身上的苦痛。而神，对自己的疼痛失去了申诉能力——因为神已是最高境界的解决方式。喜悦，疼痛，告别，死亡，以及爱……在神那里，都是无声的。

人与神的爱存在差别。人对神的爱是专注的，紧张的，乞求状态的，唯恐失去神的恩宠；而神对人的爱，是散漫的，从容的，可收可放的，好恶随时都在掌握之中，不会失控。尽管如此，人的爱并不卑贱——他的爱更像爱。人习惯于爱，倾向于唯一的对象；神习惯于被爱，他的感情普施众生。小人鱼是神，但她颠倒了秩序：以人爱神的方式，去爱一个尘世的人。当王子吩咐：她要永远和他在一起，并允诺她睡在他门外的丝绒垫上——小人鱼，一个海神的公主，历尽苦难，得到了她的奴仆身份。

当王子选择了邻国公主，等于从性魅力上判断：一个完美的人优越于残疾的神。通过他的挑选，人践踏了至高的神。神无法承受这种羞辱。即使最高的神也不能做到无限牺牲，也要有所保留——比如上帝捍卫伊甸园里的智慧果和长生树。对小人鱼来说，死，或许是她最后捍卫的个人尊严。她不能从一个熟睡的新娘那里偷取爱情的垃圾。

或许，小人鱼无法在命和爱之间权衡。爱仅仅是爱，仅仅因为不能不爱，它什么高尚的理由也不是，爱是无能为力。真正的天使真正的神，永远会受到爱的羁绊，然后她被放逐，到再汹涌的情感也不能触及的深渊。她独自没入不为所知、不能被分享的聋哑般的静寂之中。魔鬼能作恶并享乐，只有天使，才受难。

……她正死去，在死者那越来越透明的嘴唇，渐弱的祝福里散去。

一个人的“桃花源”

○贾冬婷

他从这个世界消失了十几年，上世纪90年代初抛下一切，携手同是北大教师的妻子张梅遁入深山，寻找他们心中的“桃花源”。在王青松眼中，外面的世界走着一条和他相反的道路。当两者渐行渐远，他还能够和这个世界再次对话吗？

遁世者

2011年3月19日，新华社记者唐师曾接到一个电话：“我是王青松！”声若洪钟，曾经熟悉的信阳口音让唐师曾猛然回过神来，这是他消失多年的北大国政系79级同学，在37楼432室住他下铺一年半的大哥。十几年来，他杳无音信，只偶尔活在老同学的各种猜测里：出国了，出家了，自杀了……

唐师曾记得，二人最后一次见面还是1990年12月。他当时要去巴格达“卧底”，等待海湾战争爆发。他对本刊记者说，临走前女朋友不放心，去国际文化交流中心请人给他算算命，没想到来人正是王青松，他当时在北大、清华很著名。他看了半天，说：“车祸不断，但无大碍。”后来果然灵验。

打来电话第二天，王青松就现身了，还带来“特供”的野鸡蛋、芹菜、羊肉、羊油、红豆、黑豆、大米，给因战地采访健康受损的唐师曾补身体。每一粒豆子、大米，都是妻子赶着骡子碾出来，他再用担子挑出大山。而这消失的十几年在王青松口中则是“桃花源”式的隐士生活——与世隔绝，日出而作、日落而息。随后的一次入山让唐师曾很震撼：在离北京 100 多公里的大山深处，方圆 2500 亩，只有王青松和妻子、儿子三人风生土长，和泥筑屋，开荒蓄水，耕牧种树；无电、无电视、无网络……唯一购买的物资是食盐。

在上世纪 80 年代的北大，王青松是个主流意义上的好学生——北大国政系 79 级学士、北大法律系 83 级硕士毕业留校任教、北大哲学系 89 级汤一介博士第一名未读。同学们也不理解，他怎么会把这一切都抛弃了。

在国政系 79 级的 58 人中，22 岁的他以河南信阳机要干部出身的“老大哥”形象出现，一来就被任命为团支书，在学校的形象也是一板一眼，西装革履，哪怕从宿舍到教室几步路，脚上还穿着拖鞋。小他 6 岁的唐师曾在《我钻进了金字塔》中调侃：“他举手投足透着重权在握的稳重，自然更让我们敬重，乃至晚上我睡觉翻身都轻手轻脚心怀敬畏。他也时不时地与民同乐，甚至和我们比赛俯卧撑，可总是不得要领有些隔阂。尤其是他十分用功，每天后半夜方肯归宿，磨磨蹭蹭弄上半天，洗脸烫脚悠然而睡，天长日久犯了众怒。先是有人在门框上放皮鞋、笤帚砸他，以后加码到一盆凉水。人多势众争强斗狠，最终将学校发给每人一个的方凳同时翻过来，48 条腿一齐朝上码在地上，我身居上铺负责拆管灯憋火，黑灯瞎火摔他个鼻青脸肿。即使面对如此暴力的恐怖活动，他也不急。”

比王青松还大几岁的张南舟对本刊记者说，王青松当时有个外号叫“幽灵”，因为他学习特别刻苦，老独来独往地不太和同学一起玩。“他老去看书，跟清洁工阿姨混熟了，图书馆座位再紧张，他也有专用座位。”

即使在一个班同龄人中，王青松也能隐约感觉到门第和阶层的影响:“唐师曾爷爷、爷爷的哥哥都是戊戌变法时期就进入京师大学堂的,我爷爷、爷爷的爷爷都一辈子耕作在黄河边30公里处,不会写自己的名字。”他觉得,考入北大像是“羊撒腿在山里跑”,如饥似渴地读书既是精神需求,也是出人头地的现实考虑。

进入信阳地委机要局是他改变命运的第一步。“机要局反而不要干部子弟,怕社会关系多互相传信息。一段古汉语没标点让你看一遍背下来,还有记电话号码,我一天能把500个电话号码对号入座。”机要干部的训练让他应对北大的学习和考试易如反掌。“当年笔记最全的一个是我,还有一个是现在的文化部部长蔡武,但蔡武没记下来的,我能记下来。考试前,我就把可能考的题目全背下来,看到试卷一股脑儿地答,出来同学对题,我脑子一片空白。”报考北大时,他犹豫是考国政还是法律,问当时同事,同事说:“你看是检察院上我们这儿汇报工作,还是我们到他们那儿汇报工作?”王青松一下子恍然。不过本科毕业后,他发现法律系好找工作,又转而报考了法律系研究生,后留校任教。

一次偶然的机会,让王青松的人生转了弯。因为老家离白马寺不远,他从小练过武,到北大后又爱读老庄,在1985年“气功热”时,开始在北大气功协会教授气功。其同学说,这是他一次极其成功的投机。因为气功后来由热转冷,王青松对这一段经历轻描淡写:“80年代是思想的一个启蒙期,气功也是文化热的一种表现形式。当时我创立的‘生生至一’健身气功后来特别火,去大庆、武汉、新疆等地讲课。”他当年的辉煌让老同学也很意外。唐师曾说,他本科毕业后分到中国政法大学教书,有一天,他听说学校请来一位“石松大师”传授气功,那大师一口气下去,政法大学上千人满地乱爬。他闻讯忙背上相机赶去拍照,不料“石松大师”竟是王青松。他站在台上高喊:“散开,来人是我同学。”

气功为王青松带来了声名,还有财富。当时的“石松大师”成了北大气功协会的明星,后来法律系看他影响大了,让他为系里创收,在外开设一周气功班,每人收费10元。后来成为他妻子的张梅也是当时来气功班看热闹的学员之一，刚刚从北京外国语学院毕业，比他小 12 岁，他在人群里一眼看到她就说：“气质好。”

1990 年后气功被整顿，让他一下子从顶峰跌落，在学校的境遇也急转直下。“当时，我报考哲学系汤一介先生的博士生，单科和总分都考了第一名，学校竟然不予录取。第二年转考法律系，依然。”正好有一位英国国防部长夫人劳伦西娅辗转前来咨询她丈夫竞选首相的事，他和张梅陪了七天。临上飞机时已经成为朋友，劳伦西娅不断冲他说：“Cut off！”劝他把这些弟子的牵连都切断。他说，那时候感觉自己像个风筝，被几万根线拉着，永远也飞不高。另一方面，他觉得对气功已经研究透彻了，气功已经满足不了他的内心需求。“那时的学员登记名册就有 15 万本，和各种名人的照片四五千张，决定进山时，全烧了。”

“我后来也不断问自己，如果读了北大的博士，会不会后来的路就不同了？妻子张梅很坚定，‘你内心里总会走到这一步的’。”王青松说。他觉得隐居的根本原因是自己对内心的关注，而现在的社会大方向则是向外看。他愿意知行合一，把向内同时作为一种人生实践，回到山里看看古书，养个儿子。而驱使他们一步步远离人群的一个引子，只是“为了呼一口新鲜空气”。他说，1993 年他和毕业后到北大英语系任教的张梅结婚后，分到了未名湖畔镜春园 74 号的一处房子。日日绕未名湖散步，有一天却看到夕阳余晖下，北大西校门的南隅两柱巨型的黑烟，遮蔽了半边天，那是首钢。两人默默走回家。“从 1985 年起，我们就不再喝北京城里的水了，吃的蔬菜也是学生从香山送来的。后来从自家院子里辟出块地自己种菜，现在那地的轮廓应该还在。”唐师曾还听说，那个时候，他们连醋都是自己用酸枣酿的。王青松买车早，当时堪称贵重的轿车副驾座位都被拆了，专放两个从郊区运水的水桶。

“从‘文明’到‘蛮荒’，我们一步一步往后退，已经走得太远了。就像鸟，越飞越远，出自寻觅的本能。但现实中大部分人停在一处就不飞了。”王青松说。1989 年开始，他们就搬离北大，在香山附近租房子，假期住在更远的远郊。1994 年，搬到北京与河北交界附近的山区，那里有座岳父的老房子，租地十亩。去北大上一次课要坐五个多小时公交车，耕地也无人照管，于是妻子张梅在 1998 年毅然辞职，而他则在 2000 年后脱离北大，承包荒山 2500 亩，从此与世隔绝。

山中 10 年

从北京一直向北，高速路走两个小时，路两侧的风景越来越开阔，远处的山峰隐约可见。下了高速再开 10 公里则是狭窄的乡村公路，农田、水库，稀落的房舍。直至一个山沟里的村庄，是一段铁门阻挡的碎石子路面，车不能再往前开了。

王青松从这里面的深山里走出来接我们。他说，里面的路还要步行半个多小时，除了他们一家和工人，没有外人进入，是纯天然的世外桃源。而往外每走一层，都会多一层辐射；林间小路，碎石路，沥青路，高速路，县城，城市……每进一个人，也多一层污染。他这些年平均每月才去一次县城，一年才进一次北京。出来一次，“自己带饭、带水、带被褥，即便这样，回来胸口就得不舒服 3 天”。他敏感地闻闻我们身上的味道，“你们刚才坐的车司机抽烟吧？”

眼前的他全然没有当年西装革履的模样，蓬头垢面、破衣烂衫、两手老茧，那辆拆了副驾驶放水桶的白色桑塔纳依然在用，车里已是一片狼藉。不过，他满面红光，头发又黑又密，对这些“外物”通通不以为意，甚至视作独一无二的勋章。“大部分人只看到了外在，吃什么，穿什么，没看到内在。一个富豪同学看到唐师曾的博客从广东打来电话，说他看了他的照片后大哭：‘你怎么成这样了！你缺多少钱我都能给，不能让你们一家这么受苦。’——我听得出，他身在高位濒临崩溃的压力，而他不知道我内心里有多富有。”

通了柏油路的村庄下，他手一挥说：“这路边是我初期来这里承包的 20 亩地，种了些花生、玉米、柏树……”村里的一所房子是他岳父的老房子，他和妻子 1994 年住过一段。里面散落着他们俩最后的社会化印记：北大发的写字桌，两把 80 年代时兴的花布单人沙发，抽屉里有 1997 级“行政法学试题”。床上铺着一大张托新疆学生买的纯毛毛毯，“当年花了 3500 块钱，现在要 1 万块了”。衣柜里，有当年爱漂亮的妻子张梅留下的衣服，蓝色西装上衣，红色羊毛大衣，当年还有一件皮夹克，专门从新疆厂里定做的。“20 年后看着也不过时啊。不过妻子扔得很干脆，既然种地用不着了，还留着干什么呢？”

虽然已经废弃，这所房子仍显得比周边要宽敞、气派一些，看上去建造年代也更近。不过，也正是因为新，它很快被王青松夫妇放弃了，又每年花 300 块钱租下了前面一栋村民眼里的“破房子”——青砖，木窗，土墙，泥地。“我们觉得这些和人本性相融。比如青砖和红砖相比，红砖的工、木、火都要费一倍，为什么古人要用青砖呢？我觉得是它气场更收敛。我们也更喜欢白纸糊窗，玻璃反光反而不美。如果屋里搁一盆水在窗沿上，玻璃窗下的水会结冰，纸窗反而不会，老百姓都知道，玻璃不挡寒。”

两个北大老师不教书反而到村里来种地，而且还有这么特殊的“洁癖”，村里人都觉得王青松夫妻是神经病。为了寻求更宁静的栖息地，他们走向大山更深处。“有一天放羊到这片山沟里面，觉得这儿真是为我们准备的。荒山没人承包，我们就把这 2500 亩都租了下来，租 50 年还不到 20 万元。”王青松说。

走在山石夹道的林间，朝阳的一面山坡上树木已经有了绿色，山沟里溪水潺潺，深山里随处可见未融的冰雪。这片天地虽然开阔，但由几列南北纵深的山脉构成，少有开阔地可耕作、建屋。王青松说，这里在 1976 年前曾经耕种过，当年有 23 户，70 多口人，还有一个小学老师带着十来个年龄不一的孩子。他们承包后，耕地的轮廓还在，就在那基础上开垦了 40 亩耕地，种上了玉米、高粱、小米、大豆、芹菜、白菜，还有一些桃树、杏树、枣树、苹果树……凡是北方能种的全种上了，主要是自己家的粮食需求。沿途还见三头猪，几十头黄牛，几头骡子，数百只黑山羊……这些牛、羊主要是为土地施肥，骡子耕地，鸡下蛋，牛、羊、猪吃一些粮食，他们一家只吃一点羊肉和野鸡肉。王青松说，这些作物、牲畜构成一个纯天然的生态链。

讲课多年的王青松喜欢列举一些形象化的故事。“比如我们家的三只小黑猪。普通的猪按标准 3 个月要宰杀，一般能长到 450—500 斤，而过了 100 天，就长不那么快了。这三只猪是我去年 10 月份买来的，按说春节就可以卖钱了。春节后我一称，最大的猪只有 150 斤，剩下的两只分别是 80 斤和 68 斤，加起来也就 150 斤，就是因为没用催肥农药，纯天然地饲养。我喂到今年底，人家已经循环交易了 4 次，每次每只重量是我的 3 倍，这样整个成本相差十几倍。”他总结说，这可以看出喂猪的根本目的差异，一个是为了健康，一个是为了赚钱，后者正是工业社会的发展公式。“我们把动物当人养着，不过这种方式不可能大规模发展，考虑到成本，市场价 10 倍以下的价格不予考虑。”

王青松说，这山里唯一的污染，是偶尔飞过的飞机，还有外来的人。他雇了十来个工人帮他干活，绝对不能晚上住在里面，平时不能抽烟，吃过、用过的东西每天要全带出去。他甚至觉得：“工人第一年在里面工作是带入污染的，应该给我钱。第二年劳动和污染相抵，第三年污染没有了，我该给他钱。前 3 年我们互不相欠，我应该 3 年后再给他们工钱。”

里面的耕地禁止农药、化肥，车辆不准进入，每一担物资都是他和工人们挑进挑出的。王青松说，他们要挑砖进入，再担羊粪出来，每担 100 斤，他这 10 年也差不多挑了 5000 担了。他曾经试过，普通工人是 35—40 分钟，少于 30 分钟的可以拿到两块钱奖励。而他的记录是 27 分钟。而妻子张梅则创下了拉磨最快的纪录，因为她每天推磨，这些年足足推了几万斤粮食。这种将身体运用到极点的纯体力劳作让他们体会到快乐。“我们的精神和意志是经过锤炼的,用10年践行这一斯巴达克式的人生实验。”

走走停停两小时,15点多才到王青松家附近。狭窄的羊肠小道一下子豁然开朗,平缓的山坡上几栋房舍。王青松7岁大的儿子王小宇兴奋地呼喊着飞奔过来,带我们上山。“我跑得像风一样,跟羊一样快!”他拉我们先去看羊,100多只羊呼啦围上来。“它们在催我带它们上山了。”王小宇解释。他说,这些羊每一只都有名字,他就是它们的“山羊司令”,他还任命几只羊为“爱军书记”,替他维持众羊秩序。他有男孩子天生的对打仗的好奇心,不过,山上没有“对手”,他就自己将羊群分成两军,各派一将领,让它们互相抢占山头,天天打架。他从3岁起就开始每天放羊,“山上特危险!小石子呼啦啦一踩,脚下生风”。说起来一脸兴奋。

妈妈张梅迎上来。她是大学同学们当年艳羡王青松的原因之一,一看她年轻时就是个美女。现在虽然天长日久风吹日晒,皮肤粗糙、衣服破旧,但眼神格外清亮,有一股坚定豁达的气质。她正在晾晒唐师曾妈妈送的旧衣服,她说,这些外面来的东西要仔细洗好几遍,风吹日晒几天才能穿。洗衣服、洗手、刷牙,都不用洗衣粉、肥皂、牙膏,而用草木灰、皂荚等替代。她给我们端来自己做的桑葚汁、玉米饼充饥,筷子是用秸秆制的一次性筷子。吃饭就在屋外石磨边的平台上,除了他们一家,任何其他人都没有进过他们住的屋子,因为“污染太严重,三天散不尽”。

“因为学校评职称,我5年没评上讲师。后来要求教师学电脑,我最反感机器,干脆就不干了。”不过她还记得学生当年对她温柔的心意。“一个女孩子整天黏着我,‘老师,我从来没见过你笑,不过我觉得你的心在笑’。我离开学校,她还折了纸鹤给我,‘祝愿老师能生一个男孩’。”这些关系都要切断,包括父母想进山来看她,也不让,“现在想想太残酷了。当时觉得,在精神上也是为他们在做好事”。至今父母面子上仍过不去,别人问起她,就说:“出国了。”

张梅说,当年促使他们彻底离开人群是因为孩子。当时,王青松已

45 岁，她已 35 岁，属超大龄，他们想给孩子创造一个无污染的成长环境。张梅不想去医院生产，王青松担心她高龄难产，想去医院旁边租个房子找人接生，万一有事还可以送医院，但她坚决不让。怀孕遮掩不住后，他们要求进来干活的工人们保密，不说出去年终多给 100 块钱。“因为议论多了会污染孩子。”最后王青松自己接生，母子平安。2000 年进山以来，张梅只出去过两次，一次是换二代身份证，一次是存折挂失，办完后马上回来。

天气好的时候，从他们的屋外可以看见蜿蜒的司马台长城。“这片山，我半天走能走完一遍，你们要走两三天。”王青松说，但他们并不觉得大，“如果可能，我们还想去更大更远的地方，比如神农架”。

回归之路

“一个多月前，王青松在东面山里放牛，儿子在西面山中牧羊。晚上 20 点我到家，仍不见他回来。他急了，转身向茫茫的深山飞奔而去。深夜才在一个高山顶上找到他，他和羊群裹在一起，茫茫地注视着山外面的世界。他说：‘不怕，我是山的儿子。’”

如今，儿子 7 岁了，张梅拿“人大版”的小学一年级课本教他，每天三节课，语文、数学、英语。“单位时间内的学习效率，可达城里学校儿童的 1—3 倍。美术音乐因为没老师，比城里孩子差点。”张梅说，他半耕半读，上午学习，下午放羊，智力之外，体能也比城里孩子强。他们重视国学教育，让他大量背诵《三字经》、《千字文》、《百家姓》、《幼学琼林》……“孩子应该像一朵花一样绽开，而不是拿爱去捆绑他。”张梅说。

不过，王小宇生下来基本没出过山，没有电视网络，只有收音机接收信息。看到儿子见到外人的兴奋劲，王青松说，他作为父亲觉得很内疚。孩子的教育怎么办？是不是应该回归社会教育，是不是应该和社会交往？王青松觉得，这也是儿子的权利，以后的路，要由他自己选择。这成为王青松现在准备回归社会的最重要原因，为儿子开设一个与社会交往的绿色通道，一开始可以一个月去一次北京的学校，慢慢可以增加。或者，他们也可以办一所自然学校，为有这种需要的孩子们服务。

另一个原因，是现实的经济制约。当年进山，他们大约花去350万元，来源有张梅讲GRE的报酬、编教材的收入，王青松在社会上讲课的积蓄，河南老家卖房款，还有朋友、学生的资助50万元。到现在，基本只有支出没有收入，经济拮据。要维持正常运转，至少需10名农工，每年费用25万—30万元。王青松希望把他们的无污染农产品推销出去，“不过，至少是市场价的10倍以上”。他还想要写本书，他觉得在僻静山林反而看事更通透，“冲着诺贝尔奖去的”。——“这里面可积聚着我们的全部经济力量和精神力量，10年啊。”

不过，当年他们离开时非常坚决，彻底切断了一切社会关系，包括与父母亲朋。甚至到村子里与村民相处，也处处不适应。最终促使他们离开村庄走入深山的导火索，也是因为他们看不得村里人害怕猫头鹰的叫声，踩死三只小猫头鹰。而王青松觉得，村里人也眼红他们占据了山林资源，甚至为此让他们交山门口的“买路钱”，不交，就把入山的路用铁门挡住了。如果一步步走出来，他们还能适应这些复杂关系吗？

这次出山来唐师曾家，王青松感受到网络的神奇，通过校友录与20年前的同学们交流。“从面容能看出来，同学们都老了，从身体到精神都有退出江湖的迹象，而我正相反，修养20年正蓄势待发。当年系里长跑比赛我跑第三名，现在比我肯定是第一。”

“我是多年来停在一个地方不动的人，他是周游世界的人。”王青松觉得他和唐师曾两人一个出世，一个入世，他将唐师曾作为重回现实世界的入口。“有那么多旧有秩序要打破，我放弃的社会也要重新适应。不过，我觉得走入山林10年，回归社会3年应该够了。”王青松说，他这次回归也是为了以后还能继续他们的“桃花源”生活。

一些事

○李　洱

那段日子里，只要母亲在北京，每天早上，我拎着饭盒打的到上地车站，乘地铁十三号线到西直门，然后步行五百米到北大人民医院。在那里，我强颜欢笑，与母亲聊天，或躲着母亲，在楼梯上与父亲商量下一步怎么办。十点钟，我再原路返回。到了下午五点钟左右，我再次来到病房。苦痛和无奈像铅水灌注于心头。母亲刚过六十岁生日，对我来说这过于残酷了。母亲生病期间，我每天谎话连篇：医生说，你今天比昨天好多了；以前的医生诊断错了，现在的医生说，你只是腹膜炎而已；你胖了。等等。我还给母亲讲笑话呢。对一个人最大的安慰，就是告诉他，有人比他还不幸，但这一点在母亲那里却不能奏效。我只能给她讲笑话。我吃惊于我讲得越来越自然。她也给我讲笑话。我后来想到，母亲留给我的最大的遗产，除了承受力，大概就是讲笑话的能力。

母亲从未向我提出过什么要求。生病之后，母亲有一次对我说，她什么都放心，就是不放心我身边没有孩子。当时我和妻子已经决定不要孩子了。但那天，我回到家里，把母亲的话讲给了妻子。妻子说，那就赶紧生个孩子吧。我最大的安慰是母亲看到了这个孩子。母亲在一次化疗之前，坐在那里抱着孩子看了又看。她已经没有力气抱着孩子站起来了。我拍了很多照片，关于母亲和孩子。后来妻子把那些照片洗出来了，我赶紧把它们收藏了起来。我不敢看那些照片。

积蓄终于要花光了。能报销的药是不管用的，管用的药是不能报销的，除非你有一定的级别，这是国家的规定。虽说在别人看来，家里也算小康，但转眼之间就堕入了困顿。向人开口借钱，需要极大的勇气。坐着咣当咣当的地铁，我揉着太阳穴在想，就跟那些曾向我借过钱的人张口吧。我想到了一个富人，有一年春节前，通过朋友找到我，向我借了十万元，为的是给闹事的员工发奖金。她承包的工程跟中国能源战略有关，涉及到核电站呢。十万元对她来说实在不值一提，微如尘埃，以致她后来都忘了。一次在朋友的饭局上偶然见面了，她才突然想起来。那就向这个朋友借钱？要是借十万元，是不是太露骨了，好像在提醒对方什么？我就说能不能借五万。她正陪人在讲课，给员工上课，是国学课，说一会儿打电话过来。我没接到她的电话，接到的是她的短信。她说她很抱歉，手头的现钱都给国学大师们支付讲课费了。直到母亲去世，我再没有向人张口。

母亲生病之前，我正在写一部小说，已经写了十七万字。我在书房里贴了一张纸，很无厘头地写着：写长篇，迎奥运。2006年4月底，我背着电脑从写作间出来，在北大西门外面，有一辆车突然迎面驶来。我来不及躲闪，高喊一声：完了。我被撞出了几米远。我清晰地听到了围过来的学生、民工、游客的谈话声：他还喊了一声“完了”。耳膜很疼，那种声音好像是从很远的地方飘来的。后来是我自己爬到了路边。那些学生、民工和来北大旅游的人吓得连连后退，好像我是幽灵。我摸摸自己的腿，好像还是自己的；拍拍自己的脸，好像还是自己的。司机并没有下车，副驾驶位置上还坐着一个人。我靠着马路牙子坐了一会儿，从车的后排下来了两个人。那两个人，目光非常生动，同时又非常冷静，令人想到“静默观照”这个词，这可是中国文化中的关键词。他们说，上车去，带你去医院。我没上车。上车之后，我还能不能活下来都是个问题。我还告诉自己，不要记住那个车牌号，免得徒增烦恼。当中隔了两天，弟弟打电话说母亲身体不适，但不要紧。我瘸着腿，连夜赶回济源。当时我还以为，几天之后我就可以坐回到书桌前的。

我们陪母亲从济源来到郑州，一待就是四个月。事情远比我预料的严重。我和弟弟们被击垮了。为母亲主刀的医生是托一个律师朋友找到的关系，那位律师朋友是医院的法律顾问。手术之前，我还是遵守了潜规则。在手术前的谈话中，医生对助手说，昨天晚上喝多了，一块瑞士手表丢到洗浴中心了。他说那个洗浴中心是多么好，多么好，进去就碰见一群“小妞儿”。他的讲述，令人想到《红楼梦》。带他去的，当然是病人家属。然后他拿出一张纸，让我在上面签字。那是法律文书，ABCD很多条，但总结起来就是一句话：如果手术失败，与医院无关。怎么可能与医院有关呢？那是你的命不好！我签字，我接受命运的安排。签字的时候，我把一个装钱的信封放到了桌子上。他只是用胳膊轻轻一拨，就把信封拨进了抽屉。可是，你遵守了潜规则，他们却不会遵守最起码的规则：他们连刀口都缝不好！由获得过各种荣誉勋章的医生缝合的伤口，让后来的众多医生目瞪口呆。

我接母亲来到北京，母亲在北京前前后后住了一年零三个月。先是寻求治疗方案，然后是化疗。一个化疗周期结束，休息了一个星期，母亲就急着回到河南。在家待上两个星期，我再把母亲接来北京。在北京，我去的最多的地方，除了西直门北大人民医院，就是东直门，那里有个退休中医，据说曾给宋庆龄看过病的。

父亲的头发很快就白完了，我的体重下降到一百零八斤。这个数字好啊：一百单八将，一将一斤而已。母亲坚持要回到济源，在济源的医院里又住了半年多。后来我常想，如果不去郑州，不去北京，母亲可能还会多活一年半载。我太相信昂贵的科学了，太相信过于昂贵的中国科学了，太相信世界上最昂贵的由中国的白衣天使们操持的西方医学了。但现在说这些，还有什么用？

我记得从山脚下挖出来的那些土，多么新鲜的土啊。从远古到今天，那些土从来没有人动过。土里竟然有贝壳，说明这里曾经是大海。沧海桑田经由母亲的骨殖，一下子变成了共时性存在。那些新鲜的土啊，它们的颜色有如煮熟的蛋黄。火化后的母亲变得很轻盈，缓缓落入墓穴深处。很快，那里将再次长满野草，荆花和野菊花将再次盛开，群蝶飞舞，好像一切都没有发生过。母亲头枕青山，长眠于此，而她脚下的那一小片空地，将是我的葬身之所。哦，母亲，总有一天我会到您这里来的，可您却再也不能到我这里来了。

有两年半的时间，我再没有打开过那台电脑。母亲死去三个月之后，当我试着去完成那部小说的时候，却怎么也找不到原来的语调了。有好长时间，我觉得世界上没有一种语调属于我。有时候我想，我可能会用一生的时间来寻找一种新的语调。那是一种怎样的语调呢？我想起在花鸟虫鱼市场上看到的一幕：卖金鱼的人把长了白毛的金鱼捞出来用水冲走，水顺着水磨石地面流向了门，可是那条金鱼却被门缝挡住了，挡住它的其实不是门缝，而是它鼓起的眼球和比身体还要宽阔的嘴巴。它还在观察，它的嘴巴还在一张一合地说着什么。它有着怎样的语调呢？如果另一条鱼看见了这一条鱼，它们应该有着怎样的语调呢？

母亲去世快两年了。只有一次，我梦见了母亲。我知道是母亲，竭力想看清楚，却怎么也看不清楚。看不清楚，我也不愿醒来。可我还是醒了。醒了以后，嗓子很疼。有几次，我梦见一个人正在原野上奔跑，正在爬树。他还是个顽皮的孩子呢。那个爬到树顶的孩子却突然倚着云端，开始思考什么叫生，什么叫死。一条蠕动的毛毛虫，一片被毛毛虫咬过的留下了月牙形痕迹的叶子，都会引发他无穷的思考，他眼圈很热。那个人是我吗？不是我，那又是谁呢？

我不乐观。从二十世纪走出来的中国人，怎么可能乐观呢？但我也拒绝悲观。虽然母亲的死，使我从此置身于死神的有效射程之内，但我依然谨慎地保持着对人的美好愿望。我的手机里储存着一些短信，是朋友们在我最困难的日子里发来的。有一次手机丢了，我紧张坏了，好像是我被手机丢了。当我找回那只手机的时候，我赶紧打开收件箱，翻看那些短信。哦，在那一刻，我就像前面提到的那条鱼，它好像又回到了鱼缸中，并想象着桃花潭水。嗨，不说了，不说了。

澳门，这座城市其实很温柔

〇张晓林

一个小时的飞翔船，香港到澳门太方便了。曾多次去过澳门，但过往，总是用眼睛去享受，用嘴巴去享受；于是，在香滑的姜汁撞奶的美味中，在议事亭前地咖啡座的闲情中，在葡国菜齿颊留香的回味中，品尝了澳门的美味；于是，在大三巴牌坊上飞舞的白鸽羽毛上，在旅游塔外伸手可触的圆圆的月亮上，在昼夜闪烁的娱乐城的灯光中，欣赏了澳门的美景。

然而，这座城市的美，似乎并不止这些味觉的享受，视觉的享受。

如果用心去品味一下，其实，这个城市也有一种不一般的美——这是这次我去澳门的新感受。

辛亥革命100周年的2011年，阳春三月，我又一次乘搭飞翔船从香港去澳门。在这块土地上，在这个孙中山曾酝酿革命思想的摇篮里，我竟然品尝出"温柔"的意味。

温柔？是温柔！

这全因几个问号所引出的感慨。

革命怎么和孔孟之道交融在一起？

——在澳门国父纪念馆看到了中山先生的一幅遗墨，在此遗墨前，我找到了先哲和国父给革命所作的注解。那幅遗墨中，国父抄录：

"大道之行也，天下为公。选贤与能，讲信修睦。故人不独亲其亲，不独子其子，使老有所终，壮有所用，幼有所长，矜寡孤独废疾者，皆有所养。男有分，女有归。货，恶其弃于地也，不必藏于己；力，恶其不出于身也，不必为己。是故谋闭而不兴，盗窃乱贼而不作，故外户而不闭，是谓大同。”

哦，大同！孔老夫子心中的理想，和中山先生心中的革命目标，竟是如此相同的图景；中山先生从“善”出发，在澳门酝酿着辛亥革命，他所要建立的中国，就是这样一个中国。大同，一幅多么温柔的图景也。

如果善良是平静的湖泊，温柔就是从这湖上吹来的清风。感谢澳门，感谢文第士街一号那幢三层楼高五开间的西式建筑，让我对从小似乎就已经懂得的“革命”一词，有了新的悟解。再看看脚踏的这块土地——澳门，这座城市，不就是“大同”这幅图景的微型版吗？澳门的四百多年历史中，有葡国人、中国人，有回归前、回归后，似乎没有过什么枪炮相交，也没有过什么战火纷飞。不是吗?！再想想1999年澳门和平回归祖国那温馨的一幕，再品品澳门每一寸土地上所荡漾的祥和，再看看澳门大西洋银行发行之拾圆澳门元纸币上那国父纪念馆图案，真的，对“辛亥革命”四个字，比什么时候都更加感到亲切了。这是温柔带来的亲切。

中国旗袍怎么和西式婚纱交融在一起？

——在澳门博物馆参观时，看到一张以往参观时曾忽略了的相片，一张葡萄牙人的结婚照。凝视这张相片中新娘的着装，我脑海中跳出了这次去澳门的第二个问号。

照理，在一生一次拍的结婚相片中，葡萄牙女性穿着西式婚纱，那算是正常不过了；可是，当我看到了内着中国旗袍，外着婚纱的这位西方女性，真是又惊又奇。西式婚纱具西方既开放又庄肃的氛围，而中国旗袍却不然。因在浓厚的封建礼教氛围中，想要中国妇女如穿西式婚纱一般外露曲线是不可能的。所以传统旗袍的裁制一直采用直线，胸、肩、腰、臀完全平直，使女性身体的曲线毫不外露。现代的旗袍当然是带有中国特色，又体现西式审美，并采用西式剪裁的时装。可是看到一个世纪前的这张结婚照,我仍然感叹不已:我想到《随园诗话》中的《秋宵》诗:"渐觉宵寒禁不起,笑披鹤氅也温柔。"内着旗袍,外着婚纱,似乎也有一点"笑披鹤氅"的味道;真的,人世间的温柔很多是自己创造的。妙曼的轻纱和妩曼的旗袍这样和谐地结合在一起,轻纱的明轩和旗袍的雅韵竟产生如此之美,也许,这就是一种东西方文化糅合的奇妙之具象。

漆器屏风怎么和葡国人打猎交融在一起?

——还是在澳门博物馆参观时,我又见到了一面别开生面的中国漆器屏风。于是产生了第三个问号。

说它奇怪,是一般的中国古典屏风,总是把中国的山水花鸟画、飞禽走兽、民俗风情、神州传说、金石墨宝、男女人物等图案,鬼斧神工般移植在屏风上。屏风本身能够起到挡风、障蔽视线和分割空间的作用,象征着威严和权势。由于中国古典屏风工艺的博大精深和其审美价值,所以深为历代各阶层人士所喜爱,其身价亦十分高贵突出。我在澳门博物馆见到的是漆画的屏风。漆画传承数千年的漆工艺精髓,与绘画艺术完美结合,它向人们传递着深沉宁静、蕴藉含蓄、富丽华贵、朴素高雅的视觉美感,堪称中国文化艺术之瑰宝,极富艺术价值和收藏价值。可是,我所见的中国文化艺术之瑰宝上,这面漆画的屏风上,绘画的却不是传统的中国元素,而是葡萄牙人打猎图。又一次震撼!不错,带着牧羊犬打猎,是葡萄牙人辉煌时期种种生活的一个内容;一如他们的航海、宗教、经商等。现在将这种西人的生活图景,用中国艺术形式呈现在我们面前时,能不感到这是一种独特的智慧,一种温和柔美的魅力吗?

这张相片,这面屏风,只能出现在澳门,我想:因为这座城市,生命之树的根部,长出的就是温柔这只蘑菇。

从澳门博物馆出来,自然地,又到了圣保禄大教堂牌坊前。这次旅行,我由起初的惊异、深思,此刻已进入了一种类似发现式的激动状况。我确实已有意地带着发散式思维,来参观、审视这曾见过若干次的天主之母教堂(A Lgreja da Madre de Deus)前壁,这澳门地标性的建筑物了。终于,我还是寻到了一个特殊的“反常”之处,一种“无理之妙”。

圣保禄大教堂牌坊怎么和中国龙、中国花交融在一起?

——在大三巴五层壁体上,以往我只观察到欧洲文艺复兴时期的风格,只留意到有铜鸽,有日月星辰,有十字架,有耶稣,有蒙召升天的圣母,有西式帆船,有耶稣会会徽等;这一次我才很认真地注意到,这牌坊壁体上,竟然也有中国国花牡丹和菊花,也有七朵玫瑰花的浮雕装饰,也有中国龙,也有中国舞狮造型的开大口之狮子,牌坊的门上不但有拉丁文,竟然也有中文!竟然有这么多这么多的中国元素!

怪哉,妙哉,美哉!看着大三巴上轻飞的和平鸽,我感动于那一缕缕和谐的飘逸,竟舞动起了这座城市的所有的温柔……

望着大三巴广场上那来自世界各地,各种肤色的游客,我在想,我在思……澳门是个多宗教的地方,在这儿,有天主教、基督教、佛教、道教、伊斯兰教;他们各自有教义,但他们和谐相处。当今信仰宗教者在世界上已接近50亿人,而估计在中国也有一亿多人。为什么世界上有的地方出现的深层次“终极信仰冲突”及“战争”,在中华大地上却基本上没有?盖因,在数千年的文明发展史中,中国没有出现全国规模的政教合一的王朝,没有产生过占垄断地位的国教,这也为中国近现代意义上的宗教信仰自由,各个宗教和谐相伴,提供了融洽的社会环境。

站在澳门大地上,我终于有所悟——

酝酿革命不一定通向暴力。

不同宗教不一定带来战争。

文化差异不一定就会冲突。

温柔,有时是说不清,道不尽,难以用文字描述其神韵的;但是人人都能感觉得到。在澳门,我感受了和气,我见到了和蔼,我吹到了和风,我体会了和顺。

这个城市的氛围就是一种慈祥、热诚、仁厚、道义和爱的结晶;它与爱恋、仁慈为伍，它跟宽厚、善良做伴。

离开澳门回香港，乘着飞翔船航行在南中国海上，海鸥翱翔，春风习习，星光点点，思想着身后的这座城市，渐渐地，我竟从这29.5平方公里的土地上，品悟出了此中透出的中国传统文化之精髓。

—管子云："五音不同声而能调，五味不同物而能和"(《管子·宙合》)。

—孔子云："和而不同"(《论语·子路第十三》)。

仔细想想，这座城市展现的温柔感不就是多元一体"和而不同"的境界?!

"和而不同"这是典型的中国哲学智慧。从某种程度上来说，中华民族在地球上能绵延几千年，这座民族大厦能屹立不倒，成为文明古国，不就靠着这个哲学支撑着吗?

澳门，正是中国所有大小城市中，能将"和谐之都"和"智慧之城"融会在一体的，绝无仅有的温和柔美之都市。

记得费孝通老先生在80寿辰聚会上，曾经意味深长地讲过一句十六字箴言："各美其美，美人之美，美美与共，天下大同"。这是对"君子和而不同"的极好的阐释。

在为辛亥革命唱一百周岁生日歌的时候，我祈愿：我们每个人生活的城市，都能在澳门这座城市的历史发展的温柔氛围中"美美与共"。

一个京城旗人贫儿的辛亥经历

○舒　乙

老舍先生是北京旗人，满族，生于光绪二十五年腊月二十三日（公元1899年2月3日）酉时。在他降生的时候，中国发生了一件大事，就是戊戌政变，光绪皇帝发动的改良新政遭到后党的反对而半途夭折，中国社会上空刚刚冒头的一点点曙光又被彻底扑灭，偌大的东方古国重新陷入一片黑暗，整个社会动荡不堪，孕育着一场大的变革。山东农村爆发了义和拳运动，第二年，八国联军进军北京，这一连串的大事，一个接着一个，也落在老舍一家人身上，那一年他才一岁。

老舍的父亲，叫舒永寿，是个旗兵，住在北京西直门附近的小羊圈胡同，每天天不亮的时候要到皇城里去当差，负责巡逻和守卫皇城。

抬枪的失败

八国联军进攻北京的时候，是1900年8、9月份，慈禧太后带着光绪皇帝逃到了西安，但是守城的士兵们并不知道，他们还在做殊死的抵抗，坚守在北京城墙的各个城门上。

舒永寿就镇守在北京的前门上。前门是北京城的南大门，叫正阳门，背后就是天安门和皇宫。舒永寿的防守阵地就在这里。他和他的战友使用的火器是落后的抬枪，抬枪很沉重，铸铁做的枪管很长，需要两个人同时操作，一个人在前方抬着枪管，另一个人在后边瞄准射击，使用的炸药还是黑色火药，呈粉面状，使用起来很麻烦，先由枪管口处向里倒炸药，再装枪弹，然后再发射。在往枪管里灌装炸药时，黑色火药不免要撒落一地，这很危险，一个火星就会火烧连营。负责攻打正阳门的侵犯者是日本部队，他们深知中国部队火器的弱点，所以除了一般炮弹之外还使用了"燃夷弹"。一发炮弹打过来，城墙上便是一片火海，舒永寿被严重烧伤，退下城来。

他艰难地爬过天安门广场、顺着西长安街再向西，到了南长街再向北，这是回家的方向。到了西华门，再也无力向前，见街道西侧有一间粮店，叫"南恒裕"，半掩着门，主人已逃走，便爬进去躲了起来。时候长了，敌军破城而入，前方的我方部队溃败下来，路过此地。有一名士兵进来找水喝，发现地上有人，噢，是"永爷"。他们相互认识，还是亲戚，来者叫福海二哥。福海二哥执意要背这位负伤的姑父回家。永寿不肯。他已不能说话，哆嗦着提起因腿肿而脱下来的一双布袜子和一副裤角带，示意要福海抓紧时间快跑，回家报信。福海无奈，哭着离去。家人知道消息之后，城内已大乱，八国联军烧杀掠夺，奸淫妇女，挨家挨户搜刮，无恶不作。老舍母亲的小院子也不能幸免，进来了一拨又一拨的侵略军。大黄狗扑上前去护院，被一刀刺死。侵略军进屋翻箱倒柜，连一根头簪也不放过。等他们走后，蹲在院角的母亲赶快进屋，只见一只箱子正扣在坑上的小婴儿身上，幸亏小儿子命大，还在熟睡。刚才只要他一哭，说不定也得遭遇大黄狗同样的命运。等到城里事态稍微平息了一些之后，家人急忙雇了一辆大车到西华门南恒裕粮店去找受伤的父亲。可是他已经不在那里了。他彻底失踪了。一家人哭作一团。没办法，只好用一只小木箱，里面装着那双布袜子和裤角带，还有生辰八字，埋葬了一家之主舒永寿。坟地选在北京德胜门外明光村外的一个小角落里。

从此，老舍和母亲相依为命，在小羊圈胡同里度过了他的清贫童年。

清冷的月牙儿

父亲阵亡之后，母亲得到的抚恤金实际上是一个护军减半的钱粮，而且此时国运不济，已不能按时发放，拿到手的也是成色不足的银子，含银量大打折扣。母亲的负担很重，除了刚一岁的小儿子之外她还有两位未出阁的大女儿和另一个年满八岁的儿子，还有一位大姑子跟她们同住。母亲只能靠替别人洗衣服、补衣服、做活计来维持生计。在老舍的记忆里，母亲的双手永远是红肿的，表皮极粗糙，用她的手背给小孩子挠痒痒倒很合适，可惜并不敢再劳累她。母亲常被那些店铺伙计送来的脏衣服熏得吃不下饭去，但她从不歇息，直到深夜还抱着一盏小油灯缝缝补补。母亲娘家姓马，是住在北京郊区北土城“蓟门燕树”附近的农家。她本人是个不识字的满族妇女，生性好强，一生勤劳。她内心的刚强、正直和外表的和气、热情一直影响了她的后代，融入了他们的血脉，铸造了他们的性格。她是老舍的不识字的人生导师。她最犯愁的事是每当领了钱饷回来，不知该如何分配这些为数可怜的银子，是还上月的债呢，还是安排下个月的嚼谷呢。她坐在坑上，把铜钱分成两摞，一摞是该还债的，一摞是打算用在下个月的开支的，倒过来翻过去，怎么也不够用。索性都还了债，无债一身轻，但下个月怎么办呢，只能喝西北风了，难啊。街门外的墙垛子上有两排用瓦片刻画的记号，每五道为一组，颇像鸡爪子，到月底按鸡爪子的多少还钱，其中一组是买烧饼赊的账，另一组是买水赊的账。那时院里并没有自来水，大家都吃井水，靠送水的车子挨家挨户地送。每送一挑水，就在墙上划一道记号，先赊后还，月底结账。母亲只让送水的和卖烧饼的和“鸡爪子”发生关系，别的任何消费都不再允许发生。

老舍先天不足，母亲奶水不足。他是靠吃“糕干”长大的，他常常开玩笑说，以至后来他长大了始终是“一脑袋的糨子”。

老舍到三岁都不会说话，大人们很为这个瘦弱的孩子担心。他甚至到三岁也不会走路，永远坐在坑上，一声不响，很乖，给他一小团破棉花，或者一小块生面，就可以玩半天。长到四五岁他也没有一件像样子的玩具。偶然在小南屋找到几个磕泥饽饽的泥模子和一副涂了红颜色的羊拐，这是他唯一拥有过的小玩意儿。剩下就是院墙外大槐树上吐丝而下的绿槐虫——“吊死鬼”，那是他不用花钱买的活玩具。

母亲有时候带着小儿子去城外给父亲上坟，那是要走很长的路的。路上母亲会买一些热栗子给他吃。即至到了坟地，母亲放下儿子，自己抱着坟头哭起来，哭得很伤心。周围只有几只乌鸦，偶尔发出几声难听的鸣叫，怪吓人的。一阵小风吹来，将未烧尽的纸钱卷向天空。天色渐暗，母亲有些害怕，背起小儿子向回走。月牙儿爬上天空，灰暗的旷野一片清冷。小儿子在母亲背上仰望天空，月牙儿一直跟着走，闪着冷光，惨白惨白。母子二人一语不发，心中却因孤独而悲伤，四周也越发寂静。那月牙儿便永远地停在了心中，成了清贫童年的长久的记号。

卖花生米·上学

老舍先生一辈子大部分时间不爱过年，不爱过生日，因为每当想起自己的童年，他便想起自己可怜的母亲。那个时候，过年对母亲来说是一关，是很难过的一关。

小的时候，他常常看见街上的人家为过年而忙碌，便一会儿跑回来向母亲报告，谁家买了多少鞭炮，谁家请了一台蜜供，比桌子还高，谁家正在剁肉馅包饺子。母亲在这个时候会很平静地对他说：“我们不和人家比，别着急，我们也会动手包饺子，自己包的饺子最好吃，虽然咱们包的菜多肉少。”

母亲精明强干，对能做得到的礼仪一点也不含糊。她会把炉灰面筛得很细，用它来擦拭缺胳膊短腿的家具上的包角铜活，擦得锃亮，还会把一张不知怎么保存下来的老画《王羲之爱鹅》挂出来，再点燃一支小小的红蜡烛。不过，到底是没有多少好吃的和好玩的，母子二人早早地就上了床，听着别人家的鞭炮声渐渐入睡。

这样的年，让老舍很伤心，不愿意过。

所以，他后来说，他天生是个悲观主义者。

这样，熬到老舍七岁，按常规，他应该上学了。可是，母亲很犯愁，没钱啊。那时，上学是一件多少要点钱的事，母亲早就盘算好了，让小儿子先挎个小篮子上街上去卖花生米，做点小买卖。再大一点，就送他去铺店当个学徒，学一门手艺，或许还能养活自己，不致饿死。

恰在此时，忽然有一天，小胡同里有了大动静，前呼后拥地来了一位贵人，来找老舍母亲，说是有事相商。来的这位叫刘寿绵，是个黄带子，就是满族的贵族，祖上地位显赫，三代单传，到他这一代，家产中光房产一项，如果把他家的房子排列起来，长度可以相当于西直门大街的半条街。这位公子哥比老舍母亲年轻一些，管她叫“大姐”。老舍的曾祖母曾经服侍过刘家祖上的女主人，还陪同刘家到过云南，所以后代一直保持着一些联系，虽并不密切，但毕竟没有完全忘记。刘寿绵过着衣食无忧的生活，整天无所事事，游手好闲，但他人并不坏，心眼儿好，很爱做善事，在街面上有“刘善人”的美称。他有一位女娃娃，和老舍同岁。女娃娃该上学了，便忽然想起舒家也有一个小男孩该上学了，便前来相助，进门就高声大叫：“大姐，我来带您的小孩上学去！”他告诉母亲，一切都不用她操心，他会送来课本，会送来做一身服装的布料，会带着孩子去学校。原来他办了一间私塾，请了老师，有专门的地方，给自己的孩子和朋友的孩子上课。

就这样，老舍意外地进了学校，从此走上了一个成为知识分子的路，虽然，前途依然充满荆棘，依然困难重重，但他太喜欢念书，年纪小小，决心不再离开书本。

他高兴得要飞起来。

果然，第二天，刘大叔拉着他的小手，送他进了私塾。

这间私塾设在离家半里多路的正觉寺，胡同也因寺而得名。当时此处是个道士庙,在其最里进有一座大殿,被辟为刘家的私塾。老舍在这里念了一年书,得到了初级启蒙教育。老舍先生一辈子都记得刘善人的恩情。后来,刘寿绵真的出了家,当了和尚,把自己全部财产都出了手,救济了穷人,成为京城远近闻名的大德高僧,法号“宗月法师”。抗战中期,他圆寂于北平的广济寺。消息传到后方,远在重庆的老舍先生,立刻写了一篇充满感情的悼念文章。在文章的最后,老舍先生写道:

> 没有他,我也许一辈子也不会入学读书,没有他,我也许永远想不起帮助别人有什么乐趣与意义。他是不是真的成了佛?我不知道。但是,我的确相信他的居心与言行是与佛相似的。我在精神上物质上都受过他的好处,现在我的确愿意他真的成了佛,并且盼望他以佛心引导我向善,正像二十五年前,他拉着我去入私塾那样!

世界上的事,往往就是这么巧。真是无巧不成书。

师范成材

离开私塾之后,老舍又连续上过两个正规小学,最后毕业于位于西直门南草厂的京师第十三小学的高等小学校。然后考上了位于祖家街的北京第三中学。

恰在此时,爆发了辛亥革命。

辛亥革命对北京的旗人来说,又好又不好。好是结束了封建帝制,也结束了束缚旗人的佐领制度,还他们以自由;不好的是断了他们的生活来源,没有了“铁杆庄稼”,没有官饷钱粮,完全得自谋生路。可是,绝大多数满族旗人是以世代当兵为职业,不会也不允许有其他技术,一旦没有了官饷钱粮便只能干瞪眼挨饿。所以绝大多数满族人在辛亥革命之后一下子就沦为了穷人，落到了社会的最底层。这其中就有老舍的母亲和她一家人。

母亲是个有尊严的老实人。她去当了工友，当了女佣，给学校的女老师打饭帮忙做杂务。可是，她已经完全无力供养她的孩子继续上学读书。

老舍中午下学回家吃饭，掀开锅盖，一看锅里空空如也，不出声，一声不响地扭头便走，空着肚子去上下午的课。姐姐见他脚上穿的布袜子上的补丁已经补到了脚面上，便送给他一双新的袜子。他拒穿，说自己不会和别人去比穿戴，假如比这个，自己永远也比不上人家，要比，就比功课。

他的性格极像母亲。他的发小同学罗常培先生曾经这样描写过幼儿时的老舍："一个小秃儿，天生洒脱，豪放，有劲，把力量蕴蓄在里面而不轻易表现出来，被老师打断了藤教鞭，疼得眼泪在眼睛里乱转，也不肯掉下一滴眼泪珠或讨半句饶。"

在北京三中上了一学期初一的课程，眼看就再也难以为继了。他突然看见报上有北京师范学校招生的广告。

师范学校是辛亥革命前后出现在中国大地上的一件新鲜事，其目的是培养新型的小学师资，课程设置完全是效仿日本的师范中等学校，也就是说，除了国文还是古典的汉语之外，其他一切课程都是参考西洋和东洋的教材，一句话，师范就是洋学堂，是中国教育向现代化迈出的第一步，而且着眼于中小学基础教育，由儿童抓起。

最打动老舍的是，师范学校的一切都是免费的，全部公费，由国家包起来，管吃管住管穿管学费管分配，正像老百姓所说："师范师范白吃饭。"

招生五十名，消息传出，一下子报名了一千人，凭考试成绩择优录取。老舍没跟母亲商量就报了名，考了试。到发榜的时候，他榜上有名，这个时候，他才对母亲说他考上了北京师范。他和母亲都很高兴，他高兴的是，他可以继续上学了，可以继续念书，可以不离开学校了；母亲高兴的是，终于可以不再为儿子的学费而发愁了。

这时候是 1913 年的年初。考上师范学校是辛亥革命带给老舍的头一件礼物，几乎完全改变了他的人生命运。

他搬到学校去住宿，从此，他离开了那个穷苦的家，除了短暂的看望母亲之外，再也没有回来长住过，这一年，他刚满十四岁。

入到班里，他才发现，班上的同学大多是河北各地的孩子，口音都很重，真正的北京孩子倒很少，原因是乡间的孩子功课扎实，成绩较好，人又都本分老实。

当时师范学校的师资力量非常强，校长和语文老师都是国学宗师，后来大学数量多了以后都晋升为有名的大学校长和教授。教员中许多人出身于留学生。学校的硬件也很齐备，有中西结合风格的现代校舍，有理化生物实验室，有大图书馆，有劳作室，有风琴，有洋鼓洋号，还有真枪实弹可供军事演习。学生每人都发呢子制服和呢子大衣，发皮靴，发帽子。学校的校制是一年预科，四年本科。学习的课程很齐全，也很现代，包括博物学中的动物学、植物学和矿物学，还有心理学、教育学，学生一律要学英语。老舍这一届是北京师范学校的第一届科班学生，学到1918年正式毕业。更神奇的是，老舍的下两届同学，毕业前居然全班开赴日本去实习。

据统计，一百年前师范学校在全国各重要城市同时兴建了一大批，培养了上万名人才，其中许多人成为各行各业的骨干，还涌现了一批名人和巨匠，其中湖南的毛泽东、北京的老舍最有代表性，而老师中鲁迅先生则是其中最负名望的。

老舍在校时，北京师范学校的校长先后有两位，方还先生和陆鋆先生，都是大教育家。他们爱学生如亲子。老舍受他们的影响很大。老舍先生后来一辈子总在自己的书桌上方悬挂着方还校长的题字，可见他对方还校长的尊敬和爱戴，可谓感恩不尽。

老舍先生在1949年以前，一直不提自己的满族出身。他曾对好友吴组缃先生私下说，他羞于承认自己是旗人，是满族人。他的这个特点带着浓郁的辛亥革命色彩，他为清朝末年的满族统治者的无能和腐败，以及对外的屈服和软弱而感到羞辱，不愿意承认和他们是同族。后来，溥仪对日本的投降和卖国更使他气愤和伤心，愈发不愿意明说自己的族籍，甚至不在自己作品中明说哪一位主人公的身份是旗人，是满族人。这种心态直到他 1949 年底从美国回来后，特别是听了毛主席和周总理亲口对他说满族是一个了不起的优秀民族，康熙大帝是个非常杰出的皇帝，在确定这块中国版图上、在建立统一战线政策上、在民族团结上都有不可估量的贡献，对历史有极大的推动作用，对今天也有深远的影响，这之后，老舍先生的态度才逐渐地有了转变，而且最后终于以作为满族的代表而自豪，并且在作品中，如在小说《正红旗下》里，开始正面地描写满族人，以致小说《正红旗下》不仅成为他的代表作之一，还被誉为中国当代少数民族文学的最辉煌的杰作之一。

老舍先生在自己的散文中曾经动情地描述过他刚上北京师范学校时的情景。那一年因为刚改为公元纪时，春节不放假，他在除夕回家探母时，不得不说，待一会儿还得赶回学校，不能陪母亲一起过年。出了门，他走在回师范学校的路上，两眼完全看不到周围的热闹景象，而是充满了泪水，心中只惦念着自己孤独的老母。及至走到校门，学监正在门口等他，亲切地对他说，你还是回去吧。他听了此话，狂奔到家。进了家门，看见母亲一个人正对着小红蜡烛发愣。母亲见到儿子又回来了，非常高兴，站起来从衣兜里掏出一个小草纸包，里面包了一点杂拌儿，说：“小子，拿着，刚才忘了给你。”

五年之后，老舍终以第四名的成绩毕业于北京师范学校，直接分配到京师第十七小学校去当校长，那一年他 19 岁。他对母亲说：“您现在可以歇一歇了。”母亲的回答是一串一串的眼泪。

不会忘却的师友

——悼念黄宗江

○苏叔阳

那天，翟俊杰第一时间电话告诉我：宗江大兄仙逝！我突然无语，不相信这是真实。继而，五味杂陈，一直到今天我都理不清自己的心情。近年，我添了新的毛病：常常突然地腹坠拉稀，医生说是应激性反应，与情绪有关。这些天，又如此，让我面对失眠的窗口反复思忖宗江大兄之于我的友爱。

黄宗江长我17岁，是我的师辈，我却总称他"大兄"。这颇为不恭，但他从来不恼，依旧教我呵护我。在我从事专业写作生涯中，他与夏衍、冯牧、陈荒煤等前辈一样是我的良师，而他又兼益友，就像拉扯我长大的大哥哥。大约是1948年，那时我10岁，一部电影《大团圆》，让我记住了黄宗江这个名字。上中学时，不知从谁那里借到一本他写的《卖艺人家》，让我深深记住了他。其中一篇《剧人江村之死》，那笼罩全篇的凄苦悲怆的氛围和忠于艺术的艺术家气质，让我这个沉迷戏剧的学子热泪横流，而且极为欣赏他创造的"剧人"这个职称。这两个字的连缀词在当今的电脑字库中依然阙如。这本已经发黄的散文集，鼓动起我从艺的野心，那种艺人罗曼蒂克的气质，一直在我心底深处徘徊，以致从1956年起，我便被指为充满"小资产阶级意识"的"人性论"者，被批个没完没了。我不如他，他坚持他的"人性论"直到生命的终结，而我一直噤口，虽然"口服心不服"。面临老之将至，我向他揖首、向他致敬，在坚持真理和信仰上远不如他。他是坚持真理的勇者。在我们多次的交谈中他都告诉我他对人性论的理解，而且举英文为例，说人性论和“以人为本”的一致性。那时我深为自己是英语文盲而羞惭。

大约是29年前，1981年，一天开电影创作座谈会，他那天仿佛过60岁生日。他喝了点自寿之酒，脸色绯红。下午，他坐在窗下，慢腾腾似有所思地说起他的创作计划。第一个就是写张志新，而且这是他六十甲子的打炮戏。他幽默地说起他妹妹黄宗英的话说他有“烧不尽的火焰，写不完的杰作”。他自嘲似的态度，为真理而闯“禁区”的勇气，举重若轻的潇洒，令我这初踏影界的学徒震惊不已。会后我写了篇短文就以宗英大姐的话为题叫做《烧不尽的火焰，写不完的杰作》。如今他去往天国带着他那未曾在人间拍摄、上演的杰作，用他燃烧不尽的火焰般的激情，在云端演给去世的英杰，睿智的先师，和那些正直的艺术家。我想那一定是欣喜而又感慨万端的场面，倘有喜泪挥洒成雨，请在梦中预先通知，让我在雨中冲掉我的疑虑。他的助人不仅是“为乐”，简直是他性格不可分割的一部分，是他的天性。那年，他向我们北京电影制片厂推荐了一部风格隽永的小说，建议我和作者联合改编为电影。由此我认识了同样是我的师友的剧作家、诗人宋词，我们的电影剧本由黄健中导演，《一叶小舟》中那散文诗一样的江南水乡风情，至今让人称道。而我因宗江大兄得识宋词，成为好友，也是人生一件幸事。听说宋词得到宗江大兄噩耗，在南京痛哭失声。人生得一知己难矣，斯世当以手足视之。宗江把许多他的好友串在一起，彼此成为手足。这是功德无量的事。他身边的朋友地无分南北，人无分老幼，彼此真诚，彼此相惜。难乎哉！我向他鞠躬！

那年电影文学学会在厦门开年会，特邀一批演员朋友作为“电影文学之友”与会，也为接待单位慰问演出。队伍既然是临时组成，节目自然是临时搭配。但质量不差，“活儿”不糙。有石维坚、郑振瑶的话剧《雷雨》片段（朗诵），吕丽萍等人的小品，林芳兵的舞蹈，刘索拉的独唱，还临时发现了一位“天才歌星”吴欢。这一彪人马，出演前半场，倒也整齐，后半场的大轴是京剧《金玉奴》选场。极为巧合的是京剧名家孙毓敏恰好在厦门大学讲学，宗江大兄就请她救场，自告奋勇饰演金玉奴之父丐头金松。穷书生莫稽就由奚派私塾弟子王铁成扮演。宗江大兄分派我演二杆儿（小丐头），石维坚、吴欢、沙叶新分演三小丐。主持人一报节目、演员，台下一片欢笑。孙毓敏演的金玉奴自不必说，这是她的看家戏之一，演出又卖力气，真是好极了。宗江兄的金松也好，看出他昔日"话剧名丑"的分量；王铁成的莫稽，直工直令，他一心要演出奚派的正宗味道，还要有潇洒的风骨。他们仨真是极好的搭配，这是一场再也无法复制的好戏，可谓空前而绝后。惜乎，我一上场，戏就有点往下掉，等三小丐上场，台下忽地哄然大笑。细一看，三位穿皮鞋、戴眼镜拉拉扯扯上来了，那身衣裳今天的美国乞丐也赶不上。王铁成中规中矩地唱罢，一扭头看见我们这帮乞丐，眼一愣，差点没笑喷喽。宗江大约这场面见得多了用京腔笑说道："小子们今儿打扮上了，给我们道喜哪！"于是台上台下一片欢笑，掌声雷鸣。这场吴欢领头制造的乞丐秀，高高兴兴地结束了。演出后，开会的剧作家们纷纷要求上台扮演四小丐（包括我演的二杆儿），不能让这么好的事情，叫这四人专美，连我们的会长高龄的林杉先生也笑着说："明天我演小叫花子。"感谢宗江大兄让我生平第一次出演京剧，也让我知道了他深入骨髓的戏瘾，和他提调演员的本事。他是位真正的好演员。

我简直无法细说他怎样帮助我，和帮助我多少次。有很长时间我们住得很近，离侯宝林大师的寓所也近。我常上他家去，听他闲谈，在上天入地的谈说中领略他的学问，领悟他的哲思。我在他家认识了许多鸿儒大家。冯亦代先生就是在他那儿结识的。侯耀华、耀文兄弟也是通过他认识，而后又认识侯宝林大师的。有一次，他问我喜不喜欢小彩舞，其时，我只知道她的名字，听过一次她的唱片《风雨归舟》。但虚荣心作怪，不好说自己不懂，便说：喜欢。宗江兄一下子高兴了，便说起京韵大鼓的优长和动听。特别提起小彩舞唱腔的悠扬婉转和顿挫有致，说这里面学问大了。不是总有人说电影的节奏吗？懂了小彩舞就懂了节奏。结末，他给了我一盒小彩舞的录音带让我回家"闭起眼睛好好听"。我照他的吩咐反复谛听，似乎觉到了点什么。我后来写了篇小说《安娜同志与杨小姐》，就把他的话和他对小彩舞艺术的评价照搬上去，好像我很知道京韵大鼓似的。有一次我们看罢夜戏回到面包车里（大概是在一次会议中间，所以有车送与会者看戏。）他问我："小彩舞，你听出点意思没有？"我说更喜欢了。有位大导演问："谁是小彩舞？"宗江大笑，说："这回我知道中国电影为什么上不去了。原来是大导演不知道小彩舞。"可见他对中国民间艺术的推崇。那位大导演并不恼，而是很细心地问起小彩舞的情形。人们都知道他的直率，不会芥蒂他真诚的笑谈。他的戏《秋风秋雨愁煞人》上演时叫我去看，吴祖光先生的戏上演时，他叫我陪他看，我知道他是有意培养我对中国戏曲的兴趣和认知，有意地把我带进中国戏曲的天地，不至于因为喜爱话剧而忽略了中国的戏曲。我感谢他和祖光先生对我的提携，让我在戏曲艺术中学到了很多宝贵的知识，以至于，在多年没有写戏的情况下，又写了一个戏曲剧本，同时带动起我将熄灭的创作激情之火。

记得宗江兄说过在那特殊年代的窘况，他面对批斗者的逼问，常常以政治上"时而清醒，时而糊涂"作答，让拷问者无言以对。这自谦似的回答幽默又机智，却也有难言的痛苦。他的这份矜持，没有经过那时代的人是无法品味的。记得他在交给审查他的"专案组"的"自白书"中，直截了当地"交代了"他和夫人阮若珊对"旗手"江青的看法。那看法每一条，在那时都可带来杀身之祸。可是，这材料交上之后，竟然被"封存"，没有一个专案组成员敢于向上头汇报。这材料直到"四人帮"倒台，才发回宗江，得见天日。为何他安然无恙？因为无论是上报者还是口头汇报者，都是"黑材料"的扩散者，当受囹圄之灾，弄不好，就丢了项上人头。哪个愿领这无妄之灾？黄宗江的正直、勇敢和睿智，表现出他灵魂的高贵，颇有些谭嗣同和俄国十二月党人骨子里的高贵。当然，他和这些知识分子不属于同一阶级，但这种崇高却值得人们敬服。这是一个真正爱国者的高贵。他是一个大爱之人。

他的爱是真诚而热烈的。他从不讳言自己的所爱，他的女儿们告诉我，他的所爱常常并不知道他的爱意。但他的真挚和热烈却能促成他写出优美的文字。我想，缺乏对真善美的热爱与追求很难具有创作的激情。这种爱，并不需要被爱者的呼应，在暗中不知不觉地成为一位正直艺术家心脏炉火的助燃剂，也是一种佳话。这和那种“文人无行”，绝不可同日而语。他对夫人阮若珊的追求，促成了一段文坛永久的美谈。他的那封求爱的“万言书”，至今还打动少女少妇的心。能找到他这样的男士，岂非一生的幸事？他剖肝沥胆的爱的宣言，使我沉思，有多少人能像他那样宣告他热烈真诚的爱？我们今天无论在文字中和在口头上，写到和说到爱情时总要加上许多政治的、物质的乃至纯生理的附加词，虽然反映了时代的特色，却也多少掩埋了情感上对真善美的热烈的追求。我们在爱的述说上，要么害怕被说成诲淫诲盗，要么就专以此吸人眼球、惑人心态。我们在爱情的述说和写作上实在还没有或者鲜有坦荡而极为动人魂魄者，我想这至少反映了我们在爱情这个文艺永恒的主题上，还有许多值得深入探讨和改进的地方。

晚年的他在《今晚报》上发表了一篇《空台赋》，副题曰“我们的话剧百年”。这是一篇将他暮年对一生挚爱戏剧、追慕先贤的情怀和对友人浸入灵魂的爱意，以及晚年寂寞孤独，各种心态融为一炉的自白。我读后不免潸然。因为我自以为了解他所写的一切，听过他悠然而深沉地讲述他的所爱。他问我如何评价他的倾慕，我说“不错，挺好！”他忽然以从未见过的严肃，对我说：“岂止挺好！是非常之好！好得很！”我从他的凝重中，觉到了他对友爱的珍重，和那依旧炽烈燃烧的火焰。我像犯了大错的孩子一样，羞红了脸。在他那篇《空台赋》中，他自比契诃夫笔下的老演员在空台上演出《天鹅之歌》。那凄凉的感叹让我一夜无眠。我以一篇《且慢唱〈天鹅之歌〉》作为读后感。宗江大兄在他生前的最后一本散文集中，以“知己代跋”的名义，将我这篇短文，作为“后记”，我内心充满了难以言说的复杂的心情。

这心情延续至今。我原以为有许多事情好写，但却无从写起。各种往事坠在心头，交织在一起变成一句话：“他走了，再也见不着了……”我好像不懂这句话的含义，总觉得要反复思忖。这篇短文竟然写了三天，觉得还是言不及义。我只有仰望夜空，盼他能时时入梦，依旧在谈笑中教我。不要让我在梦外等得太久太久……宗江大兄，愿你一路快活用朗朗的笑声飞向天际……

放风筝的女兵

○李清明

二十五岁前，我是不敢轻言爱情的。那时，我脚上的黄泥尚未洗净，草鞋也尚未换成皮鞋。穷人没有爱情，这句话一直如刀刻石凿般地烙在我记忆的深处，没有因岁月的流逝而淡化，而是随着年龄的增长愈发深刻。我是一个地地道道农民的儿子，因读书偏科，初中尚未毕业便辍学在家。爱情对于我来说，无疑是一个奢侈的话题。我自己知晓，如果不能走出农村，不能自己改变自己的命运，不说爱情，恐怕连找一个过日子的老婆都很难很难。

和妻子结婚之前，我曾谈过一次恋爱。但那称不上一份完整的爱情，充其量只是一颗豆粒那么小的一点点，还没等长出一株小小的绿芽，便被自己狠心地掐断了。在后来的学习和工作当中，我一直认为，农村孩子和城市孩子本质上是没有多少区别的。不同之处在于心理素质上存在着差异。贫穷、闭塞所造成的自卑与胆怯，就像一只蜗牛背负了一只沉重的硬壳，让人难以超越。这点，在我后来与女兵叶梅的交往中便得到了印证。尽管我不知道叶梅当时是怎么想，反正我自己总认为自身条件差，去追她老是有一种“癞蛤蟆想吃天鹅肉”的感觉。

那是二十多年前的一个春日，我作为野战部队的一名新闻报道骨干，经所在部队选送，来到了广州白云山下的军区文化补习学校，准备接受为期半年的集中学习，参加地方大学的招生考试。报到的那天正值一个周末的下午，我放下简单的行李，见时光尚早，便独自一人爬上了学校后面的一座不是很高的山峰。放眼望去,山下树影婆娑,山涧流水潺潺,一阵和煦的春风吹过,让人心旷神怡。这时一只蓝色的蝴蝶风筝跳入我的眼帘,顺着若隐若现的丝线,我找到了一张红扑扑的笑脸,一位穿着绿色军装的女兵。

女兵名叫叶梅,出生于一个军人家庭,母亲是位大学教师。她来自军区通信总站,也是和我一起来文化学校学习的。叶梅长着高挑的身材,操一口十分标准的普通话。鹅蛋形白皙的面颊上镶配着两条柳叶弯眉,一双清澈见底的眼睛,常带微笑的双颊一笑总会露出两个时隐时现的小酒窝……常常把男同胞的眼睛拉得直直的。有人说,一个女孩如果穿上军装还不美的话,那肯定就与美无缘了。一位本身就很漂亮、优雅,身材和气质都很好的女孩,再配上一套得体的军装,那种刚柔相济的美感真无法用语言和文字来进行描述。

叶梅不但人长得美,气质优雅,她还爱好文学,诗歌和散文写得最好。当时,《战士文艺》上曾发表过她一篇《晨练》的散文,其中有一段我印象最深:"晨曦初露的清晨,突然响起了一阵紧急集合的哨声,像一把斧头用力地划破了天空的宁静……天亮了,女兵们列队准备收操,万绿丛中竟然亮出了一个个红扑扑的小太阳……"

补习班上,我是班长。叶梅是学习委员。我当班长一是因为兵龄老,二是因为当兵期间卧薪尝胆每年都能在部队的报纸杂志上刊登近百篇文章,小有影响,领导就指派我临时负责。叶梅是因为学习成绩好,听说当兵之前考大学只差三分。我高中都没上过,读初中时还严重偏科,补习数理化课一直令我头痛不已。叶梅总是不厌其烦地给我开小灶,还把一些要紧的公式和练习题做成小卡片,夹在还给我的文学书中,并利用课余时间一起放风筝的机会进行抽考,帮我加深印象。

看着在青山绿水间奔跑跳跃,且欢笑不止的叶梅;望着那只越飞越高,在蓝天白云间翩翩起舞的蝴蝶风筝,我时常走神发愣。这时的叶梅却总是有意或无意地拉拉我的手,说些"把线交给我呀……这飞翔的风筝好像你啊……”等话语。但我一想到叶梅长得那么漂亮，那么优秀，家庭条件那么好，自己家在农村，当兵这么久，仍是一个每月才拿几十元津贴费的大头兵等现实问题，内心深处的自卑心便开始作祟，连叶梅伸过来的手都不敢去摸一下。

转眼就到了广州的梅雨季节，阴霾的云团像一个巨大的锅盖，笼罩在山下低矮的营房，连水泥地板都能冒出水来，抓一把空气手心都是湿漉漉的。没有阳光，也看不到亮色，像极了我当时的心境。

高考时，叶梅成绩很好。因我们那批学员属军队送往地方大学新闻系的定向培养生，部队的推荐意见很重要。录取时，先把上线的考生笼统画线，再按在报刊上发表的新闻作品成绩优先录取。因叶梅上稿率有限，又一次与她心仪的大学失之交臂。后来，我曾设想，如果我和叶梅同时被录取，随着交往的增多，也许那种朦胧的感情，肯定会有所结果。可生活就是生活，总是没有那么多如果可言。

离开文化学校的那几天，我和叶梅常常爬上曾在一起放过风筝的青山，坐在摊开的军用塑料布上，谈得最多的竟是文学。叶梅说她从小就喜爱读书，常常被电影、电视、小说里的故事情节和人物感动得泪流满面。一套被她翻看得卷起了毛边的《红楼梦》，常常被她的泪水浸湿得粘到一块。特别是当她看到黛玉葬花、宝玉出家等章节时，基本上是看一页，泪流一页。

叶梅一直认为葬于九嶷山舜帝的爱情故事非常凄美。舜帝两位如花似玉的娇妻娥皇和女英忽闻夫君崩于苍梧之野，她们望着水云弥漫的洞庭湖，路断波横，招魂无处，不禁肝肠寸断抱头哀哭，最后竟至双双哭死，连她们哭泣之处的竹子也长出了斑斑泪痕。叶梅说，每次她读到此处，总会泪湿衣衫。所以，叶梅在刚当兵不久从武汉坐火车到广州的出差途中，便一直记住了湖南郴州这个地方。她认为在京广线上，郴州离九嶷山最近，此处也一定很美很美。在火车路过郴州站停车的间隙，她走下火车想看看梦中的郴州。现实中的郴州显然没有叶梅想象中的美妙，但凭栏远望那感怀的泪水仍然湿透了眼睛。就在叶梅被开车的铃声催回车厢时,她放在茶儿上托旅客照看的手提包却被火车外的小偷从窗外顺手抢跑了,也把她从理想的文学梦中惊醒。

有梦的女孩,有如一只在蓝天中翱翔起舞的风筝,缥缈而美丽……让人仰望、追奔,也让人产生无限的梦幻与憧憬。

不久,叶梅退伍回乡,在一家国有银行当上了一名兼职的团委书记。这期间,我们还保持了很长一段时间的联系。让我确定与叶梅分手的原因,是我接到了她的一个电话。那是在我大学临毕业不久的一天晚上,叶梅把电话打到了班里唯一一部架在电视机室里的公用电话上。因班里的同学叶梅大都认识,在我还没从宿舍过来之前,一帮同学早已争先恐后地与她聊上了。待我与之通话时,我感觉电视室的气氛就有了些微妙的变化。受此感染,通话间我有些不大自然,说话有些磕磕巴巴,本来就不标准的普通话,更有些不地道了。没心没肺的叶梅却在电话里哈哈大笑,称我说的话她有三分之一听不懂!这种情况在我后期的工作和生活中曾多次发生过。我平常说话,无论是逻辑性还是口才,自我感觉都还不错。可只要一到比较正规的场合,稍一紧张,我的脑子就会一片空白,结巴、红脸、词不达意等等,什么都来了。女儿上小学时,我和妻子曾参加过她在班上的竞选班长和文艺会演的家长会。我发现,平时嘻嘻哈哈,说话常常颠三倒四的女儿,只要一站到台上,追光灯一亮,她便倍儿精神,不但台风像模像样,说话也特别顺畅。为此我曾装着不太经意的神态询问过女儿。小孩竟一边咬着冰激凌,一边满不在乎地说,这有什么,站在台上心里要忘掉自己,把台下的人看成是一瓶瓶大大的可乐……呵呵,大胆发挥就是。女儿从小就在优越的生活环境中长大,生活和学习特别自信,完全不像自己儿时的成长环境,贫穷、冷落、看不到光亮……几乎是我生活的主色调。卑怯、褊狭,乃至于仇恨等心理不健康的因子曾紧紧地伴随着我的童年,早就在荒芜的心田里生根发芽。更何况,小时候,我家的旁边有位患先天性结巴的邻居,没有娱乐的童年,我和一帮穿开裆裤的小伙伴常常以学结巴为乐。久而久之,自己说话不小心就会连贯不上。

一句“三分之一听不懂！”仿佛把我又拉到了有些自卑自怜的现实。记得那是我辍学在家的第一个端午节的凌晨，母亲把我从睡梦中拍醒，塞给我一张肉票和一沓卷起了毛边的钞票，叫我步行十多公里到集镇上去买猪肉。母亲还不忘嘱咐我，买猪肉时叫屠夫称一整块，不要砍碎，这样斤两会足些。缺肉少油的乡村生活，早已让我嘴里淡出鸟来。听说去砍肉，我一蹦蹬就跳到了床下。太阳爬上茅草屋前樟树梢的时候，我有些气喘吁吁地把猪肉背了回来。我蹲在台阶上吃着冷早饭，母亲却忙着在门板上砍猪肉。老人用手当尺，比划着把整块猪肉用菜刀砍成了均匀的五份，并用草绳将一份份重新绑好。见我有些纳闷，母亲释然道：大哥今年刚订婚，这五份猪肉是要送到大哥未婚妻家去的。那时老家年轻人结婚有一个习俗：男方由媒婆出面说好对象后，一般是先订婚，男方要给女方送“三转一响”，即自行车、缝纫机、手表，再加一部叫得响的收录机。订婚后，还需有两到三年的“考察期”。这期间，女方家遇上农忙或要紧的事，男方这边就是再忙也得放下手头上的家事，先到女方家帮忙。至于过年过节，男方不但要给未来岳父岳母送礼，而且还要给女方的姑妈、姨妈、叔叔、伯伯、舅舅等至亲家同样送上一份。如果碰上女方亲戚多，真要有“七姑八姨”、“五叔六舅”，也就该男方家要多“出血”了。见母亲把猪肉分完，居然没留下一星点，我不知哪来的怨气，顺手将门板上的一块猪肉扫落到了地上。母亲急得差点掉下眼泪：一边拍落粘在猪肉上的泥土，一边狠狠地数落，骂我：“你这小没良心的，以后也要找对象，看你送不送礼！”听后，我竟不加半点思索地随口反击道：“我以后找老婆坚决不送礼，不结婚找不到老婆拉倒，宁愿打单身！……”母亲气得拿着扫帚，把我赶去老远，老远。十多年后，当我穿着皮鞋带着新婚的妻子从都市回到老家时，母亲双手不停地擦着围裙，眯着眼睛硬是笑得合不拢嘴。当提及少年时我说过的“气话”，母亲竟然说早就忘记了……母亲的话无疑让我有些失望。从那时开始，我便感觉自己的心理多少还存有不太健康的因素。年轻时的贫穷和自卑，演变成了后来过分的自我与自尊。

尽管我知道,自己大学毕业后,便能很快地穿上皮鞋,可我那无时不在的自卑心早已浸淫到了我的骨子里面,像极了一只长满矛尖的刺猬,虽然能暂时保护一下弱小的自我,但常常却会刺痛那些接近我的人。叶梅不经意的一句玩笑话,无疑加重了我内心深处那无时不在的自卑感。想到这些,我虽有过犹豫,但还是下狠心慢慢地摁灭了这爱的星火。

我与叶梅恢复通信联系已是分别二十多年后的一个冬日。她给我发来一个短信:窗外好大的飞雪哦,我好想出去放风筝,拥抱这漫天飘洒的雪花呀……这时,我却有些莫名其妙地给她回了七个字:“三分之一听不懂!”

“你这没良心的,还在取笑,害得我曾白白等了你八年!”——语气和情形,恍惚一下子又将我拉回到了年少时母亲拿扫帚追赶我的场景之中……

遥望南方点点星空,那飞舞的雪花,似乎要将我有些冰硬的心胸慢慢地融化,滑过的是李商隐的诗句:“此情可待成追忆,只是当时已惘然。”……

怀念我的父亲曹禺

○万　方

一百年前，一个婴儿诞生。一百年称得上漫长岁月，然而人们没有忘记他，一百年过后还在纪念他，这是为什么？他做了什么？回答很简单：他写了几部戏。正是他创作的这几部戏剧，使他今天还和我们大家在一起，进行着思想和情感上的交流。他给了戏生命，戏剧也给予他生命。

我父亲的一生都和戏剧紧紧连在一起。小时候他就是个小戏迷，才三岁，母亲、我的奶奶就带他到戏院看戏，小小年纪，就被舞台的奇妙所吸引。长大一些，他和小伙伴在自家的院子里演戏，可以算作他最初的戏剧实践。上了南开中学后，他参加了南开新剧团，演戏、导戏，翻译西方戏剧，从那以后，戏剧就成了他一生的迷恋与追求。

《雷雨》是他最著名的剧作，上演至今已经七十多年了。我记得他和我讲过，那时候他还在南开中学念书，有一个同学叫杨善全，他和杨善全说，我有一个故事想写出来。杨善全就说，那你讲讲吧。他讲了，头绪很多，讲得很乱，杨善全没听出所以然来，只说，很复杂呀，你写吧。

后来有人采访我爸爸，我听他对采访的人说："你们要我讲蘩漪是从哪儿来的，有什么原型？有，肯定是有，好多好多。但要我说出张家老太太，李家少奶奶，王家小姐，有什么用？讲了也是白讲，你们也不认识。《雷雨》这个名字，如果硬要我讲，雷，是轰轰隆隆的巨大声音，惊醒他们；雨，是天上而来的洪水，把大地洗刷干净。"

我曾经陪我爸爸去过他的母校，清华大学，他是在清华大学的图书馆里写的《雷雨》。他指给我看他过去坐过的位子，说："不知废了多少稿子呀，都塞在床铺下边。我写了不少的人物小传，写累了，就跑到外面，躺在草地上看天空，看悠悠的白云，湛蓝的天。"他还说，"当年图书馆的一个工作人员，他待我太好了，提供我许多书籍，还允许我闭馆之后还待在这里写作。那些日子真叫人难忘啊！"他说当时他就是想写出来，从来没有想到过发表，也没有想过演出。

他还给我讲过写《家》的剧本的时候，是在四川长江边的一条小火轮上，天热极了，他是个特别爱出汗的人，汗流不止，从早上到天黑，他一句句一幕幕地写下去，笔追赶着他思路，江水拍打着船底砰砰响，就像人的心跳，没有电灯，夜晚就在油灯下写……

在我小的时候我也看到过那样的情景，那是在铁狮子胡同的中央戏剧学院宿舍。爸爸的书房是一排小北房里的一间，院子里有一棵很大的海棠树，我和同学经常在海棠树下跳皮筋，一扭头就能看见我爸爸趴在窗前的书桌上写作。炎热的夏天，我爸爸写作时就光着膀子，那时候从没听说过空调，也没有风扇，书桌上放着一个大脸盆，里面装着一大块冰。他汗流浃背，稿纸粘在胳膊上，字迹都被汗水弄得模糊了，毫不知觉。有时候他会在屋子里走来走去，经常剧烈地挠头，就像脑袋里憋着千头万绪，只有拼命地痛快淋漓地挠头才能把它们梳理清楚。经常，他反复琢磨，念念叨叨，一遍遍读出人物的台词。我听他朗诵过"胆剑篇"和"王昭君"。他的朗读与众不同，甚至可以说不同凡响，打动我，使我不忘，因为他根本不知道声音的存在，他用感觉读，读得那么有味。

再看《北京人》的剧本，有评论家说《北京人》是曹禺创作历程中的高峰，是他写得最好的戏。作为一个编剧，我感到惊异的是，要具有怎样的感悟力，体味多少不愉快，刻骨的厌恶，埋得极深的苦痛，才能写出老太爷曾浩那样的人物，而我爸爸那时还是个青年。记得我曾经问过他写东西时的感受，他回答说："生活中往往有许多印象，许多憧憬，总是等写到节骨眼儿就冒出来了。要我说明白是不可能的，写的时候也不可能。"我一直觉得《北京人》里每个男人身上都有他的影子，他比他们加在一起还要丰富生动。

“文革”时期，我爸爸被打倒，被揪斗。有一段时间，被关在牛棚里白天扫大街，晚上不能回家。他曾回忆说：“我羡慕街道上随意路过的人，一字不识的人，没有一点文化的人，他们真幸福，他们仍然能过着人的生活，没有被辱骂，被抄家，被夺去一切做人应有的自由和权利。”后来放他回家了，他把自己关在屋里，能不出门就不出门，吃大量的安眠药，完全像一个废人。

粉碎“四人帮”后，我爸爸恢复了名誉，担任了很多职务，参加很多社会活动。但他最想做的是写出一个好剧本。在他的内心，他始终是一个剧作家，他的头脑就像被鞭子抽打的陀螺，一刻不停地转，我爸爸这一生从来感受不到“知足常乐”和“随遇而安”的心境。晚年的日子里，他一直为写不出东西而痛苦。这种痛苦不像“文革”时期的恐惧那样咄咄逼人，人人不可幸免。这种痛苦是只属于他自己的。我曾经反复琢磨这份痛苦的含义，我猜想：痛苦大约像是一把钥匙，唯有这把钥匙能打开他的心灵之门。他知道这一点，他感到放心，甚至感到某种慰藉。然而他并不去打开那扇门，他只是经常地抚摸着这把钥匙，感受钥匙在手中的那份沉甸甸冷冰冰的分量。直到他生病住院，身体越来越衰弱，他才一点点放弃了他的痛苦，放弃了由痛苦所替代的那种强烈的写作愿望。他不再说“我要写东西”了。有时他说：“我当初应该当个老师，当个好老师，真有学问，那就好了。”他常检讨自己过去不用功，没有系统地看书。偶尔他会谈起他年轻时怎样写作，写得怎样酣畅，就像讲一个他做过的诱人的美梦。

当年我爸爸写出《雷雨》之后，给了他的好朋友、中学同学章靳以。当时章靳以、郑振铎和巴金一起在办《文学季刊》。靳以叔叔把剧本放在抽屉里，放了一年，大约因为我爸爸和他的关系太近了，反而觉得不好讲话。我曾问过我爸爸：你为什么不问问呢？他说：“那时候我真是不在乎，我知道那是好东西，站得住。”一年后，巴金伯伯看到了《雷雨》，读过后立刻决定在《文学季刊》上发表。我爸爸年轻时是那么的自信,而晚年,他不止一次地问我他写的东西是不是真的好。我劝他不要想了,我说这不是你的事。“怎么讲?”他问我。我说出看法,“你写了剧本,尽了你的力,以后就由时间去衡量了。”

“那我的戏是不是还算经得住时间考验的?”他又问。

“你说呢?”我反问他。

他没有再说话,我相信他心里是有答案的。

他曾说:“我喜欢写人,我爱人,我写出我认为英雄的可喜的人物,我也恨人,我写过卑微、琐碎的小人。我感到人是多么需要理解,又多么难以理解。没有一个文学家敢说:我把人说清楚了。”在他重访母校南开中学时,为中学生们讲话,他又说:“我一生都有这样的感觉,人这个东西是非常复杂的,人又是非常宝贵的。人啊,还是极应当把他搞清楚的。无论做学问,做什么事情,如果把人搞不清楚,也看不明白,这终究是一个很大的遗憾。”

写人,写出人的灵魂,对人永远满怀热忱和兴趣,我想这就是我爸爸写作生涯的写照。

记得我爸爸 84 岁的时候,北京人艺又演出《雷雨》,他生病住在医院里,我去看了,再到医院去看他,他问我:你觉得怎么样,能看得下去,观众坐得住吗?他爱听普通观众嘴里说的话,比如:挺有意思,真来劲,听到这样的话他最高兴。那天我告诉他剧场里很安静,我能感到那是一种全身心被吸引的安静,他听了笑了。前些天我在首都剧场看“日出”,剧场里坐得满满的,我再一次感受到那样的一种安静。我想象着我爸爸坐在观众席里,和大家一起看着台上演出的戏,随着演员的表演,心中掀起一阵阵无声的波澜。

演出结束了,演员们走出来谢幕,观众们纷纷站立起来,齐声鼓掌,他们的掌声和情绪让他知道,他没有辜负他们的期望,他们被他的戏打动,获得了精神上的满足。对于我爸爸,一位剧作家,这是多么幸福的时刻。

思念索拉

○麦 家

世相无疑是越来越繁华、喧嚣，我们一度为此欢欣鼓舞，津津乐道，因为我们曾经是那么贫困落后，寒酸简陋，喧嚣和繁华给了我们生命色彩和尊严。但是，转眼间我们的生命似乎又是难以忍受如此的喧嚣，如此的繁华，因为喧嚣和繁华的背后我们丢失的太多，抛弃的太多。崇高，责任，忠诚，庄重，信念，理想，国家，集体，他人，勤俭，精神，恩爱，等等，这样在过去带有一定美德光环的字眼，如今无不失去了光彩，有的甚至成了迂腐、可笑的把柄。

我们的焦虑也因此而生。

我不认为自己是个抱残守缺的人，但是我也不相信现在的中国正走在阳光明媚的康庄大道上。这是一个过分看重变道而忽略常道的年代。诚然，中国要变，因为历史和现实积重都太深、太多，但再怎么变，总不能把人心、人性中的一些常道也变了，革了。就像数学上有常数，人类的精神上也肯定有常道。常道就是原则、方向、基准。没有常道的人生，就像没有地基的房屋，终归是要塌的。试想，假如一个人失去基本的信念和道德底线，我们内心里只有变异、破坏的欲望，没有坚守，没有尊重，比如甚至对友爱、仁慈、高尚、责任等等美德都不讲了，不守了，那么我们又如何来体现人心、人性、人道？失却了人心、人性、人道的关怀，这对我们的人生来说，我以为已不仅仅是一种缺憾，而是危险，是走上歧路，误入歧途的危险，危机四伏，也是危在旦夕。

因此，这些年我总是不乏迂腐地在反问世人，没有坚守和肯定的人生，否定又如何会有力量？完全放弃常道，一味地迷恋变道，放肆地张扬个性、私欲，张扬“欲望就是真理”的人生，我们又如何去寻找普通的真理和人道的常识、常数？现在的人，别说为他人，就连对自己都似乎没有责任，没有牺牲精神了，人们心里只有欲望和更大的欲望，身体只管一路狂奔，勇往直前，前途就是“钱途”，追求就是“追囚”，美好就是“没好”，健康就是“贱康”。也许，对自己没有责任，是因为我们太久的对他人失去责任；也许，正如印度的一句谚语，我们该对自己说一句：请慢点走，等一等灵魂；也许，正如《圣经》里说的，我们要“走窄门”，要让自己多接受“常道”的约束和教养。

话到这里，我尤想把自己珍藏已久的一份感动、一份记忆，说出来给大家分享。我曾经有三年在藏区的经历，是在西藏著名的神湖——羊卓雍湖——度过的。一个世界最高的水电站，一支世界屋脊的水电铁军，这是上世纪 90 年代西藏最闻名的事件之一。就在前两天，我还从中央电视台看到介绍羊卓雍湖水电站的一部纪录片，电视镜头从拉萨转到羊卓雍湖，又翻越甘巴拉，那都是我熟悉又熟悉的地方，我突然潸然泪下。泪水出于心底的呼应，而不是由于被煽骗。事实上，时光是不会流走的，时光都留在我们心中，就像我们的足印都留在大地上一样。随着电视镜头的切换，我心里相继浮现出一幕幕熟悉的场景，一个个熟悉的身影。其中，索拉的身影是那么之大，之明亮，那么之令我心仪又心酸。

索拉是一名 1992 年入伍的藏族战士，我是 1993 年夏天认识他的，那天我陪中央电视台两位记者下部队去采访，至深夜方返回机关，途中，大雪骤然纷飞，一下白了黑暗的甘巴拉山。两记者为夏天落雪惊喜不已，司机却苦不堪言，因为他出门时忘记带防滑链了。炎炎夏日，谁又能想起带防滑链？可是，山高路滑，崎岖坎坷，没有防滑链，车子如履薄冰，生死悬乎啊。像蜗牛一般爬行数里，司机已汗流浃背，忽见一束光亮，如见救星。一间陋屋，一张惶惑的笑脸，亮在车灯中，令我们备感亲切。我就这样认识了索拉,他一个人掌管着山上 4 号变电站。这里海拔 4537 米,缺氧使记者的防风打火机变成了一块废铁。那天晚上,索拉为我们忙乎了近一个小时,总算使车轮变得粗糙而有一定的防滑能力。他诚恳的笑脸和默默劳作的样子给我留下了难忘的印象。

以后,我曾几次顺便去看过他,由于他不会说汉话,我们无法交流。但眼睛足够让我了解了他,一台昼夜鼓噪不止的发电机,一部“熊猫”牌全波段收音机,陪伴他度着每一个白天和夜晚。他喜欢笑,张嘴动手,脸上总是堆着满满的笑。可我老觉得他似乎并不会笑,不论为什么,干什么,总是那么一个笑容,充满羞涩和诚恳。我想这大概是因为他经常对着收音机一个人发笑的缘故吧。如果说发电机是他的工作,那么收音机就是他工作之外的全部,是战友,是老师,是愿望,是生活。对这样一个给予他如此之多之好的东西,他似乎只能对它这样笑:诚恳而愧疚。

所有藏族兵入伍后最大的愿望是学会说汉话,索拉也是,不同的是,他只能靠收音机帮他达成这一美好的愿望。最好的收音机也不能跟一个汉族战友比,所以他学汉话的过程比其他藏族兵要显得艰难又缓慢。这年冬天,我出藏休假前去见过他一次,他依然无法与我交流,咿咿呀呀的声音听了使我有些难受。当时我也许是有能力说服个别领导为他配一个汉族战友的,这样的话,我想他的日子不会被无尽的寂寞拉长,他学汉话的道路也不会如此漫长。我虽然想到了,却没有去做,我的难受正是因此而发。

休了两个月假,又去北京学习了半年,当我再见到索拉时已是次年秋天。最漫长的路都有尽头,这回,他嘴里发出的不再是咿呀声,而是全然一新的藏族普通话,比我想象的要流畅得多。但几个回合下来,我发现我们的交流依然问题多多,他常常答非所问,像是听不懂我的话,而风马牛不相及的搭话又像不是在对我说,而是对空旷的大山、天空,声音大得像喊叫。后来他指着耳朵跟我说:“这个……不行了,听不见了。”说着笑笑,指着轰鸣的发电机,“这样也好,免得我每天听它吵吵,睡不着觉。”脸上毫无痛苦和怨悔的表情。

我一下非常难受，想哭。我知道，正因为发电机日夜不停的“吵吵”，才让他失去了听觉。失聪的他，听不到的不仅仅是发电机的噪音，还有收音机的声音。失却了收音机，他生活的一半也就被无情切割了，寂寞将加倍又加倍地陪伴他度过分分秒秒，而他千辛万苦学会的汉话，又跟谁去说呢？有了人，又怎么跟人去说？他并不识字，这是最要命的。那天走之前他告诉我，他已经开始学习识字，因为现在的他只有通过汉字才能与我们交流。我想这肯定比他当初跟收音机学说汉话还要难，但这与他一个人在如此高海拔地方生活相比，又似乎要容易多了，所以我相信他一定会成功的。

他果然成功了。1997年，我转业到成都，不久便收到他的来信，三百字的稿纸，写了两大页，字体工整得像是用蜡笔刻写的，内容就是两个词：感谢和祝福。信的最后，他连着写了半页纸的“扎西德勒”，最后一个“扎西德勒”居然是用指血写的，让我感动得忘记了他已经失聪，当即给他打去电话。好在那时他已经下了山，身边有战友，关键是识了字。就这样，我们勉强通了一个电话，转达我对他的问候、感谢和祝愿。羊卓雍湖的岁月是我生命中的一笔浓彩重墨，索拉又是我这段岁月中的一个亮点，他诚恳的笑容时常浮现在我的眼前和心里。有时候我想，生活对他不公平，但我想他一定不会这样想的，否则他不会这么打动我、温暖我。他总是用一成不变的诚恳的笑容和无言的努力，应对生活赋予他的一切，包括不公平，包括失聪，包括高寒和缺氧，孤独和寂寞。在他无言的努力下，现在的他可以读、写并理解我小说里的每一个字，所以我每出一本新书，总是第一个寄给他。我觉得我寄的是一份感动，一份敬意，一份思念和祝福。我觉得他不但是我的读者，也是我的老师，赋予了我很多做人做事的道德和智慧。十多年来，我一直和索拉保持通信，我想以这种方式保留他，也是保留我在这个喧哗年代里安静下来的一个外力。

作为一个义务兵，索拉在山上守了三年零九个月的全部收入，据我所知不到五千元,这是他的津贴和高山补贴。作为海拔 4537 米的高寒地带,连氧气都只有平原的三分之二,那里还能有其他什么呢?据我所知,没有一棵树,没有一丛草,没有一只飞鸟,只有白天的太阳和晚上的月亮,比北京大又亮。

如画的理想

○张承志

一

大概从六岁上幼儿园时起,我就喜欢涂抹勾画。一年后上了盔甲厂第一小学(即汇文小学),大概是因为有了课桌吧,画画的爱好,立即就成了痴迷。记得我把课本每一页的边角空白都密密画满,被老师罚用橡皮擦干净。大约在二年级那年的新年,我给班上的同桌和好友都画了一张贺年片。

盔甲厂一小的同学们那时有一项享受:课间操后听孙敬修老师讲故事。须知孙敬修和收音机播出的他那劝善如流的娓娓故事,是北京 1950 年代的一个象征——孙老师远远在台上讲,我们全校千余名学生,就那么一班班原地站在大操场上,一片寂静,听得如醉如痴。

应该是我上三年级(1957)那年,孙敬修老师当我们班的图画老师。不用说,我在孙老师的课堂上如鱼得水,成绩一色的五分。只有一次例外:那次孙老师说画自由画,但也可以临摹他拿来的一张。后来才知道全班都画临摹,唯有我一个独自陶醉,在心在意画了一幅《黄继光堵枪眼》。万没想到,从来慈爱绵软的孙老师突然不高兴了,带着气给了我三分!

我震惊无比。图画课的三分,于我是一种不可能的事。此刻回想琢磨,或者当时我没听见孙老师改了主意让大家都画临摹?抑或是那天孙老师有心事,而我却表现得狂妄招嫌?

可能是后者。三年级的我在图画课上得意忘形,几乎是无疑的。

一定是那时我尾巴翘翘的样子,让和善柔顺的孙老师反感了……只可惜这反省,晚了半个世纪!

那个三年级是我人生中第一个厄运之年。唯能忆起的一件事,是和班上一个混血儿打了架,而班主任,我以为她决心要把我逼入死地,盘算给我学生手册的“操行评语”写“差”。因为她执拗地逼供,要我承认“屡教不改”。而这四个字,乃是将“勒令退学”的“差”级评语的原文。

我心里唯有一个念头:要是承认了“屡教不改”,母亲会出什么事?那一天母亲劳累的影子充斥了脑海,我咬紧牙关,就是不回答这一句。天渐渐昏暗了,学校里已空无一人。班主任还在坚持问:“你说,你这算不算屡教不改?”

就在那绝望的时刻,突然孙敬修老师从一旁路过!

孙老师认出了我:“哟,这不是……他怎么啦?”班主任轻描淡写:“他犯错误了。”

孙老师喃喃说:“是么。张承志在图画课,可是好学生呀。”

早想了事回家的班主任借坡下驴,死刑突然缓期了:“哼!看在孙老师的面上,今天就算了。以后再犯……”

今天我写着依然感动无比。

多少年了,我牢记着他这几句话的原因,尚不是为了追述我与孙敬修先生之间短暂的私淑之交,而是因为他的救援结束了“屡教不改”的纠缠,让操劳的母亲遭受连坐的恐怖,被化解了!

二

十大建筑的兴建,终结了我们贫寒丰富的胡同生活。搬家以后我发觉,朝阳区的艺术气氛远较城区高得多。合唱团,诗朗诵,很快我被选入朝阳区少年之家美术组,在一位姓董的辅导员门下,进入了准专业的美术训练。

董辅导员是位出色的画家和教育家。

他用油画和彩墨,分别画了两幅京剧肖像。我们底下嘀咕说,扮演苏三的画中人女演员就是他的女朋友。

我久久地看着。油画浓烈透明、彩墨挥洒自如,如在我痴痴凝视的眼前,展示着美术境界的可望而不可即。

他对我们的素描训练,完全是科班水准。美术组分为初中组和小学组,初中那伙大哥大姐已然是艺术家派头,他们画那种卷发的石膏头像,忙着考入美院附中之前最后的临阵磨枪。而我们小学组则永远对着石膏六棱体或三角锥,每周日画一个上午。董辅导员要求我们把自己积累的素描时间写在画纸上,他强调:你能找出的“面”愈多,你就能画更长的时间。

已是三年饥荒的边缘。美术组除了白纸、水彩、铅笔之外,不能提供任何画具。油彩像比梦一样遥远,辅导员的方针是坚定地画素描。一次,他把吃剩的半个窝头替换了石膏。我们一边画得眼花,一边懂了为什么打基础:窝头真难画啊。

创作画的机会很少,但董辅导员不是孙老师,他让我们“爱画什么就画什么”。这回我在心在意画的是一幅《收麦子》,一辆大车上坐了几个红领巾,一位老大爷扬鞭吆车,梦想中心爱的马,占了一半画面。辅导员把我的这幅创作装进镜框,挂在美术组的墙上。这一回我可没敢得意:满墙的画里数我这一幅最差。何况我已懂得,展示的作品未必优秀,有时是为了比较讨论,才挂到墙上的。

一天,看见董辅导员端详它,我们也围过去。辅导员转过脸问我:“你是不是见过赶车的坐在右边?”

我茫然。他却高兴地说:“我一直觉得有些怪,今天终于发现,老大爷坐在车辕右边!一般赶车人是坐在左边的……”

我也猛然看清了！就在那一天，一种关于生活真实与画面平衡的思路，植入了我的心里。

每个星期天，从三里屯步行走到下三条，喊上一个美术组的伙伴，出神路街，进入坛口，走过静谧的日坛，推开红墙小院的木门，削尖几支中华牌的铅笔——唉，日坛公园里的少年之家！难忘的美术组的每一个小时！

还有好多事，反正弄不清了。比如我们小学组曾来了一个据说是张仃儿子的小孩，是我的住在白家庄美术界宿舍的小学组伙伴祝重寿（一次我在一份杂志上又见到这个名字）领来的——但后来提起此事，人们说，张仃的小孩？就是张朗朗呀。我愣了，张朗朗与我也有一面之交，怎么比那小孩壮多了？虽然无关紧要，但有了机会，我要问问张仃先生的夫人、诗人灰娃先生。

初中组有一个苗条高挑的女生，在小学组眼中简直像一个仙女。写这篇散文我突然悟到：她一定就是我的恩师翁独健先生的三女儿翁如兰！直感不会脱靶，除她再无别人。读研究生时我和她很熟，但是从未谈过她的画，她肯定觉得念蒙古史的学究怎么会画画呢。“文革”中，她因为一幅漫画《百丑图》在美术界出名招祸，无人知道她的素描基础也相当了得。

——猜错了也可能。那就是说，在那个时代，美术音乐各界，都是“五陵年少”和窈窕才女的出没之地。

而在当时，如我的一个少年，对周围人际是迟钝的和不观察的。我的视线和感触，牢牢地聚集于另一些地方——

那次董辅导员在画那幅油画苏三。他手持调色板，目光平视，胸有成竹。在小学组唧唧喳喳围观之间，他手点色到，一支油画笔宛如魔棒。

画面上那个浓妆的画中人，一笔一笔地活了。难以言传，无可话语。浓烈的、闪亮的、透明的、魅人的油画啊，你把一个小孩的心掳掠了！

我对那幅油画肖像不能释怀。

多少年了，我依然用童心中残留的那幅画的印象，去衡量见到的流水一般的画作。人们嫌我评论的苛刻，却不知我心里的贮藏。在我心中，那幅油画是完美的。它干净凝重，潇洒如梦，肖像比模特更加无瑕。它给我留下了油画高贵、不可侵犯的教训，而我一生都把它用在了别处。

三

我忘了为什么自己没考美院附中。

也许是因为初中组他们画得太棒，我一边看着自认不如于是溜了？

也可能是因为那时的学画——多少意味着一点生活的余裕，甚至家境的富裕。初中组没有意识到，他们似若两界的谈吐举动，被一些少年敏感的眼睛注视着。也许就是因为那某一种差别，我甚至连思想斗争都不曾有，就悄悄地退后，离开了我少年时代的第一个理想。

不是美院附中，而是错入了重理轻文的清华附中，泰山压顶的数理化和歇斯底里的外语课，猛地终止了我的快乐涂画。

随即是强风席卷的革命。

理想在激烈地置换着。没有谁说他想当医生或者歌唱家。

我就更是一样，大字报上，忘了插图，待到某一天早晨醒来，睁开两眼打量外面时，世界已换了塞北草地一面平铺的、残酷的雪原。

在内蒙古大草原的四年没有意识到应该画速写和创作——足以说明我不是画家坯子，缺乏艺术感受。

真的，怎么我就连想都没想过一次画画呢？我满脑子都塞满了革命、大队、蒙语、羊群吗？我视野里充斥的只是汗敖包、薄勒嘎斯太浑地、额尔登陶勒盖、泰来姆吗？我的潜意识里只存在明珠尔的额吉、穿破的羊皮德勒和折裂的毡嘎达、晚上归牧时吃得横出的羊肚子、在夏天辛苦挖出来但被人在秋天盗窃的为了过冬的羊粪砖？

反正就是没想起来画。

哪怕我们大队死了一个叫黄秀玲的女知识青年,我们用纸板画了一套她的英雄事迹,包在包袱皮里骑着马挨户在牧民中宣传——那套画主要是我画的——我依然没想起来画画这件事!

若是心在别处,就说什么也没用了。

这种没有描画蒙古草原的遗憾,一直到了1976年第一次在新疆伊犁草原发掘时,才突然从心里蹿了出来。炭笔、铅笔,我叫苦连天地涂着,埋怨着自己怎么在内蒙古居然没有一支铅笔。

一次和昭苏的蒙古巴郎白音合西格一块儿,深夜里先是步行,后来搭上一挂蒙古人的马车,踏着美丽难言的夜景,一直从三公社(今天应该改名叫阿合牙孜,或者又改成几团几分场了)走回夏台。

也许只有美景的冲击,才打破了漫长的惰性。我一边用炭笔刷刷涂着,一边对那西蒙青年解释没画内蒙古的原因:“没工夫呀!那会儿我们是牧民……”

可能就是这么回事。

我们在蒙古草原的插队,与那些特权精英全然两样。很难解释成什么脱胎换骨,只能说我们真的变了,变得不仅忘了自幼的爱好,甚至观点也融入了他者和异类。

游牧生涯给予我的对美的感受,没有出现在画布上,却绕了个弯子差强人意地隐现在我的散文小说里。只是我一直没来得及说:文学是最粗糙的艺术。由于它手段的简单(码字敲键盘)和元素的枯燥(无色无韵),它藏污纳垢,容忍了那么多恶棍。

我有时也会留恋和后悔。

每次去画展我都禁不住激烈的兴奋。我对每一张思路低劣的作品都能看进去,因为羡慕其基本功的硬度。我对每一幅著名热卖的大作都不能苟同,觉得它们唯有那么一点色彩能力。

写累了时，我会陷入遐思，幻想和昔日小学组的伙伴们一块儿迅速经过美院附中，获得色彩的秘诀。然后，然后可就不再这么烦人地敲键盘啦，我满心的激情会催我一直画到倾吐净尽，抒发酣畅。

但是骓不逝兮时已逝，我明白：雄心不是无知的虚妄，绘画不是自恋的变态。我会由于喜爱偶尔动笔，会出版自己积攒半生的画作小品，也会最后完成念念不忘的几个画面，但是我注定今世不是画家，我无力再锻炼小学组以上的基础了。

四

这是一个文人骚客如蝇似蚁一拥而上、狎书玩画的时代，这是一个假画臭字如垃圾堆塑料袋一样污染中国的时代。

为了区别，在出版这本收集了数十年速写、草图、画作的心爱小书时，我想强调——

我不冒充画家。这本小书收入的并非“文人画”，也不敢做美术的炫技。正相反，眺望着自己迟疑的线条和失准的色彩，堵噎我心里的，唯有达不到绘画境界的遗恨。

我再次掂量了自己——终此一生我只能是一介作家了，虽然我也很喜爱其他语言，包括色彩的表达。

和此书的姊妹作、摄影集《大陆与情感》一样，此书宗旨并无改变。描写我的三块大陆，蒙古草原、黄土高原、天山南北———阐释大陆上各异的文明，为生息于斯的民众辩护，记录他们与我的关系。

只不过这一本的手段，是草图、速写，以及绘画。两脚踩上的土地，也更扩展到了欧洲、日本、地中海的西半、加勒比与中南美——都是这个地球的关键地域。

青海人民出版社的责任编辑小戴和美术编辑小杨，与我已是比兄弟更深的“同志”关系。由于共有的志向，他们渴望把印出的书，作为给我的斋月礼物。19 日深夜，他们从印刷厂回来后，给我发来短信——

“让我们一起期待她的问世。”

如上追述，甚至与许多吃着美术饭的职业画家都不同——画家不仅是我整个少年时代的理想，而且我还有过一段不算短的学画史。所以，在自警和不吹嘘的同时，我也不掩饰自己的另一种语言憧憬，不掩饰此生要画成几幅油画的野望。

不知我能否说——

这不是什么才能的炫耀，而只是一种学习的记录。是的，也许已经到了总结的时候：从孩提的往昔，到人生的迟暮，就是这如画的理想，以及不歇的学习，使我愈来愈扎实地靠紧了——他者与世界，并逐渐完成了一个作家的故事。

素书楼与语堂故居

○王炳银

钱穆的素书楼

在淅沥的春雨中，走进了钱穆的素书楼。

素书楼在东吴大学校园内，坐落在台北外双溪的山坡之上。雨中的二层小楼，掩映在林间树下，并不显眼，甚至有些灰暗，但那挂着黑底镏金“素书楼”牌子的两扇通红对开的庭院大门，却在雨中发亮。

沿着顺山而设的级级台阶，走近了心目中不可企及的钱穆先生。

其实，我并未读过钱穆的书，但我知道钱宾四钱穆先生，博学，桀骜，口无遮拦，敢说敢言。因为研究冰心的原因，自然对燕京大学的历史有些了解，于是，钱穆先生出现了：

一九三〇年秋，在顾颉刚的鼎力相荐下，只有高中学历却满腹经纶的钱穆，离开江南乡村学校来到燕京大学任教——国文系的一名讲师。燕京大学是一所教会大学，虽然创办只有十一年的时间，但它已名满天下。这天，司徒雷登校长在住宅临湖轩设宴招待新来之教师，自然问到对学校的印象。钱穆谈印象，用这样的语言做了表示：“初闻燕大乃中国教会大学中之最中国化者，心窃慕之。及来，乃感大不然。入校门即见‘M’楼、‘S’楼，未悉何义？此谓中国化者又何在？此宜与以中国名称始是。”语惊四座，好在司徒雷登是个有着民主根基之人，事后，专门主持校务会议，讨论此事。参照钱穆的建议，“M”楼以中文译音称“穆”楼，“S”楼称

“适”楼。一条意见竟然“得到”一座楼的命名，胡适虽然未在燕京大学任教，但与燕大多有渊源，甚至校长住宅“临湖轩”三个字，也是冰心请胡适书写的（“临湖轩”的名字则是冰心所起），两个捐建人名字中的英文字母，又中文谐音为两个中国学者，多么有趣！还有“贝公”楼为“办公”楼，其他建筑也一律赋予中国名称，大概也与钱穆先生那一番直白有关。

这就是我最早知道的钱穆先生。那时他只有三十五岁，成名作《刘向歆父子年谱》将在《燕京学报》第七期发表，虽然此时他已完成了中国近代学术史上的名作《先秦诸子系年》，而这部书直到一九三五年十二月才由上海商务印书馆出版。但扎实的历史与国学功底，可令一个江南乡学教员，在步入北京最高学府时无所畏惧。

钱穆先生在燕京大学执教时间不长，只有年余，之后去了北大，再之随北大去了西南联大，此后的教职与时局一样，漂泊无定，成都、昆明、无锡等地都留下了他的身影，直到中国的一个历史拐点上，年过半百之时，前往香港，开始办夜校，创办新亚书院，直到香港中文大学成立。此后的几十年，身为中国国学与历史学的泰斗级人物，再也没有回过大陆，行教于世界各地。钱穆先生最后定居台湾，在他七十四岁的头上（即一九六八年），迁入台北市政府为其专门建造的这座别墅小楼。

小楼前的台阶呈S形弯曲，便于暮年的钱穆先生行走？

落伞后进门，有专职解说人员在候，首先引入钱穆先生当年的会客厅。

会客厅大约有四十多平方米，西式的沙发与中式的圆桌将空间隔成两区，四周展示着先生的照片，均为授课之神采而非待客时的儒雅。来台定居之年，钱穆先生膺选为“中央研究院”院士，被台湾中国文化学院历史研究所聘为教授。他不到位于南港区的“中央研究院”上班，也不必去文化学院的教室授课，被尊称为“一代儒宗”的钱穆先生，获得在家授课的权利与自由。于是，解说人员告诉说，这间会客厅实际上便是钱穆先生的教室，在一组钱穆先生授课时各种神态的图片上，组合着如许的文字：

永远的课堂

素书楼之客厅,实为先生讲学厅堂。空间虽小,却是传递"一代儒宗"钱穆先生学思之重镇。厅内摆设朱子像,以及朱子所书"立修齐志"、"读圣贤书"及"静神养气"等字轴,先生对朱子之崇敬由此可见。

先生之学问、生命乃会通和合之知,积年累月而得,讲学时神采飞扬,令人向往。孺慕者自远而至,长年相随,不限于文化学院之学生。有门生一连听课二十年,从学生听从教授,又带着学生来听课,师生如家人相亲,曾出现"三代同堂"之盛况。

以上这段话是许多介绍钱穆故居的文章中,经常出现的文字,原来盖出于此。朱子像不是"摆设"而为悬挂,"朱子所书"应为所书之拓片(也许故居原设与当今参观所见不同)。钱穆先生十分尊崇宋时大儒朱熹,取了朱子作为楹联,悬挂厅堂,顶礼膜拜。

钱穆先生在此授课,学生围绕圆桌,或立或坐,没有板书,不用讲义,先生如述家常,娓娓道来,一座博大的儒学宝藏,便被抽丝剥茧,传授于门生。实际上,钱穆先生授课的时间十分有限,每周只两个小时,所以,听讲的门生必须有浓厚的国学兴趣与一定的功底,必须十分投入与用功才行。加上钱穆先生家乡江南无锡的腔调甚浓,有时语音上就难听懂,所以,有的学生便携来录音机,课后再一遍又一遍地播放,悉心领会。从一九六八年到一九八八年,钱穆先生在此授课二十年,仅是晚年的桃李也遍及天下了。最后一次的授课,六月九日,钱穆先生坐于圆桌的上方,刻有"寿"字的木椅与西式的沙发全都坐满他的门生,尚有立者倾听。据说,这最后一课的最后一句话是:"你是中国人,不要忘记了中国!"

全场静穆。

现在我们就置身于圆桌旁、沙发间,看着当年钱穆先生最后一次授课的情景图片，感慨万千。一九六八年前后的十多年，也就是钱穆先生大力宣讲儒学之时，中国内地正在进行文化大革命。革文化的命更革儒学的命，直到批林批孔，连曲阜的孔府、孔林都不能幸免，孔老二像狗屎一般被扫地出门，何来儒学？那时的尊孔是要掉脑袋的。

此刻，多么想听一听钱穆先生讲学的录音！

窗外的雨声依然，今雨与旧雨有何区别？台湾的雨与大陆的雨如何分辨？雨下的人世沧桑，不想也罢！

素书楼的一层为钱穆先生讲学的课堂，在二层同样的位置便是他写作的书房，一为语言，一为文字，皆为创造与传递也——儒学、史学、文化。书房中两排顶天立地的大书橱，现在有了些许空间，钱穆先生生前，两排书橱每层均满满当当地成双列存书，卧室旁还有一个小书库，可见钱穆先生藏书之丰，用书之广。在钱穆先生的最后几年岁月里，先后将部分书赠与文化学院图书馆，故而现在的书橱有了一些空间。在这里，以文字的形式展示了钱穆先生的学术成就，让我们这些疏离钱穆著作的人，对钱穆先生有个高山仰止的了解。

“钱穆先生学贯四部，著作近二千万言”（简介语）。重要著作：学术专著有《先秦诸子系年》（一九三五年）、《刘向歆父子年谱》（一九三〇年）、《中国近三百年学术史》（一九三七年）、《两汉经学今古文平议》（一九五八年）、《朱子学提纲》（一九七〇年）、《朱子新学案》（一九七一年）等；通论性的著作有《中国历代政治得失》（一九五二年）、《中国文化丛谈》（一九六九年）、《中国历史精神》（一九五一年）等；而《国史大纲》（一九四〇年）则为通、专兼备之杰作。

从这些著作发表与出版的年代来看，《中国文化丛谈》、《朱子学提纲》、《朱子新学案》出自素书楼。也即是说，迁入素书楼后的钱穆先生，其治学的重心在于对朱子的研究与阐发。此时的先生虽然七十过五，但每日清晨即起，在楼廊小坐片刻，便开始写作。先生著书立说时，总是全情投入，中间偶有停歇，便在庭院散步，整理思绪，中午休息片刻，又继续工作，一直到双溪的丛林亮起了鹅黄的灯光。解说告诉说，素书楼中的先生，除外出美国讲学之外，生活极有规律，基本天天如此辛勤笔耕，风雨雷电，从无间歇。现在陈列的素书楼中的书案、楼廊小憩的沙发，都见证了先生每一天历史性的创造。解说让我在楼廊上的沙发上体验一下当年钱穆先生的心境，我吃惊地瞪大了眼睛，有道是物是人非，连物也不是了，眼前被一高楼遮挡，眼光如何能穿越远方？更重要的，整整一代人啊，曾被时代荒废又被物欲熏晕之人，如何能有丰饶而平静之心境？

钱穆先生在素书楼的最后十年，重病后视力减退，几近目盲，展纸落笔，叠字常出。尤其是古籍的查阅，常常得依赖夫人胡美琦，成稿后再由夫人诵读，先生口授订正。这既是一种合作，也是一种恩爱。他的最后一部著作便是这样诞生的，故而名为《晚学盲言》。这使我想起了身在大陆的陈寅恪，两位国学大师晚年相似的著述情景。钱穆先生晚年的最后一篇文章，为临终前三个月的口授，夫人胡美琦记录整理而成。最后的钱穆虽然目不能视，不能与他一生以心血相守的经典文献相向，但目盲的他，却是进入了超越的境界，为彻悟儒家“天人合一”的最高命题而感到“快慰”。他认为“‘天人合一’是中国文化的最高信仰，文化与自然合一则是中国文化的终极理想”。钱穆先生最后的彻悟成为他漫长的学术生涯完美的休止符。学术进入到完美境界，古今中外的学人，修成的不多，达到的极少，多在痛苦的出口处戛然而止，所谓学海无涯、学无止境等指的都是学术追求难有最后的快慰。钱穆先生在素书楼最后的岁月，在生理病痛之中进入到精神快慰的境界，很有些宗教的意味了。

一九九〇年八月三十日上午九时许，钱穆先生平静地走完了生命的最后一程，享年九十六岁。但先生的离去并不在素书楼，也不在医院，而在他台北杭州南路的新寓所里。钱穆先生爱这座小楼，素书楼便是因母亲居住“素书堂”而得名的，钱穆先生自一九四九年后再也没有回到过故乡，他将居住的小楼与母亲的居所，以名字的符号连在了一起，融为了一体，犹在母亲的身边授书讲学、著书立说，但却在他生前的三个月，搬离了素书楼。那时身为“立法委员”的陈水扁与台北市议员周伯伦，因为政治的利益，政党的纷争，权力的角逐，竟然牵连到老先生的头上，指控钱穆霸占政府物产，九十六岁高龄的钱穆先生依然清醒，依然清高，愤然搬离素书楼。但二十余年的日思夜居，岂是一搬了之的？当年种下的寄托一片乡思的太湖竹与苏州梅，楼前高大的青枫，时常萦绕在老人的心间。在他生命最后的岁月，他总是望着窗外，以苍老的声音，向夫人发问，也是向老天发问：“我的树呢？大树怎么不见了？”

离开素书楼，雨已停歇，雨后清新的空气中，似乎还能听到那个苍老的问天的声音！

阳明山上的林语堂故居

台北的阳明山现在是著名的旅游景点与休闲避暑之处。蒋介石从大陆退至台湾之初，这里不叫阳明山而谓草山，他在这里修建行宫，并将其改名为阳明山，我想，这既是纪念他所推崇的明代大儒王阳明，同时，也回避了“落草为寇”之意。此后，阳明山日显生机，名声越来越大，上世纪六十年代初，开始规划建设国家公园。也就在此时，林语堂受邀从美返台定居。这位自小有闽南山地长大并且形成了山地文化观的幽默大师，自然是希望回到台湾有山地可居。蒋介石理解他，在以茶叙欢迎林语堂之前，便指示有关部门，满足他的愿望，在阳明山近市区的半山间给其划出一块地，让其建房安居，这就是今天位于仰德大道上的林语堂故居，也算是“两蒋”时代的一份遗产。

相对于钱穆而言，我当然更熟悉林语堂。这不仅是因为曾写过《林语堂：生活要快乐》，而且在大陆寻访过他的足迹：福建平和坂仔——他的出生地，还有那片开始形成他的“山地文化观”的山地；漳州芗城区（原属龙海）——他的祖籍地建造的林语堂纪念馆，并且不止一次与管理者交谈；厦门鼓浪屿——他上学的浔源中学，尤其是他与银行家的女儿廖翠凤成婚的那座别墅。记得我曾一个人来此拍照，独坐林语堂牵着新娘的手走过的长长的台阶上默想。还记得曾与一位在鼓浪屿生活的画家来此寻找林语堂当年的新房，我们从后门登上了那座断垣残壁的洋楼，踩着那咔咔作响的木板楼梯，经过白日也得借助昏暗的灯光才能走过的通道，来到林语堂位于后院右厢房的“新房”。九十年了，沧海桑田，当年盛极一时的漳州路四十八号银行家廖悦发的别墅，“文革”中被烧毁，只剩下一层的断墙，现在连房主是谁都无人知晓了。这些寻访都未见诸文字，倒是对他的出生地，我曾著一篇长文《林语堂的山地故乡》，刊登在《作家》杂志上。

到了台湾，自然要来阳明山上探访林语堂故居。据说，这座建于半山间的别墅，由林语堂亲自设计。它以中国四合院的架构模式，结合西班牙的设计取向，融合成为现代感与古典美兼具的建筑。蓝色的琉璃瓦搭配白色的粉墙嵌着深紫色的圆角窗棂，典雅而深幽。当我走近这座心仪已久的建筑时，那个“据说”在我看来是不可信的，建筑不仅体现的是美学，更体现着力学，而美学又建立在力学的支撑点上。林语堂的房子建在山坡上，力学的意义更不可小视，我认为这座别致的建筑，只是体现了林语堂的美学理念与生活观念，而非他亲自设计。回大陆后查了一下资料，果然发现这座房子的设计师为台湾著名的人物——王大闳。此公先在英国剑桥大学主修机械，后改为建筑，在美国哈佛大学研究所攻读，受教于德国现代建筑大师沃尔特·格罗佩斯与密斯·凡·德罗，与另两位知名建筑师贝聿铭与菲力普·强生(Philip Johnson)是同班同学。王力闳的建筑作品颇丰，其中还有后来的“国父纪念馆”等。有这样的两位大师级人物的合作，才有了这道阳明山的风景。

现在我们就走进这道风景里了。接待我们的是故居管理处主任蔡佳芳女士，而给我们讲解的则是东吴大学勤工俭学的女学生。台湾的博物馆基本不让拍照，这里也是如此，但由于我们是来自福建的同行，也就以默许的方式网开一面。首先进入的是林语堂的书斋，读书与写作的地方。

在《语堂文集》的书斋图片说明中有这样的文字:“林先生的书斋,宁静、整洁、舒适。他每天清晨五时就走进这间雅致的房间里,勤勉地读书、写作。等他再捉起烟斗时,才发觉时光的流逝。”与众不同的是,林语堂的写字台呈月牙形,据说是便于写作时堆书与找书方便,同时,也是为了阅读时的舒适——他总是把脚架在抽屉上,背靠转椅,让自己处于仰躺着的舒适状态。只有林语堂才会出此举动,中国传统知识分子阅读时大多正襟危坐,就是胡适、鲁迅辈学者,也不会有此妄举。书房很大,写字台只占进门口一角,也与传统的书房将书桌置于中心位置的格局有所不同。

林语堂从美国回台湾,比钱穆从香港来台湾早了两年,两位大学者、大作家来台定居,当为“两蒋”时代复兴文化战略中的一项,所以都得到“两蒋”的关照。林语堂回台湾前,在美国除《生活的艺术》这本畅销书外,他的三部小说,《京华烟云》、《风声鹤唳》和《朱门》,也是洛阳纸贵,介绍中国和印度古代经典的《中国印度之智能》被美国的大学列为教科用书,但林语堂自己最偏爱的英文著作是历时三年完成的《苏东坡传》。不用说,林语堂在美国都用英语写作,到了台湾,得回到母语的立场与中文的写作上,这于他也不难。之前的一年,他曾应中央日报社总编辑马星野先生邀请,开设“无所不谈”专栏。其实,老蒋先生在世时,报禁与党禁都在,怎么能做得到无所不谈?但林语堂谈得还是很自由,从孔子、孟子到胡适、钱穆、蔡元培,从论骂人、论曲线、论躺在床上、论译诗等等,谈得好好的,就是不谈现实、不谈政治,这是他的聪明之举。西语云,不咬那只喂食之手,这在当时成了他恪守的道德底线。但有时也会生出一些麻烦。比如那篇《论色即是空》,以及重新发表的旧作《“尼姑思凡”英译》等,便引起佛教界一片哗然。再有一事是《红楼梦》研究引起的。林语堂很早就在研究《红楼梦》,他的小说《京华烟云》颇受其影响,他还曾有英译《红楼梦》的打算。一九五一年胡适将他的十六回珍本《乾隆甲戌脂砚斋重评石头记》,请哥伦比亚大学做了三套显微影片,一套存在哥大图书馆,一套送给翻译《红楼梦》的王际真先生,最后一套就是送给了林语堂。但他返台后发表的研究文章，尤其在论后四十回的真伪问题上，引来了众多的质疑与反驳。那时，胡适先生业已作古，不然，也会站到林语堂对立面去的。

我现在再一次独自反顾了这间书房，想象着那批"无所不谈"的文章、那些纵论红楼的文章，是如何从这间书房中挥洒出来的。说挥洒，当然是相对而言，其实，写文章都是累人的活，哪怕有一张舒适的书桌。不同的是，林语堂的文章总是随自己的性灵而挥洒的，不硬求。望着这张书桌，我忽然想起上海大陆新村鲁迅的书房与书桌，以及窗前的景象，都是那么的不同，甚至鲁迅作文时也可能比林语堂要沉重几分，一个夹着纸烟，眼望窗前黑暗的夜空，一个叼着烟斗，架起二郎腿，都在吞云吐雾，但吐出来的气味就是不一样的。

书房中陈列着《当代汉英词典》，一本真正的大书，正是在这间书房中完成的。林语堂从中学时代即质疑《康熙字典》，三十年代在上海，便梦想着编纂一部像《牛津简明字典》的汉英词典，并且请了三哥林憾庐及张海戈来合作。词典基本编成，尚未来得及最后定稿和出版，林语堂应邀去了美国。淞沪战争之时，这部共计有六十册文稿的词典，除林语堂带到美国的十三册之外，全部毁于战火。回到台湾，住进阳明山后，编纂汉英词典的事被重新提起，计划得到了香港中文大学的支持，还得到了经费的赞助。编纂词典有一个五人小组，搜集资料、查核、抄写和秘书等，办公地点设在双城街。林语堂则在阳明山，开始了"如牛羊在山坡上遨游觅食"那样庞大而艰巨的工作，开始了他一生中最后一次的冲刺。他的小女儿林太乙这样记载父亲的工作情景："最初六个月，大概都花在体例问题上，父亲不惮繁琐，一再提出修正意见，经过讨论，最后决定了'大样'。这时，编辑小组开始试稿。他们帮父亲选择中文单字和词句，加以注释，写在单张的稿纸上面，并依国语注音符号的次序排列起来。这一切做好之后，把稿子交给父亲，由他审定，再译成英文，稿纸的右边留着空白，以备他起笔之用。每天七八个，甚至十个、十二个小时，他都坐在书桌前，用手写出每个字和每个词句的英文意义。这种繁重的工作成年累月地进行。

凡在草稿中有疑问,他必反复问明出处、用法。偶尔触发灵感,想到佳妙词语,他便拨电话问办公室同仁,是否已采录。译到得心应手,他会将纸片交司机送到双城街,供大家共赏。所有原稿自始至终他都一一过目、修改,并且一校再校。”此时的林语堂已是七十多岁的老人了,尽管他自己认为编纂词典,寻找真理,自有其乐,但繁重的劳动还是将他击倒,编纂词典的过程中,先后两次病倒住院:一次是在台北,词典将要完工,由于日夜不停,废寝忘食,赶到最后几页,连字都看不清楚了,早上起来,脸涨得通红,嘴巴都歪了,送到医院检查,确诊为中风的初期征兆,好在吉人天相,住了两个月出院,继续再干。另一次是在香港,突然大吐鲜血,送进医院进行抢救,医生说是由于身心疲劳过度引起中十二指肠脱垂所致,输血,打针,出院后休息两个星期才恢复过来。实际上,这两次累倒住院还算小事,最要命的是词典编纂刚刚完成,他最爱的大女儿林如斯因情感所累自杀身亡,这对林语堂和夫人廖翠凤都是接受不了的残酷事实。这一致命打击,几乎将这对一生都追求快乐的老人击倒。“姊姊自缢而亡违背了母亲一切生命信仰的依据。她没有眼泪。她变成一股精神,时时刻刻提防横祸再度降临。她像一只猫头鹰,睁大了眼睛注意父亲每一个动作。她面色灰白,缩紧双唇,话很少。”林太乙这样记载她的母亲在失去大女儿之后的情形。还是林语堂先振作起来,中文大学已经将词典排出来了,他只得投入校对的繁重工作中去,有时,校对到眼睛都看不清楚东西了,林太乙专门买了一座连电灯的放大镜给父亲。这时的林语堂一面校对,一面得照顾太太,从来都是太太照顾他,这回他得照顾太太,有时还得给她找点事做做,“凤呀,我每校完一面都盖图章,你来替我盖吧!”林太太翠凤就坐到丈夫的身边,默默地等待那一面校过之后的盖章。一九七二年十月,这部花了五年心血的《当代汉英词典》,由香港中文大学出版。香港中文大学校长李卓敏在序中说:“没有一部词典敢夸称是十全十美的。这一部自不能例外,但人们深信它将是迄今为止最完善的汉英词典。”林语堂喜形于色,但他说出的话却是:“我工作完毕了!从此我可以休息了！”

现在这部大书就展示在阳明山书房的玻璃柜中，还有那一大摞一大摞的手稿，令人叹为观止！

书房的隔壁是卧室，一张雪白的单人沙发床，一张米黄的单人沙发，一袭棉单长褂，书桌上有一台黑色的拨号电话机，不与夫人同居一室，但廖翠凤与女儿的照片，挤满了房间。在“无所不谈”中，林语堂有《论躺在床上》一文，行文更是风趣散淡：“我需要一个很好的床垫，这么一来，我就和任何人都完全平等了。”“我相信人生一种最大的乐趣是蜷起腿卧在床上。为达到最高度的审美乐趣和智力水平起见，手臂的位置也须讲究。我相信最佳的姿势不是全身直躺在床上，而是用软绵绵的大枕头垫高，使身体与床铺成三十度，而把一手或两手放在头后。在这种姿势下，诗人写得出不朽的诗歌，哲学家可以想出惊天动地的思想，科学家可以完成划时代的发现。”林语堂是不是以这种姿势，躺在这张床上，完成了他划时代的英汉词典，达到他人生最高的境界？

卧室隔壁应该是夫人廖翠凤的卧室，再过去是秘书黄肇珩的办公室，现在的故居改变了原貌，两间打通后变成了林语堂文物陈列室。墙上有“有不为斋”匾额，有自画的比例不匀的《奔马》，有比利时画家早年画他的持烟斗读书的画像，有蒋中正为“语堂先生八秩大庆”在红纸上书写的“寿”字，有宋美龄的《兰花》等等。地面一圈的陈列柜中，有许多林语堂先生使用过的珍贵文物，尤其有九只造型不同、材质各异的烟斗（林语堂一生中用过多少只烟斗，大概连他自己也不清楚，记得漳州林语堂纪念馆中也有好几只，“林语堂√故居”中的那个√便是一个抽象至无限的烟斗）。有关烟斗的话题太多了，就在这个房间，女秘书黄与之对话：先生为什么那么喜欢烟斗？烟斗到底有何意义？林语堂有些惊讶，也许他认为秘书的问题有些幼稚，举起左手正烧得发红的烟斗，端详了好半天，才说，我不知道如果没有了烟斗，会怎样？之后便正色道：“我想我会无法定下心来做事，也无法思考。”女儿林太乙曾回忆父亲醒着时候情景：差不多没一刻停止抽烟。有一回，林语堂找不到烟斗，便像失魂落魄似的，一边寻找一边自言自语："我的烟斗，我的烟斗。"直至找到了烟斗，并将它含在嘴里，才恢复常态，才愉快地有说有笑起来。林语堂还向女秘书戏说了许多抽烟斗的感想："口含烟斗者是最合我意的人，这种人都较和蔼，较恳切，较坦白，又大都善于谈天。""口含烟斗的人都是快乐的，而快乐终是一切道德效能中之最大者。"林语堂在列数一大堆的好处后，还动员起女秘书："我教你一个办法，要鼓励你的丈夫抽烟斗。"黄肇珩莫名其妙，反问："为什么呀？""如果他要和你争吵，你就把烟斗塞进他嘴里。""如果我丈夫用烟斗圆圆的一端敲我的头怎么办？"林语堂说，这可没有想过，因为他从来都是尊重女性的。这一老一少、一来一往，仅烟斗的话题就令他们快乐无穷。

现在我要走到庭院去了，就是那处最能体现中西合璧韵味的庭院。北京四合院的结构，螺旋式的圆柱，擎着一弯回廊，白屋绿院，净静、舒畅，颇有几番"乐隐"的林园之胜。林语堂曾洋洋自得称之为"宅中有园，园中有屋，屋中有院，院中有树，树上有天，天上有月，不亦快哉"。一处理想的精神憩歇地，可以想象着林语堂手持烟斗，独坐清恬的回廊下，忙里偷闲，欣赏水中的游鱼，水边的翠竹，聆天籁，迎素月，若是雨来，微雨拂面，好不凉爽，更引遐思。若不久待，林语堂可以穿过餐厅，来到屋后的阳台，靠在舒适的藤椅上，远眺观音山的烟雨，近观自己亲手植下的南洋松、龙眼树……

餐厅现在依然可以用餐，故居为旅游者提供饮食，为的是让你体验一下林语堂的生活情景。车库也改变了性质，成了林语堂著作版本的陈列处，自然是琳琅满目。中国的现代作家中，林语堂的著作版本尤其是海外的版本，众多也。虽然在大陆被拦腰截断近四十年，但它的著作版本依然疯狂生长，亦如阳明山的植物。历史的法则与自然的法则，有时是相似的，任何人为的阻挡都将被法则所消融。

冰心文学馆将开设"海峡作家文库"，林语堂当为首选，我向蔡佳芳主任谈了构想，得到她的支持。在故居的小书店，我们得到了十几个林语堂的著作版本，但最早的也就是一九七八年的台湾开明书店的版本，铅印本，用手可以触摸出字体的痕迹。“电脑时代，铅印本也就快要成为珍本了。”我很知足地对蔡小姐道谢。

走出故居，来到室外，处处依然是林语堂的气息。依山而建的房子，屋后多出一层，在高挑的阳台下，昔日林语堂手持烟斗俯视的园子里，是他的长眠之地。我等一行缓缓行来，面对钱穆先生书写的“林语堂先生之墓”，向我们福建的乡贤、向文学界的前辈、向学界的泰斗、向“两脚踏东西文化，一心作宇宙文章”的林语堂先生，深深地三鞠躬。

杨树

○刘亮程

砍　树

“嚓、嚓”的砍树声劈进人的脑子里。斧头在砍地上的树，砍树声在劈砍人脑子里的一棵树。被砍的杨树有一百多岁了。一百岁，就是活老三代人的年月。老额什丁当村长的时候，这棵树中间就死掉了，只有树皮在活，死掉的树心一点点变空，里面能钻进去孩子。过了好些年，亚生当村长那时，杨树的一半死了，一半还活着。再过了些年，石油卡车开进村子，村边荒野上打出石油，杨树的另一半也死了。死了的杨树还长在那里，冬天和别的树一样，秃秃的。春天就区别开来。

为啥死树一直没砍掉？因为这棵树和买卖提的名字连在一起。阿不旦村 531 口人，有 73 个买卖提。怎么区别呢？只有给每个买卖提起一个外号。大杨树底下的买卖提就叫大杨树买卖提。住在大渠边的买卖提叫大渠买卖提。家里有骡子的叫骡子买卖提。没洋冈子的买卖提叫光棍买卖提，后来又娶了洋冈子就叫以前的光棍买卖提。老早前有一个买卖提去过一趟乌鲁木齐，回来老说乌鲁木齐的事，大家就把他叫乌鲁木齐买卖提。

老杨树刚死时就有人要砍，村长亚生没同意。

“那不仅是一棵树，它和一个人的名字连在一起。只要杨树买卖提活着,这棵树就不能动。”

前年杨树买卖提死了,活了 77 岁。

杨树买卖提的儿子艾肯找到亚生村长,要砍了这棵树。

“你父亲才死,你就等不及,要把和他老人家名字连在一起的树砍掉。”

“我怕被别人砍了,树长在我们家门前,又和我爸爸名字连在一起,我们想要这棵树。”

“那你也要等两年,好让你父亲在那边住安稳了。砍树声会把他老人家吵醒的。”

今年杨树买卖提的儿子又找村长。

村长说:“树是公家的,要作个价。”

“那你作价吧。”

“树干空了,但做驴槽是最好的,上面两个支干可以当椽子,就定两根椽子的价,40 块钱吧。”

“有一个支干不直,一个长得不匀称,小头细细的,当不成椽子,顶多搭个驴圈棚。”

“这么大一棵树,砍倒 5 个驴车拉不走,卖柴火都卖 80 块钱,我看在你是大杨树买卖提的儿子,就算了半价,你赶快把钱交了去砍吧,别人知道了,100 块钱都有人要。”

杨树买卖提的大儿子艾肯带着自己的儿子开始砍树。父子俩,一个 50 岁,一个 25 岁。两个人年龄加起来,是大杨树年龄的零头。站在杨树下,像树不经意长出的两个小木疙瘩。

砍树的声音把半村庄人招来了。

这是村里长得最老的一棵杨树,年龄不算最大,村里好多桑树、杏树,都比它年龄大得多,都活得好好的,每年结桑子结杏子。杨树啥都不结,每年长叶子落叶子,它的命到了。一棵死树看上去比所有树都老。它活着的时候,年龄没有别的树大,它一死,就是最大最老的,它都老死了,谁能比过它。

三个厉害东西

砍树的斧头是借库半家的钢板斧,那是村里最厉害的一把斧头,用卡车防震钢板打的,一拃半宽的刃,两拃长的斧背。遇到砍大树的活,树太粗下不了锯,都得请出这把斧头来。村里好多大树都是这把斧头放倒的。不白用,还斧头时,顺便带一截木头梢,算是礼节,就像借用了人家的驴,还回去时驴背上搭一捆青草。

除了斧头,还借来老乌普家的绳子,砍之前,艾肯把绳子一头拴在自己腰上,爬到树半腰,快到鸟窝的地方,把腰上的绳子解下,绑到树腰上。

阿不旦村有三件厉害东西,一下用了两件。三件厉害东西除了库半家的斧头、老乌普家的绳子,还有会计家的锅。

老乌普家的绳子有几十米长,胳膊粗。据乌普自己说,是从一辆卡车上掉下来的。怎么掉下来的呢?老乌普说,他们家房后的马路上有一块黑石头,一天卡车过去的时候颠了一下,一堆绳子掉下来。有人说公路上的黑石头是乌普自己放的,石头和路一个颜色,汽车不注意,乌普天天坐在后墙根,看路上过汽车。多少年来那块石头帮他从汽车上颠下好多好东西,绳子只是其中一个。老乌普把绳子割了一大半,拿到巴扎上卖了,剩下的三十米还是村里最长最结实的。驴车拉一般的东西时,根本用不上它,只有四轮拖拉机拉麦捆子,拉干草和包谷秆时,能用上。乌普家没有拖拉机,那些有拖拉机的人家都没有这么长的绳子,就借乌普家的。绳子还回来时,乌普把绳子重新盘一次,盘够30圈,打个结,挂到里屋房梁上。

会计家的大锅是大集体时给全村人做饭用的,包产到户分集体财产时,铁锅做了一只羊的价,会计少要了一只羊,把大铁锅搬回家。到现在,他的大铁锅不知把多少只羊挣了回来，村里谁家结婚、割礼、丧葬，都会用他的大铁锅做抓饭，用完还锅时，最少也会端一盘子抓饭，上面摆几块好肉。好几十公斤的铁锅，将来用坏了，卖废铁也是不少一笔钱。

大铁锅以前配有两个铁锨一样的大锅铲，做抓饭时一边站一人，用大锅铲翻里面的米和肉。大锅铲后来被人偷去卖废铁了，会计让铁匠吐迪再打一对，会计在地上给吐迪画了锅铲的样子。

“打大一点，像铁锨那样大。”会计说。

“我打不了那个东西。我只会打坎土曼。”吐迪说。

“我总不能用坎土曼做抓饭吧，那是劳动的东西，怎么能用来做饭。”

“铁锨也是劳动的东西。”吐迪说。

“我没让你打铁锨，让你打大锅铲。再说，以前那个锅铲不是你打的吗？”

“以前我是生产队的铁匠，村里安排我打啥，我就得打啥。现在我为自己干活，打不了的东西就不打。”吐迪说。

老会计以为他什么时候得罪铁匠吐迪了，所以不给他打。就在县城商店买了两把小圆头铁锨，工厂轧制的那种，便宜轻巧，回来精心安了木把，做专用的锅铲了。

杨树买卖提不在时，家里人就用这口大铁锅做的抓饭，一只大肥羊，80公斤大米，100公斤胡萝卜，40公斤皮牙子，20公斤清油，锅还没装满，不过已经让全村人吃饱了。

眼　睛

砍树的声音把艾肯的儿子吓住了，每砍一斧头，都像一个老人叫唤一声。儿子不敢砍了。他听到爷爷病死前的哎哟声，那个从爷爷苍老空洞的肺腔里发出的声音，跟斧头落下时杨树的声音一模一样。爷爷哎哟吭哧了五天五夜，死掉了。

“我们不砍了吧，砍倒也没啥用处。让它长着去吧。”儿子说。

“我们钱都交了。”父亲艾肯说。

半村人围到大杨树旁，帮忙砍的人也多，那些年轻人、中年人，都想挽了袖子露两下。尤其用的是库半家的大板斧，好多人没机会摸它呢。砍树变成抡斧头表演，等到人们都过完砍树的瘾，剩下的就是父子两人的活了，你砍一阵，他砍一阵。

几个老头坐在墙根远远看，看见自己的孩子围过去，喊过来骂一顿，撵回去。老人说，老树不能动，树过了一百年，死活都成精了。和爷爷一起长大的树，父亲可以砍，孙子不能砍。杨树6年成椽子，20年当檩子，杨树就这两个用处。锯成板子做家具不行，不结实，会走形。过30年40年，杨树里面就空了，一棵爷爷栽的杨树，父亲没砍，孙子就不能再动了，父亲在儿子出生后，给他栽一些树，长到二十几岁结婚时，刚好做檩子，盖新房，娶媳妇。父亲栽的树儿子不会全用完，留下一两棵，长到孙子长大。一棵树要长到足够大，就一直长下去，长到老死。死了也一样长着。给鸟落脚、筑窝。砍倒只能当烧柴。或者扔到墙根，没人管朽掉。还不如像树一样站着，站着也不占地方。

树　耳

大杨树50岁时，树心朽了，那时杨树就不想活了。一棵树心死了是什么滋味，人哪能知道，树从最里面的年轮一圈一圈往外朽、坏死。朽掉的木渣被蚂蚁搬出来，冬天风刮进树心里，透心寒。玩耍的孩子钻进树心，让空心越来越大。树一开始心疼自己朽掉的树心，后来朽得没心了，不知道心疼了。树也不想死和活的事。树活不好也没办法死，树不会走，不像人，不想活了走到河边跳进去，树在一百年里见过多少跳河的人，树也记不清。跳河的多半是男人，女人不想活了也不敢跳河，河里水急，人下去就找不见。女人寻短见的方式是跳井。大杨树旁边的院子就有一口井，树走不过去，走过去也跳不进去，跳进去也淹不死。树也不能走到公路上让车碰死。车疯跑过来碰过树，开车的人死了，树没死，碰掉一块皮。树也没法喝农药把自己药死。这些年跳河跳井的人少了，上吊的人也少了，喝农药死的人多起来。好多喝农药死的人最后都后悔了，因为农药的味道像饮料一样好喝，喝下去才知道有多难受。树上也打过农药，药死的全是虫子。多半虫子是树喜欢的，离不开的，都药死了。树闭住眼睛，半死不活地又过了几十年，有些年长没长叶子，树都忘了。

早年树上有鸟窝。住着两只黑鸟。叫声失惊倒怪的，啊啊地叫，像很夸张的诗人。树在鸟的啊啊声里长个子、生叶子，后来树停住生长了，只是活着，高处的树梢死了，有的树枝死了，没死的树枝勉强长些叶子，不到秋天早早落光。鸟看树不行了，也早早搬家。鸟知道树一死，人就会砍倒树。

树上的蚂蚁比以前多了，蚂蚁排着队，爬到树梢，翻过去，又从另一边回来。蚂蚁在树干上练习队形。蚂蚁不需要找食吃，树就是蚂蚁的食物。蚂蚁把朽了的树心吃了，耐心等着树干朽掉。蚂蚁从朽死的树根钻到地下，又从朽空的树干钻到半空中。

鸟落在树上吃蚂蚁。蚂蚁不害怕，鸟站在蚂蚁的长队旁，捡肥大的蚂蚁吃，一口叼一个，有时一口两个三个。蚂蚁管都不管，队形不乱，一个被叼走，下一个马上补上，蚂蚁知道鸟吃不光自己，蚂蚁的队伍长着呢，从树根到树梢，又从树梢连到树根，川流不息。

大杨树有三条主根，朝南的一条先死了。朝北的一条跟着死了。剩下朝西的一条根。那时候树干的多一半已经枯死，剩余的勉强活了两年也死了。朝西的树根不知道外面的树干死了。树干也不知道自己死了，还像以前一样站着，它浑身都是开裂的耳朵，却没有一只眼睛。它看不见。

有几个夏天，它听到头顶周围的树叶声，以为是自己的叶子在响。它要有一只眼睛，朝上看一下，也知道自己死了。可是，它没有眼睛，所有开裂的口子都变成耳朵。它是一棵闭住眼睛倾听的树。一百年来村里的所有声音它都听见了，却没有听到自己的死亡。树的死亡没有声音。人死了有声音。亲人在哭，人死前自己也哭。树下的杨树买卖提临死前就经常在夜里哭，哭声只有大白杨树听见。哭是这个人最后能做的一点事情，他放开在哭，眼泪敞开流，泪哭干，嗓子哭哑的时候，气断了，眼睛知道气断了，惊愕地瞪了一下，闭上了。树听到那个人闭眼睛的声音，房顶塌下来一样。

树的耳朵里村子的声音一点没少，它一直以为自己还活着。直到斧头砍在身上，它的根和枝干都发出空洞的回声，树才知道自己死了，啥时候死的它不知道。树埋怨自己浑身的耳朵，一棵树长这么多耳朵有啥用，连自己的死亡都听不见。

斧　头

长到能当椽子那年，树就感到命到头了。好多和自己一起长大的树，都被砍了，树天天等着挨斧头。树长到胳膊粗那年挨过一次斧头。那是一个刮风的夜晚，有人朝它的根上砍了一斧头，可能天黑，砍偏了，只有斧刃的斜尖砍进树干，树哎哟一声，砍树的人停住了，手在树干上下摸了摸，又在旁边的树上摸了一阵，两三斧头把旁边一棵树放倒，枝叶和树梢砍掉，扛着一截木头走了。

从那时起树就心惊胆战地活着。长到檩子粗那年，村里盖库房，要选三棵能当檩条的树，几个人扛着斧头在林带里转，这棵树瞅瞅，那棵树上摸摸。开始砍了，杨树听见不远处一棵树被砍倒，接着砍挨着自己的一棵，那棵树朝自己倒过来，杨树把它抱在怀里，没抱牢，树朝一边倒过去，杨树的几个枝被它拉断。接着一个人提着斧头上下端详自己，头仰得高高，就在这时，一只鸟落到树梢，拉下一滴鸟屎，正好落在那人眼中。那人揉着眼睛转了几圈，觉得倒霉，提起斧头走向另一棵树。

躲过这一劫，树知道自己又能活些年月。树长过当椽子的程度，就只有往檩子奔了。不然二不跨五，当椽子粗当檩子细，啥材都不成。从椽子长到檩子，十几年。这期间村里好多树砍了，树天天等着人来砍它。它旁边的一棵砍倒了，就要轮到它了，不知怎么没人砍了。那一茬杨树里，它独独活下了。树记得它长到檩子粗时，树下人家的主人被人叫了大杨树买卖提。自己有幸活下来，是否跟这个人有关系呢。

树不害怕死是在树长空心以后。树觉得死就在树的身体里，跟树在一起。树像抱一个孩子一样，把死亡的树心包裹着。

后来死亡越来越大，包不住了，死亡把树干撑开，蚂蚁进来了，虫子进来了，风刮进来雨淋进来。树中间变成一个空洞。死亡朝更高的树心走，走到一个断茬处，和天空走通了，那时树只剩一半活着。活着的一半，抱着死了的一半。活着的树皮每年都向死去的半个枯树干上包裹，就像母亲把衣服向怀里的孩子身上包裹。

这时树听到地下的凿空声。

大杨树朝东的主根先感到了地的震动，听到地下的挖掘声，接着朝北的主根也听到了，它们屏住气听着。下面的挖掘声让树害怕。

根感到地下不稳了，东边的末梢根须感到震动就在不远处，好像几个很大的动物在打洞，听到一条凿空的洞，从树根斜下方穿过去。

树一直以为地下是安全的，树长多高，根伸多长。根是树投在地下的影子。树是根做在地上的一个梦。根能看见枝干的样子，根朝南伸展的时候，上面的一个枝也向南生长，树的样子是根设计出来的。风也改变树的样子。风把树刮歪时，根知不知道树歪了？也许不知道。人砍掉一个枝杈根肯定感到疼痛。根以为只要自己在地下扎稳了，树就没事。多少树根在地下扎稳时，树被人砍了，根留在土里。树听到根下的挖掘声时，树恐惧了。

树知道自己死去的时候，心里的所有东西，一下全放下了。

他们砍它时它数着砍伐的声音，数着数着睡着了，忽又醒来，未及睁眼，又滑入另一个梦里。这个更加漫长的梦里它的名字是木头，舒舒展展地躺在地上，像一个活干完的人。木头的耳朵比树多了好多倍，它依旧只会听，看不见。他听到的东西比以前更多更仔细。

树倒了

树在太阳偏西时被砍倒。整个白天像一棵树，缓缓朝西斜倒下去。大杨树向东倒去。

树砍倒了。树倒地的声音像天塌了一样，先是“嘎巴巴”响，树在骨折筋断声中缓缓倾斜，天空随着树倾斜，西斜的太阳也被拉回来，树倒去的方向人纷纷跑开，狗跑开，鸡和牛跑开，蚂蚁不跑，树倒压不死蚂蚁。

树倒了。“腾！”一声巨响。树从天空带下一场大风，地上的树叶尘土升腾起来，升到树梢高的地方，惊愕地看着地上发生的事。孩子在树的倒地声里一阵惊呼。一群麻雀在旁边的树上尖叫。大人面无表情。树躺倒在地上，那么高的一棵树，倒在地上却不显得长。地上比它长的东西太多。孩子呼叫着围上去，抢折树梢上的枝条，那些他们经常仰天望见，从没有爬上去摸见的树梢，现在倒在尘土里。

树倒了。老额什丁仰头望着树刚才站立的地方，空荡荡的，这棵树把这片天空占了上百年，现在腾出来了。

树倒了。狗跑过来嗅嗅树枝上的大鸟巢，空空的，有鸟的味道。树没倒的时候，狗经常仰头看一对大鸟在树梢的巢里起落。有时夜晚的月亮停在树梢鸟巢边，像一张脸，静静望着巢里的鸟蛋，望着刚出壳的小鸟。狗对着月亮的吠叫突然停住。

树倒了。砍树时树上的鸟就散了。鸟在天空听见树叫。树的叫声有一百个树那么高，那是一棵声音的大树，刺破天空，穿透大地。树倒下的地方几天后死了一只鸟，眼睛出血。一只比麻雀稍大的灰鸟。艾肯说，灰鸟经常晚上在大杨树上落脚，它的巢在那里。可能灰鸟晚上过来，以为树梢还在那里，脚一伸，落空了，一头栽下来摔死了。也可能鸟也老了，想落到老杨树上，看见树没了，鸟不想再往别的树上飞，鸟闭住眼睛，伸直腿，收起翅膀，往下落，最后落在大杨树的断根上。

那些租来的房子

○周云蓬

一

平生第一次租房子住，是在圆明园福海边，一间朝北的小房子，比我的身体稍大些，能将就着放一张床，床头有个小方桌，月租八十元。屋门前拴了一只看家护院的大狼狗，由于人穷，狗对我的态度一直不够亲善，每次出门都要注意与狗嘴保持一定距离，小心地贴着墙蹭出去。

那时，圆明园里多数房东还是农业户口，身上还保留些农民的淳朴。房东之间也是有竞争的，我们房东李大姐的宣传口号是：住进来就成了一家人。李大姐认识片儿警，且在公园里管船，可以免费划。所以我们那个院子总是住得满满的。

全院子，算我两个卖唱的，两个画画的，一个写作的，可谓兵种齐全。但谁都要听大姐的，她就像解放初的女军代表，恩威并施地管理着这群文艺臭老九。

大姐看我双目失明生活困难，主动邀请我和他们家一起吃饭，他们吃啥我吃啥，每天多交两块钱。偶尔有北大的姑娘来找我们玩，请客也请不起，那就去福海，向大姐借一条船，买两瓶啤酒，泛舟湖上，又节约又浪漫。那时候，我卖唱也能挣点钱了，每天到海淀图书城唱，晚上回到家，大姐帮我数钱，用猴皮筋儿，把毛票捆在一起，一元的另外一捆，她数钱的热情非常高，见到钱堆里凤毛麟角的十元，总会惊喜地大叫，小周，发财了。弄得我晚上回来清点收入，成了全院子的重大仪式，邻居们欢乐地跑出来围在大姐旁抻着脖子看。

大姐也是我们的保卫科长。当时大家最怕的是到昌平挖沙子，这意味着作为三无人员你被收容了。一次，下午全院子人正坐在台阶上吃饭，突然大姐慌慌张张地进来，说片儿警来查暂住证，已经到前村了。赶快大家丢下碗筷，夺路鼠窜向后面的树林。大姐说，小周，快躲进房间，拉上窗帘，别出声。然后她把房门反锁上。不到一分钟，院子里就静悄悄的了。结果警察没来，大姐于是宣布解除警报，呼唤大家回来继续吃饭。

每逢春节，回不了家的人，全上了大姐家的年夜饭桌。当然不能白吃，会唱的高歌两首以助酒兴，写作的写春联，画画的，画点鸟儿鱼儿什么的吉祥物。记得有个画家，一高兴，还给大姐画了一张巨大的美元，贴在墙上。

二

沿着去植物园的路，向上，见到一个卖蜂蜜的牌子左拐，上了一个土坡，那是我香山的小房子，月租一百五十元。里面大约七八平米，门外有核桃树枣树，到了季节，一夜大风，哗啦啦的，吹落一地的枣子，青多红少。到清晨房东大妈会很心疼地拿着盆一个个地捡回去。等我们起床的时候，地上只剩叶子了。屋后是一片坟地，有个解放前的大官埋在那里，还有一个当年的女知青，不知道她是哪里人，为啥客死异乡？据说曾有和她插队的朋友来祭奠过。我们房东祖上是给那个大官看坟的，后来索性盖了两排房子，出租给外地人。夏天，我们在坟地旁，修建了一个临时浴室，拉上个帘子，提上几桶水，大家排队，女的先洗。听着哗哗的水声，常能让人想入非非。房东有个女儿，长得很漂亮，总有些人，假装探讨艺术来找我套瓷，然后就坐在门前，盼望着姑娘出来好过眼瘾。

晚上，经常能看见这样的场景：女儿去上厕所，我们房东一手拿着电筒,一手拎着菜刀,警惕地在前面护驾开路。

好山好水,可以养人的精神。我大部分诗歌,都是在山上写的,多少年在北京的焦虑,酿成了如痴如醉的文字。节选一段那时候的日记:

> 我的小屋后面是树木丛生的野山坡,坡上有一片墓园,墓园旁摆放着十几个蜂箱。天气好的时候,蜜蜂的嗡嗡声融入阳光,有一种催眠的作用。一个人坐上个把小时,时间缓慢,逐渐凝固,感觉自己成了金黄琥珀中的一只昆虫。还有一只猫和一只狗,每逢我改善生活,它们都会不请自到。锅里的羊排熟了,我摸索着掀开锅盖,锅沿旁左边一只猫头右边一只狗头,都跃跃欲试。它们虽然不爱听摇滚,但我知道它们是又聪明又快乐的生命。

后来,房东为了多点收入,在我门前又盖了一排新房,叮叮咣咣地折腾了好一阵,眼看竣工了,大官的后代开车从城里来了。一见之下,大怒,命令他们赶快拆了,不然,要收回土地使用权。真是的,房东头上还有房东,结果,又叮叮咣咣地推倒了。香山是个死人活人都愿意常住的地方,翻过屋后的小山,是梅兰芳马连良两位先生的墓,长长的石阶通上去,很气派。梁启超的墓园,建成了一个小园林,一个家族都睡在里面,一定不会寂寞。刘半农刘天华哥儿俩,睡在山里防火道旁,墓碑斑驳,荒凉得少人祭祀。而那些普通人的,不起眼的小土包,在乱石荒草中,偶尔寒酸卑微地探个头,好像怕吓着别人似的。还有一些神秘的高墙大院,上岁数的居民会给你悄悄指点,哪个地方是什么首长住过的,哪扇大门不能靠近。

三

一九九五年冬天,我和女友去青岛,在浮山所租了个平房,因为那儿离大海近。房租二百,免水电费。

房东是个很厉害的山东大妈,严格限制我们对水电的使用。还在房间的墙上写上警示语:浪费是犯罪。青岛的冬天又潮又冷,浪漫也扛不住刺骨的海风。屋子里没有任何取暖设备,我们俩整天在房子里打哆嗦,看大海的欲望都没了。幸亏房东有个好女儿,名字叫倩倩,看我们可怜,偷偷给我们买了个电炉子,可是房东看得紧,哪敢用啊?善良的倩倩,瞅准她妈妈出门,就来敲我们的窗户,电炉子红起来了;等她一唱歌,好像是范晓萱的,有一句是你在海角天边,暗示着房东回来了,赶快拔插头。所以我们很怕听到这首歌,它意味着温暖的消失。后来,钱花光了,还欠了几天房租。还是倩倩,瞒着她妈妈,把我们送上了开往上海的轮船,临上船的时候,她唱了一句"你在海角天边",本来是临别开玩笑的,可还没唱完,女友就和她抱在一起哭了。

四

我在丽江租了个四面都是玻璃的房子,活像一个大水杯,才一百五。我整日坐在这个玻璃杯中,跟着太阳向日葵般转。丽江的阳光,黄金一样贵重,太阳一出来,坐进一玻璃杯的黄金里,想事情,或者什么也不想。隔壁有个姑娘,半年前辞掉了工作,来这里写长篇小说。我问她,是出版社约的吗?她说纯粹是写着玩的。我刚搬去不久,她的小说写完了,要回内地去了。我说,不如你接着写首歌,这样还有借口再住几个月。另有个朋友,张佺,他家养了一只大狗,叫金花,名字很温柔,性情很暴力。金花见了鸡,好比恶猫见耗子,立扑,而且一口毙命。常有纳西族老乡拎着死鸡来敲他家门,赔三百。问,怎么这么贵,老乡说,这是只能下蛋的好母鸡,本来下蛋后,还可以孵小鸡,鸡生蛋蛋生鸡,这一算,三百还多吗?所以,只要张佺招呼我,老周,来喝鸡汤,我就知道金花准是又闯祸了。

五

由于北京房子贵、马路堵、空气差等原因,我和女友绿妖,去年搬到了绍兴。租了个小木楼,旁边有个桥,叫做酒务桥,这不是明摆着提示我,要在绍兴完成喝黄酒的任务吗?我们住的小巷子叫做揖坊。窗外,是泊着乌篷船的小河。早上,赖在床上,听到有划桨的声音,就猜到今天天气不错,有游客坐船去鲁迅故居了。离我家不远,是徐渭的青藤书屋,五元一张票,里面很幽静,整天看不到一个游客。我和绿妖,都想去应聘看门人的工作,不要工资,管住就行。朋友送了我们两缸黄酒,缸口用泥封着,把泥刮掉,里面还有一层黄皮纸,揭开纸,酒香蓬勃而出,用酒吊打上一杯,热一热,下雨天,坐在窗前,喝个陶陶然微醺,真则个,不知今夕是何年了。隔壁开了一家龙虾店,偶有九死一生的龙虾爬到我们房间,绿妖会把它们放回离饭店远些的河里。后来,龙虾不来了,生意红火的龙虾店突然倒闭了,原来,网上到处流传吃龙虾得怪病的帖子,弄得谁也不敢吃了。我想,这一定是某龙虾成了精,上网推波助澜,发了这条拯救龙虾家族于水火的救命帖。

六

还有一个租来的房子,是本人的身体。俗话说,眼为心灵之窗。我这个房子,窗户坏了,采光不好。找房东理论,我胆子小不敢。那只好在里面,多装上几盏灯增强照明。其实,总是亮堂堂的,也不好,起码扰人清梦。坐在自己黑暗的心里,聆听世界,写下这些文字。字词不再是象形的图画,而是一个个音节,叮叮咚咚的,宛如夜雨敲窗,房东就是命运,谁敢总向他抱怨?有地方住就不错了,能活着就挺好了。等我离开这间房子,等到死亡来临,那将是又一次崭新的旅行。哪儿都会有房东,哪儿都会有空房出租,流浪者不必担心,生命也不必担心死亡。我将死了又死,以明白生之无穷。

拾珍五事

○阿　莹

瓷　碗

我是偶然喜欢上素雅瓷器的。那年我路过古玩城，遇到考古专家呼先生便跟随进了一家店，店主正在柜台上摆弄着一堆瓷器，见来人注视便怂恿我们买几个回去，信誓旦旦地说绝对是宋金时期磁州窑的货，放在哪儿看都是合算可靠的老东西。

我打眼扫过，那一堆瓷器大部分是碟碗，大大小小有深有浅，通体呈现出淡淡的乳白色，有趣的是瓷面还用朱砂绘着简单的花草图案。只是那花草都很随意，尽管只有一种浓淡不一的朱红，却寥寥几笔就呈现出草鱼、莲花和水纹，附在柔和的白瓷上面，昭示着悠远的古意与生动。我估摸这堆瓷碟最初的底色是洁白的，岁月使然，在空气和土壤的作用下变得有些不纯粹了，只是瓷面上细细密密的开片很是均匀，放大镜下缝隙整齐有序，隐约可见渗透的灰黑。由此估计这堆瓷碗瓷碟应该是老东西，但那上面流畅的线描已经暗淡成了棕色，手触笔画微微隆起，明显能感觉到棱线，不像经历了沧桑岁月的洗礼。我把疑问悄悄告诉呼先生，可他很自信地告诉我，这堆东西应该是宋金磁州窑的产品，线条隆起因为是釉上彩绘的。当然这种民间窑口的瓷器属于大路货，市面上流通的很多，没有称心的就不要急于下手。

我知道瓷器是最金贵也最俗气的器皿，几乎是伴随着中国的文明史而发展的，尤其从宋代以后兴起官窑定制，把个寻常百姓的家什子，抬到了所谓艺术层面，开始受到达官贵胄的宠爱。历朝都有遍布大江南北的窑口，而这磁州窑就在今天河北邯郸磁县的观台镇一带，应是我国北方最大的民窑体系，北宋以来很是繁盛，所以存世量很大。现在人们都在追逐官窑的出品，其实哪个官窑不是从民窑里“选拔”出来的啊。可以肯定地估计，像这样精彩图案的磁州器皿应该不会很多的。于是我问价钱，居然是按尺寸大小从二百元到五百元不等，呼先生连连摇头说贵了，没必要掏腰包的。忽然我看到柜台里边一只瓷碗似乎有趣，只是被一堆小盘子挡着看不清全貌，我过去伸手取出来，店主叹气说可惜碗边破损了。我定睛一看，这只碗里居然绘有一幅太白醉酒图，可惜碗边已掉了几处瓷皮，豁豁牙牙的不甚美观，可那太白醉酒的线描形象却栩栩如生。李太白酒酣耳热诗兴大发，斜靠在一只绘有鱼纹的酒缸旁，四肢瘫软，眼睛微闭，一副醉态可掬的沧浪神态。而且那细细的线条飘逸自然，一笔带下没有一点迟滞感。如果这确是南宋时期的作品，这瓷碗的价值姑且不论，仅这幅画可就难得了呢。于是我故意问这瓷碗破损成这样了还值钱吗？店主头都没抬说，给三百块钱拿走。我一听就知道他在按瓷碗卖货，便讨价还价二百元把瓷碗带回家了。

回到家我再细细品味那白瓷碗里的小品，的确优美生动。要知道纸质的东西难以保存，如今八百年前的宋金绘画我们已见不到几张真迹，而这瓷碗里的太白醉酒图却是一幅千真万确的南宋绘画啊。虽然不知作者是谁，但那笔法之洗练、线条之流畅，也算是一幅精致小品呢，如果哪天考证出这是出自南宋哪位大师之手，那还不乐翻天了。于是我把瓷碗恭恭敬敬地摆到书柜上，每每读书作文累了，看一眼李太白的醉态，浑身的舒坦便也就上来了。

有了这种体会，我后悔没有把那一堆瓷器全买下来了，那些小碗小碟里形态各异的花草虫鱼，如果挂在一起相互衬映也会别有一番情趣呢。于是星期天我又独自跑到那家古玩店，见那些个瓷器都还摆在那儿，匆匆问过店主还是原价，就声言想把这些小瓷器都要了，可否再便宜些。店主略有迟疑地问我，为何又返回来要这些碗碟了。我没假思索就倒出来，这些碗碟的价值应该是上面的图案，灵性的草鱼，鲜活的兰草，南宋时期的绘画到哪儿去找呀，所以我要都买回去组成一幅挂板。我一边说一边让他打包，可是等打好包付款时，店主却忽然冒出一句，这些瓷碟瓷碗一千元一件。我一听急了，不是刚刚说好价格没变吗，怎么一会儿的工夫就翻了三个跟头。店主也不正面回答就是咬定那个价不松口，那架势明显是不想做这单生意了。

我顿时明白了，都是嘴巴惹的事，自己把这些碗碟的潜在价值说白了，人家随口要涨价那也是没办法的。可我哪儿咽得下这个窝囊气，两人几乎吵将起来。终于有人进来圆场，一只瓷碗六百元就算了，我听罢气得扭头便走，从此再也没有进过那家灰暗的店铺。

好多年后，我去大唐西市巧遇已搬到这儿的店主，他居然颇为得意地告诉我，那堆磁州碗碟，最后涨到两千元一只都卖完了。我回到家再看那只线描瓷碗，心里反而空落落的，虽然太白醉酒图还是那么谐趣，却显得有些孤单了。

古　琴

到画家江文湛的红草园踏春，见他仙风道骨般身穿灰色长衫，正襟危坐，手抚古琴，膝上便流淌出低回委婉的音律来。空旷的画室还燃有一炷紫色长香，冒出一缕细细的烟柱，摇摇摆摆地散淡开来，使得偌大的画室弥漫着醇厚的草香。这是一种近似佛道的意境，实话说我听得懵懵懂懂，可那高山流水般的音乐在画室里执著地东游西荡，我知道文湛把我当知音了。一曲终了，我的掌声在画室里碰撞几下就凋零了。

我对古乐没有感觉，但对古琴却发生了兴趣。这只古琴几乎是黑色的，横张着七根琴弦，琴纽弦架都透着岁月流逝的痕迹。我问这真是古琴吗？江文湛扭头看我，怎么不是啊。我又问，这古琴价值如何？他肯定地告诉我，因质地和年代不同，价格会有很大差异。文湛对古琴的认识令我吃惊，那古琴上部叫龙池，寓意为有龙潜伏在此，龙出则兴云布雨滋润万物，象征弹奏者的仁德远播天下；琴上还有凤池，寓意为凤浴其中，凤起则百鸟沐阳洁净光华，象征弹奏者的品格清新圣洁；琴上的七弦，各有金木水火土与七音相对，如果细细数来，道意的玄妙都可在古琴上找到归宿。而且那音质醇美的古琴都是千年以上的梧桐制成的，由于木液已尽，纹理稀疏而坚韧，又经过经年的风吹日晒，金石水声必然深入其中，弹奏起来绝无杂音纷扰。所以古人云，"但得琴中趣，何劳弦上音"。

想到文湛与我有三十多年的交情，在他七十岁的时候，似乎应该送他一件有意义的礼物，既能够体现真情厚谊，又显得风雅珍贵。于是我从红草园回来就去了搞收藏的朋友家里，人家听罢来意便拿出一把古琴来。我看那把琴也是墨色的，隐约可见稀疏的木纹，一头稍宽，一头稍窄，没有琴弦但可见琴弦绷过的勒印，背面拉弦的琴轸也各掉了一个。收藏家说这把琴可是古桐树制成的，声音清亮如金石之鸣，琴背还印刻着一溜小字，模模糊糊分辨不清。为打消我的疑虑，他指着琴面上的蛇腹纹以证明此琴的悠久，现代人可以仿制出古琴的任何特征，却无法仿制出这些蛇腹般的断纹，这可是古琴最有价值的证据了。我反驳这蛇腹纹有何难，拿小刀在漆面上划几下不就出来了吗？朋友断然反驳，小刀的划纹可以轻易看出来，再精细的刀法也难免会在琴面上留下痕迹的。再者拔掉琴纽，里边的茬口光滑如璧，这绝不是现在可以仿制的。我于是信然，便拿了三张抢手的书画与之交换，双方皆大欢喜，开酒畅饮通宵达旦。

但我随后听闻文湛迷上古琴几近痴癫了，每年总要在秦岭深处的红草园召集古琴雅会，南来北往的古琴手皆披长衫携古琴会之，有合奏有独奏，曲律悠悠地在绿草灌木间飘游，好像个个已经入了仙道，一副秦岭"八仙"的味儿。文湛直言道那琵琶二胡等乐器是取悦旁人的，而古琴是愉悦自己心灵的。后来文湛对古琴的钟爱几乎引起家里龃龉了,他居然痴迷到独自一人携挎古琴,跑进安徽黄山,又游到浙江普陀,以琴会友切磋古韵。试想布衣长衫携古琴在山间游走,风雅而又高古得令人们看不清楚画家的面目的,谁都会以为是走火入魔了呢,连那早已应承的绘画也似乎荒芜了。但他听到别人唏嘘居然傲然地说,我所以敢出门会琴拜友,是我的古琴好啊,没有好琴,我是不敢走出红草园半步的。

我想文湛对古琴如此痴迷,见到我这把古琴一定会激动得手舞足蹈。于是在他七十大寿的前夕,我又登临红草园,还没坐定就掏出古琴让他欣赏。文湛把那把古琴左看看右看看,终于放下说了,这把古琴肯定是近年仿制的。我一听急了,指着那清代御史的诗句让他细看。他说这你就不懂了,古人就没有在琴上刻名号的习惯,凡有名号的古琴,一般都是准备卖给外行的仿品。我又指那蛇腹纹让他细瞧,这可不是现代人能仿制得了的。文湛居然以专家的口吻说,这是仿制者把鸡蛋清涂在裸琴上,在上生漆前压上一排细发,待涂漆时提出来,等干透后再上生漆,再等漆干后放入蒸笼猛火气熏,最后悬挂于通风的地方,琴干后就裂成这般断纹了。

受到这般质疑,我不敢把这古琴是送他的寿礼说出来了,便又到小东门淘了件明代的玉佛送去,背部还刻有大明嘉靖的年号,但是几日后他又告诉我那尊玉佛也有疑问,看来想找到“真东西”还需要下工夫了。

古　埙

看到音乐家刘宽忍把土埙演奏得那么精彩,就想起家里藏着的那枚黄黄的古埙。

那只古埙在我书架上可有年头了,那还是上世纪的八十年代,我们厂报编辑部的陶师傅在护城河边开了间陶艺馆,我们便跑去瞧个稀罕。那陶艺馆租用的是护城河南岸新修的一组亭榭,制坯工艺在亭里,烧陶的火炉设在外面的土堤上。看那制坯师傅没怎么动作就做好一件器皿，估摸我们也能烧件自己做的工艺品的，可到临走谁也没能拍出个像样的坯子来。陶师傅大概怕我们扫兴，便让我们到展台上自己挑件称心的陶艺带回去。只见那些陶艺整整齐齐摆了几柜子，每一个都洋溢着古老的灿烂。我蓦然瞅见角落里有只茶杯坐着一只鹅蛋大的陶艺，便小心翼翼取出来。陶师傅马上惊奇地说，你眼睛真尖，这可是古埙，五千多年了。我一听便要拿走，他显然不很情愿，反复说那古埙是他好不容易“淘”来的样品，他要烧一组“古埙”吸引孩子们来这里吹陶玩陶。但他见我执拗起来，便勉强把古埙塞进我衣兜里了。然而我拿回去却不知有什么用，便严严实实包了几层卫生纸放进抽屉深处了。

后来平凹的《废都》出来了，反复地提到吹埙，社会上有关埙的介绍也就多起来。我这才知道，那古埙真有七八千年的历史，在半坡和河姆渡的新石器遗址都曾发现过古埙，我断定古埙可能是那个年代人类制作的第一种乐器。后来在一个朋友聚会的场合，刘宽忍悄然现身了，他随手掏出土埙，吹了两支埙曲，那声音真像是从土里出来的，音律柔和得像细柳吹拂，又低沉得像长风刮过。可以说任何缺少音乐修养的人肃穆侧耳，都会感觉到心灵深处的触动，真似人与神在呢喃交流。稍嫌遗憾的是，如今古埙尚能发现，而那古老的埙乐却没能留传下来，那天如泣如诉的曲律竟是吹埙人自己创作的。于是，趁着酒劲我吹嘘家藏有一只古埙，一帮人眼睛都瞪大瞅我，以为我在说酒话，逼得我只好发誓下次聚会给大家带来看。

回到家，我把那只包裹严实的古埙取出来，一层层剥掉卫生纸，一只圆圆的古埙便暴露在我面前了。说实话以前我还真没好好研究过这只远古的陶艺，圆圆的鹅蛋形状，表面附有一层厚薄不均的泥土，通体呈现土黄色，腰部还有一圈线刻的网纹，似乎还用朱砂描过，颜色厚重。有趣的是这只土埙只有五个孔，两两相对排列，一个稍大点的孔独在侧面。我想起刘宽忍的埙是九个孔，顶部一个是吹奏，前面有六个孔，后面两个孔称为“黑点”，而这古埙只五个孔显然缺少音阶，是不好吹奏旋律的。我于是告诉刘宽忍这只埙的疑问，想不到他一听来了情绪，大喊若是五个孔就对了，要是九个孔就是假的了。因为那时人类只发现几个音阶，没有现在这样丰富，这五个孔，一个是吹孔，四个是音孔，估计应该是西周以前的乐器。我一听恍然大悟，急忙跑回家把那只古埙恭恭敬敬地放到一只水杯里，置于书架之上。

但我把玩之后，想那刘宽忍能把土埙吹奏得那么优美，我这只古埙吹出的音色应该会有更奇异的韵味。但这古埙外面的土浆太厚，稍一吹便土末四溢，没多想我就把古埙放进清水里洗了，还生怕洗得不彻底，竭力把水从大孔灌进去，从四个小孔溢出来，反复数次连里面都冲干净了。只是没料到古埙这么一洗，竟然呈现出鲜艳的颜色，一半是红陶色，一半是黄陶色，腰间的明纹竟显出红与黑两种线条来。握在手上凝滑如玉，绵绵光光的，愈发地显出远古的精致来。我唇抵埙孔轻轻吹起，声音也是嗡嗡厚厚的呢。

然而，当我把这个惊喜告诉一位懂陶的朋友，他一跺脚瞪起眼，你傻了呀，这只古埙所以能认定是西周的，不是有五个孔，那太容易伪造了，而是要根据器型和陶色来判断的。那只古埙所以呈现红黄两色，是五千多年间一半埋在土里变化慢保留着红陶本色，一半露在空气里就慢慢还原黄色了。但关键的鉴定是要闻它的土香味，你这一洗就把五千年历史洗没了，把老东西洗成新东西了！我这回是彻底傻眼了，怎么会干出这等傻事呀。从此，再也不愿在朋友面前吹嘘古埙的事了，遇到痴迷的音乐人讨要，我就含含糊糊地搪塞，人家还以为上次我真的是酒后吹嘘了。

后来，我参加刘宽忍在国家大剧院的埙乐晚会，不由得被土埙所营造的气场所震撼，还坐在剧场就想还是把那只被我洗掉古意的古埙送给吹埙人算了。临送前，为证明这枚古埙的历史，我请那位懂陶的朋友出一份鉴定，以示这枚古埙的真实与悠久。然而那朋友拿到古埙，仔细打量，许久才言声，这是一枚古埙无可置疑的，尽管土香被你洗得彻底，五千年的土味不浓了，但是通体厚厚一层的包浆却露出来了，握在手里这么温润，有如美玉在手，说明这是一只被先人用过的古埙。后来朋友反复提出要拿青铜戈跟我交换，但我始终没动心。

我把这枚古埙又小心地摆回书柜，心想既然这只古埙这么吃香，我要征询久未谋面的陶师傅，可否将古埙送给痴迷埙曲的音乐人？

箭　镞

我以为自己从战国时期的箭头上发现了一个秘密。

那年的冬天，我随考古专家呼先生到小东门古玩城闲逛，一堆堆陶器瓷器青铜器真真假假混居一堂，似乎走进这布满陷阱和诱惑的小街，随便拿起一个器物就是上百上千年的历史，似乎总有这样那样的惊喜在冷冷地观望着你，所以离开这里的时候谁也不愿意空着手。可我们转过一个多小时，要离开时兜里还没有一点收获。朋友大概看出了我的失望，在一个地摊前蹲下来，翻拣起一堆古箭头来。这堆箭头明显是千年以上的遗物，不仅锈迹斑斑，有几枚就锈成一块了，我用力一掰竟给掰断了，露出已经锈透的茬口。

呼先生和摊主连忙拦住我，不要乱用力了，这不是买白菜，愈往里锈得愈深呢。摊主精明地说这堆箭头是战国时的老玩意儿，埋在土里见潮了，所以锈成这样子。朋友没有多问，经过反复讨价还价，终于以每枚五元的价格成交了。我捏着一枚箭头的细柄问朋友，这真是战国时候的吗？朋友一脸的认真，回答没问题，还瞅我一眼说，给你也拿几个吧。我扒拉过来扒拉过去，似乎都有锈蚀和残缺，便挑了五枚品相稍微好些的，也算不枉今天小东门一趟。

回去路上，细细瞅那小小箭头却是很有意思。记得这箭头又称为矢或镞，早期应该是石质或骨质做成的，是先民们用来狩猎的工具，后来就发展成让人胆寒的兵器了。不过手上这只箭头尽管只有四五公分长，却是显出生动来，箭头呈扁平的燕尾状，尖尖的喙头，后掠的双羽，拖着一根细细的柄，想象这枚青铜箭头拖着长长的箭身在空中飞行，犹如一只飞翔的长燕，无惧无畏所向披靡。

也是为了表现"高雅"的修养和情趣，我在办公桌玻璃板下抠了五个对称的小槽，仔细把五枚箭头镶嵌进去，每天坐到办公桌前便会看到燕形的箭头欲飞前方，感觉遥远的战国透过那箭头穿越时空过来了，"飞翔"的"小燕子"便带给我无尽的战国信息。恰好我书柜里有本中国兵器发展的介绍，仔细与那书中的图案对比，发觉这五枚箭头符合战国时代燕赵齐楚一带的形制。然而这个想法自然引出了我的新疑问，那横扫韩赵魏楚燕齐的秦国箭头又是何种形制呢？

我赶到呼先生家里询问，他说秦国的箭头是三棱状的，缺少艺术魅力。我心里纳闷了，打仗的兵器要的是杀伤力，怎能要求它有"艺术魅力"？从此，寻找几枚秦国的箭头就成为我那一段时间闲游古玩城的动力，每天都想着快快淘到几枚秦国的箭头，以满足我渐渐膨胀的好奇。

有趣的是，几天后我又遇到一位古玩家，觥筹交错之间，听我眉飞色舞地提到战国箭头，便从提包里拿出一个首饰盒，说这是他刚从一家古玩店买的一组战国箭头，与兵马俑坑发现的箭头一模一样呢。我急忙接到手，居然一个个整齐地挤满了小盒子，拿起一枚细细打量，形制呈三棱状，三面各有一道血槽，喙头格外锋利，轻轻划过手背会留下一道白痕，三个尾翼还有倒钩，可想扎进肉里很难拔出来的。但我怀疑这些箭头是战国时期的，因为这堆箭头几乎是一个模子倒出来的，而且一枚枚乌黑沉稳，只在倒钩处可见星星点点的锈斑，埋在地下两千多年还会是这般簇新的模样？专家告诉我，这种乌黑色正是青铜器最可靠的颜色，说明那时秦国兵器制造技术先进，铜铁锡的配比更趋合理，提高了箭头的硬度。其实那常见的锈迹却是很容易鼓捣出来的，有人曾仿过一堆青铜器，埋到土里浇上几泡尿，过上几年翻出来就是锈迹斑斑了。这可真是踏破铁鞋无觅处，得来全不费工夫，我兴奋地不容分说又挑了五枚箭头放进兜里。

当晚，我把这三棱箭头与燕形箭头分别摆到桌上，似乎就是两军对垒，一边是十万三棱箭头，一边是十万燕形箭头，我品味着两种箭头的魅力，忽然意识到这赵楚等国形制优雅的燕形箭头，工艺简单，模范一注，稍加磨砺就可成形。如果万箭齐发，犹如群燕扑来会让列兵们胆战心惊。但这种箭从那弓上射出必然飘忽，杀伤力会减弱，准确性更会受到影响。而那秦国的三棱箭头，虽然制造工艺复杂，磨砺起来要三面对称，需要辅助夹具才能完成，但这种箭头速度快前冲性好，跃上空中会勇往直前，血槽和倒钩更让人胆寒，扎向敌人的任何部位都是致命的。

后来我又找到一枚今天的子弹头，发现这秦国三棱箭头的三条弧线与今天子弹头的抛物线几乎一致，说明早在两千多年前秦国的先民就掌握了空气动力学的基本原理，能最大限度地平衡箭头的速度和力量。我闭眼“穿越”，恍惚觉得两千多年前惨烈的长平之战就在眼前，秦军大将白起率领装备着三棱箭镞的五十万大军与装备着燕形箭镞的五十万赵军对垒于太行山下，双方旌旗在望，鼓角相闻，忽然号令响起，万箭齐发，赵军丢盔卸甲。五十万赵军之所以会一败涂地，可能箭镞的形制不同也是个原因呢。

遗憾的是，我翻了许多书籍却没找到有关的记述。后来有人告诉我出土的秦国青铜剑也比楚国青铜剑长几公分。于是我有了一个设定，秦国所以能够平扫六国，装备的优势也是一个不可或缺的因素。后来呼先生听到我这个观点连连称是，我于是得意起来，逢到“文化场合”就喜欢云里雾里吹嘘这个发现，似乎这“发现”有时候真是很偶然的。

陶　管

“金疙瘩银疙瘩，不如咸阳塬上的土疙瘩”。说的就是八百里秦川皇天后土，文物多得随地可寻，稍有用心就会在地里捡到宝贝来。对此我还是怀疑的,这句民谚在明清以前还说得过去,放到二十一世纪的今天,咸阳塬可能已经让考古的和盗墓的翻腾过无数遍了,哪里会让一个闲人捡到什么金贵的“土疙瘩”。

然而,那年我的一趟甘泉宫之旅颠覆了我的想法。我们是一行六人,跑到淳化县的甘泉宫遗址去踏春,绕着昔日恢弘的宫苑转悠了一圈,见到几处宫殿的台基凸于麦田之上,以及钩弋夫人的土冢,唯让我们感叹的是田垄边上那一堆长达数十米的碎砖烂瓦。那堆瓦砾都是乡民们多年来从田里犁地刨出来的,扔在了田畔,经年累月竟成了一道独特的景观,也由此可见脚下这片黄土绝对是甘泉宫遗址没有任何悬疑。我们进去试图找到成形的瓦当,打眼扫过,竟都是些碎碎的砖块和碎碎的瓦块,大多数的瓦块可见弧形和密密的绳纹。听说上世纪下叶常有外籍人士到这儿来收购瓦当,所以农民们也知道那些灰头土脸的陶制构件值钱了。近年来有些仿制高手会到这儿来捡些吸附着古老信息的碎砖瓦,回去磨粉添胶再制成汉瓦骗人钱财,如果有谁认真起来把这些“汉瓦”拿到仪器上检测,也会报出两千年数值的。

我们转进旁边的小村庄,那村名响亮得令人肃然起敬,居然称为汉武帝村,可以想象威风八面的汉武帝在这儿留下的痕迹该有多深了。但这村子不大,不过方圆二三十亩,每户都是前院后屋,凌乱的村道上稀稀疏疏地栽着几株高挺的白杨树,那猪舍鸡圈更是拉拉杂杂随心所欲。我打量一户人家院里的墙上挂满上年的玉米,黄澄澄的,格外醒目,显示着主人淳朴的满足。门外猪圈里两只小猪懒懒地昏睡着,连眼也不抬。

忽然,我发现猪圈旁边放着一只圆柱般的管筒,脏兮兮地落满草屑和土灰,似与周边的杂物差异很大。我直感这应该是件老东西,便过去把管筒用劲立起端详,毫无疑问这只管筒是陶制品,高约有一米多,一头稍粗,一头稍细,直径大约四五十公分,通身挤满粗细均匀的绳纹,内径却是光光的,显然用工具处理过。朋友们都说这和今天城里马路下埋的下水管差不多,我也猜测这应该是一节甘泉宫的下水管。如果按这只管径推演，这甘泉宫的规模是相当宏伟的。显然，这根陶管绝对算不上一件艺术品，但却是存储着中国建筑史信息的实物。

有趣的是这节千年陶管怎么就扔在猪圈旁边了，我们去敲这家的大门，想向主人讨买，院门没锁，推门进去又敲房门却无人应答。我们只好压抑着兴奋的心情，蹲在猪圈旁边等待主人回来。终于村道上有了人来，迎上去打问，居然对陶管不理不顾，称那管子当地挖水渠时遇到很多，都敲碎堆到田畔了。很快这家主人闻讯回来说，这是他上月在村外崖下取土时，从土里滚出来的，想着可以给猪圈砌墙用就拉回来了，可这东西一头大一头小也不好用，你们想要就拿去吧，没准明天就敲碎扔了。于是我们硬塞给他几十块钱，陪同的朋友两人一抬放到轿车后备箱里，兴高采烈地返回城里了。

然而，这件陶管确实太大了，放在哪儿还格外碍眼。开始我说起那天的巧遇，还口沫四溅，后来就觉得索然无味了。于是我便把陶管给一位老画家拉去了，他家在省军区的干休所里，门口正好有个小院子空荡荡的。我告诉他这可是汉代的陶管，想不到画家对文物痴迷如病，却对这件东西不以为然，两三年里屡屡见那陶管就在院子角落堆着，任凭风吹雨淋，颜色似乎愈发泛红了，冲刷出了陶管的本色。几次我都冲动想开口要回来，但几次去拜访，主人都进山采风去了，便也不好意思擅自搬回来。

后来，我陪外地客人去省历史博物馆参观，令我惊奇的是，唐代部分的第一件展品就是一只陶管，器型和外观与我们在汉武帝村讨来的一模一样，而且以此佐证唐长安城的建筑规模和气势。看那古人绘制的长安地图，再瞧这件无语的陶管，你得佩服考古人的逻辑力量，带给人们持久的震撼感受。那时长安城区面积就有八十平方公里，人口也过了百万，绝对的国际化大都市啊。这让我感到一种莫名的激动，看来那件"土疙瘩"也算个宝贝了，试想如果放在家里做个托盘，把陶管竖放上去作为画缸，既古朴又典雅，古代大都市就可以在家里诠释了。

有了这个念头，我马上赶往老画家府上，想着他若不喜欢，我就坚决搬回去了。可是我那天走进院门,已不见那只陶管,问起老画家那只陶管的下落,却是一问三不知。老画家轻描淡写地说,我看着那么大的管子,不可能是老东西就堆到院子里没管它, 几次想叫来串门的朋友搬走,人家瞅了瞅都摇头。我懊恼至极地告诉他,博物馆的展品跟那件陶管一模一样,品相还没那只好呢。老画家听罢也急了,只好实话实说了,我瞧着堆在院子里碍事,又没个什么用场,就让垃圾车拉走了。

我愣怔了,似乎不经意得到的,也容易不经意失去。

随笔七篇

○韩少功

蓄马蓄牛与蓄人

如果我没有记错的话，法国直到十八世纪才废奴，英国直到十九世纪才废奴，美国最初的经济发展，就是靠了数以百万计的黑人奴隶办农场，是典型的奴隶制资本主义。与此同时，俄国直到十九世纪，光是保留的男性农奴就有一千多万，给资本主义提供廉价劳动力。巴西、古巴等南美国家的奴隶制，甚至一直残存到二十世纪前不久。

奴隶制不仅仅是欧洲史的一段。事实上，如果说欧洲文明有什么特色的话，宗教、法制、民主、形而上学等等是特色，奴隶制也是特色之一，一直延伸到所谓封建时代和资本时代，与不同的生产技术和政治体制有过不同的结合。奴隶制不过是人畜关系在人际社会的复制，是一种游牧民族的“牧民”的方式。

要了解欧洲传统，不了解游牧至少是瞎了一半。除了一些沿海城邦，游牧曾经是古代欧洲人主要的生存方式，或者至少是主要生存方式之一。

他们为什么吃饭用刀叉不用筷子？这就是牧民习惯，把猎具当成了餐具。为什么最喜欢烧烤的是面包和牛排？还是牧民习惯，流动性强，缺少固定的厨房以及锅灶，只好野外烧一把了事。西服为什么最多采用毛呢和皮革？还是牧民习惯，因为这些材料最容易得到，是畜牧产品。还有，他们为什么乐于流动迁移？为什么善于交际以及公开演说？为什么有过骑士阶层而且动不动就决斗？为什么有史诗、歌剧、美声唱法、奥林匹克？为什么娱乐的项目多为骑术、赛马、马戏、奔牛、斗牛、击剑？……这一切现象后面都有牧人的影子，有牛马味和草原味。

欧洲人最恨别人吃狗肉，与他们对牧羊犬的感情可能是分不开的。美国人喜欢枪，禁枪法案在国会总是通不过，与牛仔们对武器的感情也可能是分不开的，不仅仅是一个自由不自由的问题。有些中国人常常用农耕社会的经验去想象西方，结果就闹出一些误会。有一本走红的书，写到法国皇帝在凡尔赛宫开舞会，与臣民们一起跳舞，于是开始感叹：你看人家多风雅啊，多文明啊。哪像中国的皇帝呢？其实，跳舞是牧民们闲下来时最常见的娱乐方式，就像书法、篆刻、曲艺等等是中国农耕民族的传统，没有什么奇怪。即使那个法国皇帝是个好皇帝，但跳舞也不能成为证明。正像一个法国作家不能因为中国皇帝写诗、编书、写字、修史、唱戏，甚至装模作样地犁一下田，就惊讶万分，就认定中国皇帝比法国皇帝更高尚，或是中国文明一定比欧洲文明优越。

古代欧洲人蓄马蓄牛，结果很自然想到了人，便把人也蓄了，闹出了一个奴隶制。他们看斗牛和赛马不过瘾了，就想看看人是怎样互相斗，这样就有了古罗马的奴隶角斗。

文化制约制度

作为一个读者，总的印象是：我们现存的大部分史学教科书是见瓜不见藤，见藤不见根。什么意思呢？就是说：这种史学基本上是帝王史、政治史、文献史，但缺少了生态史、生活史、文化史。换句话说：我们只有上层史，缺少底层史，对大多数人在自然与社会互动关系中的生存状态，缺少周到的了解和总体的把握。

钱穆说中国史学重人，西方史学重事；又说中国史是持续性的，绵延的,西方史是阶段性的,跳跃的。这都是很精彩的创见。但他的眼光还是局限于贵族和精英,具有儒家传统中最常见的缺点。他曾经寄希望于国民党政府,觉得蒋介石代表了贵族,有正统气象,因此对一九四九年的结局十分困惑茫然,身为历史学家却解释不了这一段历史。

革命史学家们算是重视人民大众了。一看到造反的戏就鼓掌,说卑贱者最聪明,说人民是创造历史的真正动力。但这个能够向下看的史学,眼界还是不够宽广,比如他们关注的底层史只剩下阶级斗争,造反有理,只是把帝王将相史来了个倒置。郭沫若批帝王将相,在"文革"期间批到了杜甫头上,说杜甫是个剥削阶级代表,说杜甫在乡下的房子有"三重茅",是最舒适的别墅,把阶级斗争搞得太离谱,几乎漫画化。

以前的知识精英大多养尊处优,不像底层民众那样,对生态压力感受得更直接和更强烈。生态与文化的关系,生态与制度的关系,生态与阶级斗争的关系,直到工业化后期,直到许多发展中国家推行西方化时,才成为一个突出的知识难点。

许多国家都想西方化,但化来化去,大部分没有化成,联合国的报告说,有四分之三的发展中国家反而越来越穷了。就算富了的地方,也不一定成为美国第二,比如海湾阿拉伯国家。这才引起了知识界的思考:制度的移植是不是没有想象的那么容易和简单?是不是还得考虑其他更多的条件?中国人多地少,显然限制了土地制度的选择,也限制了劳动力升值的空间。这就是生态制约制度的例子。中国人最讲人情面子,一熟就和气,就"哥们儿",就把原则打折扣,极大阻碍了民主与法制的推行。这就是文化制约制度的例子。所以说,人们对现实的反思,启发了人们对历史的重新审视,可以说是一种"今为古用"吧。

生态与文化

意大利哲学家克罗齐说过:一切历史都是现在时。如果我们现代人没有新的知识，就没法开始新的历史发现。历史是通过发现而存在的，是用现代知识这个钻头从遗忘的暗层里开掘出来的。

弗雷泽和汤因比是“日不落帝国”的学者，有航海越洋的条件，可以到各个殖民地去游历，在西方学者中可能是最早具有全球意识的。他们的研究一开始可能受到帝国扩张政策的鼓励，研究的结果却引导出文明的多元性，引导出文化相对主义，还有生态学、文化学一类新的知识领域，对西方中心论实际上给予了最初的动摇，与摩尔根、泰勒等早期的文化人类学家大不一样。

法国的布罗代尔在此基础上多了一个政治经济学的批判，有一点生态学和文化学的马克思主义的味道。他写资本主义史，首先从人们的经济生活写起，从人们最基本的衣食住行写起，甚至从物种、家具、疾病写起。你可能觉得他写得有点琐碎，但他推导出来的结论很有力量，也往往让人吃惊。比方说他很重视人口数量，在《十五至十八世纪的物质生活、经济和资本主义》这本书里，一开始就不厌其烦地加以详细考察论证。

人口当然是构成广义生态的重要因素，特别值得中国这个人口大国的学者们注意。比方说文景之治、中兴之治、贞观之治，都有战乱带来人口大量减少的背景，人地紧张关系大为缓解是这些“盛世”的基础。又比方我们常说中国人性保守，但《诗经》里有“窈窕淑女，君子好逑”，那时候恋爱很自由啊，而且入了“经”，差不多是最高指示。为什么后来出现男女大防？诸多原因之中，人口剧增恐怕就是重要的一条。清政府“摊丁入亩”，废了人丁税，大家不需要瞒报人口了，统计人口数便爆炸到三亿多，有一说是到了四亿多，其实可能只是以前瞒报的部分浮出水面。这个数字至少是欧洲的五六倍，在有些时候甚至是十多倍。到处都人满为患了，加上从西北地区开始的生态恶化，把玉米这些山地作物引进中国也不够吃了，你还让大家成天男欢女爱怎么得了？

《国语》里记载：越王勾践为了强国，为了增加人口，“欲民之多”，便鼓励臣民们“淫泆”。这就是人口与风化之间关系的证明之一。而宋代以后日益森严的男女大防,不但有巩固家族制的意义,也可说是当时的避孕术,是不得已的节制生育运动。当时没有避孕药和避孕套啊。至于是否达到了预期效果,是另外一回事。

欧洲的人口压力较轻,缺乏农耕社会里普遍的植物知识和中草药知识,死亡率总是较高。在这种情况下,他们的文化相对鼓励爱情和性,就有了生存的合理性。

不了解当时的生态,包括人口、物种、地理等等情况,很可能就冒道德主义的虚火,说传统礼教只是一些居心不良的家伙所为,纯粹是不让我们中国人过幸福日子。这种指责是一种最偷懒的解释。历史上有没有坏人？当然有。但从一个长时段、大范围的历史来看,个人道德因素是很微弱的。大势好的时候,坏君坏臣也会办好事;大势不好的时候,好君好臣也会办坏事。

从劳动崇拜到机器崇拜

任何"决定论"都是片面的,单元的,机械的,比如地理决定论就忽略了文化、政治等因素对地理的反作用。我在印度的时候,发现街上有很多自由自在的猴子、松鼠、鸟,就像走进了动物园。他们的动物保护和生物多样性要比中国好得多。要说原因很简单:印度宗教强大,教徒们不杀生,连苍蝇和蚊子也不打,不像中国人那么好吃,连青蛙和麻雀都快吃光了。这就是宗教的作用。

也许,印度教以及佛教最开始都是对天灾或者人祸的文化反映,是一种生存方式的被迫调整,但一旦形成以后,就会反过来发生各种影响,包括发生对生态的影响。正是考虑到这一点,我们看历史不仅仅要谈生态,也要谈别的,谈复杂的因果网络。

各个人类共同体出于不同的生存环境和生存经验,会有不同的知识重点,不同的表达方式和话语体系,但都是对人类命运的共同关切,都是生存智能的结晶。你不能说水面上的阳光才是阳光,其他阳光就不是阳光。

美国的先民到北美以后,先是战争屠杀,后是带来传染病,把印第安人灭了几千万,整个新大陆空空如也,贩来一些黑人,还是人手不够,所以大家都习惯于自己动手,连一个个总统也当木匠,自己盖房子。

他们对机器的极端着迷,既与欧洲的工业化和新教精神有关,也与新大陆的人工奇缺有关。欧洲人习惯于听歌剧,美国人折腾出了电影,因为电影是机器啊,可以省人工和省钱啊。欧洲人习惯于泡酒吧,进餐馆,美国人折腾出了麦当劳,因为麦当劳是饮食业的机器化啊,还是为了省人工和省钱。我在好莱坞和迪斯尼乐园里最大的感觉,就是娱乐的机器化,音乐、表演、游戏,全是机器制作的,都是玩机器。也难怪欧洲人一直不以为然。

什么是美国?这就是美国。从劳动崇拜到机器效率崇拜,就是美国文化的重要特征之一。美国的汽车工业,航空航天工业等等,其实后面都有一定的文化依托,都有更遥远的生态原因以及其他原因。

在柏拉图那里,"民主"是一个贬义概念。他认为贵族制导致少数人腐败,民主制不过是导致多数人腐败,都不是好东西。当时的民主其实也不是真正多数人的民主,百分之九十的奴隶、妇女以及乡下人没有投票权。这种城邦民主发展到后来的国家民主,妇女、奴隶、乡下人等等,都有了投票权,并且能够从中受益,是一个伴随工业化出现的事物过程,有很多相关因素在起作用。中国逐步工业化以后,人口大量流动了,大家族差不多都解体了,人们的社会联系开始多于家族联系,"君臣父子"式的制度与文化自然也就不灵,民主不能不成为一种新的社会管理方式和公众政治信念。

火焰的高低

中国人要学习运用民主,发展民主必须注意本土路径和本土经验。

中国古人没有民主，但有民主因素。设谏官，就是设立反对派。注意“揭帖”（古时监察部门长官揭发不法官吏的一种文书），就是倾听民意。朝廷还有过权力制衡机制，在汉、唐时代尤其做得好些。唐代的中央政府下设三省：中书省管立法，尚书省管行政，门下省负责监督，也是三权分立。皇帝的指示，由中书省草拟，由门下省审核。门下省觉得不对的可以驳回，叫做“封驳”，皇帝拿它一点办法也没有。

可见集权框架下可以有民主的成分，正如民主框架下也可能有集权的因素。现在有些西方国家，民主选举照常举行，但投票率越来越低。为什么？因为老百姓觉得竞选资金，传媒宣传等等都越来越集权化了，被强势集团暗中控制了，投票也没有什么用，胳膊扭不过大腿。

读经典，重要的不是读结论，而是首先要读出古人是在什么处境中得出了这些结论，以及这些结论在什么情况下可能有效，在什么情况下可能失效。

经典也会有盲区，受到意识形态的牵制，并不能够告诉我们一切，但可能留下了一些可供利用的知识线索。

中国的汉语本身甚至就是一个了解历史的资料宝库。你看，汉字中有那么多“竹”字旁的字，可见当时黄河流域的竹子很普遍，植被物种是很丰富的。还有“财”、“赊”、“贿”、“赈”、“账”等与钱财有关的字，都以“贝”为部首，可见古代中国人使用过币钱。但那么多贝壳是从哪里来的？可能的情况是，那时黄河中、上游也是水域繁多，贝壳并不难找。但后来情况发生了变化。成语“泾渭分明”，说明当时这两条河至少有一条变浑浊了，开始有水土流失了。这都是了解当时自然和社会环境的重要蛛丝马迹，应该在脑子里活跃起来。

钱穆在农村生活过，认为农耕社会里“鬼”多，原因是农民习惯于定居，房子一住几代人，家具一用几代人，甚至摆放的位置也很少改变。在这样一个恒常不变的生活布景里，很容易让人回想起往事和亡人：当年的他或者她，历历如在目前，如何起床，如何梳头，如何咳嗽，如何出行……神思恍惚之际，冒出种种幻觉，“鬼”就来了。

我在乡下当知青的时候，农民说城里人“火焰高”，乡下人“火焰低”，所以乡下人容易看见鬼。其实，所谓“火焰高”，就是城里人教育程度高，理性思维加强，生活场景变化多，习惯于流动，搬房子，搞装修，家具换代，能够引起回忆和幻觉的具象场景大量消失，鬼也就不知道到哪里去了。老宅子里容易闹鬼，新房子不大容易见鬼，看来同样符合钱穆指出的条件：长期定居。这虽然在钱穆的书里只是一笔带过，但也许比他有些大结论更为重要。我喜欢他这一种依托生活经验来解读历史细节的方法。有人说过，史学就是文学。这种说法不是没有道理。读史学也要像读文学一样，要重视细节，要体验和理解生活。

文化的价值

据说对“知识分子”有两种理解，一种是法国式的理解，一种是美国式的理解。

法国式的理解强调知识分子要关注公共事务，常常要超越自己的专业范围充当社会良知，这大概是从左拉开始的传统。

美国式的理解则强调知识分子应谨守自己的知识本职，即便关注社会，也要 no heart，只能说点专业话题，甚至应该去掉道德感和价值取向，保持一种纯客观和纯技术的态度。

其实中国也有这种类似的区分。在清代，学者们开始做小学，专心训诂，专心考证，一个比一个做得专业，其中很多人其实是为了规避政治风险，不得已而为之。到后来，很多人转向经学和实学，主张经世致用，关心安邦治国的大事，顾炎武、戴震、魏源、龚自珍等等，是一个长长的名单，有点像左拉、索尔仁尼琴、哈贝马斯以及乔姆斯基这样的公共知识分子了。

这两种态度本身都无可厚非，关键是看用在什么地方，关键是不要用错地方。更进一步说，有效的公共关怀，需要扎实的术业专攻；有效的术业专攻，也需要深切的公共关怀，两者不是不可以有机统一的。现在我们的现实问题不是在这两者之间做出选择，而是这两方面都做得非常不够。

当年马克思留下了一个理论空白：所谓“亚细亚生产方式”。这“亚细亚生产方式”到底是什么？亚洲人是应该最有发言权的，最应该回答这一点。

自从十六世纪以后，西方已经与东方紧密相连，互相依存，是一个共生的整体。如果我们不能有效地解释亚细亚，以前对西方的解释其实也值得怀疑。还有，西方那种资源高耗型的现代化在当前遇到了严重阻碍，因为世界各国都想发展，但不再可能重复西方以前的特殊的机遇和地位，必须探寻一种资源低耗型的发展模式，否则就会陷入日益加剧的生态危机、社会危机以及文化危机。在这个时候，作为一个人均资源从来就很紧张的人口大国，中国的历史经验和教训，是一笔不可忽视的文化遗产。

这些方面都有很多学问可做。

文化的价值并不一定体现在经济发展上。欧洲在经济上玩不过美国，至少现在是这样，但欧洲的文化就不一定比美国的文化低劣。中国人重亲情和人情的传统，肯定不是最有利于经济发展的文化，但这种文化的价值体现在经济发展以外的方面。现在有些中国人下岗了，还能买彩电，打手机，打麻将出手就是十块钱或五块钱一炮，为什么？无非是自己没有了就吃父母的，吃兄弟的，吃七大姑八大姨的，吃老同学和老朋友的，不像有些美国人，一家人上餐馆还 A A 制，各付各的账。中国人的这一套不利于竞争，不利于明确产权，但社会危机到来的时候，倒能结成了一个生存安全网，所谓“通财货”，实现贫富自动调节。你能说这种文化就完全没有价值？就算只是让有些人穷快活一下，快活就不是价值？

历史角落里的微光

“中和”是一种处理社会矛盾的智能，至少在很多情境下是用得上的。

因为讲“中和”，中国古人虽然也讲富与贫，但没有森严的阶级制度和强烈的阶级意识，科举就是穿透阶级壁垒的，最讲出身的时候，取士也只是排斥“倡优隶卒”，因此大家都相信“将相出寒门”，相信“官无常贵民无终贱”一类说法；中国古人虽然也讲夏与夷，但没有刻板的民族划分和浓厚的民族意识——就像章太炎说的：夏可以为夷，夷可以为夏，只看文化不看血缘。夏与夷都是很弹性的文化概念。这样好不好呢？你可以说不好，明代以后华侨在东南亚一些地方屡遭迫害，中央政府不闻不问，根本不愿发兵去保护侨民，与西方国家的做法大不一样。这是因为朝廷有国家意识但缺乏民族意识，出了国的民我就不管了。但你也可以说好，中央政府即便在强大的时候，对周边民族也多是采取“怀远”与“和亲”的政策，郑和统领当时世界上最强大的舰队，也只是去各个国家送礼品，搞公关，推广中华文明，不像葡萄牙和西班牙的舰队那样到处打、砸、抢、杀。这也是因为缺乏民族意识，脑子里没有民族称霸和帝国殖民这根弦。

西方的阶级主义与民族主义东传以后，深刻地改变了中国的社会与文化，给中国注入了竞争的活力，包括内部竞争和外部竞争的活力。但随着各种条件的变化，当阶级主义和民族主义走火入魔的时候，光讲“零和”就可能有害了，“中和”观念也许不失为一剂去火降温的良药。

在很长一段时间内，中医在西方得不到承认，因为中、西医的话语方式完全不同。这并不意味中医就没有价值。美国著名生物学家托马斯等人说过：在抗生素发明之前，西医可说是一塌糊涂。

中医的话语方式当然可以丰富和发展，知识局限和功能局限也可以打破，中、西医结合就是一个方向。如果这种改进了的中医还是得不到承认，那也没有什么关系。一种知识能不能得到更多承认，与一种知识是不是有效，不是一个问题。世界上并没有凡知识成果就一定会受到追捧和喝彩的规则，就一定要成为主流的规则。相反，很多知识成果常常是沉睡的，寂寞的。

翻一翻《史记》，就可以知道孔子在他那个时代非常边缘化，只在鲁国、陈国、卫国等几个小国乱窜，还四处碰壁，几乎只是历史角落里微光一闪。有时他很悲愤，几乎想驾一条小船到海上去漂流。像秦国、晋国、楚国这样一些大国，显赫的帝王大臣们，谁理睬过他呢？谁知道过他呢？孔子被挖出来和抬出来，是几百年以后，是秦灭六国以后，大家不想再打仗了，需要一个管理秩序和道德秩序了，董仲舒这些人就寻找历史资源，重新加以包装和推销。

现在的世界，差不多就是个“新战国”时代。宗教和儒学式微了，革命也退潮了，上下交争利，东西交争利。美国，欧洲，日本，俄国，中国，印度，再加上一个什么国，就可以拼成一个新战国“七雄”。大家都在追求富强，都是发展优先，追求利益的最大化。这样下去，将来会不会出现一个秦国？由谁来充当这个秦国？这是一个未知数。

会不会出现秦灭六国以外的另一番前景？这些也都是未知数。

但可以肯定的是，随着自然系统和社会系统各种条件的变化，知识主流也不会一成不变。很多历史角落里的微光一闪，可能会在什么时候重新大放光芒。

爱的专横

○邓　刚

一个小伙子爱上一个姑娘，立即会像火一样地燃烧起来：或热烈进攻，或痛苦徘徊，或狂喜不已，或垂头丧气。一旦他成功了，姑娘接受他的爱，这疯狂的一切就迅速消失，烟消火灭。

姑娘们恰恰相反，她们对爱的到来忐忑不安，躲躲闪闪，几乎像面对一件坏事那样惊慌，俨然一头小鹿或一只小鸟被虎鹰追赶，拼命地挣扎和逃脱。可当她们一旦被爱情俘获，却异常微妙地显示出爱的力量和胆量。然而，悲剧却恰恰会在这时袭来，往往女人终于开始一心一意进入爱情时，男人却开始兴趣索然了。正如一个作家说的：当女人觉得事情正在开始之时，男人却认为已经结束。

小伙子的情感似霹雷闪电，来得急走得快；姑娘们则如一条细水长流的小溪，缓缓而来却能久久缠绕。也许这是造物主故意在男女之间造出的两种情感方式，给这个世界增添五彩缤纷的喜怒哀乐。然而，正因为如此，爱情的麻烦滚滚而来！古今中外流传多少"痴情女薄情郎"的故事，尽管其中有这样那样的原因，但两种情感方式也是不可忽视的潜在因素。当然，我们不能因性别和性格本身的差异来原谅哪一方。然而，我们如果不认识和不重视其中的利害差异，将会痛苦不堪。以宏观的大视角来透析爱情的纠纷，你往往会发现黑白分明的规律现象：一般男人愿犯"喜新厌旧"的错误，女人则长久地陷在恋情中不能自拔。常常可以听到新婚不久的妻子对丈夫抱怨——你当初那个劲头哪去了？一天能追我一百次！……简直可以得出这样的结论:在初恋时,男人大多是狂热的积极分子;在成家后,女人却日渐显示出情感的模范力量。男人似乎爱得太用力了,爱一阵得歇一阵;女人则不紧不慢,永不松懈,有时甚至把男人爱得焦头烂额,喘不过气来。前些日子去哈尔滨,在火车上与一女乘务员攀谈。她对丈夫的爱几乎达到一种专横,她用主宰一切的口气说——他开支得如数交给我,他下班得按时回家,他绝不能和乱七八糟的女人来往,他得听我的！……她的理由是妻子对丈夫一心一意,丈夫就必须对妻子一心一意! 我开玩笑地问她——丈夫要是不听你的话怎么办? 她柳眉倒竖,断喝一声:他敢！我又问:你丈夫真就敢了呢……她立即急切地打断我——那他当初干什么了！现在我老了,丑了,就想扔掉我,哼,休想!……

坦率地说,我讲不出反驳她的理由,但我有些不寒而栗。

在感情纠纷中,似乎更多的是男人们禁不起推敲。他们见异思迁,爱不专一,可恨可恶。问题是男人们既然如此不忠,那些女人为什么还死缠不舍呢? 有时我问一些家庭纠纷中的妻子,丈夫已经这个样了,你还和他过个什么劲儿? 大多数妻子神情茫然而不能回答,但有几个勇猛的妻子恶狠狠地答道——他不让我好过,我也绝不让他好过!报载某地一妇女坚决不同意与感情破裂的丈夫离婚,当法院判离时,她竟当场喝敌敌畏自杀。然而,我也遇到不少柔弱的女人,她们在我面前摇着头悲叹,我们女人天生就是受欺负的命!……

这使我想起在莫斯科看到的电视新闻: 记者采访一行路男人——你对强奸妇女案上升有何见解? 那男人答道:主要是妇女不强奸男人!当时我们都哄堂大笑。但我总觉得那个男人幽默的回答中含有一定道理,女人没有反抗意识和力量,她们总认定自己是被欺侮的弱者。

我们现在谈爱情已够艰难了: 城市的农村的国营的集体的有文凭的没文凭的个高的个矮的富有的穷困的, 无数附加条件已淹没了爱情本身,麻烦将会无穷无尽。怎么办呢? 我想,我们实在应该多一些超出爱情本身的思索了。

珍珠

〇迟子建

有一头猪，一被放到牧场上就开始吃。它并不只是选择上好的草，而是碰到什么就吃什么，肚子撑得溜圆了，鼻子却还贴着地面，不肯离开。大团的阴云悄然移动到牧场上空，眼瞅着暴雨就要来了。喜鹊、火鸡和小马都到橡树下避难去了，猪却头不抬眼不睁地继续吃。只是在冰雹哗啦啦地砸到它身上的一刻，猪嘟囔了一句："纠缠不清的家伙，又把肮脏的珍珠打过来了！"

这是朱尔·勒纳尔《动物私密语》里的一则故事。读它的时候，我刚把《白雪乌鸦》定稿，轻松地与香港大学中文学院的老师和学生，去旺角的几家小书店淘书归来。我买了这本妙趣横生的书，黄昏时分，坐在可以望见一角海景的窗前，安闲地翻阅。读到《猪与珍珠》时，我实在忍不住，独自在寓所里放声大笑！也许是《白雪乌鸦》的写作太沉重了，心底因它而积郁的愁云，并没有随着最后一章《回春》的完结而彻底释放，我笑得一发不可收，把自己都吓着了。

细想起来，我在写作《白雪乌鸦》的时候，跟那头心无旁骛吃草的猪，又有什么分别呢！我只知道闷着头，不停地啃吃，是不管外面的风云变幻的。

有了写作《伪满洲国》和《额尔古纳河右岸》的经验，我在筹备《白雪乌鸦》时，尽可能大量地吞吃素材。这个时刻，我又像那头猪了，把能搜集到的 1910 年哈尔滨大鼠疫的资料，悉数收归囊中，做了满满一本笔记，慢慢消化。黑龙江省图书馆所存的四维胶片的《远东报》，几乎被我逐页翻过。那个时期的商品广告、马车价格、米市行情、自然灾害、街市布局、民风民俗，就这么一点点地进入我的视野，悄然为我搭建起小说的舞台。

当时的哈尔滨人口刚过十万，其中大部分是俄国人。中东铁路开筑后，俄国的政府官员、工程技术人员以及以护路队名义出现的军队，纷纷来到哈尔滨。而中国人不过两万多，且大都聚集在傅家甸。这些来自关内的流民，处于社会生活的底层，出苦力和做小本生意的居多。

1910 至 1911 秋冬之季的东北大鼠疫，最早出现在俄国境内，其后经满洲里，蔓延至哈尔滨。这场由流民捕猎旱獭引发的灾难，到了 1910 年底，已经呈现失控的状态，哈尔滨的傅家甸尤甚。风雨飘摇中的朝廷，派来了北洋陆军军医学堂帮办伍连德。这位青年医学才俊，虽然在英国剑桥受的教育，但作为甲午海战英雄的后人，他骨子里流淌着浓浓的中国血。举荐他的是外务部的右丞施肇基。施肇基是在考察槟榔屿时认识的伍连德。

伍连德到达哈尔滨后，在最短的时间内，通过尸体解剖等一系列科学手段，判断此地流行的是新型鼠疫——肺鼠疫。也就是说，这种鼠疫可以通过飞沫传染。他采取了一系列行之有效的防控措施，如呼吁民众佩戴口罩，对患病者厉行隔离，调动陆军实行封城，及至焚烧疫毙者的尸体。虽然清王朝已是暗夜中一盏残灯，但摄政王载沣难得的一次开明，下旨焚尸，使东北鼠疫防控现出曙色。

然而我在小说中，并不想塑造一个英雄式的人物，虽然伍连德确实是个力挽狂澜的英雄。我想展现的，是鼠疫突袭时人们的日常生活状态。也就是说，我要拨开那累累的白骨，探寻深处哪怕磷火般的微光，将那缕死亡阴影笼罩下的生机，勾勒出来。

动笔之前，我不止一次来到哈尔滨的道外区，也就是过去的傅家甸，想把自己还原为那个年代的一个人。在我眼里，虽然鼠疫已经过去一百年了，但一个地区的生活习俗，总如静水深流，会以某种微妙的方式沿袭下来。那一段道外区正在进行改造，到处是工地，尘土飞扬，垃圾纵横，一派喧嚣。我在街巷中遇见了崩爆米花的，弹棉花的；遇见了穿着破背心当街洗衣的老妇人、光着屁股戏耍的孩子、赤膊蹬三轮车的黑脸汉子以及坐在街头披着白单子剃头的人。当然，也在闯入像是难民集中营的黑漆漆的圈楼的一瞬，听见了杂乱的院子中传出的一个男人粗哑的呵斥声：不许拍照，出去！而这些情景，是在我所居住的南岗区极难见到的。在接近道外区的过程中，我感觉傅家甸就像一艘古老的沉船，在惊雷中，渐渐浮出水面。

然而真正让我踏上那艘锈迹斑斑的船的，还不是这些。

有一天，从游人寥落的道台府出来，我散步到松花江畔。江上正在建桥，停着好几条驳船，装载着各色建筑材料。水面的工地，与陆地唯一的不同，就是灰尘小，其他的并无二致。一样的喧闹，一样的零乱。可是很奇怪的，江畔的垂钓者，并没有被水上工地的噪声所袭扰，他们如入无人之境，依然守着钓竿，有的轻哼小曲，有的喝着用大水杯沏的粗茶，有的慢条斯理地打着扇子，还有的用手摩挲着蜷伏在脚畔的爱犬。他们那样子，好像并不在意钓起鱼，而是在意能不能钓起浮在水面的那一层俗世的光影：风吹起的涟漪、藏在波痕里的阳光、鸟儿意外脱落的羽毛、岸边柳树的影子及云影。我被他们身上那无与伦比的安闲之气深深打动了！我仿佛嗅到了老哈尔滨的气息——动荡中的平和之气，那正是我这部写灾难的小说所需要的气息。

就在那个瞬间，我一脚踏上了浮起的沉船，开始了《白雪乌鸦》的航程。

我绘制了那个年代的哈尔滨地图，或者说是我长篇小说的地图。因为为了叙述方便，个别街名，读者们在百年前那个现实的哈尔滨，也许是找不到的。这个地图大致由三个区域构成：埠头区、新城区和傅家甸。我在这几个区，把小说中涉及到的主要场景，譬如带花园的小洋楼、各色教堂、粮栈、客栈、饭馆、妓院、点心铺子、烧锅、理发店、当铺、药房、鞋铺、糖果店等一一绘制到图上，然后再把相应的街巷名字标注上。地图上有了房屋和街巷，如同一个人有了器官、骨骼和经络，生命最重要的构成已经有了。最后我要做的是，给它输入新鲜的血液。而小说血液的获得，靠的是形形色色人物的塑造。只要人物一出场，老哈尔滨就活了。我闻到了炊烟中草木灰的气味，看到了雪地上飞舞的月光，听见了马蹄声中车夫的叹息。

然而写到中途，我还是感觉到了艰难。这艰难不是行文上的，而是真正进入了鼠疫情境后，心理无法承受的那种重压。这在我的写作中，是从未有过的。写作《额尔古纳河右岸》时，尽管我的心也是苍凉的，可是那支笔能够游走在青山绿水之间，便有一股说不出的畅快；而写作《白雪乌鸦》，感觉每天都在送葬，耳畔似乎总萦绕着哭声。依照史料，傅家甸疫死者竟达五千余人！也就是说，十个人中大约有三个人死亡。我感觉自己走在没有月亮的冬夜，被无边无际的寒冷和黑暗裹挟了，有一种要落入深渊的感觉。我知道，只有把死亡中的活力写出来，我才能够获得解放。正当我打算停顿一段，稍事调整的时候，中秋节的凌晨，一个电话把我扰醒，外婆去世了。

虽然已是深秋了，但窗外的晨曦依然鲜润明媚。我不知道去了另一世的外婆，是否还有晨曦可看？她的辞世，让我觉得一个时代离我彻底远去了，我的童年世界永久地陷落了。

我乘当日午后的飞机回乡奔丧。时至深秋，哈尔滨的风已转凉了，但阳光依然灿烂；可当飞机飞越大兴安岭时，我看见山峦已有道道雪痕。那银白的雪痕如同条条挽幛，刺痛了我的心。我终于忍不住，把脸贴在舷窗上哭了。就是在这苍茫的山下，七八岁的我，跟外婆在黑龙江畔刷鞋时，看见了北极光；也是在这苍茫的山下，隆冬时分，我跟外婆去冰封的大江捕过鱼。外婆将活蹦乱跳的狗鱼扔给大黄狗吃的情景，我还清晰记得。捕鱼的夜晚，因为吃了鱼，外婆和我的嘴巴是腥的，大黄狗的嘴巴也是腥的，整座房子的气息都是腥的，可那是多么惹人喜爱的腥气呀。

外婆的遗容并不安详，甚至有点扭曲，可见她离世时，经历过痛苦地挣扎。这样的遗容，让人撕心裂肺。北极村已经很冷了，中秋的夜晚，我站在院子中给外婆守灵的时候，不时抬眼望着天上的月亮，总觉得外婆选择万家团圆的日子离去，有什么玄机在里面。那晚的月亮实在太明净了，明净得好像失了血色。我想大概是望月的人太多了，数以亿计的目光伤害了它。午夜时分，月亮周围竟然现出一团一团的彩云，我明白了，那晚的月亮是个新娘，飞来的彩云则是它的嫁衣。外婆可能在这个日子变成了一个花季少女，争着做月亮的伴娘去了。

中秋节的次日，北极村飘起雪来。起先我并没有留意到园田中的山丁子果，也没有留意到大公鸡。雪花一来，天地一水地白了，树上的红果子，就从雪幕中跳出来了。它们像微缩了的红灯笼，明媚地闪烁着；再看雪地，也有鲜艳的颜色在流动，那是几只羽翼斑斓的大公鸡在奔跑。想着外婆停灵于明月之下，飞雪之中，想着她一手抓着把好月光，一手抓着把鹅毛大雪上路，天宫的门，该不会叩不开的吧？这样一想，我的心便获得了安慰。

难言的哀痛和北极村突袭的寒流，使我大病一场。料理完外婆的丧事回到哈尔滨后，我开始发烧咳嗽。咳嗽在白天尚轻，到了夜晚，简直无法忍受，暴咳不止，难以安眠。镇咳药几乎吃遍了，却毫无起色。我感觉五脏六腑仿佛移了位，不知道心在哪里，肝和肺又去了哪里，脑袋一片混沌，《白雪乌鸦》的写作被迫中断。

病在我身上缠磨了大约半个月，见我对它一意驱赶，终觉无趣，抽身离去了。重回长篇的我，不再惧怕进入鼠疫的情境了。看来哀痛与疾病不是坏事，它静悄悄地给我注入了力量。

春节前夕，初稿如愿完成了。我带着它回到故乡，轻松地过完年后，正月里对着窗外的白雪，飞快地改了一稿，算是对它的一次草草“检阅”。而细致地修改它，则是三月到了香港大学以后。我与中文学院沟通，将我在校两个月的活动调整在前半个月，这样集中完成了系列讲座后，我有整块的时间可以利用，他们慨然应允。

进入四月，我又踏上了《白雪乌鸦》的航程。这次的修改，虽然没有大动干戈，但为了更切合人物命运的发展，我对其中的个别情节设置，还是做了调整和更改。因为时间充裕，在语言上也是字斟句酌，反复打磨。这种不急不躁的润色，让人身心愉悦。

从我在港大的寓所到维多利亚港湾，步行一刻钟便到了。工作一天，我常常在黄昏时分，去海边散步。海面上除了往来的巨型客轮和货船，还有清隽的私人游艇；而海湾上空，常常有小型私人飞机掠过。然而我最羡慕的，不是豪华游艇和私人飞机，在我眼里，那不过是表面和刹那的繁华；最吸引我目光的，是海上疾飞的鹰！鹰本来是山林和草原的动物，不知什么原因，它们精灵般地闪现在维多利亚港湾。它们好像携来了北方的气流，每每望见它们，我都仿佛听到了故乡苍凉而强劲的风声，无比惊喜！我羡慕它们钢铁般的翅膀，羡慕它们可以四海为家，羡慕它们在天地间的那股傲然而雄劲的姿态。在维多利亚港湾，这些鹰无疑就是滚动在天上的黑珍珠，熠熠生辉！人们啊，千万记住，要是遗弃了这样的珍珠，就是错过了这世上亘古的繁华！

《白雪乌鸦》完成了，我踏上的那艘百年前的旧船，又沉入浩渺的松花江了。我回到岸上，在长夜中独行着。四野茫茫，世界是那么的寒冷，但我并不觉得孤单。因为我的心底，深藏着一团由极北的雪光和月光幻化而成的亮儿，足以驱散我脚下的黑暗。我愿意把这部作品，献给始终伴我左右的精神家园——“龙兴之地”。只希望它在接纳的一瞬，别像那头贪吃的猪埋怨我：“纠缠不清的家伙，又把肮脏的珍珠打过来了！”

春秋的老实人和天真汉

○李敬泽

写了本小书《小春秋》,人家就说:这是讲经典、讲历史。我一听汗都下来了,小子安敢!把汗擦了,我又觉得,为何不敢?有句俗话,一瓶子不满,半瓶子晃荡。如果满了,还晃荡什么?国学大师是不会跑到电视上去讲的,讲也不好看,收视率肯定低,偏是村夫子野秀才才要晃荡,豆棚瓜架夜行船,网络电视畅销书,大家听个热闹而已。

村夫子讲经典、讲历史,大家爱听,那是因为"对景儿",古为今用,用古人的智慧教我们成功,教我们做一个聪明人。我们的老祖宗有那么多的生存技巧,那么多的权谋,那么多克敌制胜的法宝,我们要学,而且要用。一部历史,在村夫子野秀才们看来,就是强者生存弱者活该的自然史,这是历史观,也是人生观,用这样的眼睛看历史,那就是一个兵以诈立的大战场。对历史的看法其实都是从我们对自身生活的看法出发的,大家唯恐自己是那个弱的傻的,都希望自己聪明一点,再聪明一点,孜孜不倦地学习,向古人学,向历史学。

但是话又说回来了,我倒是觉得我们其实不必那么焦虑,在聪明的道路上,我们已经一骑绝尘,把古人远远地甩在了后边。今天这一屋子人,每一个都是聪明人,古人见到我们这么多聪明人也会吓得跑回古代去。所以,我担心的倒是另一件事,就是聪明过头了怎么办?太聪明了聪明反被聪明所误怎么办?我们现在讲经典、讲历史,好像不大讲这件事。我亦村夫子,不过是个傻的村夫子,《小春秋》讲来讲去,讲的是向古人学天真、学老实。所以，听者寡应者寡，那也是活该。

什么叫聪明呢？庄子曾经讲过，说早先世上是一团混沌，就像一个面团一样在那儿放着，当然是不聪明。后来也不知是谁，在这儿凿了两个孔，有眼睛了，明了，再凿两个，有耳朵了，聪了。还不够，还要再继续凿，那么人就变得七窍玲珑，聪明无比了。

但问题是，如果我们觉得还不够，还要再凿，我们还要天天听百家讲坛，天天学权谋学诡道，我们浑身上下就全是窟窿了，固然很通风很凉快，但如果是一间屋子它就要塌，如果是个鸡蛋它就得散了黄儿。人呢？凿过了会怎么样？人的聪明还是要有自然的和社会的限度，人有两只眼，只能看到这样的世界，如果我们有苍蝇一样的复眼，那么我们都得得美尼尔综合症，如果有狗一样的鼻子，我们也受不了，这就是自然限度；社会限度呢？一群太聪明的人在一起生活，那是不是很痛苦很麻烦？

和聪明相对，有一个词叫"天真"，我们说"天真未凿"，就是没凿那么多的孔。后来我们长大了，天天凿孔，不天真了。什么叫老实呢？就是一团面疙瘩，实心的，那叫老实。现在我要说哪位朋友很天真，很老实，他心里一定很拧巴，寤寐思服，辗转反侧，我怎么就老实了？凭什么我就天真了？他会觉得很失败很有危机感，闻鸡起舞，去打眼儿凿窟窿，练聪明功。"天真"和"老实"，在我们的生活中不是被充分肯定的价值，老实人和天真汉成了"珍稀动物"。

老实人和天真汉到哪儿去找呢？在生活中，挂出招贤榜也未必有人揭，我们常说"人心不古"，说得也是现在的人太聪明，那么要找人心"古"的，也只好到古代去找。唐宋元明清，一路看下来，越往后聪明人越多，老实人也上不了史书了。再往前找，老实人、天真汉渐多，找到春秋，那就是遍地老实人了。虽然当时的孔夫子还是不满意，还是觉得世人聪明过头，他老人家一口气找到尧舜禹上去，但现在看，春秋已经是很老实了，当然也很天真很暴力。

谈起中国历史，秦汉、三国两晋南北朝、唐宋元明清，我们都有很清晰的概念，有很清晰的想象图景，“普天之下，莫非王土，率土之滨，莫非王臣”，“天下大势，分久必合，合久必分”，等等。但是对于春秋，这些概念和图景都不大用得上。我读《春秋·左传》，先后买了两套。第一套买了，其中一本丢在飞机上了，只好再买一套，接着读。读了两遍，我还是觉得眼前一片云雾，很乱，人也多，国也多，那些人名也很怪。从西周到春秋，中国史的实际状况和教科书里讲的其实很不一样。一帮子人，其实也没多少人，几万人吧，从陕西打过来，占领河南，然后哥们儿兄弟拿着张地图开始分，你分到苏州去，后来就是吴王，你分到临淄去，就是齐公……但是那个地其实还不是你的，怎么办呢？给你三千人带着就去了，反正那个时候华夏大地地广人稀，找片野地，圈起来建起一座城，这就叫做“国”。“国”什么意思？就是城的意思。城里面的人是外来户，叫国人，手里掌握着武器，既是先进文化的代表，也是先进生产力的代表。城外面有人没人呢？有人，都是当地的土著，叫野人，我估计大多是渔猎、游牧部落。在这片大地上，华夏文明撒出很多点去，然后由点到面，逐步扩展融合，这个局面和我们后来的历史格局不一样，所以后人觉得乱，不容易想象。在那样一个草莽初创的世界里，行动着的都是一些老实的人和天真的人。什么叫老实的人和天真的人呢？就是没凿出那么多贼心眼，坦坦荡荡，强悍高大。春秋的时候，即使是坏人、不大靠谱的人和后来的坏人也是不一样的，坏也坏得老实天真。

比如《小春秋》里写到过，当时的郑国，有个大臣叫子公，此人有一个特异功能，便是后来常说的“食指大动”，他的手指比鼻子还灵，隔壁有好吃的，食指立时狂跳。那天他举着个自动狂舞的食指一路找过去，果不其然，他的国王郑灵公正炖着一锅王八汤。正常情况下，郑灵公给他尝一口罢了，偏偏郑灵公是个吃独食的，就让他那么站着。子公先生眼巴巴站了一会儿，又等了一会儿，实在受不了了，扑上去把食指伸到锅里，也不怕烫，蘸了一点汤，就往嘴里放！

子公知道惹了祸，叼着食指扭头就跑。郑灵公大怒，传令，抓回来，砍了！大概是国王的侍卫行动迟缓，那子公跑着跑着一想，与其被他砍了，倒不如先把他砍了。又赶紧扭头回来,一刀杀了郑灵公,坐在那儿把这一锅汤全喝了。

我想了想,唐宋元明清,大概都没有这样的事,何至于天真到这个程度呢?何至于就忍不住那一馋呢?这不是比领导夹菜你转桌更傻吗?但是这等傻事春秋的人干得出来。春秋的人就是这样的直接、暴烈,他们一点儿不压抑,很孩子气,他的欲望和性情马上就要宣泄出来。

春秋英雄头一个是伍子胥。这样的英雄,后来在中国再也没有。我们看一看他的一生,就知道这个人是多么的彻底和暴烈。楚平王杀了他的父亲,这要到了明代和清代,那些儒生们,皇上把你爹杀了,如果不杀你的话,你就只剩下感激涕零、叩头谢恩了。伍子胥,不谢恩,拍马就跑。跑到昭关,一夜白了头。这是什么样的愤怒,什么样的仇恨!然后到了吴国,从吴国带着兵把楚国灭掉,把死了的楚平王从坟里拉出来,鞭尸。这时候有聪明人劝他了,兄弟啊,做事不要太绝,差不多就得了,得饶人处且饶人啊。伍子胥说,我就是不饶,我这个人做事就是要做到底。这样的人是注定倒霉的,所以后来被吴王杀了。临刑之前,伍子胥对刽子手说,你们把我的两个眼抠下来,挂到吴国都城的城门上。干什么呢?我要看着吴国灭亡。这样的气概,我们翻翻《二十四史》,后来很少。

所以我常常觉得,我们的春秋有点类似于希腊的荷马时代。那是我们的巨人和诸神的时代,你能感到大地上行走的都是一些巨人、庞然大物、猛兽。没有那么多的小聪明,没有那么多心机,他们强大、奔放、勇猛。这个世界上的猛兽,都是老实的和天真的。

这样一个春秋时代非常有魅力,用马克思的话说,那是永不复返的人类童年。但是话又说回来了,我也认为,这个世界上到处都是庞大的孩子这也很可怕,动不动就发脾气,为一点鸡毛蒜皮就打得天翻地覆,长此以往,这世界也不成一个世界。

所以,春秋的时候,就出了一个最大的老实人、最大的天真汉,就是我们的孔子,出来一个老师教育孩子们。孔子一生都是一个失败者,他一生都是一个不得志的人。很有意思的是，我们现在讲孔子、讲《论语》，把《论语》讲成了一个成功学。学《论语》，学什么呢？就是学上进、学成功。但在世俗、功利的意义上，孔老夫子本人可是一辈子不成功，他难道不知道在这世上应该怎么混才能混得好吗？他太知道，但是他说，这世上还有比混得好更重要的事，他说除了生存下去、混得好、活得畅快，我们还要讲“仁义礼智信”，我们还要追求一些无法用是否成功来衡量的价值。老夫子念叨了一辈子，没有人听，不成我就写《春秋》，我把你们那些鸡飞狗跳的烂事都记下来，发到“网上”去，我看你们羞不羞！孔子做春秋，乱臣贼子惧。看你们惧不惧！实际上我看人家也不惧。

这样一个天真的人、老实的人，他给我们的民族和我们的文明留下了一些至关重要的遗产。《小春秋》里写到了孔子一生中，我觉得最令人感动、值得我们中国人永远铭记的一幕，就是吴国去打陈国，楚国救陈国，两个大国在这儿打得一塌糊涂，陈蔡之间就困住了孔子，这叫陈蔡之厄，绝粮七日，七天没有饭吃，只能清水煮野菜。这样的时刻，连孔子最忠诚的学生，像子贡、子路，都动摇了，孔老夫子却饿着肚子在屋里弹琴，两个人发牢骚：“杀夫子者无罪，藉夫子者不禁，夫子弦歌鼓舞，未尝绝音，盖君子无所丑也若此乎？”话说得很难听了：现在人家杀你白杀，抢你白抢，你还在这儿弹琴唱歌，难道君子就这么没心没肺吗？

那个时刻，所有人的感觉都是“如此可谓穷矣”，混到了山穷水尽，但孔子凛然道：“君子达于道之谓达，穷于道之谓穷。今丘也拘仁义之道，以遭乱世之患，其所也，何穷之谓？故内省而不改于道，临难而不失其德。大寒既至，霜雪既降，吾是以知松柏之茂也……”

什么意思呢？世上除了成功，除了赚钱、发财、升官、娶小老婆，除了这些之外，还有一些事是重要的、更重要的。孔子认为坚持他的真理是重要的，即使是在最穷愁的时候，最弱的时候、最难的时候，他也认为有一些价值是值得坚守的，坦然坚守。

我把那一天、孔子说这些话的时刻称为“中国精神的关键时刻”，在那之前，华夏大地上的人们是不这么看问题的，直到现在，我们是不是这么看问题，也很成疑问。但是孔子为我们确立了这么一个精神高度，用子贡的话说，就是“天之高、地之下”。孔子不是不知道世间的泥泞，不是不知道生活的残酷，他的一生都在承受势利和庸俗的挤迫，但是，他依然绝对相信有一种正当的生活，他把它叫做“道”，这样一个人如果活在现在，活在我们身边，我们会怎么说他呢？我想，我们会说，他是个天真的人、老实的人。当然，这是夸赞还是嘲笑，就要看说话者的语气和表情了。

在春秋时代，既有像伍子胥那样的、身体上和性情上的巨人，也有孔子这样精神上的巨人，他们都是“庞然大物”，他们老实和天真。我们这些机巧机灵聪明的人们，也许应该回到春秋去看看，回到我们这个民族的童年去看看。

从公元前几百年到公元前后，雅斯贝尔斯称之为“轴心时代”。因为就在这几百年间，在世界各地，有了孔子、老子、庄子、孟子，有了苏格拉底，有了释迦牟尼，有了耶稣。现在我们也认为我们的时代是轴心，因为我们有了互联网，但没有互联网人类也已经存续了那么长时间，但如果没有这个伟大的“轴心时代”，没有现在看来如此天真和老实的这些伟大天才，人类的精神导师们，他们之后的这两千年我们是怎么混下来的，我觉得真是无法想象。

这些导师们教给人们的其实就是一个“弱”和一个“静”。经常有人以“力”的尺度衡量历史，他们会说，你看看，为什么北宋老是打败仗，为什么南宋晚明那么窝囊，可见有文化是没用的，还是要变成狼。可他们就不想想，那些强大的、战场上成功的敌人，而今安在哉！伟大的、持续成功的文明，一定是不仅有强的、动的向度，还有弱的、静的向度，一个人也同样如此，否则就会亢奋折腾把自己搞垮。所以我这个村夫子，提着胆子谈谈经典、历史，你要问我和人家有什么不同？在下是没出息的，我从经典和历史中是要努力看出弱和静来。道家说“以柔弱胜刚强”，这个话我觉得就不是“小聪明”，是“大智慧”。

但是“大智慧”也是知难行更难，我们都知道“以柔弱胜刚强”，但是在生活当中我们就是做不到，我们还得刚强。前几天有个朋友跟我说，开着车被人剐了，“下去我就给了他俩嘴巴”，我说你真爷们儿，那位开一什么车？开三轮车。我说你这车上就你一个人啊？四个呢。我说好汉一条啊，你真是以刚强胜柔弱。道家的智慧涉及对世界本质、生活本质的认识，放在日常经验里人们常常觉得奢侈不合用。但即使就我们每一个人来说，我们弱的时候，我们静的时候，回头想一想，那真的可能是我们人生中最美好，最丰富，最值得我们记忆、回味和留恋的时候。

前几天有记者问，这个《小春秋》写的是什么啊？是不是写的历史？我说我写的是历史，但是别人可能比较喜欢谈论历史中的白天，白天的时候人们在闹腾，在行动，在上进，在勾心斗角，反正白天很忙。但是我想写一写历史中的夜晚，夜晚是什么时候？是一个人静下来，面对自己内心的时候，是静下来看月光如水的时候。这本书第一篇谈的是《关雎》，那是中华民族文学的第一篇，“关关雎鸠，在河之洲”，那晚上的事，夜里在遥远的河中之洲上，有两只鸟在叫，一只叫一声“关”，另一只又叫了一声“关”，关关雎鸠。如果是白天鸟叫就听不见了，就是在这样的静夜里，声声入耳，于是发生了中国人有史以来的第一次失眠，我们的主人公睡不着了，想起了那位美好的女子……

我想这样细腻丰富的情感恐怕也只有在夜晚，只有在寂静中才能够被感受到。当然我们现在夜晚也不寂静了，夜晚来临大家也不闲了，也折腾，我们处心积虑地要把夜晚白天化，我们处心积虑地不要让自己静下来，因为人静下来，就会感到弱和柔软。一个男子辗转反侧睡不着，不管他在白天多么强大，但是在此刻是弱的，他也是个老实人、天真汉，他不掩饰自己的弱，他没觉得心虚不好意思，他对人性和自身的看法都是坦然和朴素的。所以，面对这个无名的古人，我们应该想一想，我们真的要把那静和弱全都取消掉吗？把这种静和弱都取消掉以后，这样的生活是不是还值得过？这样的生活是不是真的那么好？

小县城

〇赵　瑜

之一：红墨水加黑墨水

我第一次觉得自卑，是去小县城。

村子里自然是不通车的，要去乡里。凌晨三点钟发车，需要母亲提前烙了饼在远房亲戚家里借宿，仿佛还要给他们捎上一只下蛋的母鸡，是当作住宿的费用吧，乡下人不算计，却又不好占人家便宜。

那只鸡一路上叫个不停，我倒是挺喜欢这种音乐。

在别人家睡觉总是不大习惯，比如，我站在平房顶上往院子里尿，母亲便骂我。说是在别人家里，不能这样随便。我那时有多大年纪呢，懵懂无知的年纪吧，却也有了穿好看的衣服去县城的意识，布鞋恰好打了一个洞，漏着脚趾，是难看的。我便穿了一双拖鞋，是蓝色的，新买的，有胶皮的味道，我也很喜欢。

我那时候喜欢闻一切工业品的味道，骨子里总想着有一天离开乡下。

汽车是那种破旧的汽车，没有开动之前，会拼命地按响喇叭，于是，那些像我们这头天晚上赶到乡里来的人便慢慢聚拢过来。也有骑着摩托车来的人，一个骂骂咧咧，一个哭哭啼啼。车子开动以后便关了灯。车厢里一片漆黑，多数人都将头枕在车椅靠背上睡觉。头上的油污味道很难闻。

抽烟的人，脚臭的人，吃瓜子的孩子，还有在车上继续吵架的人。有两口子是到县里闹离婚的，吵了一路，互相说对方的不是，我听得仔细，女的骂男人不中用，男人骂女人是个骚货，女人说男人小气，男人说女人天天照镜子，女人说男人爱穿红裤头……一车的人都在笑话他们。

我和母亲是去县城参加表哥的婚礼，母亲扛了一布袋馒头，很白的那种，将方正好看的背上了，被压歪了的留在了家里。我呢，我也背着一袋大葱，一直到了县城，我才发现自己身上一股子大葱的味道。

自然没有孩子和我玩，连我自己都能闻到大葱在时间里腐败的味道，它们恶作剧般地跟着，那是夏天，我感觉孤独。

还有，就是我无法保证在饥饿的时候还能保持绅士的模样，我大约在母亲身边哼哼唧唧地闹吃的。我幼年时一直有此毛病，一到别人家里便要赖说自己饿了，现在想来多么可笑。

舅父不喜欢我，或者说不喜欢此类没有出息的孩子，他忽然就看到我的鞋子，大发其怒，说是不安全，县城里摩托车疯跑，一双拖鞋自然走不快。舅父的指责是有道理的，可是，他哪里知道我不穿鞋子的原因，家里连双像样的运动鞋都没有。布鞋沾满了泥泞，洗干净以后的那种暧昧而模糊的色泽，让我觉得泄气，仿佛一双鞋子便出卖了我全部的过去。我那时候已经看电视，我喜欢神气的人，他们穿着好看的衣服，说话也慢，让我向往。

那顿饭吃得无趣，只记得我拼命地往兜里装糖果，所有的兜都装满。并不大胆，我很胆怯，像是偷东西一样的，趁着别人不注意，便塞进口袋里两枚，心跳会加快，也不敢抬眼看别人。装满了口袋便盼望着开车，赶快回家。有孩子看到了我，他胖得有些好看，命令我将口袋里的糖掏出来，我便哭了。是那种以为哭泣便可得救的试探，却无用，他一抬腿将我踢倒在地，而后和几个孩子将我身上的糖果一抢而空，只剩下手里的一块玉米软糖。

我擦干了眼泪，坐起来了，发现那一帮孩子后来又打了其他的孩子，心里仿佛有了些平衡。我甚至还跟着他们跑了一会儿，却并没有融入进他们。

那种不计自尊也未能融入的孤独感，让我对城市充满了怨恨，这次以后，有很长一段时间，我不喜欢去县城走亲戚。

又长了一些年岁，去县城里发现了书店，将压岁钱换了两本书，在书上写下自己的名字时，觉得县城很美好。

还是要去亲戚家，一去到他们家里，便觉得自己的新衣服显得别扭。一个孩子，凭什么让他在一个富裕的亲戚家里受尽折磨。我的敏感在那时生了根，却又无助。

晚上的时候和表哥一起睡，我们年纪相仿，却实在没有共同的话语。脱衣服的时候便泄露出自卑，我的袜子自然是有洞的，秋裤呢，也是哥哥的旧衣服修改的。

贫穷自然没有罪过，但它足以让人内心里某个琴弦松动。比如那次，我没有经得住诱惑，表哥将一双旧球鞋给我，是大了一号的。我恰好需要，要举行运动会，我没有运动鞋。

过不久，要去县城考试，我自然又要住进亲戚家里的。我不愿意穿着那双运动鞋前去，可是，找来找去，却找不到备用的鞋子。

我想到了一个好主意，便是将鞋子用墨水染了。先是用黑墨水染了一半，结果，美术学得不好，一团乌黑，难看极了。后来又往鞋口的地方染了一些红色，才算有了一些构图。两只鞋子的改造工程，花去了我一个下午。

手上的墨水洗不干净，母亲新蒸了馒头，我喜欢吃硬硬的锅贴饼，在检查馒头的过程中，我留下了作案的痕迹。

县城总长不大，多次走过的街道变得低矮、破旧，甚至，那些店铺标牌的神秘感消失，熟悉常常消解这些庸常的东西。我渐渐熟悉了小县的街道，知道了村子东头堂哥在一家沙发厂做工，他请我吃羊肉面，还看着我笑。我那个时候穿着新洗干净的运动衣，还戴着一个蓝色绳子的电子表。我到县城里来参加一个数学竞赛，他觉得我有出息，说起很多他自己的事情，他学习不好，却不是不努力，每一次说到努力，他都会咧开嘴笑，那天晚上的月亮很好，我第一次喝了啤酒，像尿液的味道。

第二天便考试完了，堂哥当时已经学会开车，他开着一辆面包车带着我去一个市场上批发东西，我跟在他后面。他抽烟，我也抽烟。那个下午，我们两个在一个小巷子里走了很长时间，他有一个朋友，长头发，穿花裤子，小流氓一样，两个人在角落里说了一通话，我在旁边一直站着抽烟。有一个卖西瓜的人骑着三轮车路过，堂哥便买了三个，一人一个，用拳头砸开，用手抓着吃。西瓜汁流在我的鞋上，竟然将那鞋上的红色墨水和黑色墨水一点点融化，我蹲下来，用手抹了两把，结果手上也沾了墨水。

表哥看出了我脚上的鞋子是改造过的，他笑了笑，没有说话。我们两个用一下午行走建立的友谊，随着一段沉默泡了汤。

那天晚上，我写了日记，内容已经记不清了，大体是发誓言的那种。

多年以后，我养成了送人鞋子的习惯。我相信，成年以后，我们的每一个让人能记住的习惯，都源自幼年时的一次尴尬。

之二：舅父

三舅有一年离我特别近，我得以观察他。

他很少笑。

那年我复读高三，从乡下到县城，借居他们家的二楼。想来，我幼年时的毛病被他一眼看去，我懒惰，不是个吃苦耐劳的孩子。虽然学习成绩差强人意，但并不十分突出，不妨碍他鄙视我。

他是一个完美主义者。我没有见证过他之前的吃苦努力，我一见到他，他便已经小康了。然而，他并不快乐，他节俭，将自己的秋裤补了补丁继续穿。他从不浪费，到国营的理发店理发，我恰好遇到他。他便帮我垫付了一元五角的理发的钱。我相信，这在他预算之外的。

他是一点一点积累自己的财富的，所以，他特别看不上那些不劳而获的人。

那个时候,他有一辆漂亮的轿车。发光得亮,“十几万”,我当时猜测。那是十五年前,我已经尽了我最大的想象力了,可是,猜测错了,还要更多。我只好吐舌头。

他让他的儿子给他洗车,里里外外都要洗干净的,连轮胎的沟壑都要用水擦洗干净。我当时非常不理解他,因为,他为此骂了表弟,说他做事情马虎,以后怎能成才。

我不赞同他,那辆汽车只要往前开一步,轮胎便会沾满泥泞,而之前擦洗的劳动全都失去意义。但是,过了几天,他自己又在擦汽车,也是如此的, 他想让自己的汽车停在那里的时候像一辆刚出厂的新车一样,这是我当时的想象。

三舅有些男权思想,一回到家里。他如果不笑,那么,家里的气氛便一直压抑,表弟便会小心翼翼地讲话,连声音都压低八度。如果他一进门就大声说话,笑着,那么,一准是全家欢喜,表妹会趁机要零用钱,表弟会趁机说某某饭馆的某道新菜好吃。

三舅呢,便会一一满足要求,大家坐上他的车,几乎是唱着歌儿出门,去夜市或者去饭馆吃饭,想起来都让人觉得温暖。

他和自己的兄长关系不好,他像是发过誓言,要做一个不讨人喜欢的人。和多数人相处,他都只能占便宜。若是老家来了亲戚,他便做很少的饭。这样做的好处是,下次这些人便会在外面吃完饭再到他家里去。

他说话慢,却难听。想得到他的赞美,极难。有一天下了雨,我从学校回到家,发现院子里散晾着刚打好的煤球,那是为了过冬用的。我连忙将煤球一一转运到走廊的角落里。他大概也想到了院子里散落的煤球,开车提前回家,见我正忙碌,连忙表扬我,可是走到走廊下一看,便大骂了我一通。说是,我摆放得太难看了,要重新摆过。当时我真的对他的审美无比佩服,天正下着雨,我哪顾得上那么多。但是,从那天起,我知道,他真的是一个完美主义者。

他和舅妈关系也紧张。舅妈性子慢，他性子急，两个人极少认真地沟通过。

舅妈说一件事情，还没有说到一半，舅父便开始发火。批评舅妈左右前后不对，舅父骂人的词汇十分文学，多不重复。舅妈大约见多了这种阵势，表情不变地继续说，果然，说完了，三舅才知道自己发火早了，开怀地笑，不知是羞愧还是弥补，便会说好多示弱的话。

他家里的活计很多，冬天煤炉的烟囱堵了，夏天的下水道堵塞了，春天的房顶漏水了，秋天又要新换一个厨房的门，这些活计通常是叫我的父亲。我父亲是个心灵手巧的人，人也踏实，只是，偶尔也会有些脾气。

三舅会像个孩子似的，试探父亲的耐心。比如水槽垒好了，他说，太高了，便要拆掉两块砖，贴上了瓷砖，他又说瓷砖的颜色太惨白了，不喜庆，自己跑到市场上又买了新的瓷砖，怕父亲不高兴，买了好烟，猪头肉。父亲贴好了瓷砖，他又觉得水槽应该用一个两槽的，一个用洗油污的碗，另一个用洗菜。自然又要拆掉，却又不能碰坏外面已经贴好的瓷砖。三舅像是一个故意出难题的建筑科考试出题人，他难倒了我的父亲。父亲自然没有兴趣陪他玩了，摔了东西，扬长而去，最后，三舅不得不放弃自己的想法。但却每每计较于这个水槽。

三舅常常这样，别人费尽了周折帮他做的事情，他并不念人家的好，脑子里记住却尽是没有完美的那一个细节。

这样，岁月积累，三舅终究不是岁月的对手，一直到后来，他的现实是：人缘不好。

我无意将三舅身上的弊病剥离，他是一个在现实生活中硌人的人。他的眼睛总能看到别人的缺陷，从侧光的角度证实了他是一个完美主义者。也的确，但凡是他经过的事情，总是很难再找缺点。对于生活，他是一个低成本经营高手，而对于质量，他又是一个高标准示范的成功者。凡事，他总是对自己要求严格，那么，便要吃别人不能吃的苦。后来，听母亲说，三舅早些年开大货车发家，旧年月里，路途险远，时有劫路的贼出没，胆子小的人都不出远门的，而三舅敢去。他拉东西到遥远的地方去，总是节俭着。

三舅是个要强的人，但凡他想要做的事情，都要求有一个符合他自己心愿的结果。然而世事难料，如果有事情让他觉得失落，便会生出比别人多的坏情绪。与别人打交道也是如此，如果遇到别人不肯尽心力，他便会破口大骂。他不喜欢讲秩序，不知是什么时候养成的心性，哪怕是辈分较自己长的，他也丝毫不照顾。

我常常想，在内心里，追求尽善尽美，一定是很难有一个可以界定的尺寸。而三舅则属于过分追求完美的人。如果有事情没有做成，在别人看来是平常的事情，不需要生气。但在三舅心里，便成了莫大的心结。这样的事情多了起来，便会有生不完的气。所有这些坏的生活情绪，积蓄起来，成为乌云一样的记忆，会伤害自己的身体。

我后来年纪渐长，尝了一些世事，常常会遇到和三舅类似的朋友。他们皆心地良善，上进心极强，但在生活和工作中却屡屡有不如意。我曾经努力尝试过，让他们不那么完美主义，但没有效用。

果然，去年的时候，三舅查验身体，患了重病。去年春节的时候，我见他，精神尚好。然而，不知脾气是不是有所纠正。秋天刚过，癌扩散，三舅离世。

我头脑里一直存着多年前，他一进家门大声说笑的声音，如今，只有哀伤。这许多年，我从一个乡下孩子渐入城市，并漂泊四处。总算长了一些见识，也学会了融化自己。

世间的事，有诸多东西不能强求，过于追求完美，往往会偏颇了方向，那么便越走越远。

之三：羊肉汤

大雪天，在街头喝羊肉汤真好。雪花飘进那汤锅里，化成一小段记忆。

我那时候转学，班里有许多好学的人。我不大喜欢他们，常常坐在后面，听一些差生说话，我喜欢听他们说话，他们喜欢挑选与众不同的话，用方言描述是，他们热爱便能，恨不能用一句话，将自己所有知道的，都说出来。直到将别人逗笑，才会满足。听他们说话，我觉得很有意思。

班是个大班，一百零八个人，刚刚好的数字，像一部《水浒传》。翻开我的成绩，颇让一些好学的人佩服。我数学好，从不学习，却总是在前几名。不只是数学，我的语文和外语也一样的好，差的是历史和政治，我不喜欢，政治书上的话不能说服我，历史书也是，竟然还有前后矛盾的历史呢。

我在高中一年级的时候看完了金庸，和别人打架，结果武功平平，总是被打败。高二时转向琼瑶阿姨，除了在一本杂志上发表过一句格言，收到过几封遥远的女孩子的交友信之外，我几乎是干旱作物。情商开发浅显，给女生们写的情书，大概形容词过多的缘故，总是词不达意，失败。

转学之前，我在山东境内的一个县借读，有诸多传奇的情节，比如，不交学费，和一个小混混一起在校外租房，终于被赶出了学校。还有，当时发誓和一个短发女生恋爱，结果被女生的暗恋者揍了一顿，不得不转学到了县一中。

到底，一个乡下孩子，必须要念大学，哪怕是三流的学校，也比流落到田野里强。

也的确，我被母亲或者父亲的某个动作打动，觉得自己不是个心疼家人的人，他们苦苦地在地里刨出几两碎银，我却拿着钱去逍遥了。

我终于在接近高考前一百天，加入连手淫都没有时间的好学生行列，作息制度完全列表，饮食起居精确到秒钟。背诵政治名词、历史事件和外语单词，唯一不需要学的，是数学。

我是此时遇到刘海英的。

他那时候坐在最后一排，是个纨绔子弟，模样也算周正。他之所以引起我注意，是因为他是说话声音最大的一个，显然，如果后排的几个差生是一个江湖的话，他是理所当然的老大。凡是理屈的时候，他声音提高，或者做出李小龙抬腿的动作，那么，争执立即结束。

他问我数学题，简单之至，我以为他要幽默，简单到不能给他讲，但他的确不会。我说，这你都不会，那看来，要从小学的课程补起。

他便红了脸，说，小学的时候，他数学老是满分，这成绩让他很麻痹。

总之，一道简单的数学题，让他下定决心要请我吃饭。吃什么呢，路过一家羊肉汤馆，那名字仿佛有一个字写错了，我读出来，他便笑了。进去吃，竟然味道很好。

羊肉汤很浓，一层羊油，看起来有些恶心，然而，拌进去油泼的辣椒，再浇进三两滴醋去油腥，汤的味道便扑鼻了。羊杂最好吃，肚丝耐嚼，吃完了，我说好吃，他大方地挥手，便又五元钱的羊杂。老板用大勺盛了浓汤加入碗，又一把香菜葱末放入，直吃得整个春天都暖融融的。

是啊，那个春天，吃了多少碗羊肉汤，已经无法统计。我在一碗又一碗汤里打捞了他的过去，兄弟两个，父亲的职务，他为人仗义，曾经辍学在北京闯荡，吃了苦头，才又回到学校里来。

吃饭，总要轮着付账的，可是，每每到我的时候，他往往借口不想连续喝羊肉汤，而随便找个小馆了事。

羊肉汤馆的老板渐渐熟悉了我们，服务生中的女孩大约喜欢刘海英，常常会在他身边停一下，看着他，问他一句什么，他却并不在意。

羊肉汤馆旁边是一家理发店，常常播放一些摇滚音乐。有一次，一中的一群学生在那理发店门口边听边唱，大约是影响了理发店的生意，一个长发的理发师出来大骂。结果打了群架。

我第二天告诉刘海英，他正在计算一个公式，边听我说，边介绍那个理发师的家底，又说另外几个打架孩子的情况。

他不在现场，竟然比我还清楚。我实在有些佩服他了。

学校对面是一家市场，有眼镜店，旅馆，还有早餐店。也有推着车子出售零食的小摊点，算命的先生，画人像的店铺，小书店和诊所。

所以，在羊肉汤馆吃饭，会遇到他们。我和刘海英热爱猜测身边的人的职业。最容易猜测的是小诊所的人员，他们有时候连外罩的白大褂都不脱下。化妆品店的女服务员，也猜得出，她们的嘴唇深红，恨不能将早晨的太阳撕下一截，和了水，捣碎了涂在嘴唇上。

是的，早晨的太阳很红，这个比喻，被我用在了一篇作文里，语文老师在班里读了，还得过两三个女生的喜欢。

让我们屡屡猜测不准的是一个五金店的女孩，每一次，她都是拿一本杂志去吃饭。有时候是《读者文摘》，有时候是《妇女生活》。边看书，还边笑。她近视眼，却又不戴眼镜，将书贴在眼睛附近，四周无人似的。我自然猜测她是对面新华书店的店员，刘海英猜测她是化妆品店的女服务员。我们打赌，跟着她走了许久，结果，她竟然一家店铺也不进，径直沿着建设路一直走到春天的末尾。

直到有一天，我们两个从夜市回来，在一家五金店里看到了她，她依旧在看一本杂志，依旧将书贴在脸上。我们两个恶作剧，打赌她在看黄色小说。

借口买什么东西呢，剪刀，不需要，螺丝刀，不需要，指甲刀，她那里没有，终于想到了，买一把西瓜刀。顺便问她看的什么书，她愣了一下，眨了一下她的眼睛，羞涩地说出名字：几度夕阳红。

结果我赢，因为那部小说，除了抒情啊啊地，根本没有任何黄色的情节。

海英不信，我们便去新华书店去查那本书里的内容，一个晚上都浪费在那本书里面。两个打赌的人，不是为了看琼瑶的小说，而是来检查琼瑶小说里有没有黄色情节。

可真无聊。

书店的女店员在练习钢笔字，我们两个来了兴致，在那里狂写了一通。女孩子竟然认识我们，说，在羊肉汤馆见过的。

问彼此的名字,我们两个假装成熟地和人家搭讪,等到人家说,请我们吃饭看电影吧时,我们两个借口没有时间逃跑了。

一边跑,一边还好奇,原来看过琼瑶的女生都这么开放啊。

渐渐地,也熟悉了海英旧有的朋友,多是像我这样,从乡下来的孩子。有的被分在理科班了,在另一个院子里,便极少见。见面也是在乒乓球台那里,打两个回合,说几句话,都是关于高考准备的。

有一个热爱穿皮鞋的孩子,喜欢将头发梳得光滑可鉴,大概看多了香港的电影,有一天,他竟然买了一款长长的风衣,在校门口又买了一款廉价的墨镜,穿上,很有香港黑社会的范儿。于是大家便笑话他,他却不以为然,十分满意地在校园里走来走去。

这位影视风格男生和海英关系颇近,常常跑来借钱,十块二十块的,烟也抽得大方。

我说不好是什么心理,问海英,这个孩子的家是县里的吗?海英说是。

我又问,他爸是做什么的呢?

这一下,他愣住了。说,我不知道这些,我交朋友,从不问他爸是做什么。

这个数学极差,天天不学无术,对朋友无比大方,和女生天天厮混的差等生,只用一句话便教育了我。他让我知道,人内心的良善和家境好坏没有关系。只有像我这样出身贫穷又不甘贫穷的人,才常常关注个体背后的富裕与否。

自那以后,我融入到他的许多朋友的话语里,甚至,我融入到更开阔和宽容的视野里、环境里。我不再是那个目的单纯的乡下人,我懂得接受和给予,懂得了接纳和放下。

我和刘海英一直交往到现在,兄弟一样,不分彼此。我常常觉得,我们是被一句话叫醒,而不是被年复一年的读书学习改变。

又或者,我们被一句话拓宽。

而刘海英，这个尽管努力学习仍然自费念了大学的差生，用一句话将我的视野打开，将我私欲旺盛的内心抹去灰尘，添了一束光。

那年暑假，我们厮混了一个假期，每隔一天去喝一次羊肉汤。对了，还吃烧饼，我可以吃两个，他一般吃一个半，那半个剩在那里，每次我都骂他浪费。

之四：哥哥

有一年夏天，早晨，刚打开办公室的门，劈头便遇到哥哥的电话，他喘着粗气，问我的身体状况，我那时青春无敌，每天骑飞车，吃四根油条，力大无比。自然无恙。得知结果后，他长出一口气。说是一夜都做噩梦，关于我。很是不放心，一早便守着电话打。我接到的，已经是他第十通电话了。

他那时候打电话很是不便，需要骑车很远，到局里的办公室。在那个年代，办公用的电话照例是被一个木盒子锁着的，而他要找合适的理由，提前问同事要了钥匙。

电话打完了，问他，并没有其他事情，只是因为一个梦。我当时很想笑话他。

那时我刚抵郑州不久，热爱加班和出差。发誓要出人头地，凡是吃苦耐劳的事情我争抢着去做，自然，也就多了一些微薄的酬劳。我工作的那本杂志曾经影响颇大，名字出现在上面，对于哥哥来说，意味着可以炫耀。

哥哥比我年长三岁，却从小学二年级起始一直与我同班，这注定了一切。和自幼聪明的我相比较，他不擅学习，却也懂得及早放弃，初三那一年，他去当了兵，而后转业到了我们县工商局上班。

一开始被分配在一个稽查大队里，扮演坏人，清查大街上乱摆摊位的小贩。哥哥每每不忍心，留下了一些好名声。

有一次，我在他住处附近买东西，那老人一听我的声音便说什么也不要钱。我不知原因，他坚持不要。我以为他认错了人，结果，她问了我一句，你是不是有个哥哥在稽查队上班啊。

噢。一句话点醒了梦中人。

回去问哥哥，才知，那老人的儿子他认识，是个讲义气的小混混，为了朋友打架，进了看守所。老人生活颇不容易，每次哥哥都会照顾一下老人。

在小县城，哥哥的朋友甚多，我一点都不奇怪。他脾气好，邻居夫妻吵架了，会各自找他诉苦，让他做裁判。他力气大，有一个朋友在夜市场做生意，得罪了带头大哥，他上去摆平，双方见面，二话不说，他将带头大哥暴打了一顿，还打出一番情意。那带头大哥后来有事央求他帮助，我哥仗义，不计前嫌，于是二人烧香磕头，还成了兄弟。

在小县城，我哥黑白通吃，常常让我觉得自愧不如。我们平时见面不多，春节时团聚一下，便会见证他在小县城的辉煌生涯。

如果沿着他们家的一条街向西走，我会知道，去十字路口东面的百货店买东西是优惠的，因为我哥和老板一起摆过一阵子夜市，经营品类具体不详，总之坚持了十天，两个人后来才发现，他们哪里是在做排档，不过是以开大排档的方式请了一帮朋友长期吃饭。

十字路口西边的一家狗肉店老板也是他的朋友，那个店是祖上传下的店，用木头刻的一个羊头被岁月抹上了油彩，很是艺术兮兮，那是他们祖上“挂羊头，卖狗肉”的传统，现在，店老板学了聪明，除了卖狗肉以外，还卖羊头肉，果然继承了祖上的愿望。

我喜欢吃这家的羊头肉，肉烂而腻，更没有羊肉的腥味，如果让他们凉拌一下，他们会撒数粒芝麻，浇了麻油和辣椒油，冬天的时候这里有温热的红薯酒，甜的，入口甜，而后稍有些香，喝完一碗，还想再来一碗，生活也在这个小店里变得美好。照例，吃过饭以后是不要钱的，因为我哥在，不仅不掏饭钱，连老板兜里的一盒烟也被我哥抢了去。

问他，说是患难过。

小县城是一个熟人社会，它和乡村一样，有着传统中国的逻辑。凡事，并不照着死板和僵硬的条理来做。他们的逻辑是情感，感情深厚的，不论任何事情，都理直气壮地办理。如果感情淡漠，哪怕是简单的事情，也会让你觉得陌生和艰涩。

然而，小县城的感情是如何培养和维系的呢，是日复一日的相互交杂，今天我抽你的烟，明天你用我的车，后天呢，我趴到你父亲的坟头前大哭了几声。

这种日常的交集编织成了所谓的县城生活，他们在一起讨论钱财，某某朋友的窘迫、升迁，或者同情，或者羡慕，生活充实又热闹，似乎永远有无尽而庸常的生活段落排队而来，让他们目不暇接。

几乎，我从未问过我哥的理想。

理想，对于一个长期生活在小县城的人来说，是奢侈的，他们的理想，早被工资和朋友的吆喝声肢解了，他们有的，只是一些短小而又容易实现的小计划。

比如，坐在酒桌上的司英雄，他将一口酒吐出来，说，怎么有些苦啊，又吐两口唾沫，用脚踩了踩地板，他的手机坏了，说，手机只能听对方的声音，我自己说对方听不了，所以，对方一说，我就知道有什么事情了，当作一个会说话的传呼机。明年，我得换个手机，诺基亚贵了一些，可是我们局长用的就是诺基亚，我得向他们靠拢。

我哥骂他“脏精”，这是土话，意思是虚荣。

是大年初一的酒桌，坐着的人分别是我哥，司英雄和行勇。我哥坐在最里面的位置，他有些爱抽烟，头发和我一样油腻。那年，他从县局里调职，下了乡，做了葡萄架乡的工商所所长。司英雄是我哥的战友，他也抽烟，他举出两个手指让我们看，展示他每天吸食香烟的数量，他在县计生委工作，他的衬衣很白，崭新的那种白。

他的旁边坐着我的表舅行勇，他还没有从一段婚姻的悲伤中走出来，双目无神，他不是一个放得下的人。

几个人正热烈地讨论一盒烟的真假，关于烟丝里夹杂的内容，烟盒密封的细密度以及卷纸的柔软度。他们讨论得真诚而骄傲，恨不得列举自己所吸过的所有假烟的特点。

我喝得很少，自然就引起了司英雄的不满，他一边指着我的酒杯示意我再喝一下，一边说起他遇到的一个厨师，特别能喝酒，用大茶杯喝白酒，一下一杯，三下三杯。

他接下来的话语都是围绕着这个厨师，肥胖的样子，鼻子有缺陷，他肖像能力很强。虽然他百般地解释他如何亲眼所见那个胖子是如何连喝三杯的，大家仍旧是怀疑，开始怀疑，酒杯的大小，司英雄便比划那杯子大小，茶杯的杯子，很大。

又讨论酒的度数，司英雄又连忙说出酒的名字，是高度酒。

又怀疑这个人做过什么手术，手术的名字大家又说不清楚，说是做了这样的手术以后，酒精进入体内，直接可以不经过胃部而进入尿道。这个手术是我哥说的，说完以后大家开始骂他胡说八道。如果有这样的手术，那么，全国都成了能喝酒的了。

于是，又是一阵争执。

小县城总是有许多趣事可以当作下酒的笑料。司英雄开始介绍他的一个女同事，骂人的功夫很是了得。他举了例子，说，女同事的丈夫在街上修鞋子，少找了五毛钱，女同事便去索要，因为没有证据，双方各执一词。于是，那女同事拉开架势，将山歌一样的骂词排比出来，直把那修鞋人骂得低头捂耳，掏出一元钱给了司英雄的女同事，仓皇逃走。

这个女同事，因为骂人时押韵而又合乎平仄，所以，私下里均称她为“通俗歌手”。

酒席上，我的那位表舅表情呆滞，不为我们的热烈所动。他是个警察。抓过小偷，却没有抓到老婆的奸。他被县里派到了北京工作，大抵是为了堵截那些上访人员的，这是个奇怪的工作，收入是高了一些，但却给了老婆做红杏的机会。据说,他老婆是网恋,男人从数百里远的地方跑过来,一见倾心,竟然,两人大大方方地过起日子来。表舅是最后一个知道真相的,他有急事需要回家处理,结果,看到了一个电视剧的高潮部分。

离婚对于一个小县城的工作人员来说是人生的大意外,婚姻是他们最为小心的一部车子,离婚了,就像是一辆车子被拦腰撞碎。疼痛是难免的。

表舅抽烟结束,和大家一起喝酒。每一次说话都欲言又止,大家都知道他的伤口,替他遮掩着,可是他自己却常常舔着自己的伤口。

故事都讲完了,哥哥催着行勇也讲一讲北京。在婚姻的阴影里独自徘徊的行勇突然释怀一笑,说起他在北京遇到奇怪事情。有一个到北京上访的人,钱财用尽,为了生存,天天去偷一个水果摊的西瓜。结果后来,被卖水果的女人发现,骂不还口,打不还手,还主动帮助她搬东西,扫垃圾,而女摊主丧夫多年,最后,竟然偷成了一对姻缘,那个男人不再上访了,留在北京和女主人卖起西瓜来。

他讲述故事的水平很高,只三两句便把一个传奇而又现实的人物鲜活了。

行勇接着说,有一个上访的,年纪模糊,但大抵年轻。在上访期间因为不懂法律屡屡被斥责,一怒之下选修了法律,竟然一学就是四年。边上访边帮助别人上访,现在竟然考了律师证,办了事务所,还把一个上访的女寡妇娶了,听说是帮这个寡妇打赢了官司获得了一大笔赔偿,两个人在京城竟然买了一大套房子。还有一个上访的老大爷,特别热爱打扫卫生,他走到哪里就打扫到哪里,最后北京一个居委会很喜欢他打扫院子的敬业劲头,就把他养起来了。

他的上访人物系列让我大长见识,我一向觉得,市井百态,最具教义。

我哥的手机响了,他接通了电话,说:在喝酒,你那一摊啥时候结束,中,中,我看看能不能赶过去,放心,放心,放心吧你,真呢,真呢啊,好,好,我记下了……

表舅已经去了厕所,司英雄和哥哥小声说表舅的婚事。我哥一边听司英雄说话,一边用筷子叨盘子里的花生米,反反复复,他夹不住一粒花生米。

我告诉我哥说,该上热菜和蒸碗了吧。哥将手里的筷子一把撂下,站起来,往门口移了两步,大声喊,娘,上馍吧,我们饿了。

这样,酒便不再喝了。

那天,哥哥喝多了,喝多以后,便会不停地说话,同样的意思反复表达,他很知足的样子,他的烟头不慎烧着了新买的羽绒衣,嫂子心疼了半天。

一直到第二天,我哥还在接受嫂子的抱怨。我哥瞪了一眼,嫂子便马上不响了。

我哥说,没事,我的衣服和行勇的样式一样,改天我偷偷和他换了,反正他有钱。说完嘿嘿地笑。没两天,他果真偷偷地将羽绒衣和表舅换了,那天,他高兴得像个孩子。不过,据说,没有过两天,便又将羽绒服烧了一个洞。

大体就是这样。

谢土

○乔忠延

说明土地对人类的重要，其实无需任何语言，我家乡的一种民俗就可以说得清楚明白。这民俗便是：谢土。

感谢土地，不是一句空话，逢年过节乡亲们都要祭祀。摆上自己舍不得吃的好食物，先敬献土地爷。土地爷，是乡亲们眼里最受敬的神仙。从前，村村都有土地庙。不，这还说少了，村下面是社，社社都有土地庙。更确切地说，凡是像样的门户，只要自己有房屋，就会有土地庙。当然，院里的庙没有社里、村里的庙那么阔绰气派，可是，正房的当间儿墙上必有一个小巧精致的神龛，那里供奉的就是土地神。村里人不说土地神，都说土地爷。爷，是尊称，在村里只有辈分大的、威望高的，才配享受这"爷"的称呼。足见土地的地位。

土地的地位为什么高？看看神龛两边的对联就明晓了："土能生万物，地可发千祥。"

一副通俗的对联，说透了万代相传的世理。《易经》说："坤厚载物"。乾，为天；坤，为地。万物由土地中获得生命，互为依凭，和谐生存，岂不是"发千祥"？"生万物"、"发千祥"，还不是最大的功德？因而又说："厚德载物"。像土地那样滋生万物，养育万物，才是这世上头等大的功德啊。

乡亲们对于土地的尊崇和敬畏自然不是这么理性的，而是感性的，是从生存的愿望出发的。在他们眼里，土地是活着所必需的，没有土地，就会断了吃食。没有吃食，怎么活得下去？所以，农人和土地的关系，是不能用人和物的关系来看待的,而是人和他命根子的关系。我出生在农村,见过乡亲们的劳作。那种虔诚的态度,使我觉得用"劳作"一词实在是对土地的亵渎。我记得大伙儿最喜欢用的词是:伺候。农人一年到头就是伺候庄稼。秋天收过玉米,大田坦荡开去,一览无余。你看吧,男女老少都在精心伺候土地。土地犁开不行,只虚不绵,还要耙过;耙过不行,只绵不绒,还要耱过。耱一遍再耱一遍,耱得土细如面,又绵又绒,撒一把种子进去,舒适得就像在冬阳暖照的炕头上睡大觉。把土地伺候到这个分上,虽然人累得骨头都能散了架,可这会儿才是顶受活的。受活的农人不会把笑颜挂在脸上,只是干完了农活还不离开,坐在田头,拨弄起自家的烟袋。点燃一锅旱烟,一缕乳白的烟雾就载起内心的愉快缭绕在布满皱纹的脸前。

一代一代的农人,就这么将青春,将壮实,将晚年全都伺候了土地,直到耗干最后一滴心血无奈地倒下,被别人种进土地。这就是叶落归根,入土为安。土地供养人活着,还供养人死去。说土地是人的命根子一点也不过分。

既然土地是命根子,那要是有人夺他土地,他非拼命不可。我的老爷爷就因为五亩好地被别人打倒了,打倒他的人不是伺候土地的人,打倒他却是为了将别人的土地据为己有。那一年村里闹红火发生械斗打死了人,与此事毫不相干的老爷爷却被关进了监牢。顿时家里人慌乱异常,听别人说应该打点一下,就赶紧打点。打点出了车马不治事,打点完了镇上的一个店铺也不治事,后来把那五亩地打点给人家才把老爷爷挖出监牢。老爷爷回到家里,痴呆的脸像是霜打过的一片枯黄的树叶。听说卖了车马,他枯黄着脸;听说卖了店铺,他枯黄着脸;听说卖了那五亩地,他大叫一声,倒栽后去,躺在炕上再也不睁眼。看病的大夫来来去去,没有一个人能治了他的病。后来,老爷爷起来了,起来却还是因为那五亩好地。是老爷爷的哥救了他,眼看着弟弟就要咽气了,他又气又急,站在炕边发了火:"你死得下去?那五亩地是你家的命,你不把它再弄回来家人非饿死不可！”这么一喊闹，竟把老爷爷喊醒豁了，他坐了起来，活了过来。后来，费尽周折还真把地弄了回来。虽然不是那五亩地，却是比那地还好的地。

我没有见过老爷爷因为土地死去活来的情形，却见过奶奶因为土地发怒的样子。那天，奶奶一改绵善温柔的样子，突然变成一匹张狂的野马，三脚两步就蹦到了对手的脸前，夺下了那汉子正在搂田垄的耙子。那高大的汉子被矮小的奶奶吓蒙了，一时不知所措。待明白奶奶说他多占了一绺土地，要辩解，还没张开嘴，奶奶已刨开她悄悄埋下的界石。他自知理屈，只能服弱，将田垄搂回自家的界内。事后我不止一次回想，奶奶一个柔弱女人，为什么会爆发那么大的力量？

另一件事给了我答案。我住过的东厦高而窄，炕下只能站立一个人，若是两个人进屋，就都需侧着身子。我曾经问为啥不建宽阔些，奶奶说，寸土寸金，买不起啊！寸土寸金，这就是土地在农人心里的价值。奶奶还给我讲了个重耳逃国的故事，这故事后来我在史书上也读到了。那是重耳被追杀他的人赶出翟国，一行人饥饿难忍，无法再走，看见路边锄田的农夫吃饭就上前讨要。岂料，农夫非但不给，还扔来土块戏弄他们。顿时，重耳大怒，挺身就要和农夫打斗。随行的狐偃慌忙拦住劝道：“得饭易，得土难，土是江山社稷！”一席话说得重耳转怒为喜，以为这是将要得到天下的吉兆。土地是何等重要？是拥有天下的象征啊！这不夸张，民以食为天，没有吃的就会揭竿造反，就会掀翻龙庭，中国历史上哪一次农民起义和吃饭没有关系呢？

由此回望，我对那首《游击队之歌》更是情有独钟。独钟在那句：“我们生长在这里，每一寸土地都是我们自己的。无论谁要抢占去，我们就和他拼到底！”每一寸土地都是我们自己的，是我们的命根子，是我们心灵的呐喊，是一呼百应，千应，万应，应者如云的呐喊啊！这歌声激荡着风起云涌的抗战，激荡着前仆后继的抗战。我暗暗思忖，为何这首歌曲不诞生在别地，要诞生在我的家乡？也许早有渊源。我家乡诞生过最早的诗歌

《击壤歌》,先祖唱道:日出而作,日入而息,耕田而食,凿井而饮……耕田与凿井,出作与入息,都要在土地上进行,土地与人们息息相关的命运早在四五千年的歌谣里就唱了出来。这样生生不息,代代相传,早已潜在每个人的血脉里。所以,当倭寇入侵,民族惨遭厄运之际,无数人的呐喊才会大化在一个人的笔端,再由无数歌喉唱响中华:每一寸土地都是我们在自己的,捍卫土地,就是保家卫国!

何止是保家卫国,其实在更早的时候,土地与人就凝结在一起了。不是有神话女娲造人吗?抟土真能造人?我不相信。但是我相信,没有土地就没有生命,当然也就不会有人。从这个缝隙窥视,土地就是人的生命。

我亲眼目睹了文化大革命时人们对于乡村庙宇的扫荡,搬倒泥像,烧掉木雕,即使土地爷也无法躲过这场灾难。狂飙席卷过后,乡村街巷再也看不见一座完整的小庙,就是院落的壁间也不见了土地爷的姿容,只剩下一个空洞洞的神龛。似乎大革命全面胜利了,岂知,扫荡有形的神庙容易,赶走无形的神灵却很难。土地爷被赶出了庙堂,赶下了神龛,却被人们高高供奉在心目中。最能印证这神灵的就是至今还颇为流行的村俗:谢土。无论谁家盖了新房,都会毕恭毕敬地摆上祭品,虔诚地跪在地上,焚香叩首,恳求土地爷宽谅恕罪,恳请土地爷保佑平安。即使当初那些砸像毁庙最狂荡的逆子,也会双膝跪地,磕头如捣蒜。

对土地的诚敬,不仅仅是谢土,是从早于谢土的"破土"就体现出来的。一块土地,或是盖房子,或是修道路,哪怕是在上头盘个做饭的炉子,只要是不让它再长花草五谷,那就是对土地的破坏。这破坏就被人们视为"破土"。破土无疑就是罪过,破土的人无疑就是罪人。因而,动工前非举行个破土仪式不可。仪式的规模视动土的大小而定,若是盘个炉子、垒个猪圈,在地上撒些生米生面,倒些酒水就可以了。若要是盖房子,那就是大兴土木,必须杀只鸡,将鲜红的血液洒在就要开挖的土地上。更大规模的动土,建新村、筑新城那杀鸡肯定不够了,杀马祭祀也是常见的。临汾城有白马城的叫法,就是因为开工奠基时"刑白马而筑城",将白马的血液洒进就要挖开的黄土。白马是当时最为珍贵的马匹，据说“唇亡齿寒”里晋景公送给虞国君主借路的那马就是这种稀有的白马。试想，刨开金黄的厚土，牵来雪亮的白马，一刀下去，见血飞红，再将红得耀眼的鲜血洒进金黄的土地，那是多么壮观，又是多么惨烈！

先前我不理解，为什么要用鸡血、马血破土奠基，制造惨烈。何必弄得这么血色恐怖？后来领悟了，这惨烈的场景，其实是替无言的土地设置了一道无形的护栏。供给人们衣食的土地难道是随便可以毁坏的？不是！土地就是长百草、长五谷的，盖房、修路等等，都是对土地意志的违拗、强暴！是比流血还要可怕的残害！那血淋淋被宰的何止是鸡？何止是马？是土地，是土地在迸溅鲜血！宰杀土地，无异于宰杀人们赖以生存的命根子。割断了生存的命根子，那倒下的就不是土地，就不是鸡和马，而是人类自己。

谢土，在我看，是人们对自己最严厉的警示。

大年初一的坏心情

○李登建

虽已满头华发，依然对“年”存着一份浪漫情怀——除夕夜守岁守到“春晚”落幕，年五更又起来放鞭炮。但是接下来干什么呢？我已跟自己订了规约，过五十岁后不再到处窜着串门拜年。其实在城市里也不兴这个，一个楼道里住着也多不来往。睡回笼觉吗？不少人都是吃了饺子再躺下蒙头大睡，但那岂不浪费、辜负了这一年一度的“狂欢时节”？

站在窗前往外看，天已大亮，小区里却仍清寂无人。不远处的楼群纵向里在比着高矮，横向却彼此孤立，仿佛被钢筋水泥包裹起来，变成了一些冷血动物(是巨兽！)。在城里过年真没趣，哪像在农村，农村里大年初一这一天可不得了，夜色还很浓，家家的大门就敞开了(看谁开得早)，除了辈分高的老人端坐在椅子上等着人家来给磕头外，其余无不争先恐后出来拜年。同族同辈的男子仨一伙，五一帮，呼呼啦啦，拜了这家拜那家，一家也不落，小胡同里的脚步声隆隆响。姑娘们则穿戴一新，花枝招展，你推我拥，一群群地待在街头巷尾，谈论谁系了一条米黄色纱巾，谁别了一只火蝴蝶发卡。村东村西的孩子们都跑到了街心空场子里，追逐打闹，有的大嚼着糖葫芦，有的扯着一嘟噜气球，有的手捏鞭炮，点燃后迅速扔出去……满村里是问候声、祝福声、欢笑声，满村里是成团成簇、滚来滚去的彩浪。至于中午饭桌上的大鱼大肉、酒香果甜，猜拳行令的吆吆喝喝以及饭后那出自编自演、台上台下乐弯了腰的大戏就更不用说了……

“咱们回老家过这个大年初一！”我竟兴奋得不能自已。可回哪个老家呢？我的父母已故去多年，而老岳母还健在，去就去她老人家那里。这正中妻子下怀。

车轮在柏油路上又蹦又跳，出了市区，驶入乡野，眼前无限开阔，天上没有一缕云丝，太阳的金粉大把挥洒，还没长出庄稼的土地无遮无拦平展展铺开，可以任目光小马驹似的在上面撒欢。两边不断有村庄掠过，隔得远的仿佛丹青妙手无意间遗落的淡墨；路近旁的，红瓦白墙，明快而素雅；而村头那片片掉光了叶子的小树林，枝条舒展，疏朗有致，静静地闪着银亮的光泽，无声地透出生命的力量。这是乡野的诗意。这诗意是繁富、拥挤、喧嚣而又冷漠的城市所缺少的。

到岳母家不足一个小时的车程，行车很少，柏油路的亮带子飘飘荡荡，一下子把我们甩了过来。刚到村头，就见篮球场上的人里三层外三层——人们拜完年后聚到了这里——中间穿着绿绸子裤、红绸子袄、头上插着花，脸上抹了胭脂的女子们在扭秧歌；另一头，是十几个擂鼓敲锣打镲的汉子，都撑起架子来，很卖力的样子，说是为下午、晚上的演出做预演，实际上是满心的欢喜实在憋不住了。可惜我们不能留恋这里，看了一眼赶紧上车、离开。

接到我们来过年的电话，内弟、妻妹还有也是本村的一个表兄弟，早就在家里摆上瓜子、洗好水果、沏了茶等候了。岳母、妻妹她们到厨房去忙活菜，内弟和在某单位当头儿的老安表弟陪着我说话。这个老安绰号“嘴儿”，不知是天生还是后天练就的，他特能侃。打开话匣子，天南海北、天文地理、雅的俗的、荤的素的，一箩筐一箩筐地来。我领教过，和他拉呱，是一种享受，也是一种折磨。这样的嘴儿在大年初一正派上用场，但我还不能坐下来当他的听众，妻子要和我趁吃饭前的空儿去看望二姑。

二姑的村子在县城北面三里路外，村名齐王。妻子说叫这个村名，是因为村里人全为王姓，且心特别齐。有例证，远的不说，打日本鬼子那会儿,这个村是有名的堡垒村,男女老少都上阵杀敌,全村没出一个汉奸。解放战争最后一年,攻打县城的时候,敌军在城墙上架起机枪,居高临下,我突击队被“封”在了围子沟里。村子里的人听说了,情急之下,各家把自己的木箱子献了出来,刚过门儿的新媳妇献箱子也不在乎。他们装满土,用箱子“筑”成了一座比城墙还高的工事,凭借这道工事解放军才压倒敌人、攻进城去。如今过年办玩儿,这个村的踩高跷、划旱船、舞双龙、耍狮子,在十里八里也最叫好,这还是得益于他们心往一处想,劲往一处使。

我不觉对齐王村油然而生一种敬意。

但是,进了村,走在街上,我们却感到不大对头:村子里冷冷清清,或者说死气沉沉,没有一点过年的喜庆气氛。家家大门上都没贴红艳春联,倒是每座院子的墙上刷着一个大大的“拆”字,是用红漆刷的,“拆”字上还打了红×,显得异常刺眼。

一只狗朝着我的车头惊恐地扑咬起来,很是奇怪。

左拐右拐,找到了二姑的家门。二姑父和他的儿子小旺正偎着炭炉子烤火,二姑却不在家,说是到村南头“放哨”去了。

“放什么哨?”我不解。

“还不是怕他们到村里来抓人吗?”

表弟去喊二姑。寒暄过,二姑父说:“村子里乱腾坏了,年不像年、节不像节的……”原来,自去年初秋,这一带实行“农村的出路在于城市化,农业的出路在于工业化,农民的出路在于市民化”的伟大战略,这一伟大战略的其中一项内容,便是农民由分散的村庄迁入统一规划的社区楼房。有关部门对这项工作投入了极大的热情,到各村宣传拆迁政策,一名机关干部包几个拆迁户,拆迁有经济补偿,早拆迁的还发奖金。可没想到这么好的“民生工程”,多数村民却不买账。在别的村子,不买账也不要紧,你能“抗”得住?还不是一个一个被瓦解,陆陆续续都搬走了?只有这个齐王村不好对付,他们抱成一团,硬如石头,刀砍不动,火烧不烂，死活不搬迁，并与拆迁大队发生了严重冲突。

那天，齐王村的拆迁动员大会开得十分隆重，一大早，高音喇叭就可着嗓门叫开了，满天空是它绽放的美丽花朵；大胖子局长的主题讲话洋洋数万言，还不断地挥动着手臂做手势，很给力。社区建设，无可比拟的优越性，灿烂前景，讲得头头是道，娓娓动听。但齐王的村民们却无一人应和。下午，心急的工作队员就开始往墙上刷那“拆”字，孰先孰后排好了顺序。第三天，一队推土机、铲车就意气风发、胜券在握地开过来。然而它们开到村头却被挡住了去路——齐王人已经在进村的两个路口用煤气罐垒起了高高的堤坝，爆破手就在“堤坝”旁边待命，推土机、铲车再向前一步就是他点火引爆的命令。

我能想象出当时的对垒是多么尖锐。一边是逢山山躲、遇河河退、无坚不摧、铁履带能碾平一切的拆迁大队，一边是同仇敌忾、寸土不让、宁可搭上性命也要保住自己家园的村民。两强相争鱼死网破，情势紧张到一触即发。如果那推土机、铲车恼羞成怒、怒不可遏，加大马力一拱；如果那一手放在煤气罐阀门上、一手持打火机的村民急了眼、发了疯……这里顷刻会化为一片弹坑、火海——多么可怕！好歹，第一次，双方还有所克制，还只是对峙着。这样到了晚上，夜色暂时把矛盾模糊、化解了。

第二次冲突发生在次日黎明时分，两辆卡车载着上百名身穿迷彩服的机关干部、治安小分队队员，由警车开路（警车一反常态没拉警笛），以迅雷不及掩耳之势扑向齐王村。这次来主要目标是把带头闹事的（已连夜打出一串黑名单）抓起来。打蛇打七寸，把他们的组织者打掉，拆迁工作就可顺利进行了。不料，村头的一户人家，男子闹肚子上茅厕，意外地发现了“敌情”。他来不及系腰带，提着裤就到外面喊人。说来真玄乎，“迷彩服”们也下车了，村民们也在街上列成方队了。老老少少、男男女女站在一起，手里紧紧握住铁锨、锄头、棍子、钢叉，严阵以待。那边的警犬虎视眈眈，这边的家狗也横眉冷对。而有的年轻村民则爬到墙头、屋脊上，抢占“制高点”，砖块、瓦片就在脚下……

从此，齐王村设了“岗哨”——是老头儿、老太太们义务担当的，随时注意村外的动静。

有些问题我不明白，问二姑父：“住新楼房不也很好吗？”

“咱也不是不想像人家那样住那干干净净、漂漂亮亮的新楼房，可咱住不起啊！”他嘴角咧了咧，似是一丝苦笑，“听说住楼房得交不少物业管理费，咱又没工作，地里那点收入也就够填饱肚皮的。再说咱那锄镰锨镢、犁铧耪耙往哪里放？干草秸柴火棒往哪里堆？楼上有猪狗牛羊的房间吗？……咱庄稼人就是土命，就像庄稼棵儿，根得扎在土里，吊在半空的高楼上，和土隔开了，还有活路吗？”

我还以为二姑父会说住楼不习惯，像装在罐头瓶子里，闷得慌，哪里比得上平房小院，四敞大亮，进出方便呢。看来我并不了解农民，要不就是这些他们已顾不上计较。为了生存，祖祖辈辈的生活方式也不是不可以改变。

“俺们到省里上访，人家省领导也知道俺条件达不到这一步，让停止拆迁，可下边一帮狗娘养的却不按政府说的办，还是逼着搬。”泄愤使二姑父用上了粗话。

“他们为什么这样？”

“这还不是秃子头上的虱子明摆着？低价把咱的地弄到手，然后高价卖给开发商，他们才有大吃大喝的钱，一个个才吃得那么肥……”

我想起去年春天到阳信县去，这里新建起一个旅游景点，邀我们去看看、玩玩，顺便给他们写篇文章，吹一吹。我们去了十几个人，乡里的接待很排场，给人的印象是这个乡经济很发达，富得流油。乡长是我在大学教学时的学生，我问他：“旅游收入很可观吗？”他说不能指望；“企业搞得很好？”答也不咋样；“农业呢？”他反问我：“现在有谁还靠农业？”“那你们的优势是……？”“房地产开发呀……”

原来是这样。怪不得社会上议论纷纷：有的地方，市里没钱花了就盖楼，县里没钱花了也盖楼……打着新农村建设的幌子，另搞一套，不把子孙后代的家当糟蹋光不罢休……

可我立刻在心里否定了这一点，群众带着情绪说的事情很难说多么靠谱儿。我宁愿相信这主要还是一个认识上的问题，像他们讲的那样，一些人就认定农村的出路在于城市化。当然不能不说这个认识也有失偏颇。我对社会发展没有深入的研究，搞不清城市化是否在本质上标志着社会的进步，农村就是落后的，该淘汰。单从建筑美学角度看，城市也未必绝对的好看，农村就丑陋；田园是另一种美，如果真要“彻底消灭农村”，地球上没有了草房，一色的高楼大厦，那会是多么单调！

二姑父患脑血栓留下了后遗症，说话很费力，接下来的话简直含混成呻吟了：“老百姓盖座屋容易吗，那是一辈子的血汗啊，推土机三下五除二就推倒了，造孽啊！”

这时，二姑回来了，我和妻子走出屋。妻子嗔怪道：“大过年的放什么哨啊，外面这么冷！”

“越是过节越不能放松革命警惕性嘛……”二姑倒挺幽默，她经历过“文革”，说这种语言是很熟练的。不过她说得也有道理，去年春节海南某地就爆过一则“奇闻”：一群捡垃圾的外地人，搭帐篷，钉板房，居住在市郊，逐渐形成了一座“垃圾村”。规模大了，有碍观瞻了，有关部门就责令他们迁走。他们无处可去，就赖着不动，有关部门也拿他们没办法，时间长了他们也觉着人家认可了，没事了。可是春节他们回故乡过完年回来，却怎么也找不着自己的“家”——这里已被夷为平地，板房、帐篷不翼而飞。

好久没见二姑了，算起来她已是七十来岁的人，这两年侍候姑父，吃苦受累加忧愁，头发全白了，本来就瘦弱的身子越发单薄，走起路来见了迟缓。但耳朵还很好使，在院子里就听到我们的谈话，进屋后她制止了二姑父，这不仅因为二姑父说话不利落，还因为他有病出不了门，对外面的事只是“转述”，而她是亲身参加了“战斗”的。确实，她说得更具体，而且说起来情绪激动，仿佛一个在一场正义战争中流过鲜血的战士，脸上跳荡着骄傲的神采。说着说着，她停下，到里屋取出一样东西：长棍子一头套着铁筒，铁筒上裹满了“乱刺”——焊上去的一根根两寸长的钢钉，她叫它狼牙棒。她握着木柄，做了个用力往下劈的动作——这家伙如果落在人身上，一下就让你血肉模糊！

我很难想象，像二姑这样一位年迈体衰的老人，竟然也手持这样的武器，斗志昂扬地站在了那个与拆迁大队对抗的队列前面！

全然不避我，还带着一丝炫耀的意思，表弟小旺也拿出了他的武器。那是一架自制的小钢炮，炮筒有大半米长，茶碗口那么粗，“炮弹”是苹果大小的礼花弹。他拎出了一塑料兜礼花弹让我看。他说这种“炮弹”的杀伤力很是可以，在第三次冲突中，他们（说不准是谁）发射的礼花弹，一枚炸掉了一个“迷彩服”的半截小腿，一枚崩飞了警车的一只轮子。

这是我完全没有想到的，在我意识深处，和平岁月里，武器离我们很遥远，是我们所陌生的。看来事实并非如此。武器的制作并不复杂，它的产生并不困难。就像水洼里必然有鱼，如果敌意、仇恨在滋长，武器就会杂草一样丛生、蔓延。可能我的脸变了色，我劝他们赶紧把小钢炮和狼牙棒销毁，留着它们后患无穷。二姑和小旺却满不在乎，他们轻松地笑着：在俺们村，家家都有几件，平日藏起来，不得已的时候才拿出来自卫用。

我给二姑满了一杯茶，递过去，她润了润喉咙，但，是这杯茶太酽、太苦（农家多是喝劣质的茶叶末子，抓一大把放进壶里）？她再往下说时，声音有点儿涩滞：“老辈子里俺齐王人就拧成一股绳似的，撕都撕不开，可这回不行了，出了‘汉奸’……”好像这对她是最致命的打击，“俺村的书记、村长、会计三家先搬走了。”

“他们是带头执行上级决定呀！”我对二姑说，我想安慰她。

“才不是呢！人家早捞够了钱，不愁下半辈子花的了……有权就拼命往自己腰包里塞，谁管老百姓的死活……”二姑显然过激了些，但我却找不出充分的论据说服她。

“其他人是不是也会慢慢动摇？小腿拧不过大腿，能‘抗’多久？您也……”妻子在一旁插话说。

“……”二姑未答话。我看到她没有了起初的自信，头在往下垂，眼里雾一样蒙上了哀伤和绝望，脸色非常难看。想来她对这场争斗的结局是清楚的。

…………

从二姑家出来，已近中午，朗朗的日头当空高照，我却感觉有什么在遮挡它的光芒(是头顶的树冠吗？)。一个个的大红“拆”字又尖利地扎进眼窝，疼得我受不了。我别过头，不看它们，我厌恶它们，是它们宣判了这个村庄的死刑，是它们夺走了人们年节的欢乐。可这些“拆”字却老在我眼前晃，忽忽悠悠，铺天盖地。它们的后面是气势汹汹、张牙舞爪的推土机、铲车，再后面是迎着它们举起的森林一样的木棍、铁锨、钢叉。它们混杂交错在一起，我的眼里、心里乱极了。我担心双方的冲突再度激化、升级，我同情村民们的遭遇，他们是弱者；我又为狼牙棒、礼花弹的出现深深忧虑；农村的城市化也许是大势所趋，谁阻挡都是愚蠢、徒劳的，这道理我也懂；可美丽的农村家园的即将消失又叫我无比的痛惜……这些东西纠缠着我，过年的兴味早跑得无踪无影了……

童年没有迪斯尼

○汪文勤

陪孩子们去世界各地玩，住在迪斯尼乐园里玩，把一个不爱玩、不会玩，每天以笔和纸为伴的母亲，变成了大玩家。这个幸运的母亲就是我，沾了孩子们的光，无忧无虑地玩了许多地方，孩子长大一个，我们玩的队伍就壮大一点，选择的目的地也就越来越远。

在孩子们快乐的童年里，我也重拾我的童年快乐。美国洛杉矶的迪斯尼，日本东京的迪斯尼，香港的迪斯尼，每次去玩，好像都看见天下的孩子们都集合在乐园里，玩得乐翻了天。当然，迪斯尼不只是孩子的乐园，也是成年人的，许多白发鹤颜的老者也混迹其中，玩得完全忘记了自己的年龄。童年不是去而不返的岁月，童年是一颗心，只要你招手唤她，她便会回来。

孩子是生来爱的，爱使孩子健康长大。

童年是用来玩的。一个没有玩过的童年，比贫穷和落后更可怕。玩是迪斯尼存在的唯一理由。我们向世界上许多有贡献的、有发现的杰出人士致以崇高的敬意，但迪斯尼乐园的策划者和创建者尤其令人尊敬，这是天下最成功的生意，说他成功，不光是说他们赚到了钱，赢得了财富。而是说因迪斯尼而快乐过的那些童年，那些在此重拾快乐时光的各样的人生，那些欢笑，那些令人头晕目眩的旋转，那个缩小了世界，歌舞不休的小小世界……重金难买的欢笑时光，这才是人间的无价之宝。

凯拉在母腹中，就已经被带到了美国迪斯尼乐园的过山车上，那次是陪姐姐去玩，也是我生平第一次那样疯狂，当时我想为了孩子豁出去了。过山车停在一个空洞黑暗的虚拟的太空中，等候最后一次失重跌落的瞬间，惊惧的尖叫藏在胸口，一触即发，我想我已经感觉到腹中那个小豆芽儿一样的生命已准备好来世界狂欢了。

果然，小凯拉是个天生会玩和爱玩的孩子，相比之下，姐姐厚道多了。姐姐从小生活在一个没有迪斯尼的国度里，几根火柴，一截绳子都可以让她变换着花样，玩上很久很久。凯拉对吃喝玩乐的事很在行，陌生的国度，新鲜时尚的事物，她扫一眼就可以有一个准确的判断，接着，她的选择干净利落果断，什么是可以玩的，什么她没有兴趣和没有把握，放弃的样子也十分肯定。这个孩子从不忸怩，从不犹豫。我相信这个判断力是天生的。

在她还年幼的时候，许多项目必须由成人陪同才能玩，都是她鼓励我，一双乌黑的眸子盯牢你，然后开始急切地描述这个东西的好玩程度，生怕你把那个“不”字说出口，最后，她会说：“妈咪，不用害怕，我会保护你！”

叫你无可推诿，只能就范。

碰到她极感兴趣的，她会反复玩好几遍，直到她感到尽兴了为止。她的了不起在于她总是可以让你听她的，而且，在听的过程中，你从来都不会问为什么总是听她的。事后，你才看明白，那乌黑漆亮的眸子里，有一根无形的线，牵着你，做着你平常不会做、不会碰的那一切，而且，做得心甘情愿。

就是这一双眼睛，在四个月的时候，就已经懂得呼应了。那真的是奇迹的一幕，好在亲爱的安妮阿婆在场，她可以做见证。

那天要出门，我向凯拉打招呼，我说去做什么，做完就回来，要她在家乖乖听话……那么小的婴儿，她居然听懂我的话，居然点头答应。一切都在她的眼神中，明明白白写出来，我忍不住尖叫起来，紧紧地抱她在胸口。

就是这个凯拉，因为她我玩遍了几个迪斯尼的所有项目，而且是不止一遍地玩。

相形之下，我们都比较喜欢东京的迪斯尼乐园，我们住的酒店就在乐园里，彩色的小火车像梦一样，无声地在窗外滑过，那是周而复始，不曾停歇的乐园之梦。买几天的套票，差不多就可以长在乐园里了，我带着三个孩子，从早到晚，直到焰火之后，为火而燃烧的水冷却了我们才回到房间。

很多人觉得我一个人放着一群羊很不容易，但我真像朋友们祝福的那样——是一个快乐的牧羊人。中国古话讲，一只羊是放，一群羊也是放。有时候会觉得，一群羊比一只羊更容易管理。群羊在一起可以追逐嬉戏，可以找一只头羊，在前面带路，其他的羊会亦步亦趋跟上去。

每次出发前，我们都有“战前动员大会”，小板凳摆好，很正式，把对每个人的要求都讲清楚，责任到人，有一些关键的时候，必须服从命令，听指挥，玩得时候，大家尽情地玩，但不允许做“危险动作”。我所指的关键时候，就是登机前，飞机起飞的时候，大人办理酒店手续等类似这样的时候，有看着行李的，大手必须拉着小手，不能离开。有什么事及早报告，出门前问自己是不是要去洗手间……

即使安排得十分周密，也还是有出麻烦的时候。

孩子们都有自己的旅行包，每到一处，都会挑一点点纪念品带着。大家都被告知了，不能买多东西，不能买大东西，妈妈要带大家，还要带大箱子。孩子永远是孩子。有一段时间，他们每天看电影《加勒比海盗》，大儿子鲁卡喜欢那个“风流倜傥”的海盗，因为船常年在海上颠簸，海盗常年生活在船上，那个叫杰克的海盗已不会像我们正常人一样行走。鲁卡每天摇摇摆摆地走路，讲话时，五官都不好好待在该在的位置。许多日子以后，我才知道他因喜欢那个海盗，便在一切事上模仿海盗，而且他非常希望自己有一套海盗的行头。所以，那次去东京迪斯尼，三个孩子经过密谋，集体要求买海盗用品。也巧，他们提过要求不久，我们就进到了一家海盗用品的专卖店。差不多每一样东西上都印着骷髅头上打着叉的标记,那个白森森的头骨是我不喜欢的,我说有那个标记的不可以,其他的可以考虑。于是三个孩子,一人一把海盗专用的枪,虽然是玩具,但和真枪的大小差不多,一人一个包头的布巾,蓝白条的可以,白地绿色的锚的形状的也行,因为这次行动的策划者是大儿子鲁卡,所以,他坚持和凯拉、麦卡不同,要比他们多把剑在手上,正宗海盗的手中怎么能少一把剑呢。还有黑色的遮住一只眼的眼罩。

那天已是黄昏时分,天色转暗,一个神色疲惫的清瘦女人,带着三个迷你海盗,行进在暮色中,等我们坐在小火车上,往酒店去,大儿子鲁卡还好,他比姐姐和弟弟多争取了一把剑,为了那把剑,他必须强打精神,不敢太狼狈,但最小的那个海盗,困得连自己的枪都握不住了。

第二天一早,大家都起床。“现在是不是关键时候?”小儿子对关键时候领会得不太清楚,他吃不太准,需要确认。

凯拉和鲁卡都提高嗓门,他们的声音中可以反映出关键时候的级别。

“麦卡,快装自己的包,自己的事情自己做,不然飞机就飞走了。”

麦卡是个不紧不慢的孩子,他说:“飞走就飞走吧。”

这是麦卡不一样的地方,如果你再说一句:

“飞机飞走了,你就回不了家了。”

麦卡一定会说:“回不了就回不了吧。”

他会和你对抗到底,直到你妥协。

凯拉和鲁卡帮弟弟装好包,背在背上。

我们顺利赶到机场。大箱子托运了,只有随身的包,安检之后就可以松口气了。

就在这时,安检这边警铃骤响,不知从哪里冲出一群黑衣警察,还带着警犬,那些警察示意我们都留在原地,不要动。他们用夸张的声音喊叫着,围着我家“三个海盗”的包,警察戴着白手套,小心翼翼地拉开了背包的拉链，一把枪，二把枪，三把枪，还有一把剑，长剑短枪，放在那里，有一堆，挺吓人的。

警察仔细地察验那三把枪，确认都是玩具以后，笑了。

为了三把枪，一把剑，我们又出去补办托运手续，三个海盗在空中还惦记着他们的行头，不停地问他们的宝贝一定在这架飞机上，不会被装到别的飞机上吗？

在我极度耐心地回答他们一定不会有问题达七遍以上时，他们还要问，我只好下命令：“你们的问题我已经回答过了。现在是关键时候，闭上眼睛养神一下，你们现在在空中，想空军的事，海军的事，等到了水上再说。”

小儿子麦卡说：“我们不是海军，我们是海盗。”

美好的记忆是需要营造的，平庸的日子如水流逝，没有涟漪，流过便也流过了。但是，慢慢地你会发现，那些有花朵芬芳的日子，有烛光的夜晚，有歌声陪伴的时刻，有一些特别的日子，你曾被一双深情的眼深情地注视过，小时候生病发烧，母亲背着你去打针，她的头发触得你耳根发痒，她背上的温度……这些都是注定要被记忆着的事情。所以，一个有心的人、有爱的人，一定会留意在生活中插一瓶花，点一根蜡烛，因为你爱着、你行动着，这些瞬间就会被点亮，在记忆的长空中，成为最明亮的星辰，照彻人生的漫漫长夜。

对着你的婴孩微笑，那是他们一生的晴空。

让孩子们快乐地度过童年，童年的快乐，是孩子们一生的财富。快乐的人生是从童年开始的。

陪着孩子玩，摸爬滚打，孩子们知道怎样好玩，小时候不尽情地玩耍，人生将会失衡。

有人会说，玩是有条件的，有钱才能好好玩，有时间才能陪孩子玩。其实不然，我们都经历过艰难、困窘的年代，整个国家都是贫穷又落后的，更何况我生长的地方在新疆哈密的天山深处，偏僻又遥远，地图上未曾标记。迪斯尼乐园是梦都梦不见的事情。我的家是依着山势挖出一面墙，屋顶和山坡在一个平面上，有一天，我们围着小方桌吃饭，吃着吃着，只听轰隆一声，牛的一条腿从屋顶上掉下来，凌空舞动着，好在有木头和椽子挡着，不然的话，一整头牛从空中降下来，别说我家那么小的餐桌盛不下，我们全家人都会被牛压成比萨饼的。

我们吃什么呢？一个月的定量，半个月不到就吃完了，没有蔬菜，没有水果，没有油，每天都在半饥饿的状态中。妈妈叹着气去借一些高粱面回来，吃是吃进去了，但拉不出屎来。

我们穿的衣服都是新三年、旧三年、缝缝补补又三年。许多年后，我才搞懂一件事，布是有正面和反面的。但那时候，我们常是正面穿旧以后，反个面缝起来再穿。

苦不苦？真是苦，毫无疑问。父母十分忧愁。我常常听见母亲半夜在油灯下缝全家的衣裳，一边缝一边叹息。她咬着牙，一天一天熬着。她最常说的话，就是："明年这时候就好了。"

但是，对于孩子来说，以为生活原本就是这个样子。已经是新社会，够幸福了。旧社会才苦呢？虽然生活条件艰苦，物资供应缺乏，又身处穷乡僻壤间，但这并不影响我们享受童年的快乐时光。虽然没有迪斯尼，但是，我们有乐园，我们可以为她另取一个名字。

我的迪斯尼乐园是真山水。

我们从很小的时候，就要帮助家里做事，哥哥担水、劈柴，到山上去背柴火，要不然冬天无法度过。而我站在板凳上才能够到案板，从那时就开始擀面条。虽然要帮家里做事，但我们总能插空玩耍。我们在捡柴火的时候抓蚂蚱，在河边洗衣服的时候，玩过家家，去捡蘑菇的时候玩捉迷藏。我们在星空月夜下玩"指星星"，在冬天大雪封山的时候，滑冰、滑大雪坡、抽陀螺，我们跳房子、跳皮筋，我们可以一边玩着，一边帮着妈妈看着弟弟妹妹。记得有一两年的时间，我是背上背着妹妹在山野疯跑傻玩。那时候，最落寞，最有挫折感的时候，就是夜幕降临，孩子们的母亲像是约好了一样站在门口呼唤自己的孩子,那些拖长了音的完全不同的呼唤声,在山中间有一波一波的回音。那些回音消失很久了,但后来的一些黄昏里,她们又回来过,被我在不同的时间和不同的地方重新听见。这些声音去得很远,我曾在温哥华的海边和安第斯山脉的深处又再度听见。

世间许多的道理,是在自己成了大人以后才逐渐理解的。就像人们常说,只有自己做了父母才能明白父母是多么不容易,这时间才懂得孝顺,等懂得孝顺了,又往往无处无人可以尽孝了。

实在要明白,玩耍是孩子们童年的工作,工作着是美丽的,应当被呵护,尊重和支持的。一个会玩的孩子,将来会好好工作的。

我们常常说孩子爬高上梯,招猫逗狗是淘气,其实那是他们在成长,身体和心理都有相应的需要,那些看上去毫无意义的攀爬、翻越、滑动、跳跃各样的姿态行为,都是成长的必需,靠着这些动作的刺激、训练,他们平衡能力有了,抓握能力有了,判断和协调的能力都具备了,才可以应对高难度的人生竞技。

二〇〇八年夏天到来以前,小麦卡十分渴望回温哥华的家,我们的后院有滑梯,有蹦床,还有秋千。

这些设施在加拿大、美国十分普遍。每所学校,每个公园,每个社区的活动中心、教堂里以及大型的购物商场里都设有专门的儿童游乐场所。

小儿子麦卡四岁不到已经开始怀旧了,他的讲述像长篇小说的开头。他说:那一次,我还是一个小小的婴儿,我去四十五街玩的时候,手上扎了一根毛毛刺,妈妈把它挑出来了。四十五街游乐场扎的那根毛毛刺成了儿子的永远的记忆。那里有一片巨大的草地,麦卡从这头跑到那头,再看时,只有牙签那么长了。草地的西边就是游乐场,拉的、吊的、钻的、登的、攀的、爬的、滑的、摇动的、转的、拽的、荡的、推的,一个人可能做的各种动作都有了,孩子们在这里玩,全身的每一个细胞都快乐了。游乐场的地面,铺着厚厚一层木屑,踩在上面,松软、有弹力。孩子即使跌倒了,也不会受伤。

小麦卡在那里扎了一根毛毛刺，那根毛毛刺和他的快乐记忆搅在一起。说起他的四十五街，他一脸都是想念的表情。

“真想我的四十五街呀！”

回到北京，孩子们可以自由玩耍的地方实在有限，所以，他们会把眼睛放在电视上，将来可能会到电脑上去玩，在那里寻找乐园。不能责备我们的孩子，看看父辈们为他们提供了什么，有没有预备地方给他们玩，让他们在玩中成长。希望我们的开发商们不要再盖那么多洗脚城、按摩院，适当的留一些空间给孩子们。一个秋千架，一个跷跷板，一个滑梯，不用太大的地方就足以给孩子们的童年制造快乐了。

给孩子们做事是功德，我们是由孩子长大成人的，我们或者已有孩子，或者将来会有孩子，我们的孩子还会有孩子，花在孩子身上的每一个铜板都有着千秋万代的回报，这才是人世间最大的一本万利的生意，像迪斯尼，既是孩子们的乐园，又是所有人的。

在带着孩子们游走世界的途中，的确发现了许多好玩的地方，有些地方去了还想再去。阿拉斯加是我爱的地方，我是愿意在那游轮上住着不下来的人，下来也不回家。去一个小小的镇子，画一冬天的画。等春天来了，游轮带着看画的人来了，这些从世界各地的人来看我的画，我再看他们。我也爱西温哥华社区水中心的那架黄河九曲十八弯的大滑梯，坐着滑梯，坐着水，不停不停地滑下来，怀里抱着一年比一年高的儿子，很快儿子就会自己滑了，他不会要我抱着他了，抱着儿子滑是一个借口，我们笑着，尖叫着一次次滑下来，我童年时代那些含着苦涩味道的快乐日子都长出翅膀飞回来，飞回来。就这样，岁月邀请我一年一年老去，但是我的孩子们，我的快乐无比的玩伴们，我们把所在的每一处都变成乐园时间，童年每天都回来。

阿拉善,苍天般的感觉

○舒 正

在诸多描绘阿拉善的文字中,我对“苍天般的”这几个字情有独钟。苍茫?浩渺?只有贺兰山的松涛将我平静的心拨动得波澜起伏,胡杨不朽的风骨震撼着我世俗的心灵,嫦娥用她的镜子为我照耀盐湖……今天,当我重新踏上这片土地的时候,这种感觉特别强烈。斑斓的五彩,幻化着阿拉善的天,幻化着阿拉善的地,也幻化着阿拉善的戈壁、沙漠、山川……

阿拉善的天从早到晚都是蓝幽幽的,美丽、端庄得像一个贵妇人。铺在天上的白云,蓝白相间,如刚刚摘下的新棉,白净而蓬松。在蓝天的呵护下,草原绿了一年又一年。茫茫绿色中,骏马咀嚼着阳光,骆驼迈着庄重的步子,牛羊洒下的蹄花清晰可见,牧羊人甩出的鞭子如雄浑的长调。草地、蒙古包、牛羊、勒勒车,浓淡相宜,组成一幅清丽、明快的画面,让人心情舒畅得犹如流动的白云,精神洒脱得像贺兰山上的云杉!

穿越茫茫戈壁时,视线一直抵达天际。几百公里的地域,光秃秃的,寸草不生,几乎都是石头与沙土凝结成的褐色。偶会看到一两棵树,树干、树枝、枝叶都很粗糙,显得很孤独,然扭曲的造型,却是顽强不屈的写照。戈壁,一个黑色版块,镶嵌在阿拉善的土地上,于荒凉中透着苍天般的迷茫。

作为民族性格的象征,额济纳胡杨像是一个英雄,展示着“苍天般”的另一个侧面。它一生下来就昂首挺胸,不屈不挠,枝、叶、干、根各尽其用,就像少林寺传承久远的武功,一招一式,把蓄积的内力展示得淋漓尽致。

它们狰狞着,曲虬着,准备随时迎接大自然的不测。怪树林里,奇形怪状的枯树,让人敬畏,同时也让人感到了一种内在的坚韧和顽强。“活着,三千年不死;死了,三千年不倒;倒了,三千年不朽!”世上还有什么比胡杨更顽强的生命和不朽的灵魂么?一棵迄今已三千岁的胡杨,高27米,需六个人张开手臂才能合围,被当地人视为“神树”。不知何时,它的根在周围又蘖生出五棵小树来,犹如五个孩子依偎在母亲身边,又一起佑护着脚下这片土地。或许是冥冥之中的召唤,抑或是出于对爱的敬仰和崇拜,每年水草肥美的季节,阿拉善人都要在神树前举行祭拜活动,神树也就成了人们心目中爱的源泉和富庶安康的福祉。令人难以想象的是,同一棵胡杨树上,竟然长着三种不同形状的叶子,初时为柳,大而成杨,晚期如枫。它们连缀在同一棵树上,静时,脉脉相依;动中,窃窃私语,自有一番别样的情调。等秋阳为额济纳大地上的所有生物都涂上色彩的时候,胡杨的叶子就变成了金黄色,四十五万亩胡杨林连成一片金色的海洋,茫茫荡荡,瑰丽无比。面对这一望无际、博大深厚的辉煌,人们端坐在金色海洋中的额济纳,耳边,秋叶飒飒;怀中,喷金吐银。即便飘忽而来的天使也很难有这份情致。

胡杨林于绿中孕育着金黄。而居延海则是纯粹的蓝色,于蓝中流淌着美妙,犹如王母的瑶池。宽阔的海水碧蓝幽深,海边集合着密匝匝的芦苇,修长的身影和着阳光与水,显示出一种混沌初开的风采。水面上,海鸟们在自由地翔飞,洒脱的样子仿佛告诉人们:海,是属于它们的。人坐在船上,迎着徐徐海风,尽情地接受着水花的亲吻,能感到一种超凡脱俗的舒坦。年降雨量只有几十毫米的额济纳常常干渴无奈,从祁连山上流下来的水聚成居延海,滋润了大地、生命。一处绿水汪汪的芦苇荡,荡出了多少生命的欢乐!置身居延海,自然会想到弱水。弱水即黑河,源自祁连山上的冰峰。大概因为河水因冰雪消融而成,加上一路迤逦,水流乏力,竟连飞鸟的一片羽毛都承载不起,因此便有了弱水之说,且因河长、水缓,又有弱水三千之称。正是它给予戈壁以生命。

自先秦以来，历朝历代都曾在居延地区征战，尤以汉、匈为最。汉朝大将军卫青、名将霍去病、飞将军李广都曾与匈奴骑兵在这一带交锋。李广之孙、骑都尉李陵当年就是从居延率五千步卒起兵，直扑匈奴王廷，孤立无援，战败后投降匈奴的。居延几度繁荣鼎盛，几经战乱破坏，历尽沧桑。它以流长的水域，肥沃的土地，养育了历代生活于此的人民，也成为额济纳土尔扈特部落繁衍、发展的摇篮。土尔扈特部落从伏尔加河流域不远万里东归，最终在额济纳河流域重建了美好家园。正因为此，历代文人墨客都对居延格外青睐。李白、杜甫、王昌龄、王维都曾有过吟诵它的诗篇。公元737年，王维奉命出塞到居延属国，目睹浩瀚雄宏的大漠，诗情激荡，遂挥笔赋诗："单车欲问边，属国过居延。征蓬出汉塞，归雁入胡天。大漠孤烟直，长河落日圆。萧关逢候骑，都护在燕然。"其中"大漠孤烟直，长河落日圆"成为千古名句。

沿弱水一路北上，大约二三十公里处便是哈日浩特。哈日浩特，蒙语，汉语即黑城。它是当年北方党项人建立的大夏国都，位于额济纳旗达来呼布镇东南25公里处的吉日格郎图苏木境内，平面为长方形，周长约二里许，东西两墙中部开设城门，并筑有瓮城，城墙高达10米，城内街道和墙壁及整齐排列的木头檐柱，从流沙中露出，城周围一片荒漠。原本一座城池，如今只有一个还算完整的城廓、矗立西南方的一座穹坊庐式顶的高塔。沿着木制的台阶踏上厚厚的城墙，目光顺着城郭流动，圈住的是一无例外的荒凉与寂寞。周围很静，似乎能听见当年鼎盛时的繁华与灭寂时的悲壮。阳光温顺地伏在古老的废墟上，柔和而妩媚，但给人的却是一种恍惚迷离的感觉。细软的沙地上面，蚂蚁们画出一道道纹路，与人的脚印叠印在一起，密密麻麻的。中间散落着一些瓦片、瓷块、箭镞。迄今，黑城是"丝绸北道"上现存最完整、规模最大的一座古城遗址。14世纪著名旅行家马可·波罗朝觐阿拉善，途经黑城，其游记上就有关于它的记载。此外，还有着关于黑将军的美丽传说。现今在黑城遗址西北角城墙上可以看到一个可容骑驼者进出的洞口，据说，那就是当年黑将军突围时的洞口;被当地人称为“宝格德波日格”的那座沙岭,据说就是当年大军截水所筑的大坝。现在,黑城虽然已经成为废墟,但却守护着古老,守护着一个曾经的族群,守护着这个族群的一段辉煌的历史,因而在寂寞、荒芜、神秘中享受着特别的荣耀。

在巴丹吉林沙漠,苍天般的感觉是空旷的、缥缈的。站在高高的沙峰上,神造的绵延与广大把人变得异常渺小,使人类变得异常渺小。俯瞰沙海,被岁月琢得极细的沙子,在风不辞劳苦的运作下,堆成大大小小的沙丘、沙山、沙峰。沙丘挨着沙山,沙山连着沙峰,画出一道道美丽的曲线,绵延起伏,一直伸向天际。这样的曲线肯定是上帝画下的,人,是画不出来的。这种美无法复制。捏一撮沙在掌心,一粒粒像机器碾压出来的,匀得可爱,但没有一粒形状是相同的。它们白、绿、黄、褐、橙,颜色各异;聚在一起,却凸显出一片金色。阳光下的沙漠,是灿烂的、温暖的,热浪灼得人肌肤发痛;阴天,便凉凉的变成了干净柔和的卡其色,此刻,人的眼睛最亮,感觉也最舒适。沙面上是各种各样的波纹,有的像涟漪,有的像浪花,有的像水漩儿,典雅、大方、美丽、韵致。再好的工笔画怕也难以企及。看着它们,真想唱歌、舞蹈,甚至想躺下身来睡一觉。这些沙子,仿佛没有骨骼,人只要挨上去,就黏上你,甩都甩不掉;但是风一旦发出号召,它们就马上集合起来,腾云驾雾,上天、入地、下海,像孙大圣一样,一个跟头能翻十万八千里,什么力量都休想阻挡!沙漠里的植物,一律赏心悦目的绿,那是沙子洗涤的结果。沙洼里,芦苇挺着腰,风刮它不倒。荆棘紧紧抓着沙子,努力深入着。那花儿就更显金贵了。一朵花儿,在无边的沙漠里,仰着脸儿笑,该是怎样的艳丽、醒目!这些植物告诉人们,这里也曾水草丰美,只是后来由于沉积物覆盖于地表,才形成了沙漠,并且有了沙漠“五绝”:奇峰、响沙、湖泊、神泉、寺庙,它们与沙坨、沙丘、沙峭、沙脊、沙谷相依相偎,组成了一幅卷帙浩大的画卷。置身在这画卷中,人也不知不觉中变成了画儿。沙漠里不尽是沙子,造物主的安排独具匠心,在四点七万平方公里的沙漠上撒下一百四十多个湖泊, 像一只只明亮的眼睛,给落寞的沙丘凭添了生气。丰年虫等多种微生物生存在湖泊里，天鹅、野鸭、山鸡，栖息在湖畔，盘羊、狐狸经常在周围出没。沙地表层生长着甘草、麻黄、锁阳、苁蓉，地底则蕴藏着盐、碱、芒硝等矿藏。它是全球唯一以沙漠为主题的世界地质公园，它的美丽已被复制在世界地质公园展馆里。

蒙语称骏马为“贺兰”，贺兰山——我国唯一一座南北走向的大山，山势奇伟，若群马奔腾，以庞大、奇伟的面目融入苍天般的感觉中。驻足山上，可见山间云雾缭绕，水雾蒙蒙，氤氲笼罩，如诗如画。贺兰山系界山，以山为界，东边为宁夏，西边属阿拉善。阿拉善这边为阴面，山上长满了松树，桦树，常年青翠，且涛声练耳。其松是以青海云杉为主的天然次生林，常年覆盖着青山，高耸、密集、挺拔，天赐苍翠，四季不变。碧海中，点缀着一种植物，株不高，叶细碎，金黄色的小花站满了枝头，于绿色中独自彰显着一份醒目。这花叫金录梅，不知是否属梅的一种。山丹也藏在绿色中，于不经意间悄悄地擦拭着人们的眼睛。丰富的林草资源为众多动物提供了食物，成就了一座牧山，也成就了山两侧的“中国骆驼之乡”和“中国滩羊之乡”。此外，还有马鹿、獐、盘羊、金钱豹、青羊、石貂、蓝马鸡等动物，以及煤、磷灰岩、石英砂岩、灰岩等矿产资源。站在贺兰山上，能感觉到一种大气磅礴的美。仄起耳朵，捕捉涛声，心头激荡着的是一股强劲的雄风。心声和着涛声，挡不住的激动，一阵紧似一阵。阿拉善深爱着贺兰山，贺兰山也深爱着阿拉善，庞大的山体像一堵巨大的挡风墙，阻隔着腾格里沙漠的东移，保护着生态。山坳深处，暖风徐徐，聚祥凝瑞。西藏六世达赖喇嘛仓央嘉措于1716年云游至此，慧眼识宝地，莲花状的山体上便有了一个南寺。从此，山坳一角，香火袅袅。云杉、尖顶大殿、回廊共同构成了一个神圣的处所，佛光普照，青山不古。 有贺兰山作屏障，阿拉善才有蓝天，白云，草原，盐湖，戈壁；同时也有了吃中草药的牛羊，雪白的漠州棉，沙甜的“腾格里西瓜”，已经注册的“中国额济纳居延蜜瓜”，还有锁阳、苁蓉、梭梭林，奇石。它们与黑城、弱水、居延、神树、海森楚鲁(像锅一样的石头)一起,共同诠释着阿拉善古老辉煌的文化。人们都向往它,赞美它,讴歌它。有一首歌写道:“遥远的海市蜃楼,驼队就像移动的山,神秘的梦幻在天边,阿爸的身影若隐若现。哎,我的阿拉善,苍天般的阿拉善。……沙海绿洲清泉,天鹅留恋金色圣殿,苍茫大地是家园,心中思念直到永远。哎,我的阿拉善,苍茫大地阿拉善。”这是歌,也是诗。一如天籁之音,穿透耳膜,直达心房,悠扬舒缓的乐曲,使得歌声也带着苍天般的色彩,苍茫而迷人,瑰丽而神秘。然而,当你带着这种感觉进入乌斯太镇,出现在眼前的却是一个现代化的工业园区——阿拉善经济开发区。园区占地面积40平方公里,有一百三十多家企业在这里落户,是自治区20处重点开发区之一。区里杨柳、旱榆,高大茂盛;南方的垂榆、槐树也乘兴而来,在这里安下身。草坪,花草,人工湖……配置在一起,于塞北风光中,融入了江南美景,把一个园区妆扮得如同画廊似的。可以肯定地说,走进它,就走进了阿拉善;走进它,就走进了一个时代。

苍天般的阿拉善并不只是一种感觉,而是一种真实的存在,天、地、山川,草原、戈壁、大漠,是那样迷离,又那样实在。置身其中,似乎能捕捉到西汉、贞观、康乾的影子。斑斓的色彩中,透现着三个金色的大字:阿拉善。

沧海一声笑

○林青霞

最后一次与黄霑通话是在2004年10月，他打电话来向我邀稿写专栏，我非常讶异，他怎么会对一个从来没有发表过文章的我有信心？他态度诚恳，我连说了几声“不敢”，他问我是不是怕写得不好，我说不敢献丑，他的声音有点失望。没有多久他就走了。我想为他做些什么，于是写了这篇文章追思他。

第一次与黄霑见面是在1973年，我的第一部电影《窗外》来香港宣传的时候。在一个晚宴上，导演宋存寿特别介绍他给我认识，当时他的专栏《不文集》非常受欢迎，而他在专栏里对我赞许有加，导演认为以他这样一个有才华的猛人，能够对新人如此夸赞，是很难能可贵的。那是我生平第一次出台湾，来到香港这个花花世界。我怯生生地说我好像变得傻傻的，他声音洪亮，豪放地笑着：“哈！哈！哈！这是正常的！”他那善解人意和豪迈的作风，让我留下了深刻的印象。

第二次与黄霑见面是1977年，我来香港拍李翰祥导演的《红楼梦》。我们在李导演家吃晚饭，他身边坐的是林燕妮，那是我第一次跟她见面。直到现在还记得她的装扮。她头上包着花丝巾，打扮得很讲究，腰杆笔直，笑容可掬。席间黄霑“林美人、林美人”地叫个不停，起初还以为他说的是我，后来才听清楚他称呼的美人是他身边的女朋友林燕妮。在他心目中林燕妮是永远的美人。

他言谈出位、与众不同得令我吃惊，但又不得不佩服他的创意和独特的人生观，他和李导演聊到他的丧礼将会怎么做，他说他会播放事先录好的影片，一开始先“哈！哈！哈！……”地大笑，然后叫大家不要哭哭啼啼的，要高高兴兴地欢送他。这番话直到许多年后的今天，还是记忆犹新。

他的人生可以说是画上了完美的句点。在跑马地大球场，圈内人为他举办的万人追思会，露天的大银幕上，剪接了他生前的片段。他一身枣红缎子对襟短褂，声音洪亮地说笑着，衬底音乐是他写的歌词：“……千山我独行，不必相送。”他走得如此潇洒。

1984 年来香港拍新艺城电影公司的戏以后，因为徐克和施南生的关系，和黄霑见面的机会比较多。有一次大家组团到澳门游玩，团员有黄霑、林燕妮、徐克、施南生、南生的母亲、狄龙、陶敏明、张乐乐。这个旅程因为有了黄霑，整团人都玩得很尽兴。黄霑到旅游区头上就顶着绿色的五星旗帽子，和小贩闲话家常，我好奇地过去试戴，他马上付钱给小贩叫我把帽子戴走，还连声跟小贩说谢谢，虽然只是十几二十块的东西，他让你感觉到他对一般小市民的友善和他的豪迈作风。

有一晚大班人马到他和林燕妮家做客，他家好大，客厅那套大沙发又白又亮，朋友们都靠着沙发坐在地毯上谈天说地、吃点心、喝酒、又弹又唱，直到深夜。

一天夜里，徐克打电话给我，我正好没睡，他提议去黄霑家聊天。到了那儿才发现他搬到一个只有几百尺的小公寓，客厅里只容得下一套黑色矮沙发。他和他的“林美人”分手了，搬出了大屋。我很为他难过，问他觉不觉得委屈，他还是那一贯的豪迈笑声：“哈！哈！哈！怎么会？我一点儿也没有委屈的感觉！”

他有顽皮的时候。1990 年我得了金马奖影后，那年金马奖节目主持人是黄霑，南生请我们去“丽晶酒店”吃饭庆祝，桌布上撒满了大小星星，各种颜色的小亮片，灯光昏黄煞有气氛。黄霑跟我要笔，我说只有眉笔，他拿了去，正觉得奇怪，他已经拿着眉笔在桌上乱涂鸦，本以为他诗兴大发会有什么佳作，没想到他把那大白桌布涂得乱七八糟。我愣在那儿还反应不过来，他已经拿起打火机准备烧桌布，大家手忙脚乱地不知如何是好。只见徐克搂着他的肩膀，什么话也没说，眼神里流露出对他的了解和包容。

他也有绅士风度的时候。我有两次和他单独相处的机会，起初很紧张，怕他会像平常一样，话语之间夹杂着粗口。他没有。那天在“新艺城电影公司”工作完毕，没有人陪我吃饭，他主动请缨陪我到公司附近吃火锅。席间聊到我一个人在香港工作的孤单、寂寞和压力，他很认真地听我倾诉，一脸狐惑地问：“大美人怎么会寂寞呢？”他看起来一副正经乖男人模样。我笑了：“本来很怕你会讲粗口，没想到……”他马上收起笑脸：“在女士面前我不会的，你放心。”那晚我们聊得很开心。

记不清是1990年还是1991年圣诞夜，徐克、南生请大伙儿到“丽晶酒店”一起欢度。他被指派做我的护花使者，因为只有我们两位住香港。由于交通管制的关系他选择坐渡轮。我们下了九龙码头，那里人山人海的，他怕被冲散，拉着我的手往前挤。当时的感觉真像《滚滚红尘》最后那场逃难的画面。

在他走以前，大家各忙各的，许多年没有见面。有一次看完他的“辉黄”演唱会，大伙很想再聚一聚，于是就约了他一起吃饭。多年不见，他变得斯文了，穿着打扮也低调、舒服，他说妻子陈惠敏对他很好，服装都是妻子一手包办，我还说他保养得很好很健康呢。

后来听徐克说，他病了，得了癌症。黄霑没有透露过他的病情，他不希望人家知道。有一次在南生的生日会上，他坐在我旁边，说到好笑处，还是那么豪放地笑着，但是这一次不一样，他咳得很厉害。徐克马上站起来陪他到外面去透气，我跟在旁边忙叫徐克拍他的背，他连说没事儿。

黄霑的一生是精彩的，他忠于自己，尽情地做他想做的事，说他想说的话，他用他的歌声和话语，将他豁达的人生观传达给他的朋友，传达给香港市民。香港少了他好像少了些什么，又好像什么也没少，因为他已深植于大家的心中，想起他就仿佛听到他豪放的笑声“哈！哈！哈！……”

如精灵般舞动（编后语）

喧嚣、浮华几乎充斥着我们周边的每一寸空间。物欲的诱惑，如果失去节制，就会像一个蛮横粗野的恶兽，肆无忌惮地在我们周围横冲直撞。迷惘、困惑、茫然、不安、焦虑、彷徨……仿佛如空气一般，在逐渐侵蚀着我们的肌体和灵魂。趋同、默认，甚至无可奈何地随波逐流，变得习以为常。人们只须默默地将自尊、人格、良知等天智，暂时寄存在心灵一隅，便可一时忘记痛苦，品味俗世的快乐。虽然这种快乐如过眼云烟般稍纵即逝，但环顾四野世事大抵如此，便也顾不得许多了。

然而，我们的心灵是需要抚慰的，我们的内心是需要滋养的，这就如同花蕊需要雨露的津润，甜蜜的爱情需要用心去呵护一样。其实每个人的心灵都很娇贵，也很脆弱，如果人类的心灵干涸得如同旷远的沙漠，那么便离枯萎不远了。所幸，事情还没有那么糟。

拜伦给路边盲人乞丐身前牌子上写的那句话，“春天来了，可是我看不见。”不知感动了多少人。也许这只是一个传说，但这是一个多么美好的传说啊。遮蔽外部世界的喧哗，书写内心世界的宁静，营造精神世界的家园，这是文学的本质，同时也可以视为本书在编辑过程中的追求。本书选编的这些文字，是从《散文海外版》杂志2011—2012年度遴选出的散文精品，我们希冀能够通过本书的编选，为文学圣洁的精神家园，再添置一砖一瓦，再涂抹一瞥温暖的色彩。如同精灵在舞动，这些原本安静的文字，在此时却有了另一种意蕴。她们构筑的是一个丰富多彩变幻无穷的大千世界。

这本精心编选的散文作品集，可以看作是对这两年来所编刊物的一次梳理，其实也是一次艰难的选择。佳作荟萃，精品云集，致使在选稿编辑的过程中常常处于取舍的两难境地。经过两年的积淀，重新翻检这些悦目的文字，不啻于一次愉快的回忆。优秀的散文作品，离不开写作者思想层面的深刻，笔触的深邃往往体现出的是人性的光辉；情感真挚，反映人的内心世界丰富情感生活和时代脉动的发展变化，才会更容易与读者产生共鸣；而文采飞扬，意境幽远的美文佳作，便如抚慰读者心灵的甘露，绵远悠长。

这些散文佳作，力图将深厚的思想内涵和独特的人生体验传递给读者。每一篇都力求根植于生活，让读者深切体会到时代的发展和历史的变迁，在海阔天空的大地上不断探索和寻求艺术创作的新视野。这些精美的散文不仅散发着浓郁的生活气息，还有着文学的庄重、纯净、沉稳和清新。本书所编选的文章都是作者近两年来的精品力作，是文学爱好者的首选散文读本。这本《散文海外版》的年度优秀作品精选集，相信能一如既往地赢得读者的喜爱和好评。

品味这些文字，体验着不同的人生经历，感受的是别样的色彩。美文品之，如沐春风，亦如清冽甘甜的泉水滋润着灵魂。匆匆忙忙的人生之旅，总要有一个宁静的港湾，让疲惫的心灵休养生息；孤独的行者需要一个可以托付身心的栖息地，以拂去身上的尘埃。编辑着这些或朴素，或灵动，或真挚，或沧桑，或激扬飞舞，或婉转隽永的文字，无疑又是一次心灵的洗涤。我们愿意把这种感受奉献给读者，把这种体验传递给读者，我们更情愿将之比作心灵的驿站，请读者朋友驻足品鉴。

优秀的散文作品，除了自我情感的释放外，更多的似乎是如何感动别人。文学作品表现的是人类情感的本质，是个体生命对于客观世界的感悟，要有能与他人心灵沟通的穿透力，调动读者的共鸣，以饱含自己心血的文字，和读者共同构建艺术世界的图景。这是我们对优秀散文的祈愿，也是一种向往的境界。值得欣慰的是，本书的这些篇章便体现出了这样一种追求。

本刊编辑部

2012年11月